트라우마 클리너

트라우마 클리너
The Trauma Cleaner

특수 현장을 청소하는 트라우마 청소자의 이야기

열린책들

세라 크래스너스타인 지음 · 김희정 옮김

일러두기

• 옮긴이주는 각주로 넣고, 원주는 미주로 표시했습니다.
• 이 책의 표지는 저작권사의 허락을 받아, 2018년 오스트레일리아 북디자이너 협회 ABDA 〈올해의 디자이너의 선택상〉을 수상한 원서 표지의 콘셉트를 차용해 디자인했습니다.

이 짧은 역사를 이야기하기 전에 일단 일반적인 현상에 대한 나의 의견부터 이야기해 보자. 최고 수준의 지적 능력을 가졌는지 여부를 확인하려면 상반된 두 가지 개념을 동시에 머리에 품고도 여전히 제 기능을 해내는지 보면 된다. 상황이 절망적이라는 것을 알면서도 다른 결과를 내기 위한 결의를 굽히지 않는 태도를 보이는 것이 좋은 예다.

F. 스콧 피츠제럴드, 『무너져 내리다』

저자의말

이 책에 등장하는 일부 인물의 이름과 성격, 사건 장소 등을 약간 변경했다. 이런 수정은 특정 인물들의 사생활 보호를 위한 목적으로 최소한의 수준으로 유지했다.

샌드라가 기억하지 못하는 부분이 많았기 때문에 그녀의 전기에 해당하는 부분은 상상력을 동원해 다시 구성했다. 그러나 모든 대화와 인물들은 그녀의 기억을 토대로 했고, 가능한 경우 제3자와의 인터뷰와 역사적 기록을 참조했다. 이 책의 어디에도 과장된 부분은 없다.

차례

1 · 트라우마 클리너

샌드라 팽커스트의 명함 뒷면에는 이렇게 적혀 있다.

뛰어남은 우연히 얻어지는 결과가 아니다

묵은 짐 청소, 반려동물 묵은 짐 청소, 극도로 불결한 집 및 폐가 위생 청소, 가사도우미 알선 업체 방문 전 청소, 악취 제거, 살인·자살·사망 후 청소, 사망에 의한 상속 주택 청소, 곰팡이·홍수·화재로 인한 손상 복구, 메타암페타민 밀조 시설 제거 및 청소, 산업재해 청소, 감방 청소

내가 샌드라를 처음 만난 것은 법의학 지원 서비스 총회에서였다. 후천성 뇌손상을 입은 범죄자들에 대한 세션이 끝나자 공무원, 법률가, 학자들이 회의장에서 쏟아져 나와 맛없는 커피와

냉장고에서 꺼낸 지 오래 돼 표면에 기름기와 물기가 맺히기 시작한 저질 치즈가 차려진 테이블 쪽으로 몰려갔다. 명함을 넣으면 추첨을 통해 포도주를 준다는 설명이 붙은 커다란 얼음통과 각종 안내책자가 놓인 테이블을 지나치던 나는 발을 멈췄다. 양쪽에 수사슴 머리 장식이 된 은색 얼음통 옆 작은 텔레비전에서 트라우마 클리닝을 하기 전과 후를 비교하는 영상이 방영되고 있었다. 〈분뇨〉와 〈폭발〉이라는 단어를 떠올리게 하는 장면들이었다. 흐트러진 머리카락 한 올 없이 완벽한 차림을 한 여성이 산소마스크를 쓴 채 테이블 뒤에 앉아 있다가 내게 손을 내밀며 명함을 얼음통에 넣으라고 권했다. 나는 그녀의 미소와 커다란 푸른 눈, 그녀가 쓰고 있는 산소마스크, 그리고 텔레비전에 나오는 그녀의 모습에 취해 최면에 걸린 듯 더듬더듬 명함이 없다고 말했다. 하지만 나는 테이블에 놓인 안내책자를 집어 들었고, 그날 내내 그것을 집착적으로 반복해서 읽고 또 읽었다. 샌드라라는 이름의 그 여인은 STC 특수 청소 서비스 전문 회사Specialised Trauma Cleaning Services Pty Ltd.의 창업자였다. 지난 20년 동안 그녀는 사망, 질병, 광기가 삶을 앗아가 어둠에 침잠해 버린 현장으로 매일 출근했다.

대부분의 사람들은 〈트라우마 클리닝〉이라는 개념을 떠올려본 적도 없을 것이다. 사실 생각해 보면 그런 개념이 없다는 것이 더 이상하지만, 그런 개념이 존재한다는 것을 알고 나면 트라우마 현장을 정리하는 것이 경찰이 아니라는 사실에 놀랄 것이다. 소방대원이나 구급 요원 혹은 기타 응급구조대 요원들은 그런 일을 하지 않는다. 범죄, 홍수, 화재 현장을 포함한 다양한 트라우마 현장을 청소하는 것은 샌드라와 같은 이들이다. 정부 임대주택, 정신 건강 관련 기관, 부동산, 지방 자치 단체, 사망인의 유산 관리 업체, 민간인 등도 그녀의 도움을 필요로 한다. 샌드라는 그들을 대신해 아무도 지켜보지 못한 죽음이나 자살의 현장을 정리하거나, 정신질환이나 육체적 장애 때문에 오랫동안 돌보지 못해 (그녀의 말을 빌리자면) 남부끄러울 지경이 된 집들을 청소한다. 사랑하는 사람을 잃고 슬픔에 잠긴 가족들이 샌드라의 도움을 받아 고인의 소지품을 분류하고 분배하며 폐기하기도 한다.

줄여서 말하자면 우리가 물리적·정서적으로 죽을 수 있는 거의 모든 방법을 날마다 목격하고, 그렇게 죽어 간 사람이 남긴 것들을 정리할 수 있는 힘과 섬세함을 날마다 발휘하는 것이 그녀의 일이다.

〈내키지 않지만 꼭 해야만 하는 일을 전문적으로 해드립니다.〉 끔찍하지만 꼭 해야 할 공공 서비스를 수행해 온 샌드라는 죽음이 남기고 간 삶에 관한 세계 최고 비공식 전문가다. 그 점은 치열할 정도로 분명하게 드러나는 그녀의 실용적인 면과 함께 안내책자에 잘 드러나 있다. 다음은 팽커스트의 홍보책자에 실린 내용이다.

　사람들은 체액에 대해 잘 모릅니다. 체액은 산과 유사합니다. 우리가 음식을 소화시키는 데 필요한 효소와도 같은 이 액체가 카펫, 커튼, 소파 등과 만나면 그 파괴력이 엄청납니다. 이 효소액은 소파를 뚫고 들어가 속에 든 스프링을 부식시키기도 하고, 가구 전체에 곰팡이를 슬게 하기도 합니다. 오염된 매트리스가 완전히 해체된 것을 본 적도 있습니다.

　대부분의 사람들은 이런 청소가 필요한 집이 얼마나 많은지도, 사회경제적 수준과 상관없이 모든 동네에 그런 곳이 한두 집은 있다는 사실도 모르고 살아갈 것이다. 우리는 그런 곳을 절대 보거나 만질 일이 없을 것이며, 냄새를 맡을 일도 없을 것이다. 우리는 그런 곳을 알지도, 그런 곳에 깃든 슬픔을 애도하지도 않을 것이다. 바로 그런 곳이 샌드라가 일상의 대부분을 보내는 곳이다. 그녀가 일을 하고, 전화를 받고, 이메일을 보내고, 웃고, 우리가 직장의 엘리베이터에서 하는 종류의 농담을 하는 곳이 바로 그런 곳이다. 그녀가 중년에 접어들고 중년을 통과해서 노년에 접어들기 시작한 곳도 바로 그런 곳이다.

　STC는 청소하는 공간에 거주하시는 분들과 공감하는 것을 우선으로 합니다. 많은 사람들이 간과하지만 공감이야말로 고객들에게는 매우 소중한 요소입니다.

그녀의 홍보 자료에서는 공감을 강조한다. 샌드라의 공감력은 혈액 매개 병원체를 중화하는 기술력보다 더 뛰어나고 탁월하다. 샌드라는 고객이 자기 자신을 이해하는 것만큼이나 깊게 그들을 이해하고 있다. 그녀는 집에 스며들어 있는 악취를 없애고, 괴상한 포르노물과 사진과 편지를 버리고, 비누와 칫솔에 붙은 그들의 DNA까지 없애지만 사람을 지우는 실수를 하지 않는다. 그럴 수는 없다. 그들과 같은 슬픔을 경험한 그녀가 아닌가.

* * *

「안녕하세요, 세라. 샌드라입니다. 인터뷰를 원하신다는 메시지 남기셨죠? 이 번호로 전화해 주시면 감사하겠습니다. 하지만 오늘은 좀 곤란할 것 같아요. 일이 너무 많아서요. 지금도 자살 현장에 가는 중이거든요. 내일 전화해 주시면 감사하겠습니다. 안녕히 계세요.」

다음 날 전화를 다시 한 나는 샌드라가 따뜻한 웃음을 가진 사람이라는 것과 폐를 이식받아야 한다는 사실을 알게 되었다. 언제 만나고 싶은지 묻는 그녀에게 나는 그녀의 일정에 맞출 수 있다고 대답했다. 〈좋아요〉라고 말하고 다이어리를 펼친 그녀는 〈앨프리드 병원의 카페는 어때요?〉라고 제안하면서 다음 주에 폐 전문의를 만나기 전에 한두 시간 정도 시간을 낼 수 있다고 지나가는 말투로 설명했다.

그 순간 샌드라에게는 죽음과 질병이 삶의 일부겠구나 하는 생각이 퍼뜩 들었다. 불교의 선문답 같은 맥락이 아니라 음성 메시지, 오찬 회동 같은 일상의 일부라는 점에서 말이다. 그 후 몇 년에 걸쳐 샌드라는 지치지 않고 앞으로 나아가는 그녀의 근본적 성향이 어떻게 그녀의 삶과 생명을 구했는지를 보여 주었다.

샌드라와 함께하면서 나는 책 제본가, 성 범죄자, 인형극 공연가, 요리책 호더hoarder*, 고양이 호더, 목재 호더를 만났다. 전혀 그럴 수 없는 집에서 수많은 토끼와 함께 살면서 피부가 너무 부어올라 금방이라도 물풍선처럼 터져 버릴까 겁이 났던 말 없는 여성을 만난 적도 있다. 샌드라가 단어와 숙어를 제멋대로 만들어서 쓰는 것도 많이 들었다. 〈추정가능성 supposably〉, 〈자발자동적으로 sposmatically〉, 〈손 다독이기 hands down pat〉 등이 모든 그런 단어들이다.** 샌드라가 내뱉는 욕지거리만 듣고 있어도 황홀할 때가 많았다. 그녀를 따라 나는 어두운 세계의 경이로움을 맛봤다. 라디오 방송국이나 생일카드만큼 각양각색인 다양한 인간

---

* 물건을 버리지 못하고 병적으로 모으는 사람.
** 모두 영어에 없는 단어들이다.

의 집단적 삶이 바로 그렇지 않은가. 곰팡이로 버석버석 무너져 내리는 벽, 액체가 되어 녹아 흐르고 있는 음식, 사람 피를 먹고 자란 파리, 최근 세상을 떠난 사람이 쓰던 분홍색 비누, 냄비 바닥에 룬 문자처럼 흩어져 있는 18년 된 닭 뼈…….

샌드라의 이야기를 듣고 있자면 마치 그녀가 중국 한나라를 둘러보고 실크로드를 따라 지금 막 서구로 돌아온 여행자 같은 느낌이 들곤 했다. 그저 그날 아침 혹은 오후에 겪은 일을 이야기하고 있을 뿐인데 말이다. 키우던 반려견을 죽인 남자를 데려갈 정신질환자 돌봄팀을 기다려서 그 사람을 데려간 후에야 바닥에 고인 개의 피를 청소할 수 있었다는 이야기, 가족들을 몰래 염탐하다가 자기 집 천장에서 죽은 남자의 이야기, 혹은 은둔해서 살다가 죽은 후 반려견의 먹이가 된 사람의 이야기, 마약굴에서 수거한 주사기로 240리터짜리 용기를 가득 채운 이야기, 작업대에 고정시킨 전기톱에 자기 몸을 던진 남자와 그 끔직한 잔해를 목격해야 했던 유족의 이야기 등은 모두 그녀가 겪은 일이었다.

나는 다양한 모습의 샌드라를 만났다. 사회 비평가 샌드라 (〈살아가는 데 필요한 지식을 하나도 배우지 못하는 사람들이 있어요〉, 〈사회 전체가 남녀노소 할 것 없이 게으르기 짝이 없어〉), 야하기 짝이 없는 샌드라(〈내가 따먹은 남자 수가 내가 먹은 집밥보다 더 많죠〉), 자신감 넘치는 샌드라(〈내가 건강이 조금만 더 좋았으면 대통령 선거에 나서서 모두 혼내 줄 텐데 말이야〉), 자기애를 지닌 샌드라(〈원하는 것을 얻기 위해 해야만 했던 일에 대해서는 전혀 부끄럽지 않아요〉), 철학자 샌드라(〈일어나는 모든 일에는 그렇게 되어야만 했던 이유가 있죠. 당장은 그 이유를 알 수 없는 경우가 많지만〉), 완벽주의자 샌드라(〈난 항상 기준을 높게 세워요. 성 노동자로 일할 때는 최고의 성 노동자였죠. 청소부로 일하는 지금 나는 최고의 청소부예요. 무슨 일을 하든 최선을 다하죠〉) 그리고 긍정적인 샌드라(〈올해는 내 생애 최고의 해가 될 거야〉)를 만났다.

길게 이야기했지만 사실 내가 정말 하고 싶은 말은 샌드라가 나와 독자들, 혹은 우리가 아는 누군가와 다르지 않으며 동시에 누구와도 견줄 수가 없다는 사실을 알게 됐다는 것이다.

그러나 그 수많은 샌드라의 모습에도 불구하고 그녀가 아닌 것이 하나 있다. 그녀는 믿을 수 있는 이야기꾼은 아니다. 60대 초반에 불과하니 자기가 겪은 중요한 일들의 기본적인 순서, 특히 어린 시절의 경험마저 헷갈리는 것을 나이 탓으로 돌릴 수는 없다. 샌드라의 과거는 많은 부분이 완전히 잊혔거나, 끝없이 바뀌거나, 신경증적으로 뒤죽박죽되어 있거나, 서로 상충되거나, 혹은 현실과 거리가 멀었다. 그녀는 마약 때문에 기억력이 많이 나빠졌다는 사실을 숨기지 않았다(〈잘 모르겠어요. 기억이 나질 않아. 결국 교훈은 이거예요. 마약은 손대지 말 것. 머리가 완전히 망가져 버리거든요〉). 거기에 더해 나는 그녀가 일부 기억을 잃은 것이 트라우마 때문이라고 생각한다.

하지만 몇 년에 걸쳐 그녀와 이야기를 나눈 끝에 확신하게 된 사실이 또 하나 있다. 샌드라 나이의 평범한 사람이라면 대부분 자기가 지금까지 어떻게 살아왔는지에 대해 자세히 이야기할 수 있다. 막 성인이 되어 처음으로 사회에 나왔을 때의 흥분감과 슬픔을 떠올리지 못하는 사람은 거의 없을 것이다. 그러나 그것은 그들이 샌드라보다 머리가 더 좋아서도, 마약과 술을 덜 했거나 행복한 어린 시절을 보내서도 아니다. 대부분의 사람들은 과거를 회상할 기회가 더 많았기 때문에 더 잘 기억하는 것뿐이다. 자기라는 인간 자체에게 관심을 보이는 친구, 부모, 배우자, 자녀들에 둘러싸여 살아왔기 때문이다.

진정한 유대는 그렇게 만들어진다. 사건이 이야기가 되고, 이야기가 기억이 되고, 기억이 자신과 가족의 서사가 되고, 바로 그런 서사에서 우리는 정체성과 힘을 얻는다. 샌드라에게 과거에 경험한 사건의 순서와 연대가 명확하지 않은 이유, 그녀와 내가 아무리 여러 번 되짚어 봐도 그녀의 타임라인을 확실히 정리할 수 없는 이유 중 하나는 지금까지 그녀가 자신의 과거를 처음부터 끝까지 숨김없이 사람들 앞에서 이야기할 기회가 없었기 때문이다.

「내 이야기의 부분 부분을 들은 사람들은 많아요. 하지만 나의 과거를 모두 아는 사람은 없지요.」그제서야 나와 그녀가 그녀의 이야기를 하는 것이 어떤 의미인지 깨달았다. 그것은 샌드라에게 너무도 익숙한 동시에 완전히 낯선 일이었다. 그리고 그녀의 삶을 어지럽히고 있던 잡동사니를 청소함으로써 그 밑에 숨어 있던 그녀의 본질적 가치에 존경을 표하는 작업이었다.

언어를 소독제 삼아 우리는 트라우마 클리닝을 하고 있었다. 한 단어 한 단어, 한 문장 한 문장, 우리는 혼란으로 흩어진 조각을 다시 모아 온기와 빛을 만들어 냈다. 상하고 부서지고 없어진 것을 온전하게 만들 수는 없지만 적어도 모든 것을 제자리에 끼워 맞추기 위해 최선을 다했다. 트라우마의 반대 개념은 질서라는 생각으로.

〈샌드라, 당신의 이야기는 완벽하지 않지만 여기에 완전한 모습으로 담겨 있습니다. 이 이야기는 제가 당신에게 보내는 사랑의 편지입니다.〉

2 · 따뜻한 동지애

질롱*에서 북쪽으로 차로 잠깐이면 도착하는 곳에 있는 집에 한 여인이 살고 있다. 창문은 깨져 있고, 집 외부 벽에는 거인이 손으로 쓴 것 같이 글씨들이 휘갈겨 쓰여 있다. 〈당신을 증오해〉, 〈브레인〉, 〈웰빙?〉, 〈인간성〉, 〈수치〉 등의 단어들이 보였다. 길 쪽으로 난 유리창들은 담요, 파란색 플라스틱 피리 같은 것으로 고정해 놓은 부서진 블라인드, 마분지 등으로 가려져 있다. 집 앞에 말라 가고 있는 잔디밭에는 커다란 돌, 벽돌, 판자, 쇠창살, 철사 등이 쌓여 만들어진 작은 둔덕들이 여기저기에 눈에 띄었다. 커다랗게 손으로 쓴 〈위선자들〉이라는 팻말이 그런 둔덕 두 개에 기대어 세워져 있고, 햇빛에 바랜 정원 장식용 난쟁이요정 석상 한두 개와 두엄이 든 엄청나게 큰 포대 자루도 보였다. 그 포

* 오스트레일리아의 동남부 항구 도시.

대 자루 위에도 검은 페인트로 〈똑같은 노래, 칼, 노숙인〉 등의 글자가 휘갈겨 쓰여 있다.

샌드라는 먼지 한 톨 보이지 않는 깨끗한 흰색 SUV 안에 앉아 있었다. 차 뒤 유리창에는 〈미씨비치MISSIBITCHI〉*라고 쓰인 커다란 흰 스티커가 붙어 있었다. 아침 9시에 청소 견적을 내기 위한 방문이 예약되어 있었다. 언제나 그렇듯 그녀는 조금 일찍 도착해서 기다리는 동안 전화로 업무를 보고 있었다. 구세군에서 누군가가 전화를 해서 빈대 때문에 괴로워하는 고객의 침구를 세탁하는 비용을 물었다. 샌드라는 세탁물 가방 하나에 35달러고, 거기에 수거와 배달 비용이 추가된다고 말했다. 그녀는 수화기를 손으로 가리고 마치 죄라도 지은 것처럼 속삭였다. 「최근에 배달 비용을 받기 시작했어요.」 전화를 끊은 그녀는 차 문을 열고 길고 늘씬한 다리를 뻗으며 차에서 내렸다. 밝은 분홍색 립스틱과 감색 블라우스, 어두운 색의 스키니진, 새 것처럼 깨끗한 흰색 발레 펌프 차림이었다. 아침 햇살 쪽으로 고개를 돌리는 그녀의 얼굴 주변에 늘 그렇듯 완벽하게 손질된 백금발의 머리카락이 구름처럼 떠 있었다.

오늘 아침에 방문할 곳은 킴이라는 여성의 집이었다. 샌드라는 킴이 자신을 인형극 공연가, 마술사, 반려동물 조련사로 소개

---

* 자동차 브랜드 미쓰비시와 비슷하게 들리지만 강한 여자라는 느낌을 주도록 살짝 음절을 바꾸고 욕설을 포함시켜 차에 별명을 붙인 것이다.

한다는 사실과 그녀가 똑똑하지만 도움을 주려는 사람을 극도로 의심한다는 사실을 이미 전해 들은 상태였다. 그녀가 스스로 조울증과 뇌종양을 포함해 자신이 앓고 있다고 자가 진단한 증상들에 관해 이야기할 것이라는 경고도 들었다. 킴은 이전에 자신의 집을 청소한 사람들이 자신의 반려동물을 없앤 것에 매우 화가 나 있다고 했다. 그녀가 말한 반려동물은 죽은 쥐 서른 마리였다. 집으로 걸어가면서 죽은 쥐 서른 마리의 이미지를 머릿속에 떠올리며 진저리를 치고 있는데, 샌드라가 오늘의 목표는 킴이 집 청소 과정을 잘 이해하고 편안하게 받아들이도록 해서 그녀의 스트레스를 최소화하는 것이라고 설명했다.

현관 앞에 설치된 낮은 계단까지 가기 위해 샌드라는 커다란 두엄 포대 자루를 돌고 빨간 솜브레로*를 지나치고 물웅덩이 위에 걸려 있는 해먹 밑을 지나서 금이 간 콘크리트 진입로를 걸어 내려갔다. 현관문을 연 킴은 어두운 집 안 깊숙한 곳에 선 채로, 도움을 주러 왔지만 먼저 집을 둘러봐야 한다는 샌드라의 설명을 들었다.

「개인 사업체에서 나왔어요.」샌드라는 숨을 헐떡이며 설명했다. 점점 상태가 나빠지는 폐 때문에 몇 개 안 되는 계단을 올라가는 것도 버거운 듯했다. 「우리는 집 정리를 도와 드립니다. 집주인과 함께 가지고 계신 물건들을 청소하고 안전하게 정리해

* 챙이 넓은 멕시코 모자.

드려요. 모든 것을 집주인과 함께, 협동해서 진행하지요.」 숨이
턱까지 차올라 말 한 마디 한 마디 사이에 숨을 들이마시는 소리
가 크게 들렸다. 샌드라를 잠시 올려다보며 시간을 끌던 킴은 제
안을 받아들이기로 결정한 듯 뒤로 물러서서 들어오라는 몸짓을
했다.

　처음 보면 어린 소년으로 착각하기 쉬운 외모를 가진 킴은 자
녀를 둔 40대 초반의 여성이었다. 작은 키에 섬세한 이목구비와
가녀린 뼈대를 가졌지만 몸이 부은 느낌이었고, 창백한 피부에
제비처럼 재빨리 이리저리 움직이는 푸른 눈을 가지고 있었다.
검은색의 무거운 작업용 부츠를 신고 헐렁한 카키색 바지와 커
다란 검은 티셔츠에 긴 검은색 스카프 두른 채 한 손에는 손가락
없는 검은 장갑을 끼고 있었다. 또한 검은색 낡은 담요를 치마처
럼 두르고 있었다. 금발머리는 단발 길이로 싹둑 잘려 있었고, 이
발기로 아무렇게나 밀어 버린 듯 하얀 길처럼 자국이 난 두피가
반짝거렸다. 한쪽 팔에는 아마추어 솜씨로 새긴 문신이 보였고,
한쪽 어깨에는 줄에 매단 기다란 나무 숟가락을 걸치고 있었다.
동굴처럼 어두운 집을 뒤로 하고 문간에 선 그녀는 선사시대의
혈거인 무사 같은 이미지로 보이고 싶어 하는 듯했지만 온몸에
서 뿜어져 나오는 두려움이 너무 강해서 주변 사람들까지 두려
워하게 만들 지경이었다.

　「발밑을 잘 보고 걸어야 해요.」 킴이 말했다. 「안전하게 만들

려고 최선을 다하긴 했지만요.」 어린 소년 같은 가는 목소리로 일부러 퉁명스럽게 말하는 것이 용감해 보이려 애쓰는 듯한 인상을 주었다. 그녀는 무심한 듯한 말투로 상자 하나를 가리키며 말했다. 「마술사 훈련을 하고 있어요. 진짜로 마술 공연을 할 일은 없겠지만.」

집 안으로 조심스레 들어간 샌드라는 킴의 어깨에 손을 올리고 말했다. 「동물 조련사라고 들었어요. 내가 키우는 반려견도 훈련이 필요하거든요. 여기, 이것 좀 보세요.」 그녀는 휴대전화에 담긴 사진을 넘기기 시작했다. 빨간색 매니큐어를 바른 긴 손톱으로 탁탁 소리를 내며 휴대전화의 화면을 넘기던 그녀는 마침내 하얀 털에 작은 몸집의 반려견 라나의 사진을 찾았다. 몸을 부르르 떨다가 카메라를 본 순간을 포착한 사진이었다. 「얘는 라나 터너, 난 벳 데이비스.」 샌드라는 내가 라나를 처음 만난 날 그렇게 소개했었다. 정신적 상처를 입은 게 분명한 작은 몸집의 라나가 높은 톤으로 너무 끈질기게 짖어 대서 정신이 나가 버릴 뻔했다. 「날 지켜 주는 애예요. 유기동물 보호소에서 데려왔지만 진짜 구원을 받은 것은 바로 나죠.」

샌드라는 라나가 주변에서 누군가가 빨리 움직이면 몸을 움츠리고, 아직까지도 안으려고 하면 피하고 도망가는 걸로 봐서 아마도 학대를 받았던 것 같다고 했다. 특히 그렇게 도망가 버리면 폐가 좋지 않은 자기로서는 정말 곤란하다고 덧붙이기도 했다.

킴은 살짝 미소를 보이는 듯하더니 갑자기 바닥에 손발을 대고 엎드려서는 샌드라에게 라나 앞에서는 〈순종적이면서도 너그러운 자세〉를 취해야 한다고 설명했다. 샌드라는 킴이 하는 말에 크게 주의를 기울이지 않고 건성으로 고개를 끄덕였다. 하지만 자신이 방금 직관적으로 킴 앞에서 그런 자세를 취했고, 킴이 바로 그 자세를 샌드라에게 미러링했다는 사실을 깨닫지 못하고 있었다.

「좋아요. 날 도와주세요. 그러면 나도 당신을 도울 수 있어요.」 샌드라가 말했다. 「우리가 함께 하는 거예요.」 그녀는 얼른 일을 시작하고 싶어 안달하면서 사방을 둘러보았다.

샌드라가 지금 보여 준 모습은 정말이지 대단한 것이다. 아름답기까지 하다. 우리 모두가 그녀처럼 따뜻한 동지애를 가지고 상대방에게 어떤 잣대도 들이대지 않는 태도로 대화를 한다면 큰 고통을 피하고 행복해질 수 있을 것이다. 완전히 이타적인 이유에서 그렇게 한다고 말할 수는 없지만, 그녀가 일말의 비판적 태도도 없이, 마치 두려움에 떠는 비둘기를 달래는 다시시 프란체스코처럼 상처받은 고객들을 대하는 그녀의 모습은 감동적이라 하지 않을 수 없다.

샌드라가 가진 수많은 재능 중 하나는 잡담을 아주 잘한다는 것이다. 아니, 잡담이라고 부르는 것은 맞지 않다. 잡담이라고 해도 전혀 틀린 말은 아니지만 그것은 그녀의 대화 방식일 뿐이며,

그녀의 대화는 잡담의 수준을 넘어선다. 그녀는 순간적으로 각 고객에게 딱 맞는 존중과 따뜻함과 유머와 관심을 표현해서 인간관계를 쌓을 수 있는 토대를 마련하는 데 매우 탁월하다. 샌드라와 그런 관계를 맺고 나면 대부분의 고객들은 그녀에게 편안함을 느끼고, 곧바로 그녀에게 호의를 보인다. 그것은 그녀가 평생 끊임없이 당해 온 모욕적인 공격들과는 완전히 다른 태도다. 사실 그녀의 태도가 남녀노소, 각계각층의 모든 이에게 효과를 발휘하는 모습을 직접 지켜보는 것 자체가 참으로 행복한 일이다.

물론 상대방에게 안전하다는 확신을 주는 것은 샌드라가 처할 수 있는 수많은 위협을 제거하는 동시에 자신의 일과 삶을 발전시킬 수 있는 능력을 극대화하는 것이기도 하다. 그녀는 생존의 대가이기 때문이다. 한번은 샌드라가 나에게 이렇게 말한 적이 있다. 「부자 사모님하고도, 가난한 거지하고도 모두 말을 트고 대화를 할 수 있다는 게 내가 가진 재주인 것 같아요. 나는 어떤 수준의 사람도 상대할 수 있으니까요. 아마도 내가 배우라서 그런 것 같아요. 무슨 말인지 알겠어요? 배우가 되면 상대해야 할 사람도, 그 사람을 상대할 방법도 뚜렷해지거든요.」

창문 가리개의 틈새로 빛이 조금 새어 들었지만 킴의 집 안은 대체로 어두웠다. 나무로 만든 인형극용 인형이 현관문 옆에 걸려 있고, 단어들이 벽 전체에 여러 가지 색으로 휘갈겨 쓰여 있었다. 「전에 비하면 지금은 힐튼 호텔이나 다름없죠.」킴은 자기가 잠도 안 자고 꼬박 이틀 동안 청소를 했다고 설명하면서 팔에 난 아물지 않은 상처를 긁적였다.

「집 안을 모두 깨끗하게 정리하려면…… 당신 생각을 들어 봐야겠지만, 내 생각에는 물건을 안전하게 담아 놓을 수 있는 용기를 가져와야 할 것 같아요.」샌드라가 상냥한 어조로 설명하고 있는데 전화가 울렸다. 그녀는 몸을 돌려 벽을 향한 채 전화를 받았다. 전화가 온 시점이 엄청나게 곤란하고 어색한 순간이긴 했지만, 샌드라는 대화 중이라도 언제나 전화가 오면 하던 말을 끊고 전화를 받곤 했다. 그런 일로 기분 나빠 할 필요도 없었다. 팽커스트의 거대한 카르마적 순환 고리의 시각으로 보면 내가 전화를 해도 샌드라는 대화를 중단하고 전화를 받을 것이 분명하기 때문이다. 그녀는 신속하게 용건을 마치고 다시 킴과의 대화에 집중했다.

킴은 집 바깥쪽을 향해 손을 흔들며 말했다. 「내가 세상을 향해 항의하는 방법이에요. 이젠 됐어요. 끝났어요.」그러고는 비록 원래 벽 색과 맞지 않는 페인트지만 집주인에 대한 호의의 표시로 바깥벽의 낙서 위에 덧칠을 하려 했었다고 설명했다. 하지만 집 안 벽에 적힌 단어들은 힐링을 위한 것이라고 고집했다.

「난 트라우마를 많이 겪은 사람이거든요. 지금 하려는 게 뭐냐면, 가정 폭력 최면 행동 치료 요법 실험실을 운영하는 거예요.」

「그렇군요.」샌드라가 더 듣고 싶다는 듯이 중얼거렸다.

「그러니까 벽이 이렇게 된 건 충격 때문이에요.」킴은 방 전체를 가리키며 말을 이어 갔다.「트라우마와 관련이 있죠. 내가 직접 시작한 거예요. 나는 트라우마를 겪었거든요. 지금은 집 안에서만 돌아다니고 있어요. 차고에 불이 나면서 발작이…… 시작…… 되었죠. 아주 심하게.」킴은 떨리는 목소리로 4년 전에 있었던 차고 화재에 대해 설명했다.

어깨에 댄 임시 부목을 가리키며 킴이 말했다.「근육이…… 진짜…… 안 좋아요. 아마도 종양 때문에 몸에 안 좋은 증상이 나타나는 것 같아요. 최근에 일을 많이 했더니 어깨가 진짜 아파요. 부목은 어깨를 사용해서는 안 된다는 걸 잊지 않기 위해 대어 놓은 거예요.」그녀는 고통을 참는 듯이 입을 앙다물고 바닥을 쳐다보았다.

「집을 어떤 식으로 바꿨으면 좋겠는지 말해 주세요. 그게 내가 할 일이니까요.」샌드라는 위로하듯 부드럽게 말했다.

작은 개가 모기장 문을 긁적였다. 킴은 샌드라에게 개를 집에 들여놓아서는 안 된다고 했다. 문지기 노릇을 하는 쥐들을 아직 우리에 넣지 않았기 때문이라고 했다.「문지기 쥐들은 저 의자가 집이에요.」그녀는 진흙투성이의 담요가 놓여 있는 커다란 1인용 소파를 가리켰다.「쥐들은 집 전체를 돌아다니는데, 지금은 꼼짝도 하지 않고 있어요. 완전히 쫄아 있거든요.」

「양보를 좀 해서 물건들을 치우고 정리한 다음 캔버스를 들여오면 어떨까요? 치료하는 데 필요한 예술 작업은 캔버스에 할 수 있잖아요. 그게 제일 좋을 것 같은데, 어때요?」 샌드라는 자기보다 키가 작은 킴을 진심 어린 눈빛으로 바라보았다.

「좋아요, 좋아요.」 킴이 깊은 한숨을 내쉬면서 동의했다. 「근데 내가 하는 게…… 그게 뭔지는 알고 있나요? 난 그림을 그려요. 그게 바로 내 치료 요법이에요. 나는 감금된 적이 있어요. 시설 같은 곳에서 불법으로 족쇄까지 채워져 있었죠. 그래서 흰 벽을 보고 있으면…….」

「이해가 돼요.」 샌드라가 끼어들었다. 「하지만 캔버스에 제대로 그림을 그려서 갤러리처럼 집을 꾸밀 수도 있을 거예요. 그럼 일석이조죠.」

견적을 내기 위해서 샌드라는 늘 가지고 다니는 작은 카메라로 사진을 찍었다. 킴은 히터를 뜯어낸 흔적이 있는 벽난로 가까이에서는 플래시를 쓰지 말라고 충고했다. 「녀석들을 자극하거든요.」 쥐들을 가리키는 말이었다. 그러고는 이번 청소는 지난번과는 달라야 한다고 반복해서 강조하며 저번에 청소를 한 사람이 DVD 플레이어를 훔쳐 갔다고 했다. 「물건들은 중요하지 않아요. 내가 정말 화가 난 건 집에 돌아와 보니, 우리 쥐들을 뒷마당에 내다 버린 거예요!」 그녀는 믿을 수 없다는 느낌과 분노를 섞어서 말을 이었다.

「말도 안 돼.」샌드라가 소리쳤다.

「맞아요. 뿐만 아니라 안락사시키는 데 동의해야 했어요. 내가 제일 오래 키운 쥐들이었어요. 난 하루 24시간 내내 개네들과 같이 지냈거든요. 그 즈음에 우리는 크리스마스 비디오를 만들고 있었죠. 진짜 아름다웠는데……. 그런데 청소하는 사이에 나갔다 돌아와 보니 쥐들에게 독을 먹인 거예요. 일언반구 상의도 없이. 그럴 수는 없어요. 옳지 않아요.」그녀의 분노가 폭발 직전까지 치밀어 오르는 느낌이었다.

샌드라가 킴의 어깨에 손을 얹었다. 나는 킴이 누군가와 이런 식으로 접촉한 것이 얼마나 오랜만일지 생각해 보았다. 「같이 한번 둘러볼까요?」

나는 냄새 때문에 잠시 정신이 아득해져서 혼자 살짝 뒤처졌다. 사방에 스며들어 있는 이 냄새는 내가 샌드라의 일터를 따라다니면서 늘 맡던 두 가지 냄새 중 하나였다. 그것은 오랫동안 밀폐된 공간에 쌓인 인간의 냄새였다(다른 하나는 죽음의 냄새다). 그 냄새가 얼마나 역겹고 혼란스러운지를 표현할 단어는 존재하지 않는다. 그냥 단순히 인체가 배출하는 물질의 냄새나 뭔가가 썩어 가면서 나는 냄새가 아니다. 때나 기름이나 방귀 혹은 씻지 않은 몸에서 나는 냄새라고 할 수도 없다. 그냥 나쁘거나 더럽거나 구역질 나거나, 우리 할머니를 〈퓨후!〉 하고 외치게 만드는 냄새와도 다르다. 지금보다 위생 상태가 더 나빴던 시절에는 이런 냄새를 표현하는 단어가 있었을까? 혹은 다른 문화권에 있을까? 그런 단어가 없다는 사실 자체가 언어보다 더 강력한 의미를 전하고 있는 것일지도 모른다. 그런 냄새에 대한 언급이 금지되었다는 것은 그것이 우리 존재를 근본적으로 뒤흔들 수 있는 금기라는 의미일지도 모른다. 그 정도로 자신을 방치한 채 단절된 삶을 산다는 것은 본질적으로 죽은 것이나 다름없기 때문이다.

나는 현관문 안쪽 복도에 선 채 그 냄새가 내 머리와 피부에 눈처럼 쌓이고, 내 콧구멍과 입으로 연기처럼 스며드는 광경을, 내 옷의 섬유질 하나하나에 감기듯 배어들고 내 귓구멍을 파고드는 것을 상상했다. 죽음이 그렇듯 그것은 새로운 냄새가 아니었고, 근본적으로 너무도 인간적이어서 부정하는 것밖에는 다른 도리가 없었다. 샤워를 할 때마다, 손을 씻을 때마다 우리는 그 냄새를 지워 버린다. 양치질을 하거나 변기의 물을 내릴 때마다, 혹은 침대보와 수건을 바꿀 때마다 우리는 그 냄새를 피한다. 접시를 깨끗이 닦거나, 바닥에 흘린 음식을 닦을 때마다, 쓰레기 봉지를 묶어서 내다 버릴 때마다 우리는 그 냄새로부터 도망친다. 그 냄새는 우리가 버리고 씻어 내는 모든 것의 잔재다. 동시에 그것은 형언할 수 없는 패배와 고립과 자기혐오의 냄새이기도 하다. 더 간단히 말하면 그것은 고통의 냄새다.

그러나 그 집에서 작업을 하는 동안 샌드라가 내게 〈이 집은 냄새가 하나도 안 나요〉라고 말하는 동시에 〈집 전체가 쥐 냄새로 진동하네요)라고 속삭였다는 사실은 많은 것을 시사한다. 놀랍기도 하고, 겉으로 보기에는 역설적인 그녀의 말을 가만히 생각해 보면 그녀가 날마다 일터에서 만나는 광경들에 대해 많은 것을 짐작할 수 있다.

나는 거실을 벗어나 작은 방으로 들어갔다. 벽과 천장이 모두 검은색으로 칠해져 있어서 방이라기보다는 옷장 같은 느낌이었다. 커버도 없는 매트리스 하나가 벽에 기대어 세워져 있고 나무 의자가 두 개 있었지만, 방 안에는 매듭처럼 묶인 셔츠, 밧줄, 파이프, 우크렐레, 잡초를 태우기 위한 토치, 모자, 철사, 막대기 등 서로 아무런 관계가 없어 보이는 물건들이 원뿔형 천막이나 모닥불의 불쏘시개처럼 쌓여 가득 차 있었다.

그러다가 나는 크레용, 분필, 종이 등으로 그려진 벽화 앞에서 걸음을 멈추었다. 검은 벽의 대부분을 차지하는 그 벽화에서 눈을 뗄 수 없었다. 그 그림은 생기가 넘치고 아름다웠다. 그림 속의 밤하늘에는 환상 속에서나 볼 듯한 색깔의 두터운 선들이 소용돌이치면서 횃불을 든 어린 소녀를 휘감고 있었다. 소녀는 책에서 찢어다가 벽에 붙인 듯했는데, 그림에 묘사된 거대한 우주에 자연스럽게 어울려 있었다. 그녀는 샛노란 단검과 〈지식〉이라는 글자 사이에 단단하게 균형을 잡고 서 있었다. 그 이미지는 온전히 원시적인 동시에 강력한 은유가 깃들어 있었고, 말도 안 되는 소리처럼 들리겠지만 어떤 힘을 약속하는 부적처럼 어두운 벽 위에서 고동치고 있었다. 그리고 그 작품은 현재 킴이 처한 상황과 그녀가 진정으로 누릴 자격이 있는 환경 사이에 얼마나 커다란 간극이 있는지를 보여 주는 이정표와도 같았다. 가재도구를 모두 뜯어낸 상태라서 그 방이 한때 부엌이었다는 것을 깨닫기까지는 한참이 걸렸다.

킴과 함께 방에 들어온 샌드라는 벽화를 보고 칭찬을 하는 동시에 임대 계약을 지키면서도 벽화를 보존할 방법을 찾을 수 있을지 모르겠다고 중얼거렸다. 샌드라가 벽화 주변에 틀을 붙이는 방법은 어떨지 소리를 내면서 고민을 하자, 킴은 곧바로 다른 방에 있는 그림까지도 그렇게 하자고 제안했다. 나는 두 사람을 따라 천천히 복도를 지나갔다. 복도 벽에 세워진 잔뜩 낙서가 되어 있는 책장에는 「벅스버니」, 「피터팬」, 「알라딘」, 「메리포핀스」와 같은 영화의 비디오테이프와 DVD들이 꽂혀 있었다. 비디오테이프에 기대어 세워진 사진 액자에는 열 살쯤 되어 보이는 쌍둥이 소년이 교복을 입고 서 있었다. 킴과 꼭 닮았지만 얼굴에 활기가 가득하다는 점에서 킴과는 달랐다.

나는 킴이 샌드라에게 벽에 그려진 또 다른 커다란 그림에 대해 설명하는 것을 들었다.

처음 본 그림 못지않게 인상적인 그 그림 역시 검은색이 주조를 이루고 있어 약간 오싹한 느낌을 주었다. 어두운 형체가 그려져 있었는데, 아이들이 곧잘 그리는 것처럼 머리는 삐쭉삐쭉 솟아 있고, 팔다리가 비대칭이며, 유원지의 유령의 집에 있는 마술 거울에 비친 모습처럼 길고 왜곡된 모습이었다. 그 형체는 숫자와 글자들이 날아다니는 남색 하늘과 극렬한 대비를 이루었는데, 그 심장부에 소용돌이치는 구멍 같기도 하고 달아오른 용광로 같기도 한 것이 보였다. 그리고 검은 페인트칠이 된 부분을 날카로운 것으로 긁은 기법으로 또 다른 형체의 윤곽선이 반복적으로 묘사되어 있었다. 그림자 사람의 그림자였다. 인간 사회의 위기와 고립을 묘사하기로는 자코메티, 베이컨, 뭉크에 견주어도 뒤지지 않았다. 다른 점이 있다면 런던의 테이트 모던 미술관이나 뉴욕 현대 미술관이 아니라 문짝이 떨어져 나간 옷장 옆 더러운 벽에 그려져 있다는 것뿐이었다.

「우리 엄마가 살해된 건지 자살을 한 건지 모르지만 아무튼 그때를 묘사한 거예요. 내가 다섯 살 때였어요.」 킴은 문에 기대어 선 채 이야기했다. 문에는 〈트라우마〉, 〈벌〉, 〈마인드/대가〉 등의 단어들이 연두색 크레용으로 휘갈겨 쓰여 있었다. 이런 단어들과는 완전히 다른 필체로 〈인시-윈시 incy-wincy〉*라는 아이가 쓴 것처럼 보이는 단어도 주황색 크레용으로 조심스럽게 적혀 있었다. 「난 약은 필요 없어요. 트라우마 때문이니까. 그 트라우마가 내 몸에서 빠져나와야 해요. 머릿속에 끔찍한 악몽들이 들어 있거든요.」 그녀는 어느 날 악몽을 꾸다가 일어나서 벽에 그림을

* 아주 작다는 뜻의 아이들 말. 동요에 많이 등장한다.

그리기 시작했던 때에 대해 이야기했다. 그림을 그려야만 했던 그 밤에 대해서. 나는 어두운 밤 어두운 집에서 혼자 이런 이미지를 가장 가까이에 있는 벽에 쏟아 내야 했던 그녀를 상상해 보았다.

침실. 킴은 이층침대의 위쪽에서 잠을 자는데, 침대 옆에 놓인 고장 난 상자형 냉동고에는 갈색으로 커다랗게 〈나쁜 년〉이라고 쓰여 있었다. 침대 가운데에는 아코디언이 놓여 있었다. 침대 다리에는 셀로판지와 밧줄이 여러 겹으로 감겨 있고, 각종 장례 안내책자가 밧줄에 꽂혀 있는 모습이 마치 파리들이 붙어 있는 것처럼 보였다. 2층에 있는 두 개의 침실에는 갱지 색깔의 옷가지와 침대보가 산더미처럼 쌓여 있고, 줄이 몇 개 없는 전기기타와 날개에 잔뜩 크레용이 칠해진 장난감 헬리콥터도 보였다.

「냉장고를 설치해 줄 수도 있어요.」샌드라는 계단을 내려오면서 별일 아니라는 듯 킴에게 말했다. 「세탁기도요. 진짜 좋은 새 제품으로 말이죠. 건조기도 줄 수 있어요.」사망한 사람의 집을 청소한 후, 침구, 텔레비전, 가구 등의 유품을 물려받을 유족이 없는 경우 샌드라는 그 물건들을 보관해 두고 그런 물건이 필요한 사람이 나타나기를 기다렸다. 그러고는 묵은 짐들을 치우고 청소를 깨끗이 끝낸 고객들 중 필요한 사람에게 그것을 무료로 설치해 주었다.

가구라고는 하나도 없는 빈 아파트의 시멘트 바닥에서 자는 자폐 성향의 고객을 도와준 이야기를 샌드라가 해준 적이 있다. 「텔레비전은 살인 현장에서 가져온 거였어요. 공기가 통하게 보관을 했으니 누가 써도 문제가 없는 상태여서 그걸 가져다주었어요. 거실에는 내가 가지고 있던 식탁도 놔주었죠.」 이혼 수속 중이던 또 다른 고객에게는 「뒤로 젖혀지는 소파 세트와 접이식 침대, 청소기, 부엌용품, 각종 침구랑 수건을 준 적도 있어요. 베개도 주었죠. 그게 그 사람의 생활이 완전히 달라진 계기가 되었어요.」

그런 일을 하는 것은 물론 샌드라가 정말 배려심 있는 사람이기 때문이지만, 그것이 이유의 전부는 아니다. 배려심에 더해 샌드라에게는 모든 작업을 가능한 한 가장 완벽에 가깝게 해내고자 하는 욕구가 있다. 샌드라가 적절한 수준에서 만족하는 다른 청소 업체와 다른 점이 바로 이 부분이다. 그러나 그것만으로는 설명이 부족하다. 그녀는 어릴 때부터 직관적으로 주변 환경을 깨끗하게 정돈하곤 했다. 언제나 청소하고, 정리하고, 조화를 만들어 내고, 가능한 한 틈을 메꾸고, 메꾸는 것이 불가능할 때는 그 틈이 보이지 않게 했다. 그것은 그녀가 자신의 우주에 질서를 부여하는 방법이었고, 그렇게 함으로써 그녀는 깊은 만족을 얻었다.

킴은 자기 침실에서 걸어 나가 작은 세탁실로 들어갔다. 세탁실은 바깥으로 연결되어 있었다. 그녀는 금방이라도 불이 확 붙을 것처럼 불안해 보였고, 그 불안한 에너지가 라디오 전파처럼 전해지면서 나까지 초조하고 불안해졌다. 샌드라가 발산하는 강력한 에너지는 몇 시간 동안 주행한 차의 엔진처럼 따뜻한 느낌을 주지만, 킴의 에너지는 정전기처럼 치직거렸다. 갑자기 킴이 방에서 뛰쳐나오더니 허리를 굽힌 채 원을 그리며 우리 주변을 뛰어다녔다. 깜짝 놀란 나는 나도 모르게 샌드라의 팔을 움켜잡았다.

「개 때문이에요.」샌드라가 가볍게 말했다. 킴의 개가 집 안으로 들어오자, 킴은 쥐를 공격하지 못하도록 개를 집 밖으로 쫓아내려고 그렇게 뛰어다닌 것이었다. 샌드라와 함께 세탁실로 들어가 보니 모기장 문만 열면 뒷마당이었다. 세탁실에는 세탁기도, 건조기도 없이 그냥 벽에 수도꼭지만 달려 있었다. 중앙에 놓인 낮은 탁자는 침대보로 덮여 있고 벨루어 쿠션이 놓여 있었다. 그리고 그 쿠션 위에는 각종 물건들이 한때 티캔들과 담배 싸는 종이 등이 들어 있었을 법한 상자들 안에 담긴 채 놓여 있었다. 크레용으로 잔뜩 색칠한 주전자와 토스트기, 빈 과자 봉지, 다 먹은 빵 봉지, 티백 포장지 등도 보였다. 이 임시변통의 부엌 한쪽 벽 높은 곳에는 성모 마리아 그림이 걸려 있고, 그와 더불어 아인슈타인의 사진이 담긴 작은 엽서도 벽을 장식하고 있었다. 더러운 바닥에는 갈색 담요가 깔려 있는데, 그 위에 있는 분홍색 손잡이의 포크는 일부러 그 자리에 놓아 둔 듯 보였다. 한쪽으로 나가면 있는 작은 화장실에는 월드북이 열 권쯤 흩어져 있고, 벽에는 밝은 파란색과 초록색으로 〈와아, 펀치 앤 주디 쇼다!〉, 〈자살 기록/// //〉라는 글자와 함께 〈메리 해드 어 리틀 램Mary had a little lamb〉이라는 동요의 한 구절도 적혀 있었다. 변기 바로 앞에는 프라이팬이 놓여 있고, 화장지걸이에는 십자가가 매달려 있었다.

음식을 만드는 환경을 둘러본 다음 샌드라는 킴에게 전자레인지가 필요한지 물었다. 「아, 뭐…… 음…… 있으면 좋을 거 같아요.」 킴은 작은 소리로 그렇게 대답하고 커피 깡통 하나를 두 발 사이에 끼운 뒤에 껑충 뛰어 방 저편으로 던져 버렸다.

뒷마당은 굉장히 넓었다. 말라 죽은 잔디밭 한가운데에 우산 뼈대 모양의 빨래건조대가 칵테일에 꽂는 미니 우산처럼 솟아 있고, 노랗게 말라 푸석해진 잔디 위로 각종 잔해가 굴러다니고 있었다. 늦여름인데도 담을 따라 서 있는 관목과 나무에는 이파리가 하나도 보이지 않았다. 마당 저쪽 구석에 쌓인 쓰레기와 부서진 가구 더미가 집을 향해 스멀스멀 손을 뻗치며 기어 오고 있는 듯했다. 지난번에 샌드라가 집을 둘러봤을 때 천장까지 쌓여 있던 물건들을 킴이 내다 버린 곳이 바로 이곳이었다.

집 안에서는 마치 바에서 친구를 만나기라도 한 듯 킴이 수다를 떨고, 샌드라가 길게 웃는 소리가 들렸다. 그러다가 두 사람이 밖으로 나왔고, 킴은 인상을 쓰면서 쭈그리고 앉아 꽁초담배에 불을 붙였다. 그때 샌드라의 전화가 울렸다. 「여보세요, 샌드라입니다.」 샌드라는 도도한 목소리로 전화를 받으며 우유 상자에 앉아 위엄 있게 다리를 꼬았다. 그러고는 클립보드를 무릎 위에 놓고 메모를 하면서 상대방이 하는 말에 귀를 기울였다. 강아지가 천천히 다가와서 그녀의 다리에 앞발을 올렸다.

　「카펫을 걸어 내야 할 수도 있어요.」 샌드라는 그렇게 말하고 눈을 들어 허공을 바라보면서 강아지의 머리를 쓰다듬었다. 완벽하게 손질된 그녀의 손톱은 엑스트라롱 아크릴 네일을 붙인 것인데, 하루 종일 트라우마 클리닝 작업을 하고도(샌드라는 고무장갑을 끼지 않고 작업하는 것을 선호한다) 마치 이제 막 네일숍에서 나온 손처럼 보일 정도로 단단했다. 손톱 밑을 너무 자세히 보지만 않으면 지금 막 손질한 손톱처럼 보일 정도였다. 샌드라는 촉촉한 느낌의 체리색이나 살구색, 수박 느낌의 빨간색, 빤짝이가 들어간 베이비 핑크색 등을 좋아한다. 다른 모든 것을 대할 때와 마찬가지로 자신의 외모에 대해서도 엄청나게 실용적인 태도를 가진 그녀는 속눈썹, 입술 윤곽, 눈썹 등에 모두 영구 문신을 시술받아 매일 최소한의 시간만으로도 화장을 마치고 외출 준비를 끝낼 수 있다. 머리카락과 마찬가지로 눈썹과 속눈썹은 모두 은발에 가까운 금발이고, 짙은 파란색 눈은 약간 간격이 넓고 엄청나게 커다랗다. 그날 무슨 일을 했든, 그 일을 얼마나 오래했든 상관없이 샌드라는 늘 완벽해 보였고 좋은 향기가 났다.

　강아지가 샌드라의 클립보드 위로 뛰어올라 종이 위에 흙발자국을 남겼다. 그녀는 강아지의 발을 피해 계속 메모를 했다. 「맞아요, 체액이 카펫 아래까지 흘러들어가기 때문이에요. 위에서 보면 동전 한 개 크기 정도라도 아래로 넓게 퍼져 있는 경우가 많지요.」 그녀는 전화에 대고 설명을 이어 갔다. 「겉으로 보이는 곳만 청소를 할 수도 있지만, 기어 다니는 아이들이 있는 가정이라면 나중에 고소를 당할 수도 있어요. 저라면 그렇게 하지는 않을 것 같아요. 안심하시려면 멸균 청소를 하는 쪽을 권하고 싶어요. 물론 견적을 드릴 수 있지요. 그건 트라우마 클리닝 쪽이긴 한데, 그것 말고도 전문 청소가 필요할 수도 있습니다. 체액이 열기에 증발했거나 방에 가스 누출이 있었으면 벽 청소도 해야 하거든요. 그리고 어떤 방법으로 자살했는지 모르지만 방 안에 가스가 남아 있을 수도 있어요.」 강아지가 샌드라의 팔에서 뛰어내리면서 팔에 두 군데 생채기를 냈고, 생각보다 피가 많이 흘렀다. 「내 피부가 종잇장처럼 얇아서 그래요.」 그녀는 수화기를 손으로 잠깐 막고 속삭이더니 피를 닦아 냈다. 약해진 폐 때문에 코르티손 흡입기를 사용한 뒤로 피부가 약해져 젖은 휴지가 찢기듯 상처가 쉽게 났다. 「청소해야 할 집 주소가 어떻게 되나요?」 그녀가 물었다. 「아, 엎드리면 코 닿을 데로군요.」 그녀는 기쁜 표정으로 전화를 끊었다.

강아지는 킴의 다리 사이에 아늑하게 자리를 잡고 앉아 있었다. 「오오, 세상에, 네가 사랑에 목말랐구나.」 그녀는 목에 감았던 검은 목도리를 터번처럼 자기 머리 위로 두르면서 연극배우처럼 한탄을 했다. 그러다가 작은 목소리로 〈아침을 먹고 싶은가 보구나〉라고 말하면서 머리를 뒤로 젖혔다. 다 타버린 담배꽁초가 아직도 그녀의 입술에 매달려 있었다.

마당 한편 구석에 산처럼 쌓인 잡동사니를 보면서 나는 책장 위에서 본, 킴을 닮은 소년들과 디즈니 영화의 비디오테이프, 사용하지 않는 어두운 침실 두 개를 떠올렸다. 그 쓰레기 산에서 오래된 개수대와 찌그러진 세탁기가 날아올라서 공중에서 원상 복구되고, 두 개의 작은 헤드보드와 두 개의 작은 침대틀이 조립되고, 모든 옷들이 마술처럼 스스로 툴툴 먼지를 털고 착착 개켜져서 단정하게 쌓이는 장면을 상상했다. 나는 그 모든 것이 잔디밭을 가로질러 집 안으로 날아 들어가 과거로 돌아가는 광경을 생각했다. 차고가 불타기 전, 모든 벽이 하얗고, 담요들은 치마나 카펫이 아니라 침대 위에서 담요로 사용되던 시절로 돌아갔다. 하지만 나는 안다. 텔레비전에서는 「메리포핀스」의 노래가 울려 퍼지고, 빨랫줄에서 빨래가 말라 가던 시절에도 상황이 좋지는 않았을 것이다. 상황이 완벽하게 좋았던 적은 한 번도 없었을 것이다.

우리는 마당을 돌아 집 앞쪽으로 와서 그곳을 떠날 채비를 했다. 샌드라는 일에 관해서는 항상 전문적인 태도를 잃지 않았고, 집착적일 정도로 효율성을 추구하지만, 완벽하게 진지한 와중에도 가끔 참지 못하고 장난기 섞인 추파를 살짝 던지곤 했다. 공작이 꼬리를 펴고 살짝 바람을 보내듯 새롱거리면서 눈을 반짝거리는 샌드라는 더할 나위 없이 아름답고 배꼽을 잡을 만큼 웃겼다. 나는 그 모습에 기분이 좋아지고 그녀에게 다시 한번 반했다. 샌드라는 킴의 머리 장식을 가리키며 말했다. 「꼭 탈레반 같아요.」

「내가 탈레반일 수도 있지요.」 수줍게 미소를 짓던 킴이 샌드라와 함께 낄낄 웃기 시작했다.

21년을 매일, 그날이 그날 같은 난장판을 목격하면서도 샌드라는 고객 한 명 한 명을 그들만의 고유한 어려움에 빠진 개별적인 사례로 대하고, 그들의 존엄성을 동등하게 존중했다. 어떻게 그토록 깊이 사람들과 공감을 하면서 전혀 비판적이지 않은 태도를 유지할 수 있는지 그녀에게 물어본 적이 있다. 〈누구나 그런 대접을 받을 가치가 있다는 것을 증명하고 싶다는 욕구가 나를 그렇게 하도록 만드는 것 같아요. 나도 그럴 가치가 있으니까요〉라고 그녀는 설명했다.

다시 집 앞 인도에 서서 나는 거리를 이리저리 살펴보았다. 처음 봤을 때보다 동네가 좀 더 추레해 보였고, 이름 붙일 수 없는 그 냄새가 바람을 타고 슬쩍 콧속으로 파고들었다. 그 냄새의 의미는 노래만큼이나 사적인 동시에 공적이다. 어떻게 인형극 공연을 하게 되었는지 묻자 킴은 자기 입으로 말할 수 없는 것들을 이해하기 위해 인형극을 시작했다고 답했다. 현관문 안에 걸려 있는 그 인형의 줄을 어떻게 엉키지 않게 하면서 조작할 수 있는지 물었다. 대부분의 사람들은 손만 대도 실이 엉켜 버리지 않는가.

「악기를 연주하는 것과 같아요. 춤추는 것과도 같고요.」그녀는 간단하게 대답했다.

킴의 집은 분노한 신이 보낸 1인용 맞춤 지진이 강타한 현장처럼 보였다. 그러나 그 충격적인 혼란 속에도 킴이 지금 막 군더더기 없이 간결하게 확인해 준 것은 질서의 아름다움이 갖고 있는 심오한 힘이었다. 심장 박동, 호흡, 밀물과 썰물, 지구의 자전과 공전, 달의 주기, 계절, 의례, 부름과 응답, 음계 속의 음, 문장 속의 단어들처럼. 그 안에는 인간적 유대와 안정감이 있다. 다음 주부터 샌드라는 킴의 집을 청소할 것이다.

3 · 소속감이 필요했던 아이: 1950~1960년대

그 일은 싸구려 사창가에서 시작된 것이 아니었다. 여자들이 암탉처럼 줄을 지어 앉아 있고 남자 손님들이 뽑아가지 못하도록 전구 주변에 철망을 설치해 놓은 닭장 같은 매음굴에서 시작된 것도 아니었다. 여자에게 돈이 떨어지기 전까지만 그녀의 주변을 맴도는 남자 때문에 시작된 일도 아니고, 여자처럼 옷을 입은 남자들을 증오해서 두들겨 패는 경찰들 때문도, 그녀가 발가벗고 피를 흘리며 어둠 속에 서서 애원을 해도 문을 열어 주지 않던 여자들 때문도 아니었다. 그런 일 때문에 시작된 것이 결코 아니었다. 모든 것은 그녀가 집 옆으로 비포장 진입 도로가 나 있던 작은 집에 살던 어린 소년이었을 무렵에 시작되었다.

소년의 이름은 글렌이었던 것 같다. 대니얼이었을지도 모른다. 아니면 존이나 마크 혹은 팀이었을 수도 있다. 실제 이름이 중요한 것은 단지 그것이 샌드라가 아무에게도 말하지 않겠다고 결심한 정보이기 때문이다. 통계적으로 따져 보면 피터였을 확률이 가장 높다. 그러니 그것이 실제 이름이 아니더라도 이제부터 그를 피터라고 부르기로 하자. 상상력이 부족해서가 아니라 그도 그 해에 태어난 모든 소년과 똑같은 권리를 누릴 자격이 있기 때문이다. 하지만 그는 그런 권리를 누리지 못했다.

아버지가 진입 도로로 차를 똑바로 몰고 와서 세우면 피터는 그날은 맞지 않아도 된다는 것을 알 수 있었다. 그러나 차가 비틀거리며 들어오는 날은 아버지가 취한 날이었다. 그런 날이면 아버지는 분명한 목적이 느껴지는 발걸음으로, 뒷마당에 따로 만들어 놓은, 고래 배 속처럼 어두운 방 안에서 잔뜩 긴장한 채 누워 있는 아들에게로 비틀거리며 다가왔다. 그러고는 소년의 어머니가 빨래를 저을 때 쓰는 동파이프로 여윈 소년을 때리곤 했다.

「저 양반 또 시작이구나, 패미.」이웃 아주머니는 행주에 손을 닦으며 딸에게 그렇게 말하고는 몸을 돌려 소년의 비명소리가 들려오는 부엌 창문을 닫고 말했다. 「가서 라디오 볼륨을 높여야겠네.」

샌드라의 아버지 로버트는 1923년에 태어나서 푸츠크레이*에

---

* 오스트레일리아 남동부의 도시.

서 자랐다. 푸츠크레이에서 자란 내 시아버지가 그 도시에 대해 이야기할 때면 늘 밧줄 공장이 등장하곤 했다. 어린 시절부터 길고 좁은 건물에 함석 지붕을 얹은 그 공장에서 일했던 사람들은 성인이 된 후 폐에 수지와 먼지가 가득 차서 일찍 죽곤 했다. 푸츠크레이는 요즘 빠른 속도로 둥지 내몰림(젠트리피케이션)이 일어나고 있지만, 도심 인근은 1800년대 중반부터 제조업이 쇠락하기 전인 1960년대 중반까지 주요 산업지대로 꼽히던 곳이었음에도 불구하고 아무도 편안하게 살지 못한 지역이었다.

콜린스 가족은 처음에는 드루프 스트리트에서 살았다. 드루프 스트리트는 웨스트 푸츠크레이 지역을 벗어나 시내를 향해 비스듬히 난 내리막길이었다. 그 구부러진 경사길에서 멜랑꼴리한 패배감이 느껴진다고 하면 과장이라고 할지 모르지만, 아무튼 그 길은 어쩔 수 없이 서서히 누군가에게 떠밀려 쫓겨나는 듯한 분위기를 풍겼다. 로버트의 형 해롤드가 1934년 열네 살의 나이로 세상을 떠났을 때 그는 열한 살이었다. 1939년 열여섯 살이 된 로버트 그리피스 파커 콜린스는 주 경계선을 넘어 뉴사우스웨일스주의 그레타로 가서 자신의 긴 이름을 오스트레일리아 육군 제2군단 입영자 명단에 올렸다. 그러나 1942년 무렵 그는 다시 집으로 돌아와 부모님과 함께 살면서 일용직 근로자로 일했다.

그즈음 콜린스 가족들은 이미 버칠 스트리트로 이사해서 살고 있었다. 막다른 골목이 두 개나 있는 묘한 모양의 이 거리는 웨스트 푸츠크레이의 지도에 작은 T자 모양으로 자리 잡고 있다. 하지만 심스 식료품점과 세인트존스 초등학교, 약국, 우체국, 〈영원한 도움의 성모 수도회〉 성당까지 모두 쉽게 걸어갈 수 있는 위치였다. 그리고 성모 마리아에게 하는 기도가 먹히지 않아 아픈 몸이 낫지 않을 경우(성모 마리아가 일부러는 아니지만 청을 들어주지 않는 경우가 자주 있었다) 가까운 푸츠크레이 종합병원에 갈 수 있어서 편했다. 7년이 지난 후에도 로버트는 여전히 같은 곳에 살았다. 아내 에일사와 함께 부모님을 모시고 살면서 자신은 식료품 가게를 운영하고, 에일사는 판매사원으로 일했다.

1954년 로버트와 에일사 부부는 마침내 독립을 해서 부모님의 집 맞은편에 자리한 작은 하얀 집으로 이사를 했다. 무슨 이유에서인지 로버트가 아니라 빌이라 불렸던 그는 바로 그 집에서 아침마다 브레이브룩에 있는 로얄 오스트레일리아 공군 기지로 출근해 사무직원으로 근무했고, 저녁에는 플라우 호텔에서 일했다. 그는 호텔에 근무하면서 술을 많이 마셨는데, 격분한 상태로 음주운전을 해서 집으로 돌아와서는 아내와 아이들을 때렸다. 피터는 1950년대 초 생후 6주 무렵에 가톨릭 교회를 통해 입양되어 그 집에서 자랐다.

통증 분류학에 따르면 접촉으로 인한 통증과 접촉의 부재로

인한 통증이 있다. 피터는 자라면서 두 가지 통증 모두에 대해 전문지식을 갖추게 됐다. 그의 가느다란 목은 영양부족으로 인해 항상 종기로 덮여 있었고, 마치 수성의 표면처럼 흉터투성이였다. 대기권의 보호를 받지 못한 수성의 표면은 우주에서 날아오는 각종 파편들에 항상 노출되어 있고, 그렇게 얻어맞은 흔적과 역사가 표면에 그대로 남아 있다.

빌과 에일사는 분만하다가 첫아들을 잃고 다시는 아이를 갖지 못할 수도 있다는 말을 들은 후 피터를 입양했다. 피터는 두 사람의 두 번째 아이이자 장남이 되었다. 약 5년 동안 빌과 에일사 에게 아이는 피터와 피터의 누나 바버라뿐이었다. 그러다가 에일사가 임신을 해서 사이먼을 낳았고, 다시 2년 후에는 크리스토퍼를 낳았다. 크리스토퍼가 태어난 후 부부는 피터에게 잃은 아들을 대신해서 그를 입양했다고 말했다. 그리고 이제는 사이먼뿐 아니라 크리스토퍼까지 태어났으니 피터를 입양한 것이 실수라고도 했다. 그들은 사무적으로 그런 말을 내뱉었다. 분노나 비아냥 같은 건 없었다.

몇 년 후, 빌과 에일사 부부는 피터와 남동생들이 함께 쓰던 방에서 피터를 내쫓았다. 까만 벽에 이층침대와 밝은 빨간색 침대보가 있던 방에서 쫓겨난 피터는 아버지가 뒷마당에 지은 천장이 낮은 헛간 같은 방으로 거처를 옮겼다.

* * *

　에일사는 스펀지 케이크의 여왕으로 불렸다. 빵이나 과자 굽는 것을 좋아하는 그녀에 관한 피터의 첫 기억은 부엌에서 그녀의 다리를 감싸 안고 서 있던 모습이었다. 엄마 다리에 매달리기에는 너무 커버린 후에도 그는 에일사에게서 떨어지지 않기 위해 전력을 다했다. 부엌과 집 안에서는 물론이고 문 밖에서도 그의 시선은 늘 엄마에게 고정되어 있었다. 엄마의 얼굴을 자세히 살피면서 화가 났는지, 슬픈지, 어떻게 하면 엄마의 기분을 나아지게 할 수 있을지를 궁리했다. 어떻게 하면 자기 어깨를 살짝 누르는 엄마의 손길을 느낄 수 있을지, 자기 귀에 닿는 엄마의 따뜻한 볼의 감촉을 느끼려면 어떻게 해야 할지 생각했다. 아침에 아버지가 출근한 후 엄마를 도울 방법은 없을까? 학교에서 돌아온 후 엄마를 위해서 할 수 있는 일은 뭘까? 엄마가 전화로 누나와 이야기하거나 잡지를 뒤적이는 동안 그 옆에 조용히 앉아 있을 수만 있다면 무슨 일이라도 할 수 있었다. 나머지 식구들과 함께 저녁을 먹는 행운을 누리는 날이면 밥을 먹는 동안 내내 엄마의 얼굴을 살피고, 설거지를 하면서도 끊임없이 엄마의 기색을 살폈다. 모든 일이 끝나면, 그는 다시 한번 아무것도 변한 것이 없는지, 혹시라도 자기가 놓친 것이 없는지 확인했다. 그러고는 엄마를 보면서 마음속으로 굿나잇 인사를 했다. 엄마가 함께 와서 이불을 덮어 주고, 침대 옆에 앉아 있어 주기를 간절히 바랐다. 어둠 속에서 엄마의 실루엣을 바라보고 그녀의 숨소리를 들으면서 잠들고 싶었다.

하지만 피터가 원하던 순간은 절대 오지 않았다. 에일사가 화가 좀 덜 나 있거나, 적어도 다른 곳에 더 정신이 팔려 있을 때가 있었을 뿐이었다. 그녀는 집안일과 쇼핑과 요리와 청소를 하고 교회와 다른 자녀를 돌보느라 바빴고, 빌은 동생들이 잘못할 때마다 피터를 때리는 것으로 화풀이를 했다.

「봐! 다시 그런 짓을 하면 어떻게 되는지 보라고!」 빌은 피터에 대한 학대가 끝난 후 땀범벅이 된 얼굴로 숨을 헐떡이며 다른 아이들에게 경고를 한 후, 아들을 집 밖으로 내쫓았다. 피터는 뒷마당에 있던 자신의 방에서 집 안이 따뜻한 불빛으로 빛났다가 불이 꺼지는 것을 지켜보았다.

오후 4시 반 이후에는 가족이 지내는 집 안으로 들어가는 것이 금지된 피터는 늘 주변을 맴돌며 하루하루 위태로운 삶을 이어 나갔다. 그 금지령에는 실제로 여러 가지 문제가 있었다. 첫 번째 문제는 음식이었다. 피터는 항상 배가 고팠다. 굶주린 아이는 어떻게 배를 채울 수 있을까? 영리한 아이라면 아무도 보지 않을 때 팬트리에서 과일 통조림이나 베이크트 빈스 깡통을 훔칠 것이다. 피터는 집 절반을 태워 먹기 전까지 그런 식으로 연명했다.

피터가 해야 하는 집안일 중 하나는 온수를 데우는 장치에 불을 붙이는 것이었는데, 어느 날 그것을 깜빡 잊어버렸다. 크게 당황한 피터는 잔디 깎는 기계에 들어가는 기름을 온수 장치에 넣으려 했고, 세탁실에 불이 나고 말았다. 이상하게도 피터는 불을 낸 것 때문에 매를 맞지는 않았다. 오히려 불에 탄 벽이 무너지고 난 후 그 뒤에 숨겨 두었던 빈 깡통이 드러나면서 음식을 훔친 것 때문에 크게 맞기는 했지만 말이다.

그 동네는 모두가 이웃사촌이었다. 실제로 친척들이 살기도 했지만, 그곳의 모든 어른들을 이모, 삼촌이라고 부를 정도로 가까이 지냈다. 도트 이모는 바로 옆집에, 로즈마리 이모는 도트 이모의 옆집에 살았다. 피터의 조부모도 여전히 길 건너에 살고 있었다. 할머니는 앞마당에서 백합을 키웠고, 일요일마다 할머니와 할아버지 모두 피터의 집에서 함께 저녁식사를 했다. 그들은 피터가 마당에 있는 방에 산다는 것을 알고 있었지만, 여러 식구가 살기에는 집이 좁아서 그러는 것이라고만 생각했다. 할머니와 할아버지가 몰랐던 것은 아들, 며느리, 그리고 네 명의 손주들이 모두 함께 구운 고기와 곤죽이 되도록 끓여 낸 세 가지 채소를 먹는 그 시간이 피터가 저녁에 집에 들어올 수 있고 제대로 된 식사를 할 수 있는 유일한 기회라는 것이었다.

1년 내내 동네 사람들은 모두 처치 곤란한 덩치 큰 쓰레기를 거리 뒤쪽에 있는 공터에 가져다 버렸다. 계절이 바뀌면서 그곳의 쓰레기 더미는 점점 커져 갔다. 다리가 빠진 의자, 오래 써서

다 닳은 빗자루, 판자가 한두 개 떨어져 나가서 이가 빠진 나무 상자 등 부서진 물건들이 한데 쌓여 쓰레기 더미는 밤하늘 아래에서 거대한 괴물과 같은 실루엣을 드러냈다. 하지만 하나하나의 물건들은 모두 숨 쉬는 것처럼 친숙했다. 그러다가 가이포크스 데이 Guy Fawks Day* 가 되면 사람들은 쓰레기 더미에 불을 붙였고, 아이들은 그 광경을 보며 환호했다.

피터는 그날이 좋았다. 일상적이면서도 장엄한 일이 벌어지는 그 자리에 있으면 자기도 공동체에 속하는 듯한 느낌이 들었다. 어른들은 음료수나 술을 마시면서 불타는 쓰레기 더미를 바라보며 이야기를 나눴다. 불은 저절로 꺼질 때까지 타게 두었고, 남은 재는 며칠 내내 이리저리 날리곤 했다. 그런 다음에는 또 다른 부서진 의자가 그곳에 버려지며 다시 쓰레기 더미가 쌓이기 시작했다.

피터는 영양가 있는 음식을 제대로 먹지 못해 치아가 잇몸에서부터 흔들리고 부러졌다. 몇 년이 지난 후에는 바나나 샌드위치를 베어 물자 이가 한꺼번에 몇 개씩 부러지기도 했다. 열일곱 살 즈음에는 모든 치아를 다 발치해야 할 지경이었다. 형제자매들 중 아무도 그런 문제를 가진 아이는 없었다. 그가 쭈그리고 앉아서 물을 마시는 집 옆의 하수구 방취판은 그가 씻을 수 있는 유

* 11월 5일. 아일랜드 독립 세력들이 영국 의사당 건물을 폭파하려던 계획을 성공적으로 진압한 기념으로 제정된 날.

일한 장소이기도 했다. 정기적으로 피터를 씻겨 주는 사람도, 어떻게 씻는지를 가르쳐 주는 사람도 없었다. 그가 사용할 수 있는 집 밖의 화장실이 하나 있긴 했지만 욕조는 집 안에 있었기 때문에 사용할 수 없었다. 그의 창백한 피부는 빨갛게 붓고 염증이 생겼다. 여기저기 종기가 터져 나오는 몸은 불편하고 창피했다.

혼자서 지내는 시간은 엄청나게 지루하기도 했지만, 그보다 더 중요한 사실은 다른 사람들에게 사랑을 받으며 소속감을 느끼는 인간의 기본적 본능이 전혀 충족되지 못했다는 점이다. 충분히 안전하다는 느낌이 바탕이 되어야 배우고 성장하며 다른 사람을 사랑하는 데 에너지를 돌릴 수 있는데, 피터는 그럴 수 있는 환경을 전혀 누리지 못했다. 피터와 가족들 사이의 문은 매일 오후 4시 반에 닫혔고, 그 문뿐 아니라 다른 수많은 문이 그에게는 영원히 열리지 않았다.

피터는 수녀들에게 자주 매를 맞고 구석에 가서 무릎을 꿇고 앉아 있는 벌을 받았던 탓에 학교를 별로 좋아하지 않았지만, 아침에 학교까지 걸어가는 것은 좋아했다. 블랜드포드에서 왼쪽으로 꺾은 다음 비포장 오솔길을 걸어 동네 쓰레기장을 통과하면 셰퍼드가 있는 집을 피할 수 있었다. 그런 다음 에섹스 로드로 나와서 〈마녀〉라고 알려져 있는 여자가 사는 집을 지나 쭉 걸어가면 엘리너 스트리트가 나왔다. 피터는 주부들이 가꿔 놓은 정원들을 보는 것이 즐거웠다. 학교 가는 길에서 피터는 안전하다고 느낄 수 있었다. 위험이 전혀 없어서가 아니라 어디에서 위험한 일이 벌어질지, 어떻게 그 위험을 피할 수 있는지 알고 있기 때문이었다.

집에 친구들을 데려오는 것이 금지되자 방과 후에 피터는 세인트 조지프 수녀원에 들르기 시작했다. 그는 거기서 여가 시간을 모두 수녀들을 돕는 데 썼다. 수녀들은 냉담했지만 예측 가능했고, 학교 건너편에 있는 그들의 집은 피터에게 성스러운 보호처처럼 느껴졌다. 그 집 문을 두드리면 수녀들은 그에게 잔일이나 심부름을 시켰고, 그런 일을 하면서 피터는 자신이 유용한 존재이고 누군가에게 받아들여졌다는 느낌을 받았다. 누군가를 돕는다는 것 자체가 보람 있고, 딴 데로 주의를 돌릴 수 있으며, 목적의식과 자존감을 북돋워 주는 일이었다. 거기에 더해 일이 끝나면 수녀들은 차 한 잔에 토스트 한 쪽이었지만 피터에게 먹을 것을 주었다.

열세 살이 된 피터는 이발소에서 머리카락을 치우는 일을 시작했다. 하루는 손님 중 하나가 프렌치 레터스French letters*를 달라고 하자, 피터는 주인에게 공손하게 〈이발소에서 프렌치 양배추French lettuce도 파나요?〉 하고 물었다. 사람들은 모두 폭소를 터뜨렸고, 그 후로 피터는 계속 그 일로 놀림감이 되었다. 그렇게 해서 번 돈을 그는 동생들의 장난감과 옷을 사는 데 모두 썼다.

* 콘돔을 가리키는 은어.

그렇지만 사이먼에게 줄 화학실험 도구를 사서 버칠 스트리트의 집으로 자랑스럽게 들고 갔을 때 술에 취한 빌이 창문 밖으로 던져서 산산조각을 낸 일도 있었다.

피터에 대한 빌의 폭력은 주기적으로 계속되었다. 빌은 술 냄새가 진동하는 뜨거운 입김을 쏟아 내면서 애벌레처럼 두터운 눈썹을 가운데로 모으고 주먹이나 빨래를 저을 때 쓰는 동파이프로 피터를 때렸다. 특별히 더 가학적일 때는 때리기 편하도록 피터를 빨랫줄로 묶어 놓기도 했다. 모든 사람의 외면과 엄마 에일사의 침묵이 칼날이 되어 그의 마음을 저며 왔지만, 그럼에도 불구하고 빌이 에일사에게 똑같은 짓을 하는 소리가 들릴 때마다 피터는 부엌 창문을 통해 집으로 기어 들어갔다. 하지만 두 사람은 항상 화해를 했고, 그러고 나면 어찌된 영문인지 피터를 더욱 미워했다.

피터는 다른 소년들과 노는 것을 피했고, 오히려 같은 반 여학생들과 어울리는 것을 좋아했다. 빌은 그를 더 강인하게 만든답시고 육군 후보생으로 등록시켰다. 피터는 매주 훈련장에 가는 것이 끔찍하게 싫었다. 훈련을 피하기 위해 그는 내향성 발톱 때문에 너무 아파서 걸을 수가 없다고 꾀병을 부렸다. 학교에서 강제로 축구를 해야 할 때면 멀찌감치 떨어져서 땅만 내려다보며 주머니에 손을 넣고 서 있었다. 아무 일도 아니라는 듯 눈에 띄지 않게 행동하면서 공이 자기 근처로 오지 않길 기도했고, 혹시 오면 얼른 몸을 피했다. 그리고 그럴 때마다 다른 소년들이 퍼붓는 야유와 분노를 참아 냈다.

그러던 어느 날 변화가 왔다. 가족들이 여행을 떠나기로 한 것이다. 빌과 에일사는 밤 페리를 타고 태즈메이니아로 가서 일주일 동안 차를 가지고 이곳저곳을 돌아다니는 것으로 여행 계획을 세웠다. 하지만 피터는 여행에 함께 갈 수 없었다. 빌은 피터에게 가족들이 여행을 떠난 동안 집 전체에 페인트칠을 해놓으라고 했다. 에일사는 일을 잘해두면 그가 정말 원하는 특별한 선물을 가져다주겠다고 약속했다. 에일사가 차 문을 닫자 누나와 동생들이 자동차 뒷자석에서 신나서 떠드는 소리도 더 이상 들리지 않았다. 차가 멀어지는 동안 피터는 계속 그쪽을 바라보고만 있었다.

날마다 페인트칠을 끝낸 후 피터는 몸에 튄 하얀 페인트 방울들을 테레빈유로 빠짐없이 지우고 근처 YMCA 옆에 있는 채석장까지 걸어가서 어두워지는 하늘 아래에서 바위와 쓰레기 사이를 뒤졌다. 그는 거기서 제일 멀쩡한 벽돌들을 골라 힘닿는 만큼 들고 집으로 왔다. 그러고는 잔디가 있는 마당 가장자리에 무릎을 꿇고 앉아서 가져온 벽돌을 단정한 꽃잎 모양으로 조심스럽게 꽂아 테두리를 만들었다. 뒷마당을 아름답게 만드는 과정은 그의 마음을 안정시켰고, 돌아온 부모님이 깜짝 놀라고 감탄할 광경을 상상하면 심장이 두근거렸다. 혹시라도 집 안으로 다시 돌아갈 수 있을지도 모른다는 희망으로 그 모든 일을 기꺼이 하고 있었지만, 가끔은 엄마가 약속한 선물이 궁금하기도 했다.

며칠 후 가족들이 탄 차가 집 앞에 도착했을 때, 온 집은 깨끗이 페인트칠이 되어 있었고 정원은 완벽하게 정리되어 있었다. 피터는 반가운 마음에 뛰어나갔지만 에일사는 어린 자녀들을 데리고 바로 집으로 들어갔고, 빌 역시 아무 말도 없이 차에서 짐을 가지고 집 안으로 들어가 버렸다. 피터는 혼자서 작은 앞마당에 선 채 남겨졌다. 그때 누나가 모기장 문으로 머리를 내밀고 퉁명스럽게 작은 꾸러미를 건넸다. 태즈메이니아 모양의 플라스틱 커프스 단추였다.

그날의 기억을 이야기하면서 샌드라의 목이 살짝 메었다. 「내가 정말로, 정말로 원하는 걸 주겠다고 했었거든요. 내가 정말로, 정말로 원했던 건 트랜지스터 라디오였어요. 혼자 있어도 심심하지 않게.」 그녀는 앉아 있던 커다란 초록색 소파에서 일어나 부엌으로 걸어가 싱크대 너머로 손을 뻗어 창틀에 놓여 있던 것을 집어 들었다. 「그 사람들한테서는 못 받았지만 이제 이걸 가지고 있어요. 그때 일을 잊지 않도록.」

그녀가 긴 손톱에 빨간 매니큐어를 바른 손가락으로 다이얼을 이리저리 돌리자 작은 목소리들이 커졌다 작아졌다 하면서 우리를 감쌌다. 문득 수신기에 잡히는 모든 잡음은 빅뱅에서 방사된 것이자 빅뱅의 살아 있는 기억이며 메아리라는 이야기를 어디에

선가 읽은 것이 떠올랐다.

피터가 마침내 집에서 완전히 쫓겨난 것은 에일사가 케이크 데코레이션 강습을 받으러 간 비 오는 밤이었다. 빌은 피터에게 군인들처럼 머리를 짧게 깎으라고 소리를 질렀다. 이번에는 피터가 아버지의 명령을 듣지 않겠다고 거부했고, 빌은 그를 내쫓았다. 그때 피터는 열일곱 살이었다. 빌이 55세에 심장 질환으로 숨을 거두기까지 피터는 아버지를 서너 차례밖에 다시 보지 못했다. 그중 한 번은 빌이 길에서 차를 몰고 피터에게 돌진했을 때였고, 또 다른 한 번은 피터의 열여덟 살 생일 파티에 빌이 만취한 채 피터가 살고 있던 작은 아파트에 나타나 칼을 휘둘렀을 때였다. 피터는 그날 특히 아버지가 그렇게 격분을 한 이유를 지금까지도 알지 못하지만, 자신을 구해 준 이웃에게 평생 고마운 마음을 간직하고 있다. 그날 빌을 쫓아 준 것은 홀로 아이를 키우던 헝가리 출신의 여성이었다.

성인이 되어서도 샌드라는 자기를 낳아 준 부모에 대해서 아는 것이 하나도 없었다. 아는 것이라고는 아마도 자신이 병에 걸렸었는지 태어난 지 얼마 되지 않아 죽을 것이라고 사람들이 생각했다는 사실, 그리고 가톨릭 단체에서 그녀를 이름난 알코올 중독자에게 입양을 보냈다는 사실뿐이다. 그녀는 낳아 준 부모에 대해 더 알고 싶은 생각이 조금도 없었다. 「특히 지금은 더 아니죠. 생각해 봐요. 집 문 앞에 나타나서 〈안녕하세요, 제가 당신 아들이에요!〉 한다고 상상해 봐요. 그 자리에서 심장마비로 쓰러지겠지.」그녀가 웃음을 터뜨렸다. 「좋은 일에는 늘 나쁜 일도 따르는 법이죠. 무슨 말인지 알죠?」

샌드라가 평생 연락을 끊지 않은 유일한 가족은 동생 사이먼뿐이었다. 그러나 친아들이고 피터보다 덜 여성적이었음에도 불구하고 빌의 폭력을 피하지 못했던 사이먼은 어릴 적 이야기를 절대 하고 싶어 하지 않았고, 샌드라가 어린 시절 이야기를 하려고 하면 말을 자르곤 했다. 그러다가 샌드라는 40대 즈음에 옛집이 있던 거리로 돌아가 그때까지도 같은 집에 살고 있던 도트 이모를 찾아갔다.

샌드라가 전화를 해서 이제 여성으로 살아가고 있는 자신의 상황을 설명하고 한 번 만나고 싶다고 하자, 도트 이모는 그녀를 초대했다. 유년 시절에 살던 동네로 운전을 해서 가는 동안 샌드라는 감정이 북받쳐 올랐다. 도착했을 때 엉망으로 보이고 싶지 않았기 때문에 다른 때보다 더 정성껏 한 화장을 망치지 않으려 눈물이 나는 것을 참으려 애썼다. 자기 나름의 방식으로 유년 시절의 집으로 돌아가려고 시도하는 아이어른들은 누구나 자신의 인격과 자율성을 지키기 위한 무언의 투쟁을 거쳐야 한다. 샌드라의 경우 책임감 있고 성공적이며 여성적인 사람으로 보이고 싶은 욕구까지 더해져 그 투쟁은 더욱 치열할 수밖에 없었다. 문을 두드리자 도트 이모가 그녀를 반겼다.

「항상 너는 조금 다르다 생각했었어, 샌드라. 넌 프릴 달린 커튼이랑 여성스러운 것들을 좋아했었잖니.」도트 이모는 자기 소파에 앉은 우아한 여성에게 그렇게 말했다. 두 사람은 함께 차를 마셨고, 가벼운 이야기를 나눴다. 샌드라는 이 집이 그녀가 자란 집이고, 그녀가 자기 엄마였으면 어땠을까 이따금 상상하며 그 불가능한 따뜻함을 아주 잠깐씩 느껴 볼 뿐이었다. 매장에서 자기 것이 아닌 모피코트를 둘러봤다가 그 황홀함에 너무 익숙해지기 전에 얼른 벗어 던지는 사람처럼.

마침내 샌드라가 말했다. 「도트 이모, 꼭 여쭤 보고 싶은 게 있어요. 제게 일어난 일을 아무도 확인해 주려는 사람이 없어요. 그 모든 것이 제가 꾼 꿈이었는지, 제가 상상해 낸 것인지 이제 자신이 없어졌어요. 아무도 그 문제에 관해 이야기하려는 사람이 없거든요. 이모, 제발 이야기해 주시겠어요? 그 일이 제가 상상한 것인지, 아니면 진짜 일어났었는지……. 제가 그렇게 맞았던 것이…….」

도트 이모는 아마도 그 질문을 듣는 순간 날카로운 창에 찔리는 듯한 느낌을 받았을 것이다. 상처를 더 이상 후비지 않는 것으로 샌드라를 보호하고 싶은 모성애를 느꼈을지도 모른다. 어쩌면 남의 일에 간섭하지 말아야 한다는 황금률 때문에 말문이 막히는 동시에 빌의 폭력에 대한 정당한 분노가 치밀었을 수도 있다. 그래서 그녀는 자기 앞에 앉은 이 사랑스러운 금발의 숙녀, 그녀가 과거에 알았던 상냥한 소년의 귀여운 얼굴이 아직 남아 있는 그 숙녀에게 말했다. 「흠, 이렇게 말하면 될까…… 샌드라, 그때 네가 고생이 참 많았지.」

샌드라는 자신의 기억에 대해 조금 더 자신감을 가지게 된 채 차로 걸어갔다. 가는 길에 뒷마당에 방이 있는 유년 시절의 집을 지나쳤고, 차를 몰고 그 거리를 떠났다. 그로부터 얼마 지나지 않아 도트 이모는 세상을 떠났다.

* * *

샌드라는 자기 부모에 관한 이론을 몇 개 가지고 있다.

「난 언제나 엄마는 친엄마라고 생각했지만 아버지는 내 친아버지가 아니라고, 그래서 아버지가 나를 미워한다고 생각했어요.」그녀가 말했다. 그러나 그 이론은 자기가 입양됐다는 이야기를 듣는 순간 물거품이 됐다. 그래서 다른 이론을 만들었다.

「기억이 생생한 장면이 있어요. 일곱 살이 되기 전에 부엌에서 엄마 다리에 매달려 있던 장면이에요. 내 소원이 누군가에게서 사랑을 받는 거였던 것 같은데 입양된 아이라 집에서 그런 사랑은 받을 수가 없었어요.」그 말을 하는 샌드라의 목소리가 아주 조금 떨렸다.

빌이 그녀의 친아버지고, 사실 친어머니는 에일사의 동생 쉴라였다고 말해 준 이모도 있었다. 빌이 쉴라와 바람을 피웠고 쉴라는 아이를 낳다가 죽었다는 것이다. 샌드라는 지금도 무슨 말을 믿어야 할지 모른다.

「아버지는 나를 진심으로 증오했어요. 그런 감정을 감추려고 하지도 않았죠. 사실 내가 좀 다른 아이라는 것은 모두가 아는 사실이었지만 아마도 나를 단순히 동성애자로만 생각했을 거예요. 하지만 나도 내가 어떤 사람인지 몰랐어요! 분명한 것은……. 그냥……. 아, 모르겠어요.」 그녀는 잠시 말을 멈추고 생각에 잠겼다. 「난 그냥 다른 사람과 다르다고 느꼈어요. 내가 정상이라고 느껴지지 않았죠.」

샌드라의 세계를 이루는 핵심적인 문제는 성적 취향이나, 젠더, 입양 혹은 가톨릭 신앙, 알코올 중독 같은 것이 아니었다. 그것은 갓난아기가 유아기와 아동기를 거쳐 사춘기로 성장하는 것을 지켜본 부모가 어떻게 그 아이가 세상에서 살아가는 것에 완전히 관심을 끊을 수 있는가 하는 의문이었다.

최대한 좋은 의도를 가지고 해석해서 빌이 자기혐오나 트라우마, 정신질환을 앓았을 것이라 상상해 보자. 술잔을 한 번 더 입에 가져갈 때마다, 한 번 더 주먹을 날릴 때마다 빌이 무력감과 분노를 느꼈을 것이라고 상상해 보자. 오래전 세상을 떠난 형의 죽음이 자기 탓이라 생각했을까? 첫아들의 죽음에서 형이 죽은 악몽이 되풀이되었다고 느꼈을까? 군복무 중에 했던 어떤 경험이 그의 영혼에 곰팡이처럼 자리 잡고 그를 내부에서부터 어둡고 무력한 존재로 만들어 술 없이는 똑바로 설 수 없는 사람으로 만들어 버렸을까?

알코올에 중독된 부모의 정서적 고립감은 전염병처럼 집과 가족 전체를 감염시켜 버린다. 상상해 보라. 빵 만드는 것을 좋아해서 부드럽고 높다란 케이크를 구워 내는 에일사에게 암흑의 종교는 여성적인 아들을 두려워하라고 가르쳤다. 날마다 죽은 아기에 대한 기억으로 천근만근 무거운 몸과 마음을 침대에서 일으켜 새로 태어난 아기에 더해 세 명의 자녀들을 돌봐야 하고, 술 마시는 것을 멈추지 못하고 집에 돌아와 주먹을 휘두르는 남편을 대해야 한다. 그런 일상을 이어 가야 한다. 손가락 하나 까딱하기 힘들 정도의 피곤감과 무기력, 공포, 아픔으로 인해 깊은 곳에서부터 솟아오르는 구토증이 모이고 모여 그녀와 그녀의 손길이 닿는 모든 것에 화상을 입히고 만다. 에일사와 빌은 그들을 악당으로 치부하는 데서 오는 단순한 만족감까지도 허락하지 않을 정도로 증오스러운 인물인지도 모른다.

그럼에도 불구하고 태어난 지 6주밖에 되지 않은 아기를 품었을 때의 느낌을 상상해 보라. 아기는 내 팔을 침대 삼고 내 손을 이불 삼아 안겨 있고, 내 성이 곧 아기의 성이 된다. 꼭 껴안으면 아기의 심장박동이 조금 느려지며 안심한 기운이 감도는 그 느낌이 몸으로 전달된다. 그리고 그 아기가 커서 소년이 된 후, 침대 위에 꼼짝 않고 경직된 채 누워 마구 뛰는 자기의 심장 소리 위로 들리는 자동차 소리에 온정신을 집중시켜 자신의 운명을 점치는 장면을 상상해 보라. 그의 아버지가 고의적으로 그에게 끼치는 아픔과, 아무것도 하지 못하고 몸이 마비된 채 모든 것을 운명에 맡겨야 하는 소년의 마음, 빅뱅이 역으로 일어나서 시간과 공간이 되감겨서 태초의 한 점으로 돌아가는 우주를 떠올려 보라.

더 이상 집에서 살 수 없게 된 피터는 맥마흔 스트리트에서 지내기 시작했다. 5킬로미터 정도 떨어진 곳에 사는 피터의 친구 메리의 집이었다. 메리의 식구들은 피터를 가족의 일원으로 받아들였고, 피터는 그 집에서 6개월을 살았다. 메리의 식구들은 해외로 긴 휴가 여행을 떠날 때까지 피터와 함께 살았고, 여행을 가기 전 그 집 큰아들의 집으로 이사하도록 주선해 주었다. 피터가 제대로 된 첫 직장을 찾은 것도 메리 아버지의 소개 덕분이었다.

나사를 조이고 밸브를 돌리는 일은 피터의 취향이나 적성과 잘 맞지 않았고 손에 기름때가 묻는 것이 싫었지만, 안정적인 직장이 있다는 사실에 피터는 오랜만에 안도감을 느꼈다. 브런튼

스브라이트 스틸 제철소에 날마다 출근하면서 피터는 처음으로 자신이 정상적인, 심지어 성공한 사람이라는 느낌을 가질 수 있었다. 베지마이트 샌드위치가 든 봉투를 수줍게 넣은 가방을 들고 그는 날마다 제시간에 기차를 타고 출근했다. 공장 부지 안으로 걸어 들어가면서 그의 가슴은 긍지로 가득 찼다. 당시 한창 건설 중이던 웨스트게이트 다리는 그가 일하는 공장에 날마다 조금씩 더 큰 그림자를 드리우고 있었다. 일을 잘하고, 뭐든 빨리 배우고, 대인관계도 좋았던 피터는 얼마 지나지 않아 실험실 자리로 승진했고, 그곳에서 금속공학 훈련을 받기 시작했다.

1970년 10월 15일 아침 11시 50분, 공사 중이던 다리의 철강 보가 압력을 견디지 못해 무너져 내린 순간 피터는 실험실에 있었다. 철강보가 무너지면서 낸 굉음은 20킬로미터 떨어진 곳까지 들렸고, 서른다섯 명의 건설 노동자들이 목숨을 잃었다. 실험실과 공장에서는 전구가 소켓에서 터지면서 실내가 암흑에 휩싸였고 그로 인해 근로자 한 명이 기계에 끼었다. 땅이 흔들리는 동안 그의 비명이 계속되었다. 피터는 비상구급대원들이 사고 현장에서 찾은 시체 조각들을 던져 쌓으며 차로 그 주변을 사각형으로 둘러싸서 몰려든 군중들이 보지 못하게 하는 것을 공장 뒷담 너머로 지켜봤다. 그것은 그가 목격한 최초의 죽음의 광경이었다. 1972년 공사가 재개되었을 때 피터는 이미 다른 직장으로 옮긴 후였다.

「그 즈음에는 이미 결혼을 한 후였어요. …… 아내를 만난 곳은…… 내가 살던 곳…… 음, 아마 그때 윌리엄스 타운에서 살고 있었을 거예요. 마스 레코드 가게 위층에…… 왜냐면 윌리엄스 타운에서 스팟츠 우드로 가는 기차에서 아내를 처음 만났으니까요.」

샌드라가 자기에게 일어났던 일을 회상하는 것을 듣고 있자면 가끔 낚싯대로 쓰레기를 감아 올리는 사람을 보는 느낌이 든다. 놀라움과 당황스러움, 그리고 예상치 못했던 기시감이 이상하게 섞여 있기 때문이다. 서른 살이 되기 전 그녀의 삶은 아무리 반복해서 짚어 봐도 시기와 장소의 타임라인을 확실히 알기 힘들었다. 그녀의 기억 중 많은 부분은, 그냥 빛이 바래서 희미해진 것에 그치지 않았다. 너무 많이 녹이 슨 나머지 부서져서 그녀가 태어나 자란 곳의 흙으로 돌아가 버린 기억들이 많았다. 또 어떤 기억은 화석화되고 얼어붙어 전혀 자기 이야기가 아닌 듯이 느껴지다가 이야기를 하는 동안 그녀와 나 사이에 흐르는 따뜻한 양지의 공기를 조금 쐬면서 살짝 녹기도 했다. 그렇게 살짝 해동된 이야기를 만날 때면 그녀는 목소리를 살짝 떨면서 그 이야기를 자기 것으로 다시 받아들였다. 이어 붙인 자국이 전혀 없이 자연스럽게 융합되는 것은 아니지만 완전히 그녀 역사의 일부가 되는 것이다.

그러나 어떨 때는 이름은 물론이고 그 당시의 느낌과 아주 작고 세세한 부분까지 너무나 수월하고 자세하게 묘사를 해서 마치 샌드라가 그동안 내내 그 기억을 손 안에 꼭 쥐고 있었던 것은 아닐까 하는 생각이 드는 경우도 있었다. 그녀는 어릴 때 살던 집의 평면도를 그려서 보여 주면서 안방이 현관 근처에 있었고, 현관 문 가장자리에 유리 패널이 세로로 쭉 붙어 있었다는 것을 아무 문제없이 기억해 냈다. 계단을 한두 개 내려가면 나오는 응접실에는 엄마의 장식장이 벽에 붙박이로 설치되어 있고 그 안에 비싼 크리스털 그릇들이 꽉 차 있었다는 것도, 바버라와 남동생들의 방이 어디에 있었는지, 그리고 뒷마당으로 나서면 파티오 같은 것이 깔려 있고 그 너머에 자신이 유배됐던 방이 있었다는 것도 분명하게 기억했다. 그러나 몇 살 때 뒷마당으로 쫓겨났는지는 이야기를 할 때마다 크게 변했다. 어떨 때는 일곱 살, 어떨 때는 열한 살, 혹은 열세 살로 기억하기도 했다. 아무리 반복해서 확인하고 또 확인해 봐도 그 부분은 절대 명확해지지 않았다.

　내 생각에는 샌드라가 어릴 때 받던 대우에 두 번의 큰 변화가 온 것 같다. 첫 번째 변화는 남동생들이 태어났을 때다. 일곱 살 때 동생이 태어나면서부터 그녀에 대한 무관심과 상당한 학대가 시작된 듯하다. 그러나 열세 살 무렵까지는 남동생들과 방을 함께 쓰면서 집 안에서 살았을 것이다. 내가 이렇게 생각하는 이유는 가족이 태즈메이니아로 휴가를 갔을 때 그녀가 꾸민 정원에 연못도 있었기 때문이다. 빌이 만들어서 샌드라를 쫓아낸 방은 그 연못 위에 지어졌다. 따라서 그녀는 열세 살 즈음부터 그 방에 서 살기 시작했을 것이다.

어쩌면 작은 집에서 공간을 확보하기 위해서였을 수도 있고, 어쩌면 육군 후보생이나 짧은 머리처럼 콜린스가의 소년들을 강한 남자로 키우기 위해서였을 수도 있지만, 동시에 그녀의 아동기 내내 계속됐던 방치와 학대의 연속선상에 있는 조치이기도 했다.

따라서 이 책에서 나는 샌드라가 가장 자주 기억해 내는 내용대로 이야기를 해나가려 한다. 일곱 살 무렵부터 식구들과 함께 밥을 먹지 못하고, 집 안에서 자지 못하게 된 기억 말이다. 모든 기억은 우리가 경험한 현실만이 유일한 현실이라는 형이상학적 세계이기 때문이다. 역사적 진실에 대한 질문에서는 진실이 분명히 있다는 것과 진실은 어디에도 없다는 것 모두 답이 될 수 있다. 샌드라의 역사에서는 문제가 더 복잡해진다. 그녀의 현실은 사실인 동시에 모순도 많기 때문이다.

4 · 집중해!

　나는 구소련 스타일의 아파트 건물이 끝이 보이지 않게 늘어선 단지 앞에 주차를 했다. 그리고 이동식 철물점을 방불케 하는 깔끔한 STC 밴 앞으로 걸어가서 일회용 보디슈트를 건네받았다. 포장에 적힌 그 옷의 용도는 다음과 같았다. 석면 제거, 도축 공장, 페인트 칠, 사건 현장 및 검시, 단열, 실험실, 공장, 식품 제조, 폐기물 처리, 병원, 경찰, 살충제 사용. 작업복과 함께 일회용 의료 마스크와 파란색 고무장갑도 받았다. 샌드라 회사의 직원 네 명이 나와 있었다. 타냐, 셰릴, 리지, 딜런은 모두 하얀색 일회용 후드를 쓴 채 미소를 짓고 있었다. 키가 크고 동안인 딜런이 요리사 모자 같은 하얀색의 납작한 물건을 건네주었는데, 받고 보니 신발싸개였다. 나는 그것을 어떻게 사용하는지 몰라서 다른 사람들은 어떻게 하는지 살짝 훔쳐보았다.

후드를 쓰고 파란색 장갑을 낀 차림으로 모여 선 우리 모습이 스머프와 우주인의 중간쯤 되어 보였다. 샌드라만은 예외였다. 샌드라는 다림질이 잘 되어 있는 허리가 들어간 보라색 파카에 진과 새하얀 운동화 차림이었다. 마치 해변을 따라 산책을 한 후 핌스 칵테일을 한잔하면 딱 맞을 차림이다. 그러나 그녀는 우리를 데리고 보안 출입구를 통과해서 엘리베이터를 타고 한 층 위에 있는 아파트로 갔다. 젊은 여성 한 명이 헤로인 과용으로 숨진 후 2주 반 동안 발견되지 않고 방치되어 있던 현장이었다. 그것도 찌는 듯한 무더위 속에서. 샌드라는 가족에게 전달할 고인의 유품을 수거하고, 그 아파트를 다시 임대할 수 있는 상태로 만들기 위해 무엇을 해야 할지를 결정한 후, 청소 작업을 감독해야 했다.

1층에 사는 남자 한 명이 올려다보며 우리에게 무슨 일인지 물었다. 「그냥 관리 차 나왔어요.」 샌드라의 대답은 어찌 보면 사실이다.

직원 중 한 명이 열쇠로 아파트의 문을 열자 샌드라는 얼른 내부를 둘러보았다. 「아이고, 냄새가 고약하군. 자, 마스크들 써. 코 말고 입으로 숨을 쉬도록!」 그녀가 말했다. 샌드라는 모두에게 주삿바늘을 조심하라고 경고하면서 타냐가 마스크 쓰는 것을 도왔다. 마스크 줄을 조이면서 샌드라가 농담을 했다. 「다시는 숨을 못 쉴 수도 있지만 너무 걱정은 하지 마.」

셰릴이 작은 호랑이약을 꺼내더니 마스크를 쓰기 전에 양쪽 콧구멍에 발랐다.

샌드라는 마스크를 쓰지 않았다. 「너무 오래해서 이제는 마스크 같은 건 쓸 필요도 없어요. 그냥 이를 악물고 웃으며 참는 거지.」그녀는 콧노래를 하듯 말했다.

이것은 그녀가 가진 특징 중 그다지 눈에 띄는 부분이 아니었다. 그녀를 잘 모르는 사람들, 그리고 그녀에게 전화를 했을 때 다정하게 〈굿모닝, 내 작은 비둘기〉 하고 대답할 정도로 마음을 연 관계가 아닌 사람들은 그녀의 이런 특징을 완전히 모르고 지나칠 수도 있다. 하지만 이것이 바로 그녀를 진정으로 강하게 만드는 부분이다. 그녀가 보여 주는 경이로울 정도의 물리적 강인함을 단순히 생물학적으로 설명할 수는 없다. 그녀가 가지고 다니는 연두색의 고급 가죽 가방 안에는 파란색 민트 한 깡통, 립스틱 여섯 개, 엄청나게 무거운 열쇠 꾸러미 세 개, 티슈, 카메라, 메모용 검은색 다이어리, 메모용 펜, 벤토린 흡입기, 마스카라, 물 한 병, 아이폰, 아이폰 충전기 등이 들어 있다. 그 무거운 가방 이외에도 그녀는 폐질환이라는 짐을 지고 다녀야 한다. 그녀는 폐가 너무 약해서 아무리 천천히 걸어도 몇 걸음만 걸으면 죽을 듯 숨이 차오른다. 그녀가 숨을 돌리기 위해 애쓰는 소리는 듣는 것만으로도 고통스러울 정도지만(거기에 더해 종종 기침 발작이 너무 심해 속이 뒤집어지는 건 아닌지 겁이 날 정도다) 그녀는 가능한 한 빨리 상황을 수습한 다음 사람들을 걱정시키거나 특별 대우를 받으려 하지 않고 하던 일이나 대화로 돌아간다. 그녀가 그 모든 과정을 너무도 자연스럽게 처리하기 때문에 대부분의 사람들은 일이 중단되었다는 것조차 기억하지 못한다. 혹시 기억한다 하더라도 감기에 걸린 사람이 재채기를 한 번 한 정도로 기억할 뿐이다.

물론 그녀의 증상은 감기 때문이 아니다. 폐 섬유증과 폐동맥 고혈압으로 인한 만성 폐쇄성 폐질환 때문이다. 날마다 산소를 사용하고, 쉬고, 환경 요인을 조절하면 어느 정도 일상생활을 할 수는 있지만 완치는 불가능하다.

샌드라는 산소 치료기를 잘 사용하지 않았다. 산소 치료기를 자주 사용하면 점점 더 그것에 의존하게 될 거라고 믿기 때문이다. 하지만 누구에게도, 무엇에도 의존하면 안 된다는 것이 팽커스트 황금률 중 하나다. 그래서 산소 치료기를 늘 곁에 두고 있어도, 그건 매일 사용하기 위해서라기보다는 안전망의 기능이 더 크다. 그녀는 〈폐렴이라도 걸리면 큰일 나거든요〉라고 말했다. 그녀에게 쉬는 시간은 거의 없다. 일주일에 엿새를 일하고, 간혹 오후 4시쯤 귀가해서 「더 볼드 앤드 더 뷰티풀」*을 시청할 때도 있지만 새벽 6시 반에 집을 나선 후 저녁 7시 반에야 집에 돌아오는 날이 허다하다. 이 현장에서 저 현장으로 돌아다니느라 운전

* 미국의 유명 드라마.

하는 거리만도 일주일에 1,200킬로미터에 달한다.

샌드라는 하루에도 수없이 접하는 (병든 고객, 검은 곰팡이 포자, 오래 방치된 생물학적 물질에서 나오는 병원체 등) 환경적 위협에 대해서는 마스크나 장갑을 끼고 형식적으로 조심하는 척한다. 그러나 마스크가 됐든 장갑이 됐든 금방 벗어 던지고 만다. 효율적으로 일하는 것에 방해가 되고, 이미 충격과 상처를 많이 받은 고객에게 소외감을 줄 수 있기 때문이다.

그녀는 내게 언젠가 이렇게 설명했다. 「현장에서 사람을 만날 때가 많아요. 고인의 가족인 경우가 많죠. 그들에게 외계인이 온 것 같은 충격을 받게 할 수는 없어요. 그냥 이를 악물고 웃으며 뛰어드는 거죠.」

심한 폐동맥 질환에 더해 샌드라는 간경변도 앓고 있다. 그녀가 그런 건강 문제를 갖게 된 원인은 다양해서 딱 한 가지를 지목할 수 없다. 청소 사업 초창기에 사용했던 화학물질들도 한몫했을 것이고, 수십 년 동안 여성 호르몬을 두 배로 사용한 것도 원인의 일부일 것이다. 바이러스 감염과 생물학적 요인들에 더해 〈생활방식〉이라는 미사여구로 불리는 요인이 있다. 〈생활방식〉이라는 그럴 듯한 단어에는 본인의 책임을 묻는 듯한 태도가 함축되어 있다. 그녀가 음주를 하고 젊은 시절에 오랜 기간 동안 약물을 남용한 사실은 트랜스젠더들이 자가 약물 투여를 하는 비율이 높다는 사실과 일치한다.

한번은 호르몬을 적정량만 섭취하면서 균형 잡힌 식생활과 운동, 금연, 금주 등으로 건강을 유지하는 것이 좋다며 어디에선가 읽은 내용에 대해 그녀에게 이야기한 적이 있다. 그 말을 들은 그녀는 큰 소리로 한참 웃은 끝에 눈물을 닦아 내면서 대답했다. 「아이고 배꼽이야. 코미디 같이 들리잖아.」

샌드라는 10년 동안 담배를 피우지 않았다. 건강이 특히 좋지 않을 때는 술도 마시지 않았지만, 매일 저녁 포도주 한두 잔 아니면 위스키, 혹은 포도주 한두 잔과 약간의 위스키를 마시곤 했다. 간 상태를 고려해서 의사가 금주를 권했음에도 불구하고 말이다.

매일 아침 일찍 그녀는 일어나자마자 텔레비전을 켜서 낮은 배경음을 만들어 낸다. 자신과 함께 깨어나는 악몽들을 쫓아내기 위해서다. 이런 방법이 완전히 성공하는 경우는 없지만, 그녀는 상관하지 않고 옷을 잘 차려입고 일터로 향한다. 그녀는 일을 더 따내기 위해 갖은 요령을 부리고, 마음속에서 끊임없이 고개를 들려고 하는 악몽을 억누르며 농담을 던지고, 단순히 불쾌한 정도부터 세상의 종말 같은 모습 사이 어디엔가 존재하는 여러 현장 사이를 차로 오가며 힘들게 일한 후 돌아온다. 집에서는 자신과 라나가 먹을 등심 스테이크를 구운 다음, 라나가 허겁지겁 고기를 먹어 치우는 틈을 타서 라나에게 슬쩍 프로작*도 먹인다.

* 우울증 치료제의 일종.

그 모든 일과가 끝나면 술 한 잔을 따라 소파로 가서 마침내 몇 시간의 평화를 즐긴다.

이렇게 길게 설명을 하는 이유는 샌드라의 병에 대한 진단이 맞기는 하지만 그녀의 의지가 그 진단을 능가한다는 사실을 이야기하기 위해서다. 그녀는 몸이 거짓말을 할 수 있다는 사실을 오래전부터 알고 있었다. 그래서 건강이 어떠냐고 물으면 그녀는 〈그냥 그래요. 불평하지 말아야죠〉라고 대답한 다음, 자기가 어떤 미용 치료를 받을 계획인지, 어떻게 사업을 확장할 것인지에 관해 끊임없이 수다를 떨어서 상대의 정신을 쏙 빼놓고 만다.

「난 뭔가를 하겠다고 마음먹으면 정말 강해져요. 내가 해내지 못할 건 없어요. 난 집중력이 뛰어나거든요. 담배가 좋은 예예요. 폐에 문제가 있다는 진단을 받고 나서 바로 끊어 버렸죠.」 샌드라가 손가락으로 딱 소리를 내며 말하자 팔찌에 달린 금색 하트가 굵은 체인에 부딪혀 소리를 냈다. 「천천히 시작한다거나 물러나는 일은 없어요. 그냥 한번에 해치워 버리는 거예요. 난 마음을 굳게 먹으면 뭐든 이룰 수 있다고 믿어요. 굳게 믿지요. 음음.」 그녀는 자기 말에 스스로 동의한다는 듯 〈음음〉 소리를 냈다.

하루에 13시간씩 일주일에 6일을 일하고 한 달에 4,800킬로미터를 운전하고 다니면서도 굵은 목소리로 곧잘 웃음을 터뜨리는 이 여성의 건강을 두고 서로 다른 분야에 있는 세 명의 전문가 패널은 폐 이식 수술을 하기에는 위험이 너무 크다는 판단을 내렸다. 세 명의 패널 모두 그녀가 이식 수술을 견뎌 내고 살아남지 못할 것이라는 데 의견을 같이했다. 그녀의 간 상태가 좋지 않다는 것도 그 이유 중 하나였다. 그녀는 패널들에게 말했다. 「숨을 헐떡이면서 죽고 싶지 않아요. 그냥 수술을 받는 편을 택하겠어요. 어느 쪽도 내가 잃을 건 없어요. 수술에 성공하면 살아남는 거고, 죽는다고 해도 노력은 해본 거니까요.」 그럼에도 불구하고 수술 인가는 나지 않았다.

의료진의 결정에 대한 샌드라의 분노를 실감하게 된 것은 물건을 버리지 못하는 어느 고객에 관한 이야기를 듣던 중이었다. 그 고객은 배설물 위에 산소통들이 널브러져 있는 집에 살던 노인이었는데, 그는 폐 이식 수술을 제안받기는 했지만 수술을 받아야 할지 망설여진다고 털어놓았다고 했다. 내게 그 이야기를 하면서 샌드라는 화가 나서 어쩔 줄 몰라 했다. 「그 사람에게는 기회를 주면서 나는 안 된다는 거잖아요!」 그녀는 어떻게 그 노인이 자기보다 폐 이식 수술을 받을 자격이 더 있는지도 이해할 수 없고, 이식을 제안받고는 수술을 망설이는 것도 이해할 수 없다고 했다. 「기회가 오면 잡아야죠!」

내가 샌드라의 의사에게 샌드라처럼 여러 가지 질병을 가진 환자들이 보통 어떻게 생활하는지를 묻자, 그는 그런 환자들은 보통 집에서 쉰다고 대답했다. 샌드라가 얼마나 많은 일을 해내고, 어떻게 무한대에 가까운 에너지를 발휘하는지 이야기하자 그는 애정과 감탄이 담긴 어조로 농담을 했다. 「아마 항상 피곤해 죽을 것 같을 거예요. 어떻게 그런 일을 해내는지 이해하기 힘드네요. 병이 없었으면 어땠을지 상상이 안 돼요.」 그는 거기서 말을 멈추고 병이 없는 샌드라를 잠시 상상하다가 고개를 절레절레 흔들었다. 「도저히 믿을 수가 없어요.」

그렇다고 샌드라가 완주를 포기하고 전력질주를 하는 마라토너처럼 산다고 생각하면 오산이다. 사실은 그 정반대다. 그녀는 최대한 오래 버틸 수 있는 생활방식을 유지하고 있다. 「나는 바쁘게 사는 게 좋아요.」 그녀가 언젠가 고객에게 그렇게 말하는 것을 들은 적이 있다. 「나는 불치병을 가지고 있기 때문에 이렇게 바쁘게 살아야 해요. 병에 대해 생각하고 이야기할 시간이 없어야 긍정적으로 살게 되더라고요.」 그녀에게는 이제 폐 이식을 받을 기회가 다시 오지 않을 것이다. 「폐 이식은 물 건너갔어요. 서명하고 봉인해서 배달까지 완전히 끝난 것과 다름없어요. 그들이 몇 번이나 나를 죽여서 파묻었는지 몰라요. 생각해 보면 날 라자로 부인*이라고 불러야 한다니까요. 부활의 화신이잖아요.」 그렇게 말하고 그녀는 웃음을 터뜨렸다. 나는 의료진이 마지막 결정을 내리고 난 후 그녀가 몇 달 동안 깊은 우울감에서 헤어나지 못했던 모습을 직접 보았다. 그 몇 달 동안 그녀는 움직이지

---

* 「요한복음」에서 예수에 의해 부활한 인물인 라자로를 자신에게 비유해서 이야기한 것이다.

않을수록 더욱 더 움직이기 싫어지고 그냥 그대로 자신을 죽음까지 몰고 갈 수 있다는 사실을 깨달았다.

「입으로 숨 쉬어! 집중해!」일행을 이끌고 어둑어둑한 그 아파트의 문 손잡이를 돌리면서 샌드라가 소리쳤다.

제일 처음 시선을 끈 것은 파리들이었다. 종잇조각 같은 파리의 시체들이 발밑에서 바삭바삭 부서졌다. 파리 시체가 바닥을 완전히 덮고 있는 건 아니었지만 타일 바닥에 상당히 균일하게 널려 있었다. 아파트는 크지 않았다. 입구의 작은 공간에 세탁기가 든 장이 놓여 있고, 건조기의 문은 활짝 열려 있었다. 깨끗한 옷이 담긴 바구니가 그 옆 바닥에 놓여 있었다.

욕실과 작은 침실 두 개를 지나니 부엌 겸 거실이 나왔다. 켜있는 텔레비전에서는 만화영화가 방영되고 있었다. 입구에서 가장 먼 곳에 있는 발코니로 나가는 미닫이문의 열린 틈으로 들어온 바람이 소파 위까지 흘러들었다. 소파는 커버가 벗겨져 있었지만 창문 쪽 자리에 마치 녹이 슨 것 같은 붉은색 사람 모양의 자국은 그대로였다. 그 자국이 충격적이고 무서웠지만, 갑자기 동강나듯 중단되어 버린 삶의 편린을 엿보는 것만큼 충격적이지는 않았다.

셰릴은 안방에서 그 옷의 주인이 어떻게 생겼을지 추측하면서 속옷 서랍을 비우고 있었다. 타냐는 부엌에 있는 물품 목록을 만들기 위해 서랍과 그릇장의 문을 열고 그 안에 든 물건들의 사진을 찍었다. 맨 위 서랍에는 제대로 사는 성인에게 필요할 만한 주방도구가 모두 갖춰 있었다. 그릇장에는 커다란 시리얼 상자 하나, 이온음료 파우더 한 통이 보였다. 개수대 아래 장 손잡이에는 쓰레기가 든 회색 비닐이 매달려 있었다.

「몽땅 다 치워야 해.」 샌드라가 성큼성큼 걸어 들어오면서 말했다.

「냉장고는 아파트에 원래 설치되어 있던 거예요.」 리지가 상기시켜 주었다.

「아,」 샌드라가 낭패라는 듯 말했다. 나는 그녀가 머릿속으로 밴에 가지고 온 살균소독제가 어떤 것들이 있는지를 하나하나 체크하는 것을 지켜보았다. 「또 어떤 게 아파트에 원래 있었던 거지? 일단 그것부터 확인하고 나머지는 모두 버려야 해.」

냉장고에 붙어 있는 기다란 자석에는 〈병원 문이 닫히면 우리 문이 열립니다. 야간 및 휴일 의료 상담〉이라고 쓰여 있었다.

부엌 싱크대 한쪽에는 깨끗한 주사기가 한 무더기 쌓여 있고, 다른 한쪽에는 개봉되지 않은 유기농 면 생리대 한 상자가 놓여 있었다. 장을 보고 들어와서 우유부터 냉장고에 넣고 욕실로 가지고 들어가려고 거기에 던져 놓은 지 채 1시간도 되지 않은 것 같은 모습이었다. 타냐는 회색 비닐이 가득 들어 있는 서랍의 사진을 찍었다.

모두들 죽은 여자가 친구나 가족들과 함께 찍은 사진이 든 액자들 주변에 모여 서 있었다.

「정말 아깝군.」누군가가 엄숙한 표정으로 사진을 들여다보면서 말했다.

「예뻤네.」또 다른 누군가가 말했다. 나는 사진 속 그녀의 모습이 사망 당시의 모습인지 아니면 그녀가 늘 다시 돌아가고 싶어 했던 시기의 모습인지 궁금했다.

청소팀은 효율적이고 조용히 일을 했다. 민첩하면서도 고인을 존중하는 태도를 잃지 않는 것이 간호사를 연상시켰다. 죽은 파리들이 조명의 갓에 쌓여 검은 무더기를 이루고 있었다. 나는 책장에서『약물중독 극복하기』,『매혹의 비밀』,『나와 내 가족 돌보기』,『모든 것이 바뀌면 모든 것을 바꿔라』라는 제목의 책들을 발견했다.「내 여자친구의 결혼식」같은 영화 DVD도 보였다. 텔레비전에서는 안아 주면 자기도 힘을 줘서 상대방을 안아 주는〈빅 헉스 엘모〉라는 장난감의 광고가 나오고 있었다. 나는 안방으로 들어갔다.

침대 바로 옆 창문을 가리는 까만 천을『타로 간단 해석』이라는 책으로 눌러 놓은 것과 랄프로렌 향수 여러 병, 핑크솔트 램프, 미란다 커의 이름으로 판매되는 유기농 립밤 등이 보였다.

「주인 이름이 적혀 있거나, 손 글씨가 쓰여 있는 건 뭐든 따로…….」침대 발치에 있는 책상 앞에 쭈그리고 앉아 물건을 정리하고 있는 리지에게 셰릴이 다시 한번 이야기했다. 두 사람은 고인의 휴대전화 충전기를 감아서 정리하고 그녀의 핸드백을 현관 옆에 가져다 두었다.

샌드라는 딜런에게 깨끗한 주사기는 그냥 폐기하고 커피테이블 옆 노란 플라스틱 그릇에 담겨 있는 사용한 주사기들은 〈마약 사용의 증거〉이므로 그대로 봉인해서 경찰에 제출해야 한다고 지시했다. 경찰이 샌드라에게 수사 내용을 밝히지는 않았지만 그녀는 이 사건이 살인 가능성을 염두에 두고 조사되고 있지 않다는 사실은 알고 있었다. 그러나 샌드라는 집주인이 사망할 당시 혼자 있지 않았을 거라고 생각했다. 「우리도 나름 탐정 놀이를 해요. 하루 종일 이리저리 추리를 하면서 일을 하는 거죠.」 샌드라가 내게 언젠가 이렇게 말했다.

나는 복도를 건너 욕실로 갔다. 욕실에 있는 장들의 문이 열려 있었다. 장 안에는 일반적으로 욕실에 두고 쓰는 크림과 도구들이 들어 있었다. 페이크탠 크림도 있고, 내가 사용하는 브랜드의 보디 스크럽도 있었다.

다시 거실로 돌아와서 나는 일부러 신경을 써서 천천히 실내를 둘러보았다. 소파에서 본 것과 똑같은 검붉은 자국이 난 베갯잇 두 개가 나뒹굴고 있는 것이 보였다. 피가 마른 흔적이었다. 소파 아래쪽 바닥에 문질러진 채 말라붙은 사람의 대변도 보였다. 아직 콜라가 가득 들어 있는 커다란 펩시맥스 병 하나와 역시 꽉 찬 담배 한 갑이 커피테이블 위에 놓여 있었다. 살아서 날아다니는 파리는 한 마리도 보이지 않았다. 아파트 전체가 가득 찬 동시에 텅 비어 있었다. 부재는 암흑물질과 블랙홀처럼 그 나름의 존재감을 갖는다.

샌드라는 새침한 고양이 그림이 그려진 생일카드를 개인적인 물건들이 가득 든 하얀 쓰레기 봉지에 던져 넣은 다음 딜런에게 책들을 모두 샅샅이 훑어서 책갈피에 사진 같은 것이 들어 있는지 살피라고 했다. 유가족은 고인의 이름이 들어간 것은 모두 돌려 달라고 요청했다. 중요한 부분이다.

네 부분으로 나뉜 아파트 안의 공간은 그곳에 살던 사람이 기울였던 노력과 분투의 기록이 그대로 보존되어 있었다. 깨끗이 빨아 놓은 옷들이 들어 있는 바구니, 먼지가 두껍게 내려앉은 크로스컨트리 운동기구, 재사용하기 위해 서랍 가득 보관해 둔 비닐백들, 약물중독 극복 지원을 위한 안내서와 『끌어당김의 비밀』, 사용하지 않은 주사기들까지. 한여름의 무더위에도 2주 반 동안 아무도 알아채지 못했던 죽음의 냄새가 마스크를 뚫고 내 입으로 스며들어 왔다.

일행은 잠깐 집 밖으로 나와 휴식을 취했다. 리지의 장갑에 피가 묻은 것이 보였다. 새빨간 그 피는 소파에 묻은 핏자국보다 훨씬 최근의 것이었다. 일행 중 한 명이, 한동안 아무도 집에 들어간 사람이 없는데 그 피가 누구의 것인지 샌드라에게 물었다.

「구더기.」 샌드라는 간단하게 대답했다. 「생명의 순환이란 정말 놀라운 거야.」

샌드라가 딜런에게 고인의 유품에서 나는 냄새가 새어 나오지 않게 비닐백을 어떻게 두 겹으로 싸고, 백 위쪽에 어떤 식으로 테이프를 붙여야 유족들이 열기 쉬운지를 가르쳐 주는 동안 나는 창밖을 멍하니 내다보았다. 사방에 이 건물과 똑같은 건물들이 늘어서 있었다.

가끔은 이렇게 삶을 마감하는 이들이 있다. 생판 모르는 사람들이 장갑을 끼고 집에 들어와 자기가 흘린 피, 너무 많이 사다 놓은 샴푸를 들여다본다. 역설적이기 짝이 없는 크리슈나교에서 보낸 〈긍정적인 변화를 가져오자〉라는 메시지가 담긴 엽서, 죽은 날 밤 이리저리 돌리다가 마지막으로 멈춘 채널에 고정된 텔레비전이 그대로 남아 있다. 아침에 일어나면 맨 먼저 보이던 침실 창문 밖 나무에는 변함없이 햇빛이 비치고 있다. 운이 없으면 이렇게 끝날 수도 있다. 그러나 그나마 운이 좋으면 샌드라 같은 사람이 책갈피를 한 장 한 장 넘기며 한 조각이라도 남아 있는 고인의 흔적을 보존해 줄 것이다. 그리고 얼마 지나지 않아 누군가가 고인의 가구가 있던 자리에 낯선 가구를 들여놓고 살기 시작할 것이다.

5 · 평범한 삶을 담은 대본: 1970년대 초중반

　어느 날 아침 피터는 출근 열차 안에서 친구의 소개로 린다를 만났다. 린다는 키가 크고 온화한 성격의 피터에게 호감을 보였다. 그의 금발 머리카락이 아침 햇살 속에서 빛났다. 린다는 키가 작고, 피터보다 한두 살 많았다. 피터는 눈이 아름답고 긴 검은 머리에 장난기 어린 미소를 가진 린다가 그를 올려다볼 때 드는 느낌이 좋았다. 두 사람은 붐비는 열차의 흔들림에 몸을 맡긴 채 수줍게 대화를 나누었다.

　나중에 피터는 데이트를 하던 남자로부터 〈집에서 기다리는 여자〉가 있다고 조롱을 당했을 때 보기와는 다른 상황이라며 길게 설명했다. 「기차에서 이야기를 하다가 친구 비슷한 사이가 되긴 했지만 다른 의도는 전혀 없었고, 그냥 하우스메이트를 찾고 있었을 뿐이야. 무슨 말인지 알지?」 그는 처음부터 그녀는 그녀의 방에, 자기는 자기 방에서 지내는 것을 원칙으로 했다고 설명했다. 얼마 동안 모든 게 처음 의도한 대로 흘러갔다. 하지만 어느 토요일 아침 그녀가 약속을 어기고 아침식사를 차려서 그의 영역을 침범해 들어왔다. 침대에서 아침식사를 하게 해주겠다는 핑계로 피터의 영역으로 들어와 그를 유혹한 것이다.

피터는 그녀와의 관계를 조금 아프면서도 놀라운 경험이었다고 기억했다. 주로 극적 효과를 위해 그런 태도를 보이는 것이기는 했지만, 물리적으로 그녀와 섹스를 할 수 있다는 사실만으로 그녀와 결혼할 운명이라고 생각할 정도로 자기가 순진했었다는 것이 놀랍다는 표정을 짓곤 했다. 짧은 기간이었지만 그는 자기도 보통 사람들이 하는 일을 할 수 있다는 사실이 매우 자랑스러웠다. 자기도 다른 사람들이 가진 것을 가지고 있었다. 마침내 자기도 어딘가에 속한 사람이 된 것이다.

피터는 열아홉 살이었지만 시내에 있는 청회색 사암으로 지어진 작은 가톨릭 성당에서 린다와 결혼식을 올리려면 먼저 부모의 허락을 받아야 했다. 그는 버칠 스트리트를 찾았다. 마치 그의 주머니에 든 서류가 아버지의 폭력과 어머니의 경멸로부터 자신를 지켜 줄 수 있는 행정 절차라도 되는 듯 그 서류에 기대어 용기를 냈다.

그는 거실에 서서 자기가 린다에게 청혼을 했고 린다가 승낙을 했으며, 이미 린다의 부모에게서 허락을 받았다고 이야기했다(린다의 아버지와 형제들이 술을 많이 마시고 거칠게 행동을 해서 두려웠음에도 불구하고 허락을 받아 냈다는 말은 하지 않았다).

빌은 보고 있던 신문에서 고개를 들지 않았다. 에일사는 부엌으로 들어가는 문틀에 기대서서 피터의 이야기를 들으며 혀를 쯧쯧 찼다. 「애, 우리는 네가 어떤 앤 줄 다 알아.」 두 눈 사이가 너무 가까워서 사팔뜨기로 보이는 그녀는 차가운 눈으로 경멸하듯 그를 꼬나보면서 쏘아붙였다. 「오래 가지 못할 게 확실해.」 그렇게 말하면서도 그녀는 결국 서류에 서명을 해주었다.

그것으로 그가 걸음마를 배웠던 그 집에서, 할 일은 더 이상 남아 있지 않았다. 그는 고맙다는 말을 중얼거리며 집을 나왔다. 어머니의 말은 천근만근의 추가 되어 그의 발걸음을 점점 더 무겁게 만들었다. 그는 자기가 무슨 짓을 해도 부모에게 사랑받을 수 없다는 사실을 깨달았다.

피터는 그 후로도 오랫동안 그 명제를 뒤집으면 얻을 수 있는 너무도 당연한 결론에 도달하지 못했다. 그가 한 어떤 행동 때문에 그들이 그를 사랑하지 않은 것이 아니라는 결론 말이다. 그리고 그렇게 외로운 생각을 머리에 계속 담고 다니면 진정한 안전함을 느낄 수 있는 곳, 즉 가슴으로 사랑을 느끼기가 힘들다는 사실을 그 후 40여 년에 걸쳐 천천히 이해하게 되었다. 헐겁게 끼워진 전구가 자꾸 깜빡거리듯 피터가 어둠 속으로 곤두박질치곤 했던 것은 바로 그런 이유에서였다.

* * *

　왜 피터는 열아홉 살이었는데도 결혼하는 데 부모의 승낙이
필요했을까? 그것은 아마 그가 결혼식을 올린 교회의 특별한 규
칙 때문이었을 것이다. 어쩌면 지금 샌드라가 받아야 했다고 기
억하는 부모의 승낙이 사실은 결혼이 아니라 완전히 다른 것에
관한 것이었을 수도 있다. 혹시 처음 집을 구하는 데 필요한 서류
였을까? 혹은 승낙을 구하는 게 아니라 결혼식 초대장 같은 것을
전달하는 자리였을 수도 있다. 샌드라는 결혼을 한 연도, 결혼식
피로연을 했었는지 여부, 자녀들의 탄생, 자세한 이혼 과정, 성
전환 수술을 받은 해 등을 정확히 기억하지 못했다. 샌드라가 아
무리 애를 써도 기억해 내지 못하는 것들이 많았다.
　「완전히 필름이 끊긴 것 같아요.」
　「모르겠어요. 진짜 이상하지 않아요?」
　「난 날짜 같은 거 기억하는 데 완전 젬병이야.」
　「몇 년 정도가 기억에서 완전히 사라져 버렸어요. 앞뒤가 맞질
않아요. 정말이지 모르겠어.」
　「솔직히 말해서 모르겠어요. 머릿속에서 완전히 지워 버렸
거든.」

샌드라가 기억하지 못하는 것만으로도 이 책을 가득 채울 수 있을 것이다. 아니 책 몇 권, 도서관 전체를 채울 수도 있다. 가끔 나는 그 책들을 상상하곤 한다. 그 책들은 내가 자랄 때 읽었던 말랑말랑하고 집 냄새가 배어 있는 오래되고 두꺼운 책들이 아니다. 그 책들은 아무도 열어 보지 않아 책등이 꺾이지 않았고 페이지들끼리 달라붙어 있어서 처음 책을 펼치면 촥 소리가 날 것이다. 어떤 책들은 (『피터 콜린스: 버칠 스트리트에서의 어린 시절』, 『피터 콜린스: 잃어버린 날들, 1973~1989』라는 제목의) 연작 중 일부일 것이다. (『입양, 그리고 빅토리아주의 가톨릭 성당』이라는) 단행본도 있을 것이고, (『옛 기억, 내가 살던 방들』이라는) 비망록, (베릴 거트너가 지은 『모든 행사에 응용할 수 있는 케이크 장식』이라는) 요리책, (『서부 도시 근교 지역의 사회사』라는) 역사책이 있을지도 모른다. 샌드라가 기억하지 못하는 것들로 이루어진 그 도서관에는 버칠 스트리트의 황혼녘을 담은 수채화, 지도, 사진, 고지서 뒤에 끄적거린 (달걀, 밀가루, 빵, 우유, 캔 등의) 쇼핑 목록과 같은 책 이외의 작품들도 있을 것이다.

그 자료들이 소장된 지하 묘지처럼 어둡고 조용한 도서관은 존재하지 않는 만큼이나 존재감이 커서 물리적인 형체가 느껴질 정도다. 내가 그녀의 삶을 이해하고 역사적 기록에 거의 자취를 남기지 않은 그녀의 행적을 따라가는 데, 샌드라가 기억하는 것만큼이나 그녀가 잊어버린 것들이 중요한 역할을 하는 것은 바로 이 같은 이유에서다. 물리적 자료로 확인할 수 있는 날짜와 사실들은 내가 길을 잃지 않고 나아갈 수 있도록 도와주는 별자리들이다. 많은 기억을 잊어버렸지만 지난 몇 년 동안 내가 연구해온 샌드라 팽커스트, 그녀는 나에게 탈무드이자 로제타스톤이며 힉스 입자였다. 조사를 하다가 막다른 골목에 부딪혔을 때는 많은 사실과 정보를 바탕으로 유추하며 상상력을 동원할 수밖에 없었다. 그것 말고 다른 방법이 있을까?

〈샌드라, 그 대체물의 이름이 무엇이든 나는 그것을 받아들이는 것을 거부합니다. 이 책은 당신의 이야기입니다. 샌드라, 당신은 세상 모든 것을 이루는 질서와 세상 모든 사람이라는 가족 안에 존재합니다. 당신은 거기 속한 사람이에요. 속하고 말고요, 속하고 말고요, 속하고 말고요.〉

빌은 에일사를 세인트 어거스틴 성당 앞에 내려 준 다음 차를 몰고 가버렸다. 어머니가 큰 소리로 결혼 반대를 외칠 경우에 대비해 피터는 친구 이언과 프레다를 어머니 근처에 앉혀 놓고 어머니가 큰 소리로 반대하기 시작하면 식장 밖으로 데리고 나가 달라고 부탁해 두었다. 에일사는 반대 의사를 입 밖으로 꺼내지는 않았지만 누구나 그녀의 의사를 짐작하고도 남을 정도로 부정적인 에너지를 발산하며 앉아 있었다. 부글부글 끓어오르는 불만을 온몸으로 내뿜으며 입을 꼭 다물고 앉아 있는 에일사를 보면서 피터는 보통 사람들과는 다른 자신을 그녀가 증오하고 있으며, 동성애자일 것이라는 그녀의 추측을 확인해 준다면 더욱 자신을 혐오하리라는 것과, 그 사실을 아는 상태에서 결혼하는 것도 원하지 않는다는 것을 깨달았다. 하지만 1972년 멜버른에서 커밍아웃을 하지 않은 동성애자가 그나마 정상적으로 살아갈 수 있는 방법은 그것뿐이었다.

　에일사가 결혼식에 왜 왔는지 피터는 끝까지 이해할 수 없었다. 어쩌면 남의 눈을 의식해서였을 수도 있다. 아들의 결혼식에 나타나지 않으면 그때까지보다 더 심하게 남의 입에 오르내리리라 생각했을지도 모른다. 어쩌면 한 아이를 성인으로 길러 낸 후 느끼는 자랑스러움을 조금이나마 자기 것으로 주장하기 위해서였을지도 모른다. 아니면 피터를 심리적으로 응징하기 위해서, 혹은 이 결혼식이 잘못되었다는 의사를 표시하면서 〈네가 괴물인 것만도 끔찍한데, 이제 이 불쌍한 여자애까지 지옥으로 끌어들이려고 하니?〉 하는 표정으로 앉아 있기 위해서였을 수도 있다. 진짜 이유가 무엇이었는지는 모르지만 세 가지 이유 중 한 가지 혹은 셋 다였을 수도 있다.

　결혼식이 끝난 후 피터와 린다는 친구들과 함께 트램을 타고 팜 스트리트에 있는 작은 집으로 돌아왔다. 오는 길에 초여름 햇살을 받으며 사진도 찍었다. 부부는 파티 음식을 모두 준비해 두었다. 이웃에 사는 어부에게서 가리비도 사서 조리했다. 그 어부는 술기운이 오르자 그 전 주에 있었던 자기 딸의 결혼 축하연보다 훨씬 더 즐겁다고 고백했다. 뒷마당의 작은 천막 아래 차려진 테이블에 둘러앉은 모두가 행복하고 즐거워 보였기 때문이었다.

피터는 월요일부터 다시 일을 시작했다. 낮에는 기차역에서 표를 팔고, 밤에는 한 은행 건물을 청소를 했다. 은행 청소를 할 때면 린다가 와서 돕기도 하고 말동무도 되어 주었다. 얼마 지나지 않아 그는 더 나은 보수를 주는 타이어 회사에서 일을 시작했다. 상관의 괴롭힘이 있었지만 처음으로 얼마간의 돈을 저축할 수 있었다.

피터와 린다는 선샤인시의 교외에 있는 벤저민 스트리트에 있는 방 두 개짜리 테라스드 하우스*를 둘러보았다. 집주인과 린다가 소소한 대화를 나누는 사이 꿈꾸듯 이 방 저 방을 돌아다니는 피터의 머릿속은 아이디어로 터질 듯했다. 작고 어두운 공간이었지만 피터는 그 공간에서 꾸려 갈 가정의 모습을 상상할 수 있었다. 어디에 벽을 더하고 어느 벽을 허물고, 창문을 더 내고, 아직은 돈이 없지만 언젠가는 사게 될 가구는 어디에 놓고, 벽에는 어떤 색 페인트를 칠하고, 정원은 어떤 모양으로 가꿀지 모두 머릿속에 사진처럼 그려졌다.

피터는 첫아이가 태어난 병원 이름, 심지어 아기가 태어난 순

---

* 여러 집을 한 줄로 이어 붙여 지은 집.

간 자기가 그곳에 있었는지조차 기억하지 못하지만, 집주인과 직접 흥정을 해서 산 그 집의 구조는 그의 머릿속에 동판화처럼 새겨 있다.

피터와 린다는 현관문을 열어 둔 채 음악을 크게 틀어 놓고는 번갈아서 집 안으로 들어가 레코드판을 뒤집어 가며 조 코커의 「매드 도그 앤드 잉글리시맨」의 멜로디에 맞춰 앞마당에 담장을 세웠다. 두 사람은 집안일을 함께 하고, 정원을 함께 가꾸고, 저녁에 친구들을 초대했다. 린다의 아버지도 피터를 도와 집 앞쪽으로 난 작은 창문을 허물고 큰 창문을 내는 일을 함께 했다. 린다와 피터는 커진 창문으로 들어오는 햇살에 잠을 깨고 기대에 차서 새로운 날을 시작했으며, 밤에는 서로 속삭이고 웃음을 터뜨리며 함께 잠들었다.

피터는 몇 집 건너에 사는 이웃이 집을 고치는 것을 지켜보면서 독학으로 조금씩 기술을 익혀, 혼자서 방을 하나하나 개조하기 시작했다. 그가 자랑스러워하는 노출 벽돌 아치도 그렇게 배워서 만든 것이었다. 좀 더 욕심을 내서 초인종도 달았지만 벨을 누를 때마다 온 집 안의 전등이 깜빡거렸다. 「전기 쪽은 잘 모르겠어.」 처음 누군가가 벨을 누르고 불이 깜빡거렸을 때 피터가 솔직히 인정했고, 두 사람은 동시에 웃음을 터뜨렸다.

린다는 피터가 정말 좋았다. 금발머리에 키 크고 잘생긴 남편은 재미있고 따뜻했다. 그가 빵 반죽에 달걀을 깨뜨려 넣고, 땅에서 잡초를 뽑고, 천장 몰딩에서 거미줄을 걷어 내는 모습을 보는 것이 좋았다. 자상하게 많은 것을 가르쳐 주고, 함께 있으면 안정감을 느낄 수 있는 그녀만의 피터는 그녀가 자랄 때 피해 다녀야 했던 남자들, 어릴 때는 아버지의 사랑과 가르침을 받지 못했고 커서는 늘 술에 취해 있던 그 남자들과 너무도 다른 사람이었다. 린다는 모든 것을 다른 시각으로 볼 줄 아는 남편을 사랑했고, 선샤인시의 벤저민 스트리트에서 두 사람이 함께 만들어 갈 미래를 사랑했다.

그녀는 자기 가족 전체가 피터를 동성애자라고 생각하고 있다는 것을 몰랐고, 누군가 그녀에게 귀띔해 줬다 하더라도 믿지 않았을 것이다. 피터가 편두통을 자주 호소하기는 했지만, 두 사람의 침실에서는 아무런 문제가 없었다. 가끔은 악몽을 꾸면서 몸을 거칠게 뒤척이다가 그녀를 세게 걷어차기도 했다. 땀에 범벅이 되어 잠에서 깬 그가 벌떡 일어나서 하는 말은 늘 직장일 때문에 스트레스를 받는다는 것이었다. 「사장 그 나쁜 자식 때문이야. 아무것도 아니야, 여보. 나 괜찮아. 어서 다시 자.」

하지만 악몽은 잦아들지 않았다. 그래서 어느 토요일 오후, 피터가 친구들을 만나러 외출한 사이 린다는 결의에 찬 표정으로 입을 앙 다물고 푸츠크레이에 있는 올림픽 타이어 사무실을 찾아갔다. 문을 쾅 닫고 더러운 프론트데스크로 다가간 그녀는 피터의 급여를 계산해 달라고 사장에게 직접 요구했다. 이제 남편은 다시 출근하지 않을 것이라는 통고도 잊지 않았다.

「다시 일하러 올 걸?」 사장은 그녀를 내려다보며 웃었다.

「내기 할래요?」 린다는 눈을 가늘게 뜨면서 그렇게 대답했다. 「당신 때문에 남편이 자꾸 악몽을 꾸면서 임신 중인 내 배를 찬단 말이에요!」 그녀는 받으러 온 돈을 자랑스럽게 손에 쥐고 집으로 가는 버스를 탔다. 이제 모든 것이 괜찮아질 거라는 소식을 피터에게 알릴 기대에 부푼 채로. 아기가 태어나기 전까지 자기도 몇 달 더 일할 수 있고, 남편도 다른 일자리를 곧 찾을 수 있을게 틀림없었다. 재주가 많은 사람 아닌가. 돌아와 보니 집은 텅 비어 있었다. 그녀는 자정 무렵까지 소파에 기대 앉아 남편을 기다리며 꾸벅꾸벅 졸았다.

1972년의 신혼부부에 대한 이야기할 때면 사람들은 〈아이들〉이라는 단어를 많이 사용한다. 그때만 해도 결혼 전에는 물론이고 결혼을 하자마자 가능하면 빨리 아기를 갖는 분위기이기도 했지만 결혼을 한 신혼부부들도 십 대에 불과해서 아이들이나 다름없는 경우가 많았다. 피터와 린다도 예외가 아니었고, 두 사람은 다른 사람들처럼 살기 위해 최선을 다했다.

사랑하는 동생의 이름을 따서 사이먼이라고 이름을 지은 피터의 첫아들은 그가 스무 살이 되던 해에 태어났다. 린다의 임신 기간 내내 피터는 비밀리에 마이클이라는 남자를 만나고 있었지만 사이먼이 태어났을 때는 진심으로 기뻤다. 사실 너무나 기쁜 나머지 마이클과 헤어지기까지 했다. 피터는 담배에 불을 붙이면서 마이클에게 편지를 썼다. 〈넌 그냥 외로워서 남을 이용하는 사람 말고 다른 사람을 만나. 부디 이해해 주길 바라. 이제 아이까지 생겼으니 보통 사람처럼 살면서 좋은 아빠, 좋은 남편이 되기 위해 최선을 다해야 할 때가 왔어. 이 결혼을 깰 수는 없어.〉 그로부터 아홉 달 후, 피터의 둘째 아들 네이선이 태어났다.

「연년생이라니.」 그는 아기의 탄생을 축하하러 온 린다의 친구들과 그 남편들에게 낄낄거리며 말하곤 했다. 「그냥 만지기만 해도 일이 벌어진다니까! 토끼도 아니고 말이야.」 그러나 그 말들은 내뱉는 순간에도 입에 붙지 않는 느낌이 들었다. 마치 다른 사람의 의치를 끼기라도 한 것처럼. 그보다는 차라리 입 밖으로 꺼내지 못하는 말이 훨씬 더 자연스럽게 느껴졌다. 자녀가 태어나는 것이 얼마나 겁나는 일인지, 아기가 울 때마다 빌이 분노하던 모습이 떠오르며 그 충격이 얼마나 세게 자신을 강타하는지, 지금 이 집이 유년 시절을 보낸 집보다 얼마나 더 남의 집처럼 느껴지는지, 자신이 얼마나 두려워하고 있는지, 지금 이 상황을 얼마나 감당하기가 힘든지…….

임신을 하고 모유를 먹이느라 2년 내내 매일 밤잠을 설친 것은 그가 아니었다. 더러운 기저귀를 빨고 삶느라 손이 갈라지고 피가 난 것도 그가 아니었다. 린다와 달리 그는 직장에 가서 뜨거운 차를 다 마실 여유도 누렸다. 그럼에도 불구하고 피터는 그 모든 상황을 정말로 감당해 내지 못하고 있었다. 그는 항상 취해 있었다. 숨을 크게 쉴 수 없었고, 눈은 더러운 창문처럼 느껴졌으며, 너무 불안해서 주변을 살필 여유가 없었다. 그러나 린다와 데이트를 하고, 결혼을 하고, 집을 사고, 아이들이 태어나고, 거지 같은 직장에 다니는 것 모두가 평범한 삶을 담은 대본을 따르는 일이었다. 중요한 것은 그것이었다.

하지만 린다가 애들을 데리고 외출할 때면 그 작은 집에 평화가 깃들었다. 그것은 소음의 부재에서 오는 평화가 아니라 침묵을 틈타 공간을 채우는 더 작은 소리들 때문이었다. 가령 쏟아지는 샤워기의 물줄기를 베일 삼아 그가 혼자서 내는 목소리, 높낮이뿐 아니라 억양과 단어, 몸짓까지 곁들인 그 목소리, 혹은 그의 혈관을 타고 다니며 울려 퍼지는 주문과도 같은 목소리, 그가 유일하게 확신하는 그 목소리는 〈넌 여기 속한 사람이 아니야〉라고 외치고 있었다.

시내로 가는 길, 차가 어두운 도로에 빨려 들어가듯 달리면서 딴 데 정신이 팔린 피터는 상당히 먼 거리를 가는 동안 운전대를 잡고 가속 페달을 밟고 있는 것이 자기 자신이라는 사실을 잊고 있었다. 그는 자기가 번개를 맞거나 혹은 다른 어떤 일이 일어나서 금방이라도 재가 되어 버릴 것 같은 분명한 느낌을 받으면서도 계속 속력을 높였다.

피터가 마이클을 어떻게 만나게 됐는지, 어떻게 처음으로 게이 바를 찾게 되었는지는 역사의 잊힌 비밀 중 하나다. 당시에는 동성애자들을 위한 뉴스레터도, 라디오 방송도 없었다. 동성애자들이 서로에게 의지할 수 있는 공동체라는 것이 겉으로 보기에는 전혀 없었다. 아주 오랫동안 피터에게는 동성애자 친구나 지인이 한 명도 없었다. 그냥 착한 아내가 있을 뿐이있다. 어쩌면 서로 의미 있는 시선을 주고받다가 접근한 낯선 사람, 혹은 친구의 친구가 있었을지도 모른다. 소문, 농담, 직장 동료들끼리 주고받는 잡담 속에서 주위들은 소중한 정보를 모으고 조합했을 수도 있다.

어떻게 그런 정보를 얻었는지와 상관없이 그는 주소 하나를 손에 넣었고, 그곳을 향해 차를 몰고 있었다. 도버 호텔. 도버 호텔. 지난 몇 주 동안 마음속에 접어 두었던 그 이름을 그는 이제 꺼내 펼쳐 보았다. 그러고 나니 혼자서 주저하며 가는 길이지만 목적의식으로 가득한 이 여정이 좀 더 정당화되는 느낌이었다. 펍의 문을 열고 들어가서 계단을 걸어 올라갔지만 그는 번개에 맞지 않았다. 그저 오래 된 담배연기와 맥주 냄새가 슬쩍 났을 뿐이고, 처음 방문했는지를 묻는 바텐더의 목소리가 아득히 먼 곳에서 나는 소리처럼 들려 왔다. 「네.」피터가 대답했다.

「계속 앉아 있어도 괜찮지만, 10시나 10시 반 전에는 사람들이 별로 오질 않아요.」바텐더는 그렇게 말하고 뒤에 있는 개수대 쪽으로 몸을 돌렸다. 오후 6시였다. 피터는 고맙다고 인사를 한 후 계단을 내려가 다시 거리로 나섰다. 커피숍을 찾은 그는 커피 한 잔을 앞에 두고 오래된 신문을 읽으면서 시간을 때웠다. 커피숍이 문을 닫은 후 다시 길로 나선 그는 충분히 늦은 시간이라는 생각이 들 때까지 가능한 한 큰 원을 그리며 동네를 헤매다가 펍으로 돌아갔다. 이미 한 번 가본 곳이고, 그 계단을 이미 한 번 올라봤지만 자기가 지금 내딛는 발걸음이 어디로 향하는 것인지, 그곳에 도착해서 두 남자가 함께 있는 것을 보고 자기가 어떻게 할지 알 수 없었다. 그를 지켜봐 온 사람이라면, 계단 끝까지 올라가서 주저하는 모습과 그의 얼굴에 떠오르는 반신반의하는 표정을 놓칠 수 없을 것이다. 순간 그때까지의 일생이 머릿속에서 영화처럼 스쳐 지나갔다. 심장이 너무 뛰어 귀가 떨어져 나갈 지경이었고, 머릿속에서는 여러 목소리가 회오리처럼 몰아쳤다. 발밑에 닿는 카펫의 감촉이 부드러웠고, 남자들이 그 부드러운 카펫을 딛고 테이블에서 바로 걸어가거나 몇 명씩 혹은 짝을 지어 서 있는 것이 보였다. 그는 자기가 꿈을 꾸는 것이 아닐까 생각했지만 그 순간 친절하게 말을 건네는 따뜻한 목소리가 들려 왔다. 안도감이 밀물처럼 온몸을 적시는 것을 느끼면서 그는 마침내 깊은 숨을 내쉬었다.

새 직장으로 걸어 들어가면서 피터는 벽돌로 지어진 5층짜리 공장 건물 지붕 위에 서 있는 〈달링〉이라는 글자만큼이나 밝고 자랑스러운 느낌이 들었다. 그는 〈존 달링 제분〉의 실험실에서 기술자로 일하는 것에 커다란 긍지를 가지고 있었다. 그가 맡은 일은 공장에 딸린 실험 조리실에서 빵이 만들어지는 과정 중 밀가루의 여러 성질을 검사하는 것이었다. 피터는 반죽이 어떻게 부푸는지를 확인하면서 수분의 정도를 분석하고 색을 조절해, 맥도널드 같은 고객에게 판매하는 밀가루로 균일한 햄버거 빵을 만들 수 있도록 돕는 일을 했다. 전날 아무리 잠을 설쳤더라도 그는 매일 아침 제 시간에 출근했다.

1975년 초였다. 어느새 그는 도버 호텔의 단골이 됐고, 거기서 사람을 더 많이 만나면서 트랜스젠더를 위한 다른 장소들도 알게 되었다. 그런 식의 밤 외출은 섹스 파트너를 찾기 위한 것이 아니라, 사람들을 사귀고 마음의 여유를 찾으면서 이전에는 있는 줄도 몰랐던 세상을 탐험하기 위한 것이었다. 이제는 매일 저녁 기저귀 수거통을 지나 문을 열고 방에 들어설 때조차 두려움과 망설임이 없었고, 돌덩이 하나가 가슴을 짓누르는 느낌도 들지 않았다. 마음이 딴 곳에 있었기 때문이었다. 바닥에 내던져진 음식을 피해서 발을 내딛고, 개수대에 던져진 젖병 속에서 우유가 상해 가는 냄새가 나고, 벽에 유리병이 부딪혔나 싶을 정도로 날카로운 아기 울음소리가 잠을 깨워도 피터는 거의 신경을 쓰지 않았다. 그는 머릿속으로 애너벨 바에서 조와 춤을 추고 있었다.

피터는 페르시아인과 이탈리아인의 피가 섞인 조가 무척 멋지다고 생각했다. 그러나 조가 화장실에서 준비하는 시간은 피터보다도 길었다. 피터가 이제 화장을 살짝 한다는 사실에 비춰 볼 때 조가 화장을 하는 데 얼마나 오래 걸리는지 알 수 있었다. 조와의 관계는 피터가 편안해하는 그런 관계는 아니었다. 그러나 린다가 밤에 의미 있게 그의 등을 쓰다듬을 때 동료애로 하게 되는 일보다는 더 편안했다. 피터는 여전히 결혼반지를 끼고 다녔지만 결혼반지는 더 이상 긍지로 반짝이기보다 작은 족쇄처럼 느껴졌다.

집과 일터, 아이들, 노출 벽돌로 만든 아치, 부부를 웃게 만들었던 초인종에서 느끼던 긍지도 사라졌다. 날이 갈수록 깊이 숨을 쉬기가 이전보다 더 힘들어졌다. 집중해서 어떤 생각을 하기도 힘들었지만, 사실 생각 말고는 하는 일도 없는 듯했다. 입 밖으로 꺼내지 못하는 생각을 머릿속에서만 하고 또 하는 일상이 이어졌다. 열정을 가지고 시작했던 욕실 개조도 중도에 그만두고 말았다. 놓여 있던 욕조를 떼어낸 곳에 드러난 구멍은 그가 욕실에 들어갈 때마다 그를 꾸짖듯 노려봤다.

피터는 여자의 가슴에 대해 별다른 생각을 해본 적이 없었다. 애당초 별 관심이 없었기 때문이다. 그나마 없는 관심을 총동원해서 쇼걸들의 풍만한 가슴은 그들이 입은 무대 의상의 일부일 것이라고 추측한 것이 전부였다. 비닐로 만들어진 의상과 무대에 항상 등장하는 보석이 박힌 목걸이에 연결되어 있을 것이라고 생각했을 뿐이다. 그러다가 그는 여장을 한 쇼걸들 중 일부는 실생활에서도 여자로 살고 있다는 사실과 태어날 때와 다른 몸으로 사는 사람들이 있다는 사실을 알게 되었다. 그 후 어느 날 밤 그는, 여성 호르몬을 복용해서 변화하는 과정, 즉〈트랜지션〉과정에 대해 사람들이 이야기하는 것을 들었다.

마치 불이 켜지는 느낌이었다.

의사를 찾는 것은 쉽지 않았다. 그러나 마침내 피터는 도버 호텔에서 그리 멀지 않은 곳에 있는 칼턴의 작은 사무실을 찾아냈다. 호르몬을 처방해 달라는 그에게 의사는 그것이 기나긴 과정의 아주 작은 부분일 뿐이라고 설명했다. 호르몬이 피터의 건강에 좋지 않을 것이고, 수명을 단축할 것이라고 경고도 했다.

〈선생님, 조금 있다가 이 병원에서 걸어 나가면서 트럭에 치여 죽을 수도 있어요. 제가 원하는 것을 해보지도 못하고 그렇게 죽고 싶진 않아요〉라고 피터는 대답했다.

「일주일쯤 지내 보고 그래도 생각이 바뀌지 않으면 다시 오세요.」의사가 말했다.

피터는 일주일 후 다시 의사를 찾았다. 전보다 더 굳은 확신을 갖게 된 그에게 의사는 처방전을 써주었다.

호르몬을 복용하면서 피터는 살이 너무 많이 쪄서 직장 동료들의 놀림까지 받을 지경이었다. 동료들은 그를 미식축구 선수라고 불렀다. 벽돌로 지은 뒷간 같은 체격이니 풀백*을 맡으면 안성맞춤이겠다는 말도 들었다. 그럴 때마다 그는 웃어 넘기면서 집에서 빠져나와 동네 술집에서 맥주를 너무 많이 마셔서 그렇다고 둘러댔다. 그는 머리도 길렀다. 셔츠 밑으로 가슴이 봉긋 솟아오르기 시작했다. 처음에는 모두가 그를 놀리고 웃느라 정신이 없었지만 어느 순간 분위기가 변하기 시작했다. 그의 외모가 변해 갈수록 동료들은 그를 보호하기 시작했다. 지하 창고에서 일하는 거친 남자들까지도 그를 친절하게 대했다. 어쩌면 그의 용기가 대단하다고 생각했을 수도 있고, 그가 불쌍하다고 생각했을 수도 있다. 혹은 그가 주변 사람들을 편하게 해주듯 그들도 그를 편하게 해주고 싶었을지도 모른다.

매일 아침 그는 린다의 눈에 띄지 않게, 감춰 둔 화장품을 꺼내 분필 가루 같은 분을 코 주위에 찍어 바르고, 자동차 거울을 보며 입술을 동그랗게 오므린 채 부드러운 검은 마스카라를 눈썹에 얇게 칠했다. 그는 아무도 눈치채지 못할 거라고 생각했지만, 모르는 사람은 없었다. 그가 아직 깨닫지 못한 것은 이제 자기도 더 이상 남들이 어떻게 생각하는지 신경 쓰지 않게 되었다는 사실이었다. 그는 훌륭한 직원이었다. 효율적으로 일하고, 남에게 의

* 미식축구에서 후위 공격수.

존하지 않으며, 동료들 사이에서 의견을 조율하는 데 탁월한 능력을 보였다. 사무실과 실험실의 모든 사람과 잘 지낼 뿐만 아니라 별다른 노력 없이도 동료들의 인기를 독차지했다. 상관들은 그의 능력을 높이 샀고, 회사에서 비용을 대서 시에서 운영되는 경영자 코스를 밟게 했다. 그의 직속 상관은 고객과의 접촉이 더 많은 직책으로 그를 승진시키려 했다. 동료들은 그를 있는 그대로 받아들여 줬지만 피터는 남의 시선을 굉장히 의식하는 동시에 화장과 호르몬 복용에 집착했다. 그는 남성으로서 맡았던 역할을 계속하면서 거기에 상응하는 권위와 존엄성을 유지하는 것이 어렵다고 생각했다. 피터는 상관의 만류에도 불구하고 장래 커리어에도 좋은 기회가 될 것이 분명한 승진 제안을 거절했다.

그는 퇴근 후 집에 와서 가족과 함께 저녁을 먹는 시늉이라도 하려고 노력했고, 가끔 처가 식구들의 생일에는 처가에 가기도 했지만, 대부분의 경우 마치 가족이 없는 사람처럼 행동했다. 설명도 하지 않고 밤늦게 외출을 하고, 항상 흥분 상태였다. 린다가 한 번도 들어 보지 못한 장소와 사람들에 대해 이야기를 하고, 주말에는 클럽 친구들과 함께 나가서 싸구려 화장품과 옷 쇼핑을 했다. 시내에 있는 가게에서 금발 가발도 샀는데, 나중에 그는 그 가발을 끔찍한 비닐 헬멧이라고 묘사했지만 당시 그 가발을 쓰고 애너벨 바에서 춤을 출 때면 끝내주게 멋지다고 느꼈다. 집으로 돌아와 뒷마당 창고에 모든 것을 숨기는 순간까지 그 짧은 시간 동안 그는 사자처럼 위풍당당하고 태양처럼 빛났으며 기쁨으로 전율했다. 가발은 창고의 어둠 속에서 황금빛을 발하다가 다음 기회에 또 다시 빛을 발하곤 했다.

린다도 뭔가가 이상하다는 것은 알고 있었다. 아기들을 돌보면서 고된 하루를 보낸 후 유일하게 마음에 드는 블라우스로 처진 배를 감추고 남편의 눈길을 끌어 보려고 노력하면서 미소를 지으려 애썼지만, 뭔가가 그녀의 입꼬리를 잡아 내렸다. 어느 주말 두 사람은 린다의 어머니에게 두 아들을 맡기고 친구 부부를 만났다. 피터는 금요일 밤이 저물 무렵 파트너를 바꿔서 자자고 제안했다. 린다는 내키지 않았지만 그렇게 해서라도 피터와의 결혼 생활을 유지하고 싶었기 때문에 그의 제안에 응했다. 그러나 그 주말 여행이 끝나고 아이들을 데리고 집에 도착하자마자 피터는 이제 자신은 더 이상 린다를 사랑하지 않으며, 다른 여자가 생겼으니 그녀를 떠나겠다고 선언했다.

린다의 마음은 갈기갈기 찢겨 나가는 것 같았다. 피터는 집을 나갈 준비를 시작했지만 완전히 집을 떠나기까지는 몇 달이 걸렸고, 그동안 부부는 내내 한 침대를 썼다. 그녀는 결혼 생활이 끝나 버린 데 대한 슬픔을 극복할 수 없었고, 피터가 만난다는 다른 여자에 대한 생각과 침실에 널려 있는 이삿짐 상자들을 아들들에게 어떻게 설명해야 할지 고민하며 마치 고문을 당하는 것처럼 괴로워했다. 어느 날 밤 침대에서 설핏 잠이 든 그녀의 발이

의도치 않게 피터의 발에 살짝 닿자 그가 쏘아붙였다. 「만지지 마. 난 여자들이 나를 만지는 거 싫어.」

피터는 애너벨 바의 2층에서 아래층에 있는 댄스플로어를 내려다보고 있었다. 사람들이 술과 약에 취해 비틀거리고 있었다. 피터는 조의 무릎 위에 기분 좋게 앉아서 아무도 자기를 모른다는 자유로움을 만끽하며 활력을 느꼈다. 두 사람은 머리를 맞댄 채 이야기를 나누고 함께 웃음을 터뜨리며 새롱거렸다. 손을 잡은 채 붐비는 바에서 산 스카치 앤드 콜라를 홀짝거리며 사람들을 피해 자리로 돌아가는 길이었다.

누군가와 부딪히자 상대가 누군지 확인할 생각도 않고 〈실례합니다〉 하고 중얼거리는 피터의 눈앞에 린다가 떡 버티고 서 있었다. 그 순간 그녀의 작은 얼굴을 내려다보며 피터는 자신이 저지른 온갖 실수를 깨달았다.

린다에게 설명할 길이 없었다. 가발을 쓰고 화장을 한 채 게이 클럽에서 남자와 손을 잡고 있지만 자기는 동성애자가 아니라는 사실을 설명할 길이 없었다. 그녀에게 말할 수 있는 것은 자기가 알고 있는 사실, 다시 말해 자기가 다른 사람들과 다르다는 사실뿐이었다. 그는 자신이 느끼는 것을 설명할 단어를 찾지 못했다. 그런 단어가 존재한다는 것조차 알지 못했다.

피터가 잘 알지 못한 것에는 아내도 포함되어 있었다. 그가 아내를 엄청나게 과소평가했다는 사실이 이제 명백해졌다. 그녀가 얼마나 많은 것을 알게 되었는지, 그리고 그녀가 남편을 얼마나 진심으로 사랑하는지를 과소평가했던 것이다. 그녀는 피터에게 떠나지 말라고 애원했다. 정신과 치료를 받아 〈그 문제〉를 고쳐 보자고 애원하기도 했다. 당시 통용되는 소위 〈치료〉라는 것에는 전기충격 요법도 포함되었다. 그는 모든 것을 엄청나게 과소평가하는 실수를 다시는 범하지 않았다. 당장 떠나야만 했다. 피터는 린다에게 아들들을 자기가 기르게 해달라고 빌었다. 「당신은 아이를 더 낳을 수 있잖아.」그는 그렇게 호소했다. 린다는 어처구니없다는 태도로 그의 요청을 거절했다.

「내가 공상의 세계에서 살고 있었던 거죠.」샌드라는 당시를 회상하며 그렇게 말했다. 「애들을 데리고 나왔다 하더라도 살아남기 위해 내가 해야 했던 일들을 생각하면 애들을 키우는 건 불가능했을 거예요. 자식을 키우기는커녕 내 자신에 대한 확신도 없었으니까요. 그 당시에 나 같은 퀴어 밑에서 자랐으면 애들이 어떻게 됐겠어요?」

짐을 가득 실은 차를 몰고 집을 떠나며 피터는 자기가 두고 떠나는 모든 것의 무게에 짓눌려 몸이 떨려 왔다. 결혼 생활, 아이들, 집. 그가 가지고 있던 대부분의 것들이 그에게서 멀어져 가고 있었다. 그에 더해 그는 〈나, 피터 콜린스는 동성애자임을 인정하는 바입니다. 성적 부조화로 인한 이혼에 합의합니다〉라고 쓴, 이혼에 필요한 법적 서류도 두고 왔다.

피터가 버린 린다는 아장아장 걷는 아이 둘과 주택 담보 대출 상환의 의무를 떠맡았지만, 저축해 놓은 돈도, 수입도, 자동차도, 사용할 수 있는 욕실도, 피터에게 연락할 방법도 없었다. 피터가 두고 떠난 것 중에는 부모에게 칭찬받고자 하는 욕구도 포함되이 있었다. 일이 이렇게 될 줄 알았다고 할 것을 알면서도, 그들이 오랫동안 품어 온 확신을 증명해 주는 행동이라는 것을 알면서도, 그는 모든 것을 버리고 떠났다. 일자리도, 돌아갈 집도 없다는 것을 알면서도 떠났다. 스물세 살로 접어드는 자신이 너무 젊었기 때문에, 또한 너무 나이가 들었기 때문에 떠났다. 여전히 이름을 붙일 수 없는 그 무엇 때문에 떠날 수밖에 없었고, 아내와 아들들이 있는 선샤인시 벤저민 스트리트는 자기가 속한 곳이 아니고, 거기 남아서 계속 살 수 없다는 절대절명의 확신 때문에 떠났다. 평생 그렇게 외톨이라는 느낌이 분명했던 적이 없었다. 자신에게서 떠나 자신에게로 향하는 그 차 안에서 그는 슬픔과 두려움으로 몸을 떨었다.

린다는 그 후로도 몇 년 동안 피터가 다시 돌아올 거라는 희망을 버리지 못했다. 피터는 긴 머리를 하고 모드족Mod* 처럼 미니

* 1960년대 영국에서 기성세대와 차별되는 감각적이고 반항적인 활동을 추구하던 노동 계급의 청년들.

스커트와 하얀 플랫폼 신발을 신은 모습으로 린다를 기억했다. 그리고 사람들이 물으면 〈좋은 사람이었어요. 정말로〉라고 대답했다. 하지만 그녀가 유머 감각이 있는 사람이었는지 등 린다에 대해서 더 자세하게 이야기해 달라고 하면 입을 꼭 다물어 버렸다. 그는 남편이 떠난 후 혼자서 아이를 키우면서 린다가 헤쳐 나가야 했던 엄청난 재정적·육체적·감정적 어려움에 대해 단 한 번도 제대로 직시하려 하지 않았다.

피터는 그 후 15년 동안 한 번도 크리스마스를 제대로 지내지 못했고, 사이먼이 현관문 앞에 서서 〈바이, 바이, 아빠〉 하고 손을 흔들던 모습은 그의 심장에 영원히 아프게 남았다. 그리고 거의 40여 년 동안 아들들에 관해 아무것도 모르고 지내다 예순이 되던 해에야 두 아들의 아기 때 사진을 은색 액자에 넣어 아침에 눈을 뜨면 바로 보이는 곳에 조심스럽게 놓아 두었다.

샌드라는 동성애자로 알려진 것 때문에 양육권을 잃었을 뿐 아니라 아이들을 만나는 것조차 금지되었다고 기억했다. 「애들을 만나면 안 된다고 했어요. 내 병이 애들한테 옮을 수도 있다는 게 이유였죠.」 그녀는 린다와의 이혼을 그렇게 기억하고 그 내용을 자기 방식대로 이해했지만, 가족법을 보면 동성애자라고 해서 자동으로 양육권이나 접근권을 박탈하지 않는다. 아이의 복지를 최우선으로 염두에 두고 부모 각각의 자녀 양육 능력과 당대의 사회적 기준을 감안해서 사례에 따라 다른 결정이 내려진다.

자녀 양육 능력과 사회적 기준을 감안한다는 부분이 동성애자 부모에게 유리하지는 않지만, 그렇다고 반드시 양육권이나 접근권을 금지당하는 것은 아니다. 린다는 양육권 결정 공판에서 피터가 아들들을 언제든 만날 수 있도록 허락되었던 것을 기억했다. 그러나 한 가지 조건이 있었다. 「원하면 언제든지 우리 집에 올 수 있었어요. 하지만 여장을 하고 오면 자기가 누구인지 아이들에게 밝히지 않아야 한다는 것이 조건이었죠. 애들이 너무 혼란스러울 테니까요.」 피터는 아들들을 한 번도 찾지 않았고, 이혼 공판에도 나타나지 않았다. 1977년 8월 22일 이혼 과정이 마무리되었을 때, 이혼 서류에 기입된 〈피터 콜린스(스테이시 필립스라는 이름으로도 통용됨)〉는 주소 미상으로 기입되었다.

샌드라는 양육권 판결에 대해 수긍할 수 없었지만 동시에 그런 식으로 판결이 났으니 자기는 위자료나 자녀 양육비에 대한 법적·도덕적 의무에서도 완전히 그리고 영원히 배제되었다고 이해했다. 유산을 오스트레일리아에서 가장 돈이 많은 대학 중하나에 남겨 장학금으로 사용하도록 한다는 내용의 유언장 이야기를 하면서 그녀가 내게 이렇게 말한 적이 있다. 「그냥 모든 것이 깨끗이 정리되어서 내 유산이 잘 처리되도록 하고 싶은 게 다예요. 그게 아니면 유산이 아이들에게 갈 수도 있고, 아내에게 갈 수도 있으니까요.」

* * *

이혼 무렵에 있었던 일에 대해서 린다는 남의 눈을 약간은 의식하면서도 솔직하고 뒤끝 없이 이야기했다. 「피터가 차를 몰고 가버린 후에도 차 할부금 고지서는 계속 내게 날아왔어요.」그녀가 말했다. 「똑똑히 기억하는데 그때 복지 보조금이 96달러였어요. 주택 담보 대출이 일주일에 32달러 50센트였고요. 그러고 나면 2주일을 31달러로 살아야 했죠. 공과금을 겨우 내면 남는 게 없었어요. 매주 푸드 바우처를 받아서 먹고살았죠. 사회복지사가 애들 발을 보더니 〈저 신발 말고 딴 건 없어요?〉하고 물을 정도였어요. 물론 그 신발 말고 다른 신발은 없었어요. 낡고 구멍난 신발.」사회복지부에서 크리스마스에 조금 도움을 받았고, 자선단체인 〈보이스 타운〉에서도 도움을 주었다.

피터는 집을 개조하던 작업을 마무리하지 않고 떠나 버렸다. 「욕실이 없었어요. 욕실 공사를 도와줄 사람이 아무도 없었으니, 부엌 개수대에서 애들 목욕을 시키고, 나는 샤워를 하려면 이웃집에 신세를 져야 했어요. 3년을 그렇게 살았죠.」

「친정 식구들은 집이 내 이름으로 넘어오기 전에는 도울 수 없다고 했어요. 남편을 찾으려고 갖은 애를 썼지요. 피터가 가끔 밖에서 만나는 사람들이나 자기가 간 나이트클럽 이야기를 내게 하곤 했어요. 레즈 걸스 그룹에서 떨어져 나온 플레이 걸스라는 그룹을 안다고 한 것이 기억났어요. 어느 날 채널 나인에서 하는 〈뉴 페이스〉라는 프로그램에 플레이 걸스가 나온 거예요. 그래서 방송국에 전화를 해서 방금 출연했던 그 그룹을 섭외하려고 하니 전화번호를 알려 달라고 했죠.」

린다는 그 전화번호를 가지고 경찰서로 가서 자녀 양육비를 안 보내 주는 남편을 찾아 달라고 했다. 한 형사가 그 전화번호가 등록된 주소가 시내에 있는 임대 아파트라고 알려 주었다. 그 집에 살던 여자가 린다에게 어디서 피터를 찾을 수 있는지 알려 주었다.

「애들을 데리고 그 여자가 알려 준 곳으로 갔죠. 언니가 함께 가 줬어요. 그곳에 남자처럼 보이는 여자가 하나 있었어요. 피터는 여자 옷을 입고 있었고, 사이먼은 그냥 너무 혼란스러운 얼굴로 쳐다만 보고 있었죠. 사이먼에게 이 사람이 아빠라고 알리지 않았어요. 그냥 피터의 서명만 받았는데, 오는 길에 내내 울었던 기억이 나요.」

「자살 충동을 심하게 느꼈어요. 정신과 치료를 받으면서 약을 받았는데 그 약을 한 움큼씩 집어 삼켰어요. 나도 죽고 아이들도 죽일 생각이었죠. 그러다가 〈내가 죽고 아이들만 살아남으면, 아니면 아이들이 죽고 나만 살아남으면 어떡하지?〉 하는 생각까지

했어요.」

「아무에게도 내 마음을 털어놓지 않았어요. 피터와 헤어진 다음에는 함께 어울리던 친구들하고도 연락을 끊었죠. 아무도 내게 무슨 말을 해야 할지 몰랐어요. 엄마하고도 별로 가깝지 않았고요. 그런데 어느 날 아침 8시에 엄마가 온 거예요. 내가 〈이렇게 일찍 무슨 일이세요?〉 했더니 엄마가 〈내가 필요할 것 같아서 왔다〉 하시더라고요. 엄마가 날 구했어요.」

「정신을 차리지 않으면 안 됐어요. 그 후 몇 년 내내 우울증이 심해졌다 나아지기를 반복했죠. 애들을 위해서라도 죽을 수는 없었어요.」

「정말 오랫동안 화가 가라앉지 않았어요. 아이들까지도 그 사람처럼 자라면 그 사람을 찾아내서 죽여 버리겠다 생각했어요. 그때 내 감정이 그랬어요. 하지만 그런 감정은 극복했어요. 아이들한테 한 번도 피터 욕을 한 적이 없어요. 좋은 사람이었어요. 그를 사랑했고, 아주 오랫동안 그 사람이 돌아와 주기를 바랐습니다. 그 사람의 유일한 잘못은 나와 결혼한 것이었죠. 자기가 어떤 사람인 줄 알면서도 말이에요. 그 사람은 보통 사람이 되고 싶어서 그렇게 했다고 하더라고요. 거짓말이 아니었을 거예요. 정말 보통 사람이 되고 싶어 했으니까.」

사이먼이 세례를 받던 날 피터와 린다가 찍은 사진이 두 장 있다. 그중 하나에서 두 사람은 〈영원한 도움의 성모 수도회〉 성당의 갈색 벽 앞에서 빌과 에일사를 사이에 두고 엄청나게 어색한 분위기로 뻣뻣하게 서서 포즈를 취하고 있었다. 아기 사이먼은 하얀 담요에 쌓인 채 에일사 할머니 품에 안겨 있고, 에일사는 웃지는 않지만 어쩔 수 없이 솟아오르는 자랑스러움을 감추지 못한 표정으로 카메라를 노려보고 있다. 회색 양복과 넥타이 차림을 한 빌은 아기를 내려다보면서 뻣뻣하게 아기에게 손을 얹고 있다. 축복을 하는 것인지, 믿을 수 없어서 만져 보는 것인지 확실치 않지만, 어느 쪽이 됐든 그 모습은 감정을 불러일으키기보다는 자기 손을 어떻게 처리해야 할지 모르는 듯한 인상만을 준다. 에일사 옆으로 보이는 린다는 앞쪽으로 손을 모아 쥐고 서 있다. 이미 네이선을 임신한 상태일 것이다. 초록색 원피스를 입은 린다는 진정으로 아름답고 긍지로 가득 차서 빛이 나 보였다. 사진의 반대편, 빌 옆에 선 피터는 약간 몸을 돌리고 있다. 사진의 각도를 위해서는 좋은 포즈지만, 다른 사람이 하나도 그런 포즈를 취하지 않았기 때문에 자연스럽지 않은 느낌만 주고 말았다. 피터는 검은 바지와 털실로 짠 조끼 밑에 보라색 셔츠를 받쳐 입고 위 단추를 푼 차림이었다. 해바라기만큼이나 반짝이는 금발에 날씬하고 키가 큰 피터가 눈썹을 약간 치켜뜨고 손을 뒤로 모아 쥔 채 살짝 놀라는 듯한 표정으로 카메라를 보는 표정은 마치 다른 사람의 가족사진에 실수로 끼어든 사람처럼 보인다. 또 다른 사진에서는 보라색 성복을 입은 신부가 사이먼의 머리에 성수를 뿌리는 장면이 담겨 있다. 린다가 아기를 세례반 위로 안고 있고, 피터는 마음에서 우러나온 듯한 순수한 미소를 지으며 아들을 내려다보고 있다.

샌드라는 그 사진들을 43년 동안 간직해 왔다. 벤저민 스트리트의 집을 떠날 때, 옷가지와 수건 한 개, 침구 한 벌, 식기류 1인분, 결혼 선물로 받은 펀치보울 세트를 차에 실으면서 함께 챙긴 사진이었다. 그 후 40년에 걸쳐 세 개의 주를 넘나들며 수없이 이사를 하면서도 그녀는 그 사진들을 늘 가지고 다녔다. 그 사이에 부모와 형제자매, 아내 한 명, 남편 한 명, 자녀들, 양자녀들, 수많은 친구들, 회사 두 곳, 집 두 채, 차 두 대, 엄지발가락 하나를 잃었지만 그 사진들은 잃어버리지 않았다. 그러나 그 사진들을 왜 그렇게 소중하게 간직했는지는 확실치 않다.

「왜 그랬는지 모르지만 그 사진들만큼은 늘 잘 챙겼어요.」 사진들에 대해 묻는 내게 그녀는 애매하게 대답했다. 그러나 질문을 회피하려는 의도는 아니었다. 사진을 꺼내서 진열해 두거나 누구한테 보여 준 적도 없다. 아기의 얼굴도 잘 보이지 않는 사진이었다. 부모와 전처의 얼굴은 잘 보이는데 세 명 다 그다지 좋은 추억을 가진 사람들이 아니었다. 어쩌면 그 사진들은 증거물의 성격이 더 강한 것인지도 모른다는 생각이 들었다. 여기 있는 이 남자가 바로 나고, 나도 고통을 겪을 만큼 겪었으며, 나도 아내가 있었고, 아들을 가족이 다니는 성당에서 세례를 받도록 했으며, 최선을 다해 노력했음을 증명하는 증거.

인생을 살아오면서 외모도, 이름도, 역할도 극적으로 변했지만 그 모든 날을 살아 낸 심장과 뼈와 몸은 같은 사람의 것이었다. 나는 사진이 말해 주는 것이 바로 그 점이라고 생각했다. 자신의 삶이 거쳐 온 기쁨, 창피함, 공감 혹은 아직 날이 무뎌지지 않은 분노 등과 함께 기억해서 자신의 존재를 강화해 줄 가족이 없는 그녀는 자신의 역사를 오직 혼자서 기억해야 했다. 젊은 시절의 삶에 대한 증언을 그녀 자신이 하지 않으면 그런 일이 있었다는 사실조차 사라지고 만다. 엄마를 잃으면 엄마가 간직하고 있던 대체할 수 없는 우리 인생의 한 부분을 함께 잃게 된다. 가족 전체를 잃는다는 것은 그런 상실이 몇 곱절 늘어나는 것과 같다.

샌드라는 자신을 거듭거듭 거부했던 엄마 에일사가 세상을 뜬 후 그녀가 가지고 있던 크리스털 잔들을 가져가라는 동생 사이먼의 제안을 고맙게 받아들였다. 왜 그 물건들을 받았는지 묻자 〈크리스털 잔들을 내가 좋아했었거든요〉 하고 대답했다. 나는 잠시 유리잔 안에 갇힌 무지개를 경이에 찬 눈으로 바라보던 어린아이를 떠올려 보았다. 〈그리고 어쩌면 뭔가 다른 이유가 있었을지도 모르죠. 무슨 말인지 알죠?〉라고 샌드라가 말했다.

무슨 말인지 알 것 같았다. 무슨 말인지 느낄 수 있다고 하는 것이 더 맞는 표현일 수도 있다. 끓는 물을 유리그릇에 부었을 때

파작 하고 금이 가는 것처럼 내 안에서 무엇인가가 파작 하고 깨지는 느낌이 들었다. 샌드라가 에일사의 크리스털 잔들을 간직했듯 나는 1973년이라고 새겨진 고등학교 졸업반지를 간직하고 있다. 1973년은 내가 태어나기 6년 전이다. 자기를 버린 엄마가 남긴 물리적 흔적을 간직한다는 건 애정 때문이 아니다. 그보다는 자기 확인을 위한 행동일 것이다. 엄마에게 나는 사랑을 주기 불가능한 존재일지 모르지만 나에게 엄마의 흔적이란 나 자신이 무無에서 갑자기 툭 튀어나온 괴물이 아니라는 사실을 확인해 줄 증거이자 나도 세상 모든 것을 이루는 질서와 세상 모든 사람이라는 가족 안에 존재하는 사람이라는 증거이다.

샌드라가 침착성을 잃은 것을 본 유일한 순간은 내가 페이스북이나 구글 등으로 아들들을 찾으려 해본 적이 있냐는 질문을 했을 때였다. 그 질문을 받은 그녀의 얼굴이 너무 빨개져서 눈의 흰자위가 번뜩였고, 근육에 쥐가 나기라도 하는 것처럼 온몸을 움찔거렸다. 아주 잠시 동안 그녀는 아무 말도 하지 않고 머리도 전혀 움직이지 않은 채 높은 금색 다리처럼 아치 모양을 한 눈썹 아래에 있는 바다처럼 푸른 눈동자로 나를 지긋이 응시했다. 아름다운 눈이었다. 커다랗고, 이상하게 건강해 보이는 눈이었다. 마치 자전을 하는 촉촉하고 푸른 지구와 같은 그녀의 눈동자는 빛을 발하는 구체처럼 우리가 이 세상에서 보고 싶어 하지 않는 것까지 모두 주시하고 있었다.

「그 아이들 인생에 내가 들어갈 권리가 없죠.」 그렇게 말하는 그녀의 어투가 조금은 가볍게 느껴졌다. 「현재 상태에 만족해요. 이 정도면 괜찮다 하는 수준에서 더 들쑤시지 말아야 해요. 아이들이 정말 나를 찾고 싶었으면 찾을 수도 있었겠죠.」

찾을 수 있었을까? 그녀가 이름을 그렇게 여러 번 바꿨는데도?

「샌드라 본이라는 이름으로 찾으려고 했으면 굉장히 어려웠겠죠.」 그녀도 인정했다. 「이제는 그 아이들도 손주를 봤을 수도 있어요. 이렇게 세월이 많이 흘렀는데 이제 와서 자기 아이들에게 내 이야기를 하려면 너무 복잡할 거예요. 생각하다 보면 나 자신도 그 복잡한 이야기에 출연하고 싶지 않을 정도라니까. 빌어먹을!」

6 · 건강한 우정

나무의 단단한 속살은 수천 번 맞은 햇살 가득한 날과 촉촉한 비에 젖은 시간들을 노래한다. 나무마다 각자 뿌리내린 흙과 변화하는 계절과 회생의 역사로 엮은 고유의 교향곡을 연주해서 자기 몫의 빛을 향해 손을 뻗을 수 있는 튼튼한 구조를 허락받는다. 그러나 속삭이는 비명소리로 가득 찬 도로시의 집에 발을 들이는 사람은 그 순간 수십 년 동안 그 집에 드리운 칠흑 같은 암흑 속으로 빨려 들어가고 만다.

도로시의 집은 커피에 넣는 아몬드 밀크를 직접 만드는 카페와 회색 운동복 상의 한 벌을 280달러에 파는 부티크 숍에서 길모퉁이 한 번만 지나면 나오는 곳에 있었다. 샌드라와 나, 그리고 STC의 직원 네 명은 오전 9시가 되기 직전에 그곳에 도착했다. 팀원들이 제일 먼저 한 일은 현관문의 경첩을 떼서 문을 뜯어내는 것이었다. 문 안쪽에 빈 샴페인 병, 신문지, 패스트푸드 포장지, 쓰레기 봉지 등이 1.5미터 높이로 가파른 경사를 이루며 빈틈없이 쌓여 있어 문이 다 열리지 않았기 때문이다. 쓰레기 산은 얼어붙은 커다란 강줄기처럼 복도를 덮고 있었다.

팀원들이 두 번째로 한 일은 재빨리 마스크를 쓰고, 두꺼운 고무장갑을 끼고 허리를 굽혀 커다랗고 까만 산업용 폐기물 봉지에 쓰레기를 주워 담는 것이었다. 그러나 그 전략은 금세 굉장히 비효율적이라는 사실이 드러났다. 정체를 알 수 없는 쓰레기들이 수년의 세월을 거치면서 뒤엉켜 덩어리를 이루고 있었기 때문이다. 지붕에 뚫린 구멍으로 거침없이 쏟아져 들어온 빗물에 젖었다가 마르기를 반복했던 것도 그렇게 된 원인 중 하나였을 테지만, 도로시가 (하얀 운동화 한 켤레, 돋보기, 잡지 등의) 쓰레기 더미 위에 아슬아슬하게 놓여 있는 물건을 집어오기 위해 자꾸 밟고 다니거나 비교적 폭신한 부분을 침대로 이용했기 때문이기도 했다. 그래서 청소팀은 삽을 도끼처럼 내리쳐서 쓰레기 뭉치를 깨뜨리고 갈고리로 긁어내는 작전을 썼다. 조앤이 샌드라에게 쇠 지랫대를 건네 달라고 하는 소리가 들렸다. 쇠 지랫대를 가지러 가면서 샌드라가 말했다.

「봐요, 사람들은 청소라고 하면 물 양동이랑 걸레를 떠올리겠지만 우리 일은 쇠 지랫대, 삽, 갈고리, 커다란 망치 같은 걸 동원해야 할 때가 많아요.」

2016년이었다. 나는 부엌 창문을 통해 그 집에 기어 들어갔다. 양손으로 잡은 창틀은 하얀 페인트칠이 말라서 계속 벗겨졌고, 운동화를 신은 발밑에서 벽돌이 계속 바스러지는 바람에 중심을 잡기가 힘들었다. 샌드라가 켜 놓은 휴대용 라디오에서 전화 토론 프로그램이 웅웅거리고 있었다. 그 해는 분명 2016년이었다. 그러나 창문틀에서 뛰어내린 내 발이 닿은 곳은 부엌 바닥이 아니라 싸구려 샴페인 병이 쌓여서 된 미끄러운 쓰레기 더미였고, 그 순간 나는 1977년으로 순간 이동했다. 적어도 벽에 걸린 달력과 히스 매스터스 보이스His Master's Voice, HMV 상표의 냉장고, 그리고 엄청난 양의 쓰레기와 무너진 천장의 잔해 사이에 단정하게 접힌 채 놓여 있는 갈색으로 변한 신문지의 날짜를 보면 그랬다.

집 밖을 보니 풀이 무성하게 자란 정원을 비추는 아침 햇살 속에서 샌드라가 마치 숲의 정령처럼 풀밭 여기저기 널린 반짝이는 깨진 맥주병을 피해 걸어 다니고 있었다. 여느 때와 마찬가지로 양말 없이 눈부시게 하얀 새 캔버스화를 신고, 바람에 살랑거리는 파란색과 흰색의 실크 블라우스를 입은 그녀의 모습은 기념품을 사기 위해 산토리니의 호텔을 나서는 쪽이 훨씬 어울려 보였다. 「1977년 이후에 이 집에서 벌어진 유일한 사건은 저 병들뿐이군.」그녀가 말했다.

그곳은 여기서 어제까지도 사산아처럼 잠을 자던 도로시 데즈먼드의 집이었다. 그녀는 여기서 적어도 35년 혹은 그 이상 살았다고 했다. 그 전에는 도로시의 어머니가 살았었다. 도로시는 70대 초반으로, 샌드라에게 집 청소를 맡긴 지역 기관에서도 최근에야 도로시의 존재를 인지하고 조치를 취하기 시작했다. 이웃들은 도로시가 여기서 살기 시작한 때부터 그녀를 알고 지냈지만 한 번도 집 안에 발을 들여놓은 적이 없었다. 이웃들이 그녀에게 보이는 감정에는 염려와 연민, 강한 호기심에 약간의 애정이 섞여 있었고, 거기에 두려움 비슷한 것도 살짝 포함되어 있었다. 도로시는 그녀의 집이나 오늘 그녀를 위해서 일하고 있는 샌드라와 마찬가지로 너무도 낯선 동시에 너무도 익숙해서 쉽게 이해할 수 있는 대상이 아니었다.

모든 색이 함께 존재할 때 검은색이 만들어지듯, 샌드라는 모든 소음이 존재할 때 고요함을 느낀다. 침묵이 그녀에게 건네는 말들이 두렵고 중압감을 주기 때문에 그녀는 언제나 수면제를 먹고, 자기가 잠든 후에야 텔레비전이 꺼지도록 타이머를 맞춰놓는다. 소음이 있어야 잠들 수 있기 때문이다. 조용한 집에서 잠에서 깨는 것을 피하기 위해 매일 아침 눈을 뜨기 전에 그녀가 맨 먼저 하는 일은 손만 뻗으면 닿는 곳에 둔 리모컨을 마술지팡이처럼 휘둘러 텔레비전을 다시 켜는 것이다. 텔레비전에서 흘러나오는 소음과, 차, 일터, 사무실에 (그녀가 있든 없든 언제나) 늘 켜놓은 라디오에서 흘러나오는 웅웅거리는 대화 소리, 15분마다 차임을 울리는 벽시계, 그리고 그녀가 언제, 어디에서나, 누구와도 자연스럽게 유도해 내는 가벼운 대화는 그녀가 살아가는 데 필요한 전제조건이다.

「침묵은 안 돼요. 조용한 건 견딜 수가 없거든요.」그녀는 그렇게 말하면서 누군가와 늘 같이 있고 싶어 하는 것이 자신의 아킬레스건이라는 것을 인정했다. 한때 경제적 부담을 모두 감당하면서까지 사람들에게 둘러싸여 있곤 했고, 진정성과는 거리가 먼 인위적 우정을 추구했던 적도 있지만, 이제는 꽤 많은 사람들과 훨씬 더 건강한 관계를 쌓는 데 성공했다.

마거릿과 샌드라는 4년간 이웃으로 지냈다. 연배가 비슷한 두 사람은 자주 만났다. 샌드라와 마찬가지로 마거릿도 어린 나이에 결혼해서 아이들과 함께 살고 있었다. 그러나 샌드라와 달리 마거릿은 남편을 사고로 잃고 불과 스물두 살에 갓난아기를 혼자 키워야 했다. 사별을 한 지 2년쯤 후 마거릿은 펍에서 술을 마시면서 친구들과 내기를 하다가 영국 리버풀에서 오스트레일리아로 온 존을 만났다.

내가 마거릿을 만난 날은 그녀와 존의 마흔네 번째 결혼기념일이었다. 두 사람은 여전히 상대방을 좋아하는 빛이 역력했다. 두 사람은 커다란 고통도 이겨냈다. 즐겁고 친절하며 용감한 그들은 함께하기에 정말로 좋은 사람들이었으며, 샌드라를 엄청나게 좋아하고 높이 평가했다. 마거릿 부부와 샌드라는 그들이 지금껏 이웃으로 살고 있는 단지가 건설되던 시기에 그 현장에서 만났다.

〈샌드라가 자기 소개를 했어요. 그러고는 서로 이런저런 이야기를 했죠. 바로 마음이 통해서 친구가 되는 그런 사람이었어요〉라고 마거릿은 말했다.

「이사하기 전까지도 굉장히 많이 아팠다고 들었어요. 그런데 그 비슷한 시기에 존도 암을 앓았거든요. 항암 치료를 받기 위해 앨프리드 병원에 다니고 있었는데 샌드라가 바로 그 병원에 입원해 있다는 사실을 알게 되었죠. 존이 항암제를 맞는 사이에 나는 샌드라의 병실을 찾아갔어요. 그 전까지는 잘 모르는 사이였는데, 그때부터 점점 더 친해졌지요. 존이 투병하는 동안 샌드라는 정말 큰 의지가 되어 주었어요. 날마다 전화를 해서 내가 괜찮은지 확인하고, 항상 자기한테 와서 함께 밥을 먹자고 했죠. 병원에 왔다 갔다 하면서 내가 밥도 제대로 못 먹고 다닐까 봐 걱정한 거죠.」 마거릿이 말했다.

「샌드라는 골치 아픈 일이 엄청나게 많은데도 항상 다른 사람을 위해 시간을 내주는 사람이에요. 시간뿐 아니라 자기의 모든 것을 내주곤 해요. 모든 면에서 정말 자상한 사람이죠. 좀 웃기는 이야기지만 한번은 존이 입원해 있는 동안 제가 완전히 지쳐서 집에 왔는데 샌드라가 우리 집에 들렀어요. 그러곤 〈자, 선물이 있어요〉라고 하더니 조그만 상자를 내밀더라고요. 열어 보니 작은 초록색 개구리 모양의 케이크가 들어 있었어요. 사소하게 들릴지 모르지만 제게는 정말 큰 선물이었어요.」 그렇게 말하는 마거릿의 목소리에 그때의 기쁨이 묻어 있었다.

「아마도 샌드라는 그날도 온갖 일을 하면서 바쁘게 보냈을 거고 자기 건강도 돌봐야 했겠죠. 그러면서도 집에 오는 길에 신경을 써서 내게 줄 그 작은 개구리 모양의 케이크를 산 거예요. 샌드라가 지금까지 살아온 인생 이야기를 듣고 있자면 인간 자체에 환멸을 느낀다고 말하는 사람도 있을 거예요. 하지만 샌드라는 그렇지 않아요.」 마거릿이 말했다. 「그 모든 일을 겪고도 샌드라는 결국 더 크고 강한 사람이 되었잖아요. 오뚜기처럼 일어날 줄 아는 사람인 거죠. 타고난 것이라는 생각이 들 때도 있어요. 뭔가를 자기 안에 가지고 있지 않으면 그렇게 강할 수가 없어요.」

「게다가 샌드라는 늘 새로운 아이디어가 넘치는 사람이에요.」 존이 덧붙여 말했다. 「어디서 그런 에너지가 나오는지 정말로 알 수가 없어요.」

마거릿과 존 두 사람 모두 샌드라가 지나치다 싶을 정도로 사람들을 너그럽게 대해서 그들에게 이용당하지나 않을지 두렵다고 걱정을 했다. 사실 사람들은 수십 년 동안 샌드라의 그런 면을 이용해 왔다. 하지만 이제 그녀의 너그러움은 많은 시간과 노력을 들이지 않고도 우정을 유지할 수 있는 다양한 소수의 사람들이 그녀를 사랑하고 존경하는 이유이기도 하다.

마거릿은 샌드라가 자신의 성 정체성에 관한 이야기를 어떻게 꺼냈는지 떠올렸다. 「어느 날 오후에 함께 앉아서 수다를 떨고 있었는데 샌드라가 말을 꺼냈어요. 〈그런데 말이죠, 전 겉으로 보는 것과는 좀 다른 사람이에요.〉 그래서 내가 웃으면서 물었죠. 〈무슨 말을 하는 거예요?〉 그야말로 내게는 난데없는 소리였으니까요. 샌드라는 〈흠, 있잖아요, 제가 원래는 남자였어요〉라고 말했죠. 그때 나는 〈아, 말도 안 되는 소리 하지 말고!〉 하고 외쳤어요. 그런 다음 샌드라가 자기 이야기를 조금 더 털어놓았고, 우리는 울다가 웃다가 했죠. 내가 사람들이 잘 받아들였는지 물었더니 샌드라는 문제를 조금 겪었다고 털어놨어요. 사실 샌드라가 그 말을 하고 나서야 알았지, 〈이 사람 뭔가 다른 구석이 있어〉라고 생각해 본 적이 없어요. 전혀 그렇지 않았죠. 그냥 아름다운 여성이라고만 생각했으니까요. 샌드라가 당시에 그런 과정을 감수하기로 마음먹은 것은 엄청나게 용감한 일이었다고 생각해요. 사십 몇 년 전 이야기잖아요. 그때만 해도 정말 힘든 일이었어요. 샌드라만큼 강한 사람이 아니면 견뎌 내지 못했을 거예요.

샌드라는 여전히 어려움을 겪고 있는 것 같아요. 가끔 샌드라가 경계심을 보일 때가 있거든요. 예를 들어 여기 프랭크스톤에서 쇼핑센터에 가는 것만 해도 그래요. 샌드라는 그곳에 거의 가지 않아요. 아마 사람들이 눈치챌까 봐 걱정해서 그런 것 같아요. 오랫동안 샌드라에게 잔인하게 군 사람들이 너무 많았죠. 아마도 샌드라는 사람들이 자기를 있는 그대로 받아들여 주기를 바랄 거라고 생각해요. 정말 아름다운 여성이니까요. 그런데 사람들이 바로 눈치채고 말까 봐 걱정을 하는 거죠. 샌드라가 언젠가 해준 이야기가 있어요. 누가 그랬대요. 〈내가 친구들한테 내 이야기를 했더니 눈치채고 있었다고 하더라고.〉 그런 말은 상처가 되죠. 참 끔찍한 말이에요.」

샌드라는 1980년대 초부터 쭉 정체를 숨기고 살아왔다. 당시에는 깨닫지 못했지만 나와의 첫 인터뷰 자리에서 자신이 태어났을 당시에 남성이었다는 사실을 밝혔다는 건 상당히 예외적인 일이었다. 그때만 해도 나를 거의 알지 못했던 때가 아닌가. 왜 그렇게 일찌감치 나에게 솔직하게 이야기했는지는 알 수 없다. 어쩌면 내가 운 좋게 적절한 때에 적절한 질문을 적절한 방법으로 했는지도 모른다. 그러나 그녀에 대해 잘 알게 된 지금 나는 그것이 내가 무엇을 잘하고 잘못해서가 아니라 내가 그녀를 만난 시기와 더 관련이 있을 거라고 추측할 뿐이다. 가슴 속에 더 이상 눌러 담지 못하는 자신의 이야기를 터트려 세상에 자신의 본모습을 알리고 싶어 하는 시기였던 것이다.

샌드라는 가까이 지내는 동성애자 남성이나 여성도 없고, 트랜스젠더 친구도 없다. 「성 전환을 한 사람들과는 가깝게 지내지 않아요.」그녀가 진정으로 동류의식을 느끼는 것은 이성애자 여성들이기 때문이다. 거기에 더해 언젠가 그녀의 전 남자친구가 샌드라 주변에 많았던 여장 남자들에 관해 한 이야기 때문이기도 할 것이다. 「당신이 진정으로 여자가 되고 싶으면 저런 사람들과 관계를 끊어야 해.」

「바로 그래서 내가 동성애자 같은 친구들이 없는 거예요. 그런 사람들을 적극적으로 찾아 나서지 않은 거죠. 난 그냥 평범하고 일상적인 생활을 할 뿐이에요. 나를 이상하게 보는 사람들도 있겠죠. 너무 키가 크다거나……. 하지만 사람들은 모두 제각각이잖아요.」그녀는 내게 그렇게 설명했다. LGBTQI(레즈비언, 게이, 바이섹슈얼, 트랜스젠더, 퀴어, 인터섹스)와 같은 성 소수자 친구가 없다는 것은 의도적인 선택의 결과가 아니다. 샌드라는 누군가가 성 소수자라고 해서 그 사람에게서 등을 돌리지 않을 것이다. 성 소수자 공동체에 대한 그녀의 준거틀은 그녀가 여장 남자로 지내던 시기에 얻은 것이다. 그녀가 피하는 것은 동성애자나 성 전환자가 아니라, 자기 인생의 특정 시기와 연관된 자신의 이미지다. 그녀의 머릿속에서는 더 건강하고, 더 행복하고, 더 안전하고, 더 생산적인 자아와 이성애자 친구들을 동일시하고 있다. 그녀가 한 다음과 같은 말은 자신의 정체성에 대한 그녀의 생각을 이해하는 데 도움이 된다. 「난 상당한 성공을 거뒀다고 생각해요. 재정적으로 성공했다는 건 아니고, 성공적인 삶을 살고 있다는 뜻이죠. 성 노동자나 약물 중독자가 되지 않고 건강하고 평범한 생활을 하고 있으니까요. 게다가 나를 정말 소중하게 여기는 좋은 이웃들도 있고요.」

한번은 내가 샌드라에게 자신의 삶에 대한 어떤 기억이나 생각이 떠오르면 적어 두었다가 나와 만났을 때 이야기를 나누자고 했다. 그녀의 사무용 다이어리 2014년 12월 8일자 뒷면에는 방과 후에 수녀들을 도왔던 일에 대한 몇 가지 메모와 함께 〈옛 친구는 하나도 없음〉, 〈사람들과 개인적 친분을 맺는 것이 불가능함〉이라고 쓰여 있었다.

시간을 두고 내가 관찰한 바로는 서로 공감하고, 일방적이지 않으며, 안정감 있고, 오래가는 유대 관계를 형성하는 그녀의 능력을 그 말처럼 정확하게 묘사하기 힘들다. 그녀는 친구를 사귀는 데도 뛰어난 능력을 가졌지만 친구를 잃는 데도 그에 맞먹는 뛰어난 능력을 보였다. 그녀와 특히 가까웠던 과거의 친구는, 그녀와의 우정이 깨진 후 내게 이런 말을 했다. 여전히 샌드라를 진심으로 좋아하는 그 친구는 샌드라가 재미있고, 웃기고, 친구라면 입은 옷이라도 벗어 줄 사람이지만 누군가가 자신을 떠나는 것이 두려워 상대방을 먼저 밀어내는 사람이라고 말했다. 누군가가 너무 가까워지거나 그녀를 너무 많이 필요로 하거나, 때로는 그녀가 더 이상 필요하지 않다고 여길 경우에 샌드라는 그런 태도를 보이곤 했다. 그리고 어떤 경우에는 그런 행동이 너무도 상처를 주는 방식으로 진행되어서 그 본질이 흐려지기도 했다. 샌드라가 그런 행동을 하는 이유는 칼을 휘두르는 것이라기보다는 방패를 들어 올리는 것이고, 무엇이든 거머쥐려는 탐욕이 아니라 뻥 뚫린 결핍 때문이었다.

현란한 씨구려 삼페인 병들 말고도 도로시의 부엌은 포도주 상자가 위태롭게 쌓여 있어서 걸음을 뗄 수가 없을 정도였고, 테이블에 놓인 의자 두 개 중 한 개는 그런 상자에 완전히 묻혀 버린 상태였다. 그러나 그 방이 타임캡슐이라는 사실은 누가 봐도 명백했다. 신문에는 이본 굴라공*이 오스트레일리아 오픈 테니스 선수권 대회에서 승승장구하고 지미 카터가 미국 경제에 대해 비관적으로 전망하는 기사들이 실려 있었다. 아노츠 유니다 비스킷 상자가 카운터에 놓여 있고, 기네스 맥주 캔과 포스터스 맥주병에 붙은 상표는 복고가 아니라 오리지널이었다. 80년대 중반에 단종된 맥도널드 서던 프라이드 치킨 봉지도 보였다. 수도나 전기도 없고 화장실은 집 밖에 판 구덩이 위에 판자를 얹어서 사용하고 있었다. 샌드라는 추론을 한 끝에 우거진 나무 뒤에서 그 화장실을 찾아냈다.

부엌에서 작업을 하던 리는 튼튼한 작업용 부츠를 신은 채 자

* 오스트레일리아의 전설적인 테니스 선수.

꾸 미끄러지고 쓰러지는 병들 위에서 중심을 잃지 않으려고 애를 쓰면서 테이블 위의 전등에 레게 머리처럼 두껍게 드리운 거미줄 밑을 주춤거리며 오가고 있었다. 리가 내 나이를 물어서 알게 된 사실이지만 그와 나는 놀랍게도 동갑이었다. 그는 내가 젊어 보인다고 말했지만, 나는 그가 나이 들어 보인다고 생각했다. 상당히 오랜 시간 동안 리와 나, 그리고 도로시의 삶의 그림자들, 그리고 그 그림자들이 만들어 내는 소리만이 부엌을 채우고 있었다. 유리컵, 버려진 포크와 나이프, 빈 깡통, 바스락거리는 신문 등을 새 비닐백에 욱여넣을 때마다, 유리와 유리가 부딪히며 내는 맑은 쨍그랑 소리와 바스락거리는 소리가 낯선 음악처럼 들렸다. 밖에서는 샌드라가 심하게 기침하는 소리가 들렸다.

집 안이 어질러진 정도는 엄청나지만 생각만큼 예외적이지는 않았다. 샌드라가 작년에 청소를 했던 근처의 한 아파트와 비슷한 정도였다. 60대 후반의 사무직 여성이라는 고객 유형에서부터 방마다 발 디딜 틈 없이 산처럼 들어찬 빈 샴페인 병과 집 안에 가득한 암모니아 냄새, 전기 없이 지낸 햇수까지 비슷했다. 그 아파트에 쥐가 빌딩 벽을 타고 올라오기 시작하면서 이웃들이 불평을 하기 시작했다. 샌드라를 포함한 여섯 명이 열두 시간 동안 매달려 청소를 했고, 아파트에서 3톤에 달하는 쓰레기를 끌어내는 데만도 여덟 명이 동원됐다. 나는 그때 샌드라에게 그 아파트 주인이 어떻게 생겼는지 물었다.

「그냥 나이 든 여성처럼 생겼어요.」 그녀가 대답했다.

「몸이 좋지 않았나요?」 내가 물었다.

「그냥 외로운 사람 같았어요.」

나는 발밑에서 미끄럽게 움직이는 유리병과 산처럼 쌓인 쓰레기 더미를 비틀비틀 올라 거실 쪽으로 내려오기 전에 부엌 문틀에 의지해 중심을 잡았다. 쓰레기 더미 위에서 내려다보니 벽난로 위에 유칼립투스 나무 그림이 금색 액자에 남겨 걸려 있는 것과 흑백 텔레비전 두 대가 한쪽 구석에 처박혀 있는 것이 보였다. 쓰레기 더미를 오랫동안 쳐다보고 있으려니 매직아이 그림에서 사물이 보이듯 부서진 의자 두 개가 갑자기 바다에서 머리를 내민 돌고래처럼 눈에 들어왔다. 샴페인, 맥주, 포도주, 진이 담겨 있던 수백 개의 빈 병이 전등 높이까지 쌓여 있을 뿐 아니라 말보로 담배 포장지가 수없이 많이 흩어져 있었다. 벽난로 위 선반에 놓인 재떨이에는 담뱃재가 넘쳐 흐르고, 꽁초 몇 개는 베갯속에 파묻힌 채 제풀에 타다 꺼진 듯했다. 한쪽 벽에 놓인 낮고 긴 장식장은 나무가 썩어서 부서진 곳에 녹슨 못들이 드러나 맹수의 이빨처럼 보였다. 장식장 위에는 무너져 내린 지붕의 잔해들과 클래식 음악 카세트테이프, 더러운 동전 몇 개가 섞여 있었다. 너무 닳아 있는 동전은 새겨진 여왕의 얼굴이 거의 보이지 않을 지경이었다. 장식장 유리문 안에는 좋은 접시들이 단정하게 쌓여 있었다.

샌드라가 현재 가장 가깝게 지내는 여자들은 전통적인 의미에서 〈점잖고 평범한〉 사람들이며, 그들과 우정을 나누면서 샌드라 역시 그런 특징을 갖게 되었다. 그들은 서로 매우 다르지만 모두 지적이고 강하며 배려심이 있는 사람들로, 날카로운 유머 감각을 가지고 있으며, 헛소리를 들으면 참고 넘어가지 않고, 주류를 이루는 보수적인 정치적 견해를 가지고 있다는 공통점을 지니고 있었다. 샌드라 자신도 뿌리 깊은 자유당* 지지자다. 사실 처음에는 이 부분이 놀라웠지만 돌이켜보면 트랜스젠더들이 급진적인 정치적 견해를 타고난 사람들일 것이라고 추정하는 태도에 대한 경각심을 일깨워 주었다.

다시 말해서 그녀의 사회적 이익이나 경험과 일치하지 않아 보일지 모르지만 샌드라도 다른 모든 사람과 마찬가지로 폭넓은 정치적 견해 중에서 자기가 납득할 수 있는 입지를 선택할 권리를 가지고 있다. 샌드라의 친구들은 그녀가 진심으로 좋아하는 사람들인 동시에 많은 점에서 샌드라가 처음부터 여성으로 태어났다면 자연스럽게 그렇게 되었을 법한 모습을 한 사람들이었다.

카트리나와 샌드라는 거의 15년 동안 친구로 지냈다. 다른 사람들과 마찬가지로 카트리나도 샌드라가 정말 사랑이 넘치고 배려가 깊은 사람이라는 점을 강조하면서 그녀를 무척 존경한다고

---

* 오스트레일리아의 자유당은 우파 성향을 띤다.

했다. 그러고는 〈그런 어린 시절을 보내고도 살아남을 수 있는 사람은 많지 않죠〉라고 덧붙였다. 「샌드라는 개인주의적인 성향이 굉장히 강한 사람이에요. 자기가 아프거나 슬프거나 상처를 받으면 주변에 사람을 두려고 하지 않아요. 마치 자기가 다른 사람들에게 친절이나 선의를 받을 자격이 없다고 생각하는 것 같아요. 그녀가 정말 많이 아픈 걸 봤는데 사람들에게 완전히 벽을 쳐버리더라고요. 한번은 샌드라를 데리고 병원에 간 적이 있는데, 샌드라는 내가 집에 어떻게 갈지, 자기가 나에게 얼마나 부담이 되었는지를 더 걱정했던 게 기억나요. 난 거의 울음을 터뜨릴 지경이 됐지요. 그 직전에 아무도 돌봐 주지 않던 소년이었던 샌드라의 어린 시절 이야기를 들었거든요. 결국 샌드라를 병원에 혼자 두고 왔어요. 그녀가 나랑 같이 병원에 있는 것을 너무 고통스러워하는 것 같아서요. 어떨 때는 그녀가 겪고 있는 문제가 너무 크다는 생각이 들기도 해요. 폐랑 간이랑 그런 거 말이에요. 모르겠어요. 모든 게 걱정이에요.」

성가실 정도로 전도를 하는 신자들에 대해 약간 짜증이나 화를 내기도 하고 간혹 실소를 터뜨리기도 하는 샌드라와 달리 카트리나는 교회에 착실히 다니는 기독교인이다. 〈샌드라를 평가하는 태도를 갖지 않고, 그녀를 그 자체로 받아들이는 사람이 되고 싶어요〉라고 카트리나는 말했다. 「샌드라에게 말했죠. 〈하나님은 당신을 그냥 한 인간으로 보실 거예요. 내려다보시면서 그토록 어려운 일을 겪고도 미소를 잃지 않고, 배려와 사랑을 베풀고 있으니 대견하다〉라고 하실 거라고 이야기해 주었어요. 제 생각에는 어떻게 자랐는지가 다른 사람에 대한 비판적인 태도에 영향을 주는 것 같아요. 다른 사람이 침실에서 뭘 하든 난 상관없어요.」

하지만 샌드라에 대해 매우 조심스러운 태도를 취하는 카트리나마저도 정서적으로 균형이 잡히지 않은 태도를 취할 때가 있다. 그런 태도를 마주하면 샌드라가 사회적으로 받아들여지기 위해 평생 얼마나 고군분투를 해야 했을지를 실감할 수 있다.

「남편은 샌드라가 참 좋은 사람이라고 생각해요. 샌드라가 제 남편을 만난 다음에 말했어요. 〈딱 내 취향의 남자예요. 하지만 저런 종류의 남자들은 나 같은 사람을 쳐다보지도 않더라고요.〉 샌드라는 참 현명한 사람이에요. 사람들이 기묘한 트랜스젠더들을 좋아하지 않는다는 걸 잘 알죠. 자기도 싫어하니까 이해하는 거예요. 그래서 그런 사람들하고 어울리질 않아요. 보통 비뚤어지고, 이상하고, 더럽고, 징그럽잖아요. 샌드라는 그렇게 되고 싶어 하지 않아요. 샌드라는 독립적으로 살다가 편하고 품위 있는 노후를 보내기 위해서 정말 열심히 일해요. 진심으로 샌드라가 평화를 찾길 바랍니다.」

「내가 완전 바보처럼 보이게 됐잖아. 제기랄!」 샌드라는 도로시의 집 앞에서 서성거리며 전화기에 대고 분노에 가득 찬 목소리로 이야기하고 있었다. 「지금 마음을 다잡으려고 애를 쓰고 있다고. 내가 진짜 화나면 어떻게 되는지 알잖아. 이런 식으로 당하고 있을 여유가 없단 말이야. 조금 있으면 두 명이 칼에 찔린 현장을 보러 드로마나에 가야 하는데. 알았어. 지금 어디쯤 오고 있지?」

쓰레기 처리 회사에서 대형 폐기물 적재함 두 개를 오전 9시까지 가져오기로 되어 있었다. 그런데 11시가 넘도록 소식이 없어 청소팀은 문이 없는 도로시의 집 차고에 쓰레기 봉지를 가득 쌓아올리고 있었다. 차고로도 부족해서 집 앞 담을 따라 쓰레기 봉지를 줄줄이 늘어놓을 수밖에 없었다. 이런 식으로 쓰레기 봉지를 늘어놓는 것은 지역 법규에 어긋날 뿐 아니라 폐기물 적재함이 도착하면 다시 한번 그 안에 넣어야 하기 때문에 일을 두 번 하는 셈이 된다. 약속 시간에 예외 없이 조금 일찍 혹은 적어도 정확히 도착하곤 하는 샌드라는 머리에서 김이 나올 정도로 화가 나 있었다. 팽커스트의 법칙 중 하나는 샌드라의 시간을 낭비하게 해서는 안 된다는 것이다.

나이 든 여성 한 명이 작은 몸집의 하얀 강아지를 데리고 도로시 집 쪽으로 걸어왔다. 눈처럼 하얀 머리와 피부가 빨개질 정도로 빡빡 세수를 했을 것만 같은 청결한 얼굴에 실용적인 조끼 차림이었다. 그녀가 집 앞에 가까워지자 샌드라는 허리를 굽혀 강아지에게 정답게 말을 걸었고, 여자는 샌드라와 STC 밴, 산처럼 쌓인 검은 쓰레기 봉지들을 쳐다보았다. 하지만 그녀는 자기가 튼튼한 하얀 운동화를 신고 서 있는 곳에서 몇 미터 떨어져 있는 집의 내부는 현관문이 열려 있는데도 들여다보지 않았다.

도로시의 이름을 거론하면서 작게 안부를 묻는 그녀의 목소리에 호들갑스럽지 않은 불안감이 스며 있었다. 샌드라는 도로시를 돌보는 사람들이 있다고 안심시켰다. 그녀는 샌드라에게 자기가 이 동네에서 47년을 살았으며, 도로시가 한때 부모와 함께 살았었고, 40년 전 도로시의 어머니가 세상을 떠났다는 이야기를 해주었다. 부드럽고 하얀 손으로 강아지 줄을 잡은 채 그녀는 도로시에게는 이제 가족이 한 명도 남지 않았다고 설명했다.

「자기만의 세상 속에서 사는 것 같았어요.」 그렇게 말하는 그녀의 시선이 수많은 쓰레기 봉지 위를 헤매고 있었다. 뭔가 익숙한 것에 시선을 고정시키고 싶었지만 그런 것을 찾을 수 없었던 그녀는 걸음을 옮기며 믿을 수 없다는 듯이 말했다. 「정말로 똑똑한 여자였는데 말이죠.」

로드니와 제이드가 빙하처럼 단단하게 엉겨 붙은 쓰레기 더미를 망치로 두들겨서 크고 작은 덩어리를 떼어 내 쓰레기 봉지에 담는 동안 먼지가 연기처럼 현관문으로 빠져나왔다. 시작한 지 2시간이 지났고, 그 시간 내내 허리가 부러져라 열심히 작업을 했지만 현관문에서 1미터 정도밖에 전진하지 못했다. 그 과정에서 고대 모자이크 유물을 파내듯 카펫 조각들을 발굴해 내기도 했다. 대부분 하얀 실이 드러날 정도로 닳았지만 군데군데 원래 카펫의 색이었던 것 같은 짙은 빨간색과 파란색이 보이기도 했다. 벽에는 페인트와 회벽이 부서져 내려서 벽돌이 드러난 곳이 많았다. 천장 패널이 빠지고 지붕에 구멍이 난 곳으로 파란 하늘이 빼꼼히 집 안을 들여다보고 있었다.

샌드라는 집을 끼고 돌아 들어와서 부엌 창문 안으로 몸을 들이밀고 리의 작업이 어떻게 진행되고 있는지 확인했다. 한시도 쉬지 않고 아침 내내 일을 한 결과 리는 부엌 바닥을 아주 조금이나마 드러나게 하는 쾌거를 거두었다. 숲속의 공터처럼 드러난 검은색 리놀륨은 축축했다. 리는 바닥이 꺼지면서 방금 자기 발이 빠진 곳을 샌드라에게 보여 주었다. 지붕에 뚫린 구멍을 통해 쏟아져 내린 비가 신문지와 병들을 통과해서 고여 있다가 바닥에 천천히 스며들었고, 그 때문에 거기 말고도 바닥을 지지하는 판자가 썩어서 무너진 곳들이 여러 군데였다. 리가 가리키는 곳들을 본 샌드라는 한숨을 쉬면서 살구색 매니큐어를 바른 긴 손톱으로 번호를 눌러 담당자에게 전화했다. 「집주인이 다시 여기 들어와 살기엔 좀 문제가 있겠어요. 바닥이 다 썩어서 무너지고 있어서…….」

또 다른 이웃 한 명이 집 앞에 와서 걸음을 멈추었다. 그녀는 이 동네에서 35년을 살았다고 자기를 소개하며 염려스러운 얼굴로

도로시의 안부를 물었다. 샌드라는 자기는 오늘 그냥 도우러 왔을 뿐이라고 가볍게 이야기했다. 「믿기지가 않네요.」 그녀가 충격에 빠진 목소리로 말했다. 「어젯밤에도 도로시랑 이야기를 했는데. 바로 여기 나와 앉아 있었거든요. 정말 정말 똑똑한 사람인데. 젊었을 때는 세계 방방곡곡 안 가 본 곳이 없고, 좋은 직장도 있었는데…….」 자기 손을 쥐어짜는 그녀의 손목에서 핏비트*가 햇빛을 받아 반짝였다. 「가스가 끊겼을 때 기억하죠?」 그녀는 1998년 2주 동안 가스 공급이 중단되었던 때를 말하는 듯했다. 「그 후로 이 집에는 가스가 다시 들어오지 않았어요.」

나는 부엌 가스레인지 위 냄비 속에 들어 있던 하얗게 변한 닭 뼈들과 지붕에 난 구멍, 그리고 칼바람이 집 안으로 몰아쳤을 열여덟 번의 겨울을 떠올렸다. 마을 전체가 물에 잠기듯 쓰레기의 홍수가 자신의 삶을 가차 없이 잠식하는 동안, 꽉 찼지만 텅 빈 이 공간에 둘러싸여 그녀가 어떻게 그 어두운 시간들을 보냈을지 생각해 보았다. 어린 시절을 보냈고 40년 동안 아무것도 바뀐 것이 없는 그 집이 도로시에게는 달나라만큼이나 낯선 곳이었을 것이다.

「우리는 그냥 각자 삶을 살았어요. 남이 어떻게 사는지 간섭하지 않으려고 노력하면서.」 그 이웃이 망설이듯 말했다. 나는 집 앞 인도에 서서, 지붕에 빙 둘러 설치되었지만 이제 녹이 슬고 낡

* 헬스케어 기기 회사인 핏비트에서 개발한 건강 관리용 스마트워치.

아서 마치 헤진 레이스처럼 구멍이 난 물받이를 쳐다보았다. 「미안해요, 가봐야겠네요. 심장에 통증이 와서.」 그녀는 가슴에 손을 댄 채 그렇게 말하고는 걸음을 옮겼다.

모든 것이 그대로 남아 있었다. 부엌 벽에 걸린 양철로 된 편지함에는 1971년에 발행된 〈3.52달러. 지불 완료〉라고 적힌 가스 요금 청구서가 단정하게 접힌 채 들어 있고, 제인 프리스트가 찰스 왕세자에게 슬쩍 키스를 했다는 기사가 실린 『오스트레일리언 위민스 위클리』, 폴리스티렌 빅맥 포장지, 냉장고 안 선반에 갈색 포장이 벗기지 않은 채 들어 있는 상자, 좋은 접시들, 수십 년 동안 버리지 않은 쓰레기까지도 그대로였다. 그러나 음식 포장지와 술병이 넘쳐 나고 꽁초가 피라미드처럼 쌓여 있는데도 냄새가 전혀 나지 않았다

「신문지, 가구 할 것 없이 모든 게 바슬바슬 부서져 버리네.」 꽉 차서 무거워진 쓰레기 봉지를 문 밖으로 가지고 나가면서 로드니가 중얼거렸다. 「손만 대면 바로 다 바스라져 버려요.」

사랑스러운 분홍색 카디건을 입은 나이 든 그리스계 이웃 한 명이 이른 시간임에도 불구하고 아이스크림을 먹으며 지나가다 들렀다. 팽커스트의 법칙 둘, 〈어디를 가나 참견꾼들은 있다〉. 그 이웃은 마주치는 사람들에게 모두 미소를 지어 보였지만, 자기가 자는 곳에서 6미터 떨어진 곳에 있는 집의 내부를 30년 만에 처음 들여다본 순간 우산이 접히듯 얼굴이 구겨지고 말았다. 「무

슨 일이 벌어진 거예요?」 그녀는 겨우 그렇게 물었다.

　그녀는 횃대에 앉은 새처럼 내 팔을 움켜쥐고는 나를 잡아끌어서 자기 집 정원을 거쳐 집 안으로 데리고 들어갔다. 그러고는 나에게 자기 집을 구경시켜 주었다. 내부 구조가 도로시의 집하고 똑같았다. 다른 점은 그녀의 마룻바닥은 거울처럼 반짝이고, 햇빛이 멜로디처럼 방 안을 채우고 있으며, 자녀와 손주들의 사진이 집안 전체를 꽉 채우고 있다는 것이었다. 「가끔 그 여자를 보긴 했어요.」 그녀는 허무하다는 표정으로 고개를 저으며 집 앞 도로가 큰 길과 만나는 쪽을 가리켰다. 「그럴 때면 〈집에 얼른 돌아가요〉 하고 말해 주곤 했죠.」 그런 다음 그녀는 그리스어로 말을 하기 시작했고, 나는 그녀의 말을 알아들을 수 없었다.

7 · 생계를 위한 쇼: 1970년대 중반 ~ 1980년대 초

트랜스젠더들은 여성들이 겪는 차별에 더해 동성애자들이 겪는 차별을 겪어야 한다. …… 그들은 투표를 할 수 없고, 대부분은 자기가 태어난 나라를 떠나 다른 나라에 문제없이 입국한다는 것은 꿈도 꾸지 못한다. 또한 대부분은 은행 대출을 받지 못한다. 나를 제외한 모두가 성별을 바꾸기 이전에 가졌던 직장을 계속 다니지 못했다. 내가 직장을 그만두지 않아도 된 것은 운 좋게도 우연히 간호사 등록을 할 때 내가 〈미스터〉가 아니라 〈미스〉라고 당국을 속일 수 있었기 때문이다. …… 그러나 단지 성별을 바꾸는 수술을 받았다는 이유만으로 면허를 빼앗기고 다시는 자기가 하던 일을 하지 못하게 된 의사, 정신 상담사, 교사, 검안사 들을 나는 많이 알고 있다. 그래서 그들은 빅토리아 스트리트의 사창가에서 몸을 팔거나, 킹스크로스의 스트립클럽에서 하룻밤에 네 번씩 옷을 벗으며 살아간다. 그렇지 않으면 호텔에서 웨이트리스로 일한다. 웨이트리스 일은 몸을 파는 것보다 더 나을 수도 있고 나쁠 수도 있다.

비비언 셔먼, 1975[1]

일주일에 한 번, 토요일 아침이면 일단의 날렵한 젊은 남자들이 누군가의 아파트로 향하는 콘크리트 계단을 함께 오른다. 서로를 〈달링〉, 〈퀸〉, 〈러블리〉 등으로 부르는 그들은 어떤 가수의 레코드를 먼저 틀 것인지, 누가 다른 사람이 앉아 있던 소파 자리를 슬쩍했는지를 가지고 티격태격하곤 한다. 그러고는 커피테이블 위에 놓인 다 같이 쓰는 그릇에 담긴 대마초를 말아서 피우면서 늘 하던 대로 손톱 정리부터 시작한다. 쇠로 된 손톱 가는 줄 여러 개, 작은 가위, 접착제, 용해제, 그리고 빨간색 매니큐어 한 병이 놓인 테이블 위에는 점괘를 읽어 줄 사람을 기다리는 룬 문자처럼 플라스틱 인조 손톱들이 흩어져 있다. 남자들은 담배를 피우고 마약을 흡입하고 잘 우린 차와 진을 마시면서 손톱 정리를 한다.

제일 먼저 이전에 바른 매니큐어를 지우고, 이미 붙어 있던 인조 손톱을 불려서 떼어 낸다. 그리고 자기 손톱을 예쁘게 줄로 다듬고, 다시 인조 손톱을 붙인다. 접착제가 마르면 인조 손톱도 줄로 다듬고, 손톱 중간쯤에서 시작해서 인조 손톱을 하나 더 붙인

다. 이렇게 하면 손톱이 길어진다. 하지만 원하는 매 발톱 모양을 내기에는 아직도 짧기 때문에 이 과정을 반복해서 인조 손톱을 세 개 정도 이어 붙이고 줄로 다듬어서 하나로 보이도록 만든다. 마지막으로 매니큐어를 바르고 덧바르고 또 바른다. 서두른다고 빨리 완성되지 않는 이 과정은 오래 걸리지만, 몇 시간을 들여서 완성하고 나면 어디까지가 자기 손톱이고 어디서부터가 인조 손톱인지 분간할 수 없을 정도로 자연스럽다. 이렇게 몇 시간 동안 손톱을 손질하고 나면 각자 아파트로 돌아가 그날 밤을 위한 준비를 해야 한다. 그녀들의 눈에는 의심의 여지없이 진짜 손톱보다 매 발톱 모양의 인조 손톱이 훨씬 더 좋아 보인다.

50년대와 60년대는 눈에 띄지 않게 엄청난 준비가 진행된 기간이었다. 그런 준비를 한 당사자들조차 의식하지 못했던 이 과정은 어디를 봐도 똑같이 찍어 낸 듯한 교외 주택가, 무미건조하기 짝이 없는 중소도시, 햇빛 아래 바래 가는 해변 마을, 가톨릭계 학교, 성공회 교회, 아이스크림 가게, 축구장, 크리켓장에서 은밀하게 진행되었다. 온순하기만 하던 청년, 입버릇이 고약하던 소년, 늘 단정하게 머리를 빗고 다니던 젊은이, 아버지에게서 미움을 받던 키만 껑충 크고 여윈 몸매의 그 남자가 캘로타 혹은 테리 틴슬, 대니얼 로런스, 데브라 라 개 혹은 40인치 가슴을 가진 셀레스티얼 스타가 되어서 나타나리라고는 아무도 짐작하지 못했을 모든 곳에서 그런 준비가 착착 되어가고 있었다.[2]

푸츠크레이의 집에서 환영받지 못하는 존재였지만 피터는 그 집에서 한 번도 멀리 벗어나 본 적이 없었다. 맥마흔 스트리트에서 메리와 함께 살던 집, 처음으로 자기 힘으로 얻은 아파트, 셰어하우스들, 린다와의 신혼집 등은 모두 그가 자란 곳에서 9킬로미터 반경 안에 있었다. 하지만 세인트 킬다는 달랐다. 단지 예전에 살던 동네로부터 거리가 두 배 이상 떨어져 있고 적어도 강하나를 건너야 갈 수 있는 곳이어서가 아니라 웨스트 푸츠크레이 출신 청년에게 세인트 킬다는 또 다른 세상에 들어가는 것이나 마찬가지였기 때문이었다.

피터는 아는 사람들을 통해 새로운 사람들을 만날 수 있을 정도의 인맥은 가지고 있었다. 그는 발라클라바에 있는 셰어하우스에 방을 하나 얻었고, 얼마 가지 않아 함께 밥을 먹고, 시간을 보내고, 찾아가 묵을 수 있고, 배울 수 있는 친구들을 만나게 되었다. 작은 몸집에 매력적인 니콜은 피터의 가장 친한 친구로, 쇼걸로 일하고 있었다. 손도 작고, 발도 작고, 낮은 목소리에 입은 거친 미치광이 여동생이었다. 잃어버린 영혼이라고 말할 수 있는 캐롤은〈동성애 성향의 남자-여자〉였던 것까지는 생각이 났지만 자세한 특징은 잘 기억하지 못했다. 피터는 헤로인을 시험 삼아 사용해 봤지만 자기와는 너무 맞지 않는다는 사실을 깨달았다. 스피드*는 바로 좋아졌다. 그는 자기 방 붙박이 화장대 앞

* 마약의 한 종류.

에서 완전히 다른 모습들로 변신한 자기 자신과 다양한 주변 환경을 상상해 보면서 몇 시간씩 보냈다. 방에서 제일 눈에 띄는 벽의 벽지를 바꾸기도 했고, 무거운 느낌의 목재 침대를 분해해서 바닥에 매트리스를 놓아 침대를 낮게 만들어 보기도 했다. 아파트를 같이 쓰는 친구들은 그에게 목수 요셉이라는 별명을 붙여 주었다. 그는 자기 코를 이리저리 다시 살펴보고, 여러 가지 새 이름을 생각해 보고, 새 서명을 연습하며 시간을 보냈다.

피터는 그 당시 자기가 정말 멋지다고 생각했지만 지금 돌이켜 보면 인조 가발과 중고 드레스를 입은 흉측한 모습이었다. 몇몇 친구들의 응원과 권유로 그는 드래그 쇼*에 출연하기 시작했다. 피터는 의상을 빌려 입고 무대에 서서 립싱크로 노래를 부르는 척했다. 이웃들이 집을 고치는 것을 보고 배웠던 것처럼 피터는 다른 드래그 퀸**들이 화장하는 것을 보면서 서서히 솜씨가 늘어 나중에는 완벽하게 화장을 했다.

회상할 때마다 민망해서 몸을 움찔거리게 되는 그 시절은 사춘기처럼 엉성하고 어색한 시기였고, 〈우리〉라는 대명사 뒤에 숨어야만 묘사가 가능한 시기이기도 했다. 〈우리〉라는 대명사 뒤에 숨어야만 묘사가 가능한 시기이기도 했다. 그 시기에 대해 샌드라는 〈아주 초기였고, 우리가 좀 투박했을 때였죠〉라고 말

* 남성이 여자 옷을 입거나 간혹 여자가 남성 옷을 입고 하는 공연의 일종.
** 여장을 한 남성 동성애자.

했다.

그 쇼를 하면서 그는 가발을 〈보넷bonnet〉, 성매매 고객들을 〈머그mug〉라고 부르는 것을 배웠고, 벳 데이비스와 조앤 크로퍼드˚를 친한 친구라도 되는 것처럼 이야기하기 시작했다. 쇼를 하면서 그는 여자 화장실을 쓰는 것이 편해졌다. 어차피 그 화장실들은 남녀 모두가 사용하는 것이었지만 말이다. 쇼를 하면서 그는 눈썹을 다듬고 셰이딩으로 턱선을 가늘어 보이게 하는 법도 배웠다. 어느 부분에 빛을 받게 하고 어느 부분은 그림자로 가려야 하며, 어디에 광을 내고 어디를 무광 처리해야 하며, 입술과 눈은 커 보이게 하면서 코와 이마는 작아 보이게 하려면 어떻게 해야 하는지, 그리고 턱수염 흔적을 어떻게 지우고 속눈썹은 어떻게 길게 만들지도 쇼를 하면서 배운 것이었다. 쇼를 하면서 그는 서부 지역 교외 출신의 소심하고 깡마른 남자에서 침착하고 우아한 여자로 변신하는 법을 배웠다.

쇼에서 춤을 추는 시간보다 화장을 하는 시간이 훨씬 많이 걸렸다. 밤마다 같은 팀이 한동네에서 두세 군데 장소를 옮겨 가며 쇼를 했는데, 바로 길 건너에 있는 곳으로 이동하면서도 헤어와 화장을 모두 지우고 의상을 갈아입었다가 다음 처음부터 다시 화장을 시작해야 했다. 여장을 한 채 길을 가다가 경찰에게 잡히기라도 하면 엄청나게 얻어터지기 때문이었다.

* 둘 모두 미국의 영화배우다.

경찰은 피터와 그의 친구들을 걸핏하면 때렸다. 너무 남자 같아서, 너무 여자 같아서, 남자도 여자도 아닌 중성 같아서, 혹은 〈진짜〉같지 않다는 이유로 경찰은 그들에게 폭력을 가했다. 정부는 경찰이 그들을 때리는 이유와 똑같은 이유로 그들을 체포하고 벌금을 매기고 구금하는 것을 법으로 보장했다. 법적인 용어로 말하면 그들의 존재 자체가 방종하고 외설적이며 불쾌하고 모욕적이었다. 다시 말해 극도로 불건전하며 미풍양속을 해치는 존재라는 것이었다. 여자 옷을 입는 것도 불법, 여자 속옷을 입는 것도 불법, 무슨 뜻인지 정확히 알 수 없지만 동성애를 목적으로 공공장소를 배회하는 것도 불법이었다. 체포된 사람은 벌금을 물거나 펜트리지 교도소* 같은 남자 교도소에 투옥되어 강간을 당했다.

그래서 그들은 바로 길 건너편에 있는 곳에 가기 위해 휴지와 콜드크림으로 자기 자신을 지우고 모든 것을 단정하게 접어 가방에 넣은 다음 남자 옷을 무대 의상처럼 몸에 걸쳤다. 돈을 모아서 함께 택시를 탈 수 있는 날에는, 끊임없이 화장을 지웠다 다시 하고 여자 옷을 벗었다 다시 입을 필요 없이, 화장을 하고 여자 옷을 입은 채로 차에서 내려 쇼 장소까지 최대 2분 정도는 걸어갈 수 있었다. 그보다 조금이라도 더 길에서 시간을 보내면 얻어맞고 체포될 위험이 있었다.

* 1851년부터 오스트레일리아에서 가장 악명 높은 범죄자들을 수용해 온 교도소.

* * *

그는 밤에는 쇼 사이사이에 성 노동을 했고, 낮에는 쭉 성 노동을 했다. 무대에 서도 돈벌이는 쥐꼬리였기 때문에 그럴 수밖에 없었고, 성매매와 쇼가 그가 할 수 있는 유일한 일이었기 때문이었다. 아무리 긍정적으로 보려 해도 구역질 나는 일이었고 위험한 것은 말할 필요도 없었지만, 그가 속한 세상에서는 성매매가 일반화되어 있었다. 태어날 때 주어진 성별과 다른 성별로 계속 살겠다는 선택을 하면 제대로 된 보수를 받을 수 있는 정상적인 일자리를 구할 확률이 거의 제로에 가까웠기 때문이다. 시스젠더들Cisgender*에게만 허락되는 교육과 현장 경험을 모두 쌓는 행운을 누렸다고 해도 마찬가지였다. 피터의 친구들 대부분은 부업으로 성매매를 했고, 돈을 받고 성매매를 하지 않는 사람은 무료 서비스를 제공했다.

「그런 면에서 난 약간 자본주의자야.」 그는 무대 뒤에서 배회하던 사람들과 짝지어 사라지는 동료들에게 그렇게 말하곤 했다. 「난 돈이 좋아. 공짜는 없어.」

솟구치는 아드레날린과 두려움 말고는 피터는 첫 고객에 관해 거의 기억하는 것이 없었다. 하지만 그 후로는 하나같이 기름종이에 물방울이 구르듯 그에게 어떤 영향도 주지 못했다. 자기가

* 생물학적 성과 성 정체성이 일치하는 사람.

150

하는 일이 〈상당히 위험한 일〉이라고 말할 때 피터가 의미하는 위험은 거리에서 성매매를 하면서 직면하는 위험이 아니라 경찰에게서 당할 수 있는 폭력이었다. 고객을 유혹하다가 경찰에 적발이라도 되면 체포를 당하거나 정신을 잃을 정도로 맞거나 혹은 두 가지를 모두 당해야 했다. 그래서 피터와 그의 친구들은 그레이 스트리트에 있는 오래되고 아름다운 건물의 어두운 지하에 방을 하나 얻어서 손님을 받기 시작했다. 실내에서 일하는 것이 항상 더 안전했기 때문이다. 그리고 절대 고객을 자기 집으로 데려가지 않는 것을 철칙으로 했다.

밀가루 공장의 실험실과는 거리가 멀었지만 이런 식으로 그는 다시 돈을 벌기 시작했다. 가구와 옷을 사고 쇼를 할 때 입을 의상과 화장품도 샀다. 셰어하우스의 〈가장〉 역할을 하게 된 피터는 하우스메이트들을 위한 식료품과 술, 마약을 살 돈을 댔다. 클레어 케이크 가게에서 레몬 타르트나 바닐라 케이크를 사는 데 50달러를 쓰는 것을 주저하지 않았고, 사람들을 모두 초대해서 오후에 함께 차를 마시며 즐긴 다음 남은 음식을 모두 쓰레기통에 버리는 것도 서슴지 않았다. 이제 더 이상 남은 음식을 주워 먹으며 자란 소년이 아니었기 때문이다.

「모두들 우리 집이 무슨 그랜드센트럴 역이라도 되는 줄 안다니까.」 그는 자랑스러운 표정으로 불평하는 척했다. 그렇게 돈을 물 쓰듯 하는 것이 자기 기분을 위한 것이라는 것을 그도 잘 알고 있었다. 외로움에 뿌리를 둔 그의 너그러움은 사람들에게 보내는 애원의 몸짓이었다. 그는 사람들을 만나면서 돈을 벌었고 사람들과 함께하기 위해 돈을 썼다. 거리에서 그에게 고개를 까닥여 보이고 지나치는, 얼굴 없는 〈머그〉들에게 제공하는 다양한 서비스들과 달리, 그의 집에 찾아오는 이 눈부신 친구들과 음식을 먹고 술을 마시는 것은 그가 계속 살아가는 데 필요한 우정을 쌓을 수 있게 해주었다.

항상 무슨 일인가가 벌어지고 있었고, 항상 갈 수 있는 파티가 있었다. 피터는 이제 극도로 사교적인 환경에서 살게 되었다. 남녀 동성애자, 이성애자 구분이 없었다. 드래그 퀸과 그 주변을 작은 행성처럼 에워싼 백댄서들이 결혼 전 처녀파티나 총각파티를 하는 사람들과 교외 주택단지에서 놀러 온 샐러리맨들로 이루어진 관객들 앞에서 공연을 했다. 〈레즈 걸스〉, 〈플레이걸스〉, 〈벨르 보이스〉, 〈스트리트 보이스〉, 〈포키스〉, 〈남자와 여자 사이〉 등이 쇼 제목으로 내걸렸다. 피터의 친구들은 남자, 여자, 성전환을 한 사람, 하지 않은 사람 등으로 다양했고, 그들은 고릴라 그립, 악어, 젓가락(너무 말라서 그렇게 불렸다) 등의 별명으로 불렸다.

그중에는 완전히 망각 속으로 사라진 사람들도 있고, 용서하는 마음으로 기억하는 사람들도 있다. 그중 하나가 그의 남자친구인 이탈리아 종마 프랭키였다. 그는 집에서 돈을 내주는 부인을 빼고 움직이는 건 뭐든지 잡아먹어 버리는 남자였다. 피터는 프랭키에게 돈을 갈취당하곤 했지만 집에서 누군가가 자기를 기다려 준다는 사실이 너무 좋았고, 바로 그 이유로 그의 모든 잘못을 용서했다. 심지어 프랭키는 피터가 아끼는 주황색 모나로 차량을 몰다가 사고를 내서 폐차를 시키기도 했다. 왜 프랭키를 두고 보는지 묻는 니콜에게 피터는 미소를 지으며 대답했다. 「원하는 게 있으면 비용이 들어도 감당해야지. 세상 모든 건 그 나름의 가격이 있잖아. 그 가격을 지불할지 말지만 결정하면 되는 거야.」

집집마다 거실 탁자 위에는 안정제 그릇, 대마초 그릇, 스피드 그릇이 놓여 있었다. 모두 방문객들이 마음껏 이용할 수 있도록 집주인이 준비해 둔 것이었다. 아무도 마약을 소지하고 다니지 않았다. 그냥 길에서 걸어가기만 해도 경찰들에게 충분히 괴롭힘을 당하기 때문에 마약까지 몸에 지니고 다닐 수는 없는 일이었다. 처방전이 있어야 구입할 수 있는 강한 향정신성 약물을 구하려면 세인트 킬다에 있는 단골 의사나 멜버른 북부에 있는 의사 중 한 명을 찾아가면 거의 모든 것을 해결할 수 있었다. 모두들 그 두 의사 사이를 오가며 필요한 것을 구했다. 피터는 누가 약물을 더 많이 차지했다고 다툼이 벌어졌다거나, 누가 누구에게 돈을 갚아야 한다는 말을 들은 적이 없었다. 이처럼 모든 것을 공유하는 삶은 안전과 재미를 위해서이기도 했지만, 동시에 그들에게는 그 친구들이 유일하게 남은 가족이기 때문이기도 했다. 줄리앤 딘이 쇼의 마지막 곡으로 「당신은 결코 홀로 걷지 않을 거예요」를 부르면서 천천히 화장을 지우고 남자 옷으로 갈아입을 때면 눈물을 흘리지 않는 사람이 없는 것도 아마 그런 이유에서였을 것이다.

피터는 자기가 신던 신발들을 바라보았다. 신발 세 켤레가 기차를 기다리는 유령처럼 그곳에 놓여 있었다. 그 신발 주인이었던 남자는 이제 죽었고, 그가 사무실에 입고 가던 셔츠, 바지, 조끼는 조심스럽게 개켜져 커다란 쓰레기 봉지 안에 담긴 채 닫힌 침실 문 옆에서 버려지기를 기다리고 있었다.[3]

「이제 영원히 끝이야.」 피터는 자기 자신에게 반복적으로 그렇게 말했다. 그 생각은 파도에 깎여서 부드러워졌지만 아직 여기저기 날카로운 데가 남아 있는 유리조각과도 같았다. 피터는 볼에서 피가 나고 산 채로 껍질이 벗겨지는 것 같은 시술을 받은 후 일주일 동안 거의 말을 할 수 없는 상태로 살았다. 그 뒤로도 일주일에 세 번씩 왁싱과 전기 모공 치료를 받았지만 처음보다는 훨씬 덜 고통스러웠다. 그리고 원래 타고난 금발이기 때문에 수염이 다시 자라면서 약간 파르스름해지는 단계를 걱정하지 않아도 되었다.

피터는 칼턴에 있는 병원에서 받는 호르몬을 여전히 먹고 있었지만 친구들에게서 호르몬 주사 요법이 있다는 이야기를 들은 후에 채플 스트리트에 있는 의사를 찾아갔다. 그 의사에게는 호르몬을 복용하고 있다는 이야기를 하지 않았다. 그런 식으로 호르몬을 두 배 주입하면 변화가 더 빨리, 더 잘 일어날 것만 같았다. 그는 위험을 기꺼이 감수했고, 후회하지 않았다. 「맞아요, 아마 수명이 좀 단축되었겠죠. 간이랑 신장에 무리가 갔을 테니까요. 하지만 내가 원하는 삶을 얻었으니 그걸로 됐어요.」

그날 아침 그는 작은 옷장과 서랍장 몇 개를 천천히 그리고 꼼꼼히 비워 냈다. 슬픔과 기쁨을 오가는 감정이 북받쳐 올라왔다. 혁명적인 변화였지만 그는 그 과정을 혼자 감당했다. 다른 누구도 그런 일이 벌어지고 있는지 알지 못했다. 몇 분에 한 번씩 자기가 지금 잘하고 있는 것인지, 아니면 정말 비싸고 수치스러운 실수를 저지르고 있는지 스스로에게 물어보았다. 이 일을 하도록 만드는 추동력이 무엇인지, 자기가 가려고 하는 목적지가 어디인지, 그곳에 도달했을 때 괜찮을지 확실히 알 수 없었다. 그저 그 여정을 밟아야 한다는 느낌이 들 뿐이었다.

피터는 끊임없이 옷을 개서 쓰레기 봉지에 넣고, 또 다른 옷을 개서 쓰레기 봉지에 넣는 일을 반복했다. 그리고 마지막 옷을 봉지에 담은 후, 그녀는 봉지들을 한데 모아 들고 긴 카프탄* 차림으로 집을 나선 다음 문을 잠갔다. 그날 집을 나선 스테이시 앤본이라는 이름의 여성, 가끔 어맨다 설레스트 클레어라고 불리

* 소매가 넓고 헐렁하며 긴 원피스.

기도 하는 그 여성은 물론 피터 콜린스와 많이 닮아 있었다. 그러나 가장 중요한 것은 이제 그녀가 미래를 절대 두려워하지 않을 것이라는 사실이었다. 두려운 것은 두고 떠나온 과거뿐이었다.

스테이시는 보던 중 최고의 가슴을 가졌다. 포키스 드림걸스 단원 중 한 명인 레니 스콧이 제일 먼저 유방 삽입술을 받기로 되어 있었다. 겨드랑이를 절개해서 상처가 보이지 않도록 보형물을 삽입하는 수술이었다. 하지만 레니가 아파서였는지 겁을 내서였는지 몰라도 스테이시가 맨 처음 수술을 받았다. 다른 친구들처럼 스테이시도 윈저의 디 애비뉴에 있는 비싼 의사에게 수술을 받았다. 하지만 대부분의 동료들과 달리 그녀의 유방은 엄청나게 컸고, 호르몬을 두 배로 주입한 탓에 살도 쪘다. 그녀는 병원에 다시 가서 코를 깎아 더 부드러운 선을 만들고, 눈을 처지지 않게 올리는 수술도 받았다. 통통하고 부드러운 실루엣과 미모, 스테이시다운 자연스러운 행동 덕분에 사람들은 곧잘 그녀가 태어날 때부터 여자였다고 생각했다. 그리고 그녀는 자기가 트랜스젠더라는 것을 밝힐 때 사람들의 얼굴에 떠오르는 못 믿겠다는 표정을 보는 것을 즐겼다. 사람들은 〈당신이 드래그 퀸이라니, 아니야!〉 하고 말하곤 했다.

그러면 그녀는 미소를 지으며 답했다. 「드래그 퀸 맞아요.」

어느 날 그녀는 미용실에 가는 길에 고속도로에서 속도위반으로 잡혔다.

「아니, 아니요.」 열린 차 창문으로 그녀가 건넨 운전면허증을 보며 경찰이 약간 깔보는 듯한 태도로 말했다. 「남편 면허증 말고 본인 면허증을 주세요.」

「그게 제 면허증이에요.」 그녀가 말했다.

경찰은 그 자리에 한참을 서 있었다. 그러고는 자기 차로 걸어갔다. 잠시 후에 다시 돌아온 그는 차 지붕에 손을 짚고 몸을 굽혀 차 안을 들여다봤다. 「어떻게 해야 할지 모르겠군요.」 그는 작은 목소리로 말했다. 「그냥 가세요. 난 여기 한 5분 더 있어야겠으니. 어서 가십시오.」

그녀는 코스튬의 여왕이라고 불리는 줄리앤 딘과 함께 의상을 가봉했다. 줄리앤은 후배들을 〈퀴니〉 혹은 〈귀염둥이〉라고 불렀고, 그들은 그녀를 〈엄마〉라고 불렀다. 스테이시는 다음 쇼에 입을 의상을 입어 보는 동안 잡담을 하고 웃음을 터뜨리며 몇 시간씩 보내곤 했다. 코카인처럼 하얀 은발과 이 세상의 것이 아닌 듯한 긴 다리를 뽐내며 〈셀레스티얼 스타〉라는 예명으로 무대에 오를 때면 그녀는 48인치나 되는 큰 가슴을 가졌다고 해서 〈존재감 여왕〉이라고 소개를 받았다. 동료들은 그녀를 〈셀레스티얼 몬스터〉라고 부르면서 풍만한 가슴을 놀려 댔다.

그녀는 음악을 사랑했고, 춤과 조명, 그리고 관객들의 박수에 잔뜩 흥분했다. 관객의 환호를 자기가 괜찮아 보인다는 증명으로 여겼고, 그럴 때면 기분이 하늘을 찌를 듯하며 힘이 났다. 마치 앞으로 빨리 감기를 하는 영화에 자기가 출연하면서 동시에 그 장면을 보는 느낌이 들었다. 주변에서 맨디*는 사람을 달뜨게 한다고들 이야기했고, 텅 빈 바의 화장실에서 발가벗은 채 깨어나 세면대에 가득한 구토물을 볼 때마다 그 말을 실감했지만, 그와 동시에 자신이 또 한 번 괜찮은 밤을 보냈다는 생각도 들었다.

그녀는 발라클라바에서 살았다. 스트라스모어, 브런즈윅, 켄싱턴, 이스트 세인트 킬다, 노스코트, 카네기, 콜필드, 노스 멜버른과 첼트넘에서도 살았다. 그녀가 살아 보지 않은 곳은 없었다.

간혹 오랜 기간 동안 정해진 집이 없을 때도 있었다. 항상 한두 명은 그녀가 번 돈으로 그녀와 함께 살곤 했다. 그렇게 얹혀 사는 사람들도 가끔씩 드래그 쇼에 출연해서 돈을 벌긴 했지만 집세나 생활비를 보태지는 않았다.

니콜이 그 사실을 지적하면 스테이시는 염려하지 말라는 투로 손을 저었다. 「난 언제나 옆에 사람들이 들끓고 누군가를 돌봐야 살맛이 나. 타고나길 그렇게 타고났어. 왜 그런지 몰라도 난 항상 다른 사람을 돌보게 돼. 항상.」 그러면서 한숨을 쉬곤 했다.

스테이시는 보석처럼 빛나는 작은 유리 주사기로 스피드를 주사한 다음 차를 몰고 세 들어 사는 브런즈윅에서 도시 다른 쪽에

* 맨드랙스라는 진정제의 은어.

있는 댄서로 출연하는 바와 성 노동을 하는 윤락업소 등을 오갔다. 피츠로이의 니콜슨 스트리트에 늘어서 있는 어두운 색 테라스드 하우스에 위치한 싸구려 윤락업소에서는 20달러를 받았는데, 그녀는 그곳에서 꽤 좋은 수입을 올렸다. 남자들을 끌어들여 흥분시킨 다음 가능한 한 빨리 나가도록 하는 것이 요령이었다. 그런 식으로 빨리 일을 할수록 더 많은 돈을 벌 수 있었다. 일을 마치고 집에 돌아가서는 거울을 보고 춤 연습을 하고, 밝고 넓은 아트리움을 만들겠다고 벽을 허무는 등 한밤중에 야단법석을 떨곤 했다. 하지만 기운이 떨어지고 모든 게 귀찮아지면 그냥 이사를 했다. 깨진 벽돌 사이로 들어온 바람이 해가 뜰 때까지 그녀가 앉아 졸곤 하는 낡은 소파를 휘감았다. 꼬리잡기를 하듯 빈 방을 휘젓고 다니는 바람에 실려 들어온 비와 나뭇잎과 동물의 분뇨가 바닥에 쌓였다.

어느 날 셀레스티얼 스타이자 스테이시 앤으로 불리는 그녀의 집에 절대 떼어 낼 수 없는 유령처럼 편지 한 통이 배달되었다. 린다가 어떻게 그녀의 주소를 찾아냈는지 도저히 알 수 없었다. 다만 자기가 돈을 좀 번다는 소식을 린다가 듣고 한몫 떼어 가려고 나타났을 것이라는 정도만 짐작했을 뿐이다. 그래서 그녀는 이름을 바꾸고 이사를 했다. 스테이시 필립스, 스테이시 앤 본. 셀레스티얼 스타. 어맨다 설레스트 클레어. 샌드라 앤 본…… 이렇게 이름을 바꾸는 과정은 그녀가 자기 자신을 찾아가는 여정의 일부이기도 했지만 완전히 정체를 감추고 사라지는 데도 한몫했다.

전 부인에 대해 그녀는 처음부터 계속 화를 내며 도망가는 태도를 취했다. 그리고 그 태도는 시간이 지나도 변하지 않았다. 「린다가 집도 가졌고, 모든 걸 다 가졌어요. 난 자동차하고 내 옷만 가지고 나왔어요. 그게 다였죠. 다른 건 모두 그녀가 차지했어요.」나는 린다에게 저축한 돈을 조금이라도 남겨 두고 나왔는지 (남겨 둔 돈은 한푼도 없었다), 린다가 어떻게 아이들을 키우고 어떻게 집 담보 대출을 갚을지 생각해 봤는지를(전혀 생각해 본 적이 없었다) 샌드라에게 물었다. 그제서야 샌드라는 진심으로 그런 문제를 난생처음 떠올리는 듯했지만, 잠시 생각을 해본 다음에는 더 이상 관심을 보이지 않았다. 그녀는 서서히 선을 지나 이쪽 세상으로 넘어왔고, 자신이 이전에 살던 삶의 경계선을 지난 이쪽 세상, 바람이 잠잠해진 세상에 머물고 있다. 끝까지 항해를 해서 그 너머로 떨어지거나 물속을 배회하는 괴물에게 통째로 잡아먹히거나 둘 중 하나를 선택해야 하는 중세시대의 지도 밖으로 나온 것이다.

피터에게 일종의 귀향 혹은 홈커밍이라고 할 수 있는 장면이 두 번 있었다. 첫 번째는 자선 만찬 무도회장에서였다. 어디서 그 무도회가 열렸는지, 무슨 자선 단체를 위한 것인지, 어떻게 그곳에 갔는지 그녀는 하나도 기억하지 못했다. 유일하게 기억하는 것은 그곳에서 동생 사이먼을 만나리라고는 꿈에도 상상하지 못했다는 사실뿐이었다. 십 대 후반에 접어든 사이먼은 바짝 마르고 진지한 표정을 한 서늘한 느낌의 미남으로 자라 있었다. 아버지 빌이 사이먼도 집에서 쫓아낸 후였다. 그동안 쌓아 온 모든 자존감과 자신감에도 불구하고 동생에게 미소를 지어 보일 때 그녀는 얼굴이 빨갛게 달아오르고 심장이 걷잡을 수 없이 뛰었다. 그리고 둘 사이에 오가지 않은 그 모든 말들이 시끄럽게 머릿속에서 울리는 가운데 그녀는 동생에게 만나서 정말 행복하다고 말했다. 진정으로 그를 만나서 행복했다.

사이먼은 그녀를 수줍게 바라보며 특유의 조용한 목소리로 말했다. 「형이야말로 콜린스 집안에서 유일하게 자기가 원하는 일을 한 사람일 거야.」 그리고 그는 팔을 뻗어 그녀를 꼭 안아 주었다.

몇 달이 지난 후 두 사람은 길에서 다시 마주쳤다. 서둘러서 어딘가로 가고 있었지만 그녀는 떠돌이처럼 보이는 사이먼의 차림에 충격을 받았다.

「도대체 여기서 뭐 하는 거야?」 그녀는 놀라서 물었다.

사이먼은 아내가 친구와 바람이 나서 떠나 버렸다고 고백했다. 어느 날 직장에 간 사이에 집에서 모든 것을 가지고 나가 버렸다는 것이다. 심지어 그가 모아 온 롤링스톤스의 레코드까지도. 샌드라는 사이먼을 자기 집으로 데리고 가서 그가 재기할 때까지 돌봐 주었다. 그 후 그는 군에 입대해서 21년 동안 엔지니어로 일했고, 두 사람은 늘 자기 나름의 방식으로 서로를 사랑했다.

두 번째 사건은 1979년에 벌어졌다. 아버지 빌이 6개월 전에 세상을 떠났다는 사실을 알게 됐다. 샌드라는 이모에게 전화를 했다. 「베시 이모, 저…… 저 누군지 아시죠. …… 피터…….」샌드리기 말했다.

「여보세요, 피터구나! 엄마가 아시면 정말 좋아하시겠다.」베시 이모는 매우 기쁜 목소리로 전화를 받았다.

「좋아하실지는 모르겠어요. 너무나 많은 일이 있어서…….」

「아니야, 엄마가 널 얼마나 그리워하는지 몰라.」베시 이모가 위로하듯 이야기했다. 「네가 연락하면 정말 좋아하실 거야. 요즘은 푸츠크레이에 있는 포시스에서 일을 하시거든. 토요일에는 12시에 일이 끝나니까 12시 반이면 집에 도착할 거야. 그때쯤 전화 드리렴. 널 만나고 싶어 하실 거야.」

토요일은 샌드라가 윤락업소에서 일을 하는 날이었지만 특별히 그 주 토요일은 하루 쉬기로 했다. 금요일 밤에도 외출을 하지 않고 손톱을 정리해서 매니큐어를 바르고, 토요일 아침 일찍 일어나서 머리를 감고 세팅을 말았다. 그런 다음 전화기 옆에서 12시 반이 되기까지 기다렸다.

「여보세요?」에일사의 목소리가 전화선을 타고 똑똑히 들렸다.

「엄마?」 샌드라가 말을 꺼냈다. 「저……예요.」

「홍. 너구나.」 에일사는 그렇게 말하고 오랫동안 아무 말도 하지 않았다. 그 침묵은 마치 그녀 손에 들린 채 샌드라를 겨냥하는 잭나이프처럼 느껴졌다. 「빌어먹을 년, 네가 아버지를 죽였어! 너 같은 년하고는 다시 말하기도 싫다.」

처음에는 그 말들의 의미나 거기 담긴 침을 뱉는 듯한 경멸보다 엄마가 욕을 한다는 사실이 샌드라에게 더 충격이었다.

「나가서 엿이나 드세요!」 샌드라는 전화기에 대고 그렇게 소리를 질렀다. 수화기를 내려놓은 그녀는 얼음주머니처럼 의자로 푹 꺼졌다. 1979년 오후 12시 31분에 전화로 주고받은 말들을 내게 전하는 그녀가 36년이 지난 그때까지도 그대로 그 의자에 앉아 있는 것처럼 보였다. 그때 받은 마음의 상처로 그녀의 목소리가 가늘게 떨렸다. 「엄마를 볼 수 있을지도 모른다는 기대 때문에 머리까지 새로 했는데…… 그리고…… 왜냐하면…… 그러니까 엄마가 맞을 때면 내가 돌봐 줬었잖아요. 아버지가 엄마를 때리면 창문을 넘어 들어가서 엄마를 돌봤어요. 그러다가 엄마는 아버지와 화해를 했지만, 아버지는 엄마를 도왔다고 나를 때리기 시작했죠! 정말이지…… 힘든 시절이었어요.」

샌드라가 어머니와 대화를 한 것은 그것이 마지막이었다. 그녀의 어머니 에일사 매기 콜린스는 14년 뒤인 1993년 11월 2일

세상을 떠났고, 그로부터 사흘 후 그녀가 다니던 성당에서는 그녀의 영혼이 평화롭게 잠들기를 기원하는 미사가 열렸다.

샌드라와 동료들은 프린스 오브 웨일즈, 나이트 무브스 디스코, 보쟁글스 등에서 열리는 쇼에서 춤을 췄다. 그 나이트클럽을 그들은 〈보위스〉 혹은 〈봉랜드〉라고 불렀다. 그리고 애너벨스와 멘메이트, 스팽글스, 위스키 아 고고, 키 클럽, 사보이 호텔, 도버 호텔, 유니언 호텔, 메이지스 호텔 등을 돌면서 파티를 했다. 그러다가 돈이 떨어지면 동성애자 남성이 소유한 비참할 정도로 초라한 쇼를 하는 노스 멜버른의 싸구려 클럽에 가기도 했다. 거기는 동성애자들이 모이는 장소를 처음으로 찾기 시작한 사람들로 가득했다(이는 샌드라가 당시 자신의 상태를 얼마나 자연스럽게 받아들이게 되었는지, 그리고 멜버른이 얼마나 많이 변화했는지를 신랄하게 보여 준다).

샌드라는 그 시절을 그리워한다. 60년대 말, 비슷한 사람들과 안전하게 어울릴 수 있는 기회는 잰 힐리어가 멜버른의 전 지역을 돌아다니며 주최하는 사설 댄스파티뿐이었다. 모든 것이 매우 은밀하게 진행됐다. 주류 판매 허가증을 확인하겠다고 경찰이 갑자기 출동하면 동성 커플들은 얼른 서로를 밀쳐내고 가장 가까이 있는 이성을 붙잡고 커플인 척했다.

언제든 경찰의 폭력이 닥칠 수 있는 위협이 존재하고, 동성애를 공식적인 정신질환이나 범죄로 분류해서 경찰의 폭력을 정상적인 것으로 받아들이는 사회적 분위기에도 불구하고 샌드라와 그녀의 친구들이 서로 어울릴 수 있는 상업적인 공간이 있었다는 사실은 그냥 자연스럽게 가능해진 일은 아니었을 것이다. 힐리어와 그녀의 파트너인 드래그 쇼의 기획자 더그 루카스가 1977년에 프린스 오브 웨일즈 호텔에 남성 동성애자들을 주 고객으로 하는 날을 정기적으로 만들자고 제안했을 때만 해도 호텔 매니저는 호텔에 딸린 펍의 1층을 채울 만큼도 고객이 들지 않을 거라고 생각했다. 그래서 매니저는 후에 포커스가 된 그 쇼에 방 하나만 할애했는데, 공연 첫날 수백 명의 고객들이 입장하지 못하고 돌아가야 했다는 일화가 전설처럼 전해진다.

70년대 말로 접어들면서는 동성애자들이 공개적으로 어울리는 빈도가 높아졌고, 그런 경향과 태도의 변화는 상승작용을 하면서 발전했다. 이제는 실질적인 〈동성애자 커뮤니티〉를 논할 수 있게 된 것이다.[4] 그 커뮤니티가 모든 성원들, 특히 트랜스젠더 여성과 남성들의 권리와 필요를 얼마나 반영하고 지지했는지에 대해서는 논란이 분분하다. 그러나 그 전보다 상황이 전반적으로 더 나아진 것은 사실이었다.

70년대의 활동가 단체들, 가령 〈게이 리버레이션〉이나 〈소사이어티 파이브〉 등에 참여했는지 묻자, 놀라우면서 동시에 전혀 놀랍지 않은 대답이 돌아왔다.

「아니요.」그런 건 묻지도 말라는 시늉을 하며 샌드라가 말했다. 「난 정치에 관심을 가져 본 적이 없어요. 난 관심을 끌 만한 행동은 절대 하지 않죠.」그 말이 사실이 아닌 이유는 그녀가 셀레스티얼 스타라는 예명으로 〈존재감의 여왕〉이라고 소개되며 상의를 벗은 채 무대에 올라 밤마다 춤을 춘 사람이어서가 아니다. 그 말이 사실이 아닌 진짜 이유는 그녀가 자신이 원하는 사람이 되기 위한 권리를 행사했고, 그런 사실을 자기가 입양되었다거나 서쪽 지역 교외 도시 출신이라는 사실 이상으로 자기 삶을 지배하는 이슈로 만들지 않았다는 것, 그리고 자기 삶을 자기 방식으로 살기를 조용히 고집한다는 것 자체가 매우 정치적이었기 때문이다.

샌드라와 내가 더그 루카스를 만나러 갔을 때, 두 사람은 기억을 더듬어 내가 태어난 해부터 서로를 보지 못했다는 사실을 확인했다. 36년 동안 만나지 않은 사람을 직접 다시 만난다는 것이 쉽지 않은 일이었을 텐데도 샌드라는 더그에게 인사를 하는 순간부터, 가벼운 잡담으로 시작해 심각하고 깊은 이야기로 이어지기까지 한순간도 어색하게 굴지 않았다. 더그는 그녀가 어느 날 갑자기 사라져 버린 후에 늘 스테이시가 어떻게 지내고 있을지 궁금했다고 말했다. 하지만 샌드라는 열정적으로 과거를 회상하면서 옛 친구들의 안부를 묻고, 앨범을 뒤적였으며, 그녀가 예전에 얼마나 잘생긴 남자였는지 아쉽다는 듯이 말하는 더그의 말에 웃음을 터뜨리기도 했다. 그리고 더그가 너무 살이 쪄서 움직이는 것이 좀 힘들어 보이자 팔짝 일어나서 차를 끓이러 갔다. 두 다리를 한쪽으로 모으고 부엌 테이블 위에 걸터앉은 그녀에게 더그는 옛 동료들이 모두 어디에 있는지 소식을 알려 주었다. 30년 이상 잊고 살던 사람들과 장소 이름을 듣자 가늘게 뜬 샌드라의 눈이 기쁜 빛으로 반짝였고, 피부가 약간 더 팽팽해졌다. 샌드라는 1978년으로 돌아가 다시 젊어진 듯했다.

왜 갑자기 종적을 감췄는지를 설명하면서 그녀가 말했다. 「그때 만나던 릭이 정말 도움이 되는 충고를 해주었어요. 릭과 나는 그 사람의 딸을 함께 기르고 학교를 보냈었죠. 근데 이러는 거예요. 〈당신은 동성애자 친구들하고 어울릴 때면 동성애자처럼 행동하곤 해. 여자가 되고 싶으면 진짜 여자들하고 사귀는 게 좋을 것 같아.〉 그래서 그렇게 했죠. 관계를 끊었어요. 거의 모든 사람들하고.」

「흠, 좀 슬픈 이야기로군.」 더그는 매니큐어는 바르지 않았지만 아몬드 모양으로 잘 다듬어진 긴 손톱으로 식탁을 똑똑 두드리며 생각에 잠긴 목소리로 말했다. 「그 사람들도 당신 삶의 일부인데 그 부분을 완전히 도려내는 건 옳지 않아. 릭은 아마도 그부분이 지나가야 할 여정이라고 생각했겠지만, 인생이란 종착역도 중요하지만 그곳까지 가는 여정 자체가 더 중요할 때가 많거든.」

더그의 말이 맞다. 슬픈 일이다. 그 사람들이야말로 실크 깃털과 화려한 전투용 화장을 한 전사들로, 불 속을 함께 걸어간 창단 멤버들이 아닌가. 자기 고향, 자기 집에 있으면서도 동시에 낯선 곳에 있는 것처럼 살아가는 것이 어떤 느낌인지를 진정으로 이해하는 사람들은 오직 그들뿐이었다. 〈퀴어〉라는 말을 들으면 여전히 배에 칼이 들어오는 느낌을 받고 〈트랜스젠더〉라는 단어에 걸려 넘어지는 사람들은 그들뿐이다. 그들에게는 자신이 그냥 남자, 그냥 여자일 뿐이기 때문이다. 〈그 전환〉을 거친 사람이든 밤에만 치마를 걸치는 사람이든 서로를 〈여자〉라고 부르고, 정말로 그렇게 생각하는 사람들은 그들뿐이다. 샌드라가 그들과의 관계를 한꺼번에 끊어 버린 것은 진정한 유대와 지원을 누릴 기회를 놓아 버린 것과 같았다.

그러나 샌드라가 잃은 것에 대한 더그의 의견에는 틀린 부분도 있었다. 여러 번 남자만을 위한 바를 운영할 것을 고집한 더그가 남자나 드래그 퀸들과 어울리는 것을 선호하는 것과 마찬가지로 샌드라는 평범한 이성애자 여성들과 어울리는 것을 좋아했다. 그들과 우정을 나눌 때 샌드라는 가장 자연스러운 자기 자신이 된다고 느꼈다. 드래그 퀸으로 살던 시절이 사춘기 같은 실험의 기간이고, 거기서 다음 단계로 넘어가야 할 필요가 있다고 느꼈다는 사실은 그녀 인생 전체의 맥락에서 이해해야 할 부분이다. 피터, 스테이시, 셀레스티얼 스타의 정체성이 완전히 사라졌다고 할 수는 없지만, 그들의 존재는 태양을 중심으로 공전하는 지구의 자취가 바람 속에 남아 있는 정도로만 그녀 안에 남아 있을 뿐이다. 샌드라가 언젠가 이렇게 말했다. 「나는 그냥 샌드라예요. 샌드라로 너무 오래 살아서 다른 면은 생각도 나지 않아요. 다른 면은 이제 너무 낯설어요.」

더그는 여전히 가깝게 지내는 코스튬의 여왕 줄리앤 딘에게 전화를 해서 신나는 목소리로 스테이시가 왔다고 전했다. 수화기에서 들려오는 줄리앤의 환호에 샌드라는 미소를 지었다. 줄리앤은 자기가 요즘 시력에 조금 문제가 있긴 하지만 25년째 반려자로 지내고 있는 〈인생의 남자〉에게서 애정 어린 지원을 받고 있다고 말했다. 샌드라는 자기도 15년 동안 함께 보낸 반려자가 있었지만, 끝이 조금 좋지 않았다고 고백했다. 그 남자가 언감생심 샌드라를 소유하려 했기 때문이었다!

모든 것이 거기에 있었다. 전화선을 타고 전해 오는 줄리앤의 행복한 목소리와 두 번째 결혼에 대해 떠벌이는 샌드라의 목소리에 담긴 약간의 뾰족함 속에, 그리고 더그가 자신의 어두운 침실로 우리를 데리고 가서 컴퓨터를 켜고 보여 준 영광스러운 전성기 시절의 사진 수백 장 속에 모든 것이 담겨 있었다. 아무리 많은 의상을 입고 박수갈채를 받고 파티를 벌여도 스스로에게 허락하지 않는 것은 아무 것도 얻을 수 없다는 진실까지 그 속에서 찾을 수 있었다.

함께 컴퓨터 화면을 바라보며 추억에 젖은 채 아쉬운 미소를 지을 때마다 두 사람의 주름진 눈가가 촉촉하게 젖어 들었다. 두 사람 모두 체중이 늘고 피부의 탄력이 떨어졌고, 어떤 사람은 함께 그리워하고 어떤 사람에 대해서는 함께 짓궂은 웃음을 터뜨렸지만, 나란히 앉아 있는 샌드라와 더그 사이의 간극은 행성 간의 간극만큼이나 멀기만 했다.

샌드라가 마리아에 대해 느끼는 감정은 달랐다.

친구들이 그녀에게 뭐가 다른지 물으면 그녀는 〈그런 식으로〉 여자한테 관심이 있는 건 아니라고 설명하곤 했다. 「아마도 내가 좋아하는 건 마리아의 영혼인 것 같아.」 샌드라보다 훨씬 더 작고 나이도 어린 십 대에 불과했지만 마리아는 그녀를 마치 〈신사처럼〉 친절하게 대했다. 오스트레일리아 원주민과 이탈리아 혈통이 섞인 마리아 글로리아 패튼은 아름다우면서 동시에 소년 같은 느낌의 외모를 지니고 있었다. 늘 검은색 티셔츠에 소매를 걷어 올린 남자 와이셔츠를 걸치고 헐렁한 카키색 바지를 입고 다니던 마리아는 열여덟 살이었고, 어머니, 여동생, 남동생과 함께 살고 있었다. 마리아의 동생들은 그 집에 들어가서 살기 시작한 샌드라가 〈아이들〉이라고 부를 정도로 어렸다. 마리아의 어머니는 키가 크고 금발을 한 딸의 여자친구를 따뜻하게 받아들

여 주었다. 아주 오래간만에 샌드라는 미래에 대해 생각하기 시
작했다.

　사진 속 배경이 된 바다는 썰물로 물이 빠져 있고, 두 사람은
모래 언덕에서 포즈를 취하고 있다. 샌드라는 경사진 쪽 아래에
서 있고, 마리아는 그보다 조금 앞에 있어서 두 사람의 키 차이가
많이 나 보이지 않는다. 카메라를 정면으로 주시하고 있는 두 사
람은 회색 캔버스처럼 펼쳐진 하늘의 밝은 빛에 눈이 부셔 눈을
찌푸리고 있다. 빨간 바지와 헐렁하고 낡은 블라우스를 입은 샌
드라는 드물게 화장을 하고 있지 않다.
　「대단한 기회가 온다는 느낌이 들 때가 있잖아.」 동행한 친구
들 무리에서 떨어져 나와 해변을 걸으면서 그녀가 말했다. 두 손
을 바지 주머니에 깊이 꽂고 어깨를 잔뜩 움츠린 채 걷고 있던 마
리아가 고개를 끄덕였다. 시선은 모래를 걷어차며 걸음을 옮기
고 있는 발에 고정되어 있다.
　「그래서 말인데,」 샌드라가 말을 이었다. 「이게 내가 아이를
가질 수 있는…… 그러니까 자녀를 둔 가족을 이루고 살 수 있는
마지막 기회거든…….」 그녀는 걸음을 멈추고 여자친구를 쳐다
보았다. 가느다란 눈썹을 모으고 수평선을 바라보고 있는 마리
아의 짙은 색 짧은 머리가 바람에 날려 들썩였다. 마리아가 손을
뻗어 샌드라의 손을 잡았고, 두 사람은 서로를 향해 미소를 지어

보이다가 킥킥 웃음을 터뜨렸다.

샌드라와 마리아는 여러 상황을 감안할 때 거의 실현 가능성이 없는 계획을 아무렇지도 않게 밀고 나갔다. 마리아는 샌드라의 이름으로 병원에 입원할 예정이었다. 나중에 샌드라가 아이의 엄마로 등록될 수 있도록 하기 위해서였다. 두 사람은 아기 이름에 대해 고민을 하고 아기용품점들을 둘러보았다. 마리아가 임신을 했을 때 두 사람은 너무도 기뻤다. 「그게 우리 목표였어요.」 샌드라는 그때를 되돌아보며 설명했다. 「하지만 우리는 그 여파에 대해서는 생각하지 않았죠. 일이 꼬일지도 모른다는 생각도 하지 않았죠. 내가 일을 했으면 달랐을까요? 성 노동을 했다면? 살다 보면 참 묘한 방법으로 일이 풀릴 때가 있어요. 내가 성 노동으로 돈을 벌었다면 아이는 심한 혼란을 겪었을 테니까요.」

* * *

신문 기사에 〈무술 전문가〉로 묘사될 필립 존 킨은 웨스트 푸츠크레이에 살았다. 샌드라가 자란 집에서 1킬로미터밖에 떨어지지 않은 곳이었다. 샌드라의 공연을 보기 위해 마리아가 나이트 무브스 클럽에 갔던 날 킨은 클럽의 문을 지키고 있었다. 그는 문을 지키는 보안팀의 책임자였다. 근사한 젖가슴으로 유명한 빨강머리 여자친구를 보러 온 마리아는 어깨가 으쓱해 있었다. 어쩌면 킨이 마리아에게 어떤 감정이 있었을지도 모른다. 어쩌면 레즈비언들에 대해 유감이 있었을 수도 있고, 마리아에게 질투심을 느끼고 있었는지도 모른다. 아니면 마리아의 갈색 피부와 아름다운 얼굴이 싫었거나 마리아가 자기를 두려워하지 않는다는 사실에 기분이 상했는지도 모른다. 어쩌면 힘을 줘서 주먹을 휘두를 때 닿는 뼈의 느낌이 어떤지 알고 싶었는지도 모른다.

그날의 주인공 셀레스티얼 스타는 분장실에 가서 준비를 시작하기 전까지 몇 분 여유가 있었다. 화장을 마치고 나면 바로 무대에 오를 예정이었다. 분장을 하는 것도 탄력이 붙어야 잘 되는 일이라 에너지를 분산시키지 않는 것이 좋았다. 공연이 끝나면 두 사람은 바로 마리아가 어머니와 함께 사는 집으로 돌아갈 예정이었다. 마리아가 예전처럼 늦게까지 놀 수 없게 되었을 뿐 아니라, 두 사람은 이제 집 밖에 있지 않아도 충분히 즐거웠다. 두 사람에게 모두 기쁜 성장의 시기였다. 마리아는 두 사람의 아기를 임신한 지 3개월로 접어들고 있었고, 샌드라 또한 어떤 의미에서는 새로운 탄생을 위한 준비를 하고 있었다. 성 확정을 마무리할 하체 수술을 곧 받을 예정이었기 때문이다. 마리아는 의자에 기대 앉아서 무대를 바라보며 운동화를 신은 발을 테이블 위에 올렸고, 샌드라는 옆에 앉아 기다란 손톱을 한 손가락 사이에 담배를 끼고 불을 붙였다.

「빌어먹을 테이블에서 발 내려.」 킨이 지나가다가 바지를 추켜올리면서 외쳤다. 두 여자 모두 약간 놀라서 킨을 바라보았다. 두 사람은 그가 다가오고 있는지도 모르고 있었다.

「엿이나 먹으라고 하지. 다시 와서 예의 바르게 말하면 발을 내리지.」 마리아가 말했다. 샌드라는 싱긋 웃으며 자리에서 일어나 마리아에게 키스를 한 다음 붐비는 클럽을 헤치고 무대 뒤로 나가는 문으로 향했다. 무대 뒤로 들어가기 직전 뒤를 돌아보니 킨이 테이블로 돌아와서 마리아의 발을 테이블 밑으로 밀치고 있었다. 마리아는 격분해서 일어나 킨의 얼굴을 노려보았다. 그는 마리아를 앞문 쪽으로 거칠게 밀면서 클럽 밖으로 내보냈다. 샌드라가 사람들을 헤치며 서둘러 그쪽으로 다가가고 있는데 마리아가 다시 나타나 킨의 가슴을 힘껏 밀쳤다. 그러자 킨은 마리아를 쓰러뜨리고는 뛰어서 그녀의 배에 무릎을 꼬나박았다. 그렇게 오랫동안 승리에 찬 표정으로 숨을 헐떡이며 마리아를 누르고 있다가 그녀의 겨드랑이를 잡고 밖으로 끌어냈다.

심장 박동이 점점 빨라지고 있었지만 샌드라는 괜찮을 것이라고 확신했다. 마리아가 아닌가. 괜찮지 않으면 안 됐다.

하지만 마리아는 다시 일어서지 않았다. 샌드라가 옆에 무릎을 꿇고 앉아 〈일어나, 내 사랑. 집에 가자〉라고 말하며 어깨를 흔들어도 머리만 맥없이 흔들릴 뿐이었다. 누군가가 구급차를 부르라고 소리치고 동네에서 상시 대기 중이던 경찰들이 갑자기 나타날 때까지도 마리아는 여전히 일어나지 못했다. 샌드라가 통곡하기 시작했다. 경찰 중 한 명이 그녀를 조심스럽게 부축해 데리고 나가서 그가 생각할 수 있는 유일한 평화로운 공간인 경찰 밴 뒤에 앉힐 때까지도 마리아는 일어나지 않았다.

그러나 바로 그때 기도에 응답하기라도 하듯 구급차 사이렌 소리가 들려 왔다. 드디어 마리아가 의식을 되찾을 것이고, 병원에 가면 의사들이 치료해 줄 것이라는 확신이 들었다. 병원에 도착해서야 샌드라는 몸서리치듯 공기를 들이마시며 차에서 비틀거리며 내려서 주변을 둘러볼 수 있었다. 그때 수첩을 거머쥔 기자가 길을 뛰어 건너면서 차 옆에 서 있는 경찰에게 물었다. 「죽은 여자 이름이 뭐였죠?」 그 질문은 독수리가 공중에서 사냥감을 낚아채듯 희망의 목줄을 끊어 놓았다.

세상은 그렇게 끝나는 것인가 보다. 빨강머리 가발에 꽉 끼는 원피스 차림으로 인도에 서 있었지만 그녀는 갑자기 사라져 버렸다. 별것 아닌 사람에서 완전히 존재하지 않는 사람이 되어 버린 것이다.

샌드라는 물리학을 배우지 않았지만 시간이 팽창한다는 사실을 이해한다. 그녀는 어릴 적부터 잔인할 정도로 빨리 흐르는 시간이 있는가 하면 거북이처럼 느리게 가는 시간도 있다는 사실을 경험으로 알고 있었다. 그녀는 지구의 중력에서 벗어나 둥둥 떠가고 있었다. 어찌된 영문인지 갑자기 아침이 되었고, 그 사고에 대해 진술을 한 후 집에 돌아가는 것이 두려웠다. 다른 사람들에게 자신의 고통을 보이는 것이 두려웠다. 슬픔이 너무도 커서 감출 수 없었기 때문에 친구들과 마리아의 가족들 가까이는 가지 못했다. 마리아를 보호하지 못했다고 그들이 자기를 탓할까 봐 두렵기도 했다. 마리아의 여자친구가 드래그 퀸이고, 마리아가 죽은 곳이 바로 자신이 일하는 곳이라는 사실이 밝혀지는 것도, 마리아가 자신의 아기를 임신하고 있었다는 것이 세상에 알려지는 것도 두려웠다. 지난 몇 달 동안 함께 먹고, 함께 웃던 마리아의 여자친구가 정체를 감춘 사기꾼이었다는 사실을 마리아의 가족들이 깨닫고 자기를 어떻게 볼지도 두려웠다. 그 모든 가능성을 하나하나 깨달을 때마다 그녀는 점점 더 추락했고, 그녀가 추락하는 구멍은 너무도 깜깜해서 빛까지 삼켜 버렸다. 샌드라는 그 구멍에 갇혀서 빠져나올 수도 없었고, 빠져나온다 하더라도 도망갈 곳도 없이 너무도 천천히 흐르는 매 순간을 견뎌 내야 했다.

부러진 손톱과 더러운 머리카락을 한 수척한 모습의 샌드라가 열쇠로 문을 열고 어깨를 축 늘어뜨린 채 현관문 안으로 마지막으로 들어섰다. 마리아의 어머니가 청소 일을 하러 나가고 아이들은 학교에 갔을 시간에 맞춰서 온 것이었다. 수치심으로 몸이 타오르는 것을 느끼며 그녀는 얼마 안 되는 자기의 짐을 챙겼다.

소파도, 금이 간 욕실 타일도, 창문 밖으로 보이는 풍경도, 냉장고에서 나는 소음도 모두 상처가 되었다. 아무것도 변하지 않았다는 것, 이전에 마지막으로 그 자리에 서 있었을 때만 해도 자기가 다른 사람이었다는 것이 모두 아픔으로 다가왔다. 과거의 자신은 가정이 있었고, 따뜻한 몸을 가진 여자의 사랑을 받으며 다시 가족을 이루어 살 수 있는 가능성이 있었다.

그녀는 가능한 곳이면 아무데서나 밤을 지냈다. 경찰 단속이 다시 시작됐다. 애클랜드 스트리트나 로브 스트리트, 피츠로이 스트리트 같은 곳에서 성매매로 돈을 벌 수가 없었다. 그래서 네피언 하이웨이에 있는 윤락업소에서 일했다. 몇 년 후 고속도로가 확장되면서 그 집은 철거되었고, 그녀가 일하던 어두운 방도 없어졌다. 무릎을 꿇거나 엎드려서, 끈에 묶인 채 피를 흘리며, 백짓장처럼 하얗게 질린 상태로 푸줏간 도마에 오른 동물처럼 온몸을 떨면서 일하던 그 방은 완전히 사라졌다.

그녀는 규제가 전혀 없는 복종적 BDSM*을 찾는 고객들을 상대로 일했다. 마리아가 절대 용납하지 않았을 종류의 일이었고, 정신을 갉아먹는 일이었으며, 먹이사슬의 가장 밑바닥에 자리한 일이었다. 그곳에서 그녀는 내적으로 상처를 받아 가며 마리아처럼 누워서 일어나지 않았다.

* 가학적 혹은 피학적 성행위.

그러나 그녀는 마리아가 아니었고, 몸 안에서 뭔가가 계속 고동을 쳤다. 그녀는 거기서 번 돈에 피츠로이에 있는 싸구려 윤락업소에서 몇 푼씩 버는 돈을 보탰다. 멜버른의 기나긴 겨울 내내 그녀는 자기가 해야 할 일에 온 정신을 쏟아부었다. 단순히 생존하기 위해서가 아니라 잘 살아 내기 위해서였다. 마리아가 죽은 지 1주년이 되는 날 그녀는 상처를 딛고 다시 일어섰다.

결국 마리아는 그녀에게 따뜻하고 슬픈 기억으로 남았다. 그녀가 옛 여자친구를 〈마리〉라고 부를 때면 그것이 애칭인지 건망증 때문인지 불확실하지만 말이다. 그러나 그날 그녀는 작은 가방을 택시 트렁크에 싣고 운전기사에게 이스트 세인트 킬다에서 시내로 가자고 말하면서 론즈데일 스트리트에 있는 병원까지 어떻게 가야 가장 빨리 갈 수 있는지 알려 주었다. 교통체증으로 차가 거북이걸음을 하자 그녀는 차가운 유리창에서 고개를 돌렸다. 담배꽁초와 음료수 깡통, 씹다 버린 껌 등이 눈에 들어오면서 어쩌면 진정으로 버려지는 것은 아무것도 없을지도 모른다는 생각이 들었다.

그러다가 차가 속도를 냈고, 팔꿈치가 유리창에 세게 부딪혔다. 유리창이 저쪽과 이쪽을 나누는 거의 보이지 않는 선처럼 느껴지자 그녀는 조바심을 내며 앞을 내다보았다. 그녀는 운전기사에게서 몇 센티미터 떨어지지 않게 바짝 붙어 앉았다. 그가 틀어 놓은 라디오 방송이 들렸다. 그녀는 그가 내뱉은 공기를 들이 마셨다. 운전기사가 입은 티셔츠 밑에서 살이 밀물처럼 넘쳐 안전띠를 덮고 있는 것을 보지 않으려 애썼다. 이윽고 차가 병원 앞에 멈춰 섰고, 그녀는 지폐를 건넸다. 그녀의 주머니 안에서 따뜻해진 지폐의 온도가 그의 손에 전해졌다.

　그녀는 차에서 내린 다음 작별인사를 하는 것도 잊고 문을 세게 닫았다. 미래로 걸어 들어가고 있기 때문이었다. 샌드라는 바로 그 생각을 담요처럼 끌어당겨 자기의 온몸을 덮었다.

8 · STC 특수 청소 서비스 전문 회사

　스위트홈이라고 부르기는 힘든 곳이지만 이 집은 어느 버스 운전기사가 이번 주 초까지 살던 곳이었다. 샌드라는 그가 술독 때문이었는지 감염 때문이었는지 잘 모르지만 코피를 많이 흘렸다고 말했다. 집이 작고 할 일도 많지 않았기 때문에 샌드라와 트렌트 두 사람이면 충분한 작업이었다. 키가 크고 마른 체형의 트렌트는 항상 쓰고 다니는 야구모자 밑으로 잇몸을 다 드러내고 활짝 웃으면서 밴에서 청소 장비를 끌어내렸다. 얼마 되지 않는 운전기사의 소지품을 한데 모으고 다음 세입자가 입주할 수 있도록 준비하는 과정에서 청소팀의 에너지를 더 많이 차지하는 것은 그가 어떻게 죽었는지보다 그가 어떻게 살았었는지 하는 것이었다.

　잔디가 깔린 작은 앞마당에는 큰 나무 한 그루와 이제 막 분홍색 꽃이 피기 시작한 꽃나무 몇 그루가 있었다. 버스기사 고든은 이 앞마당을 옆집과 공유했다. 새똥이 너무 많이 엉겨 붙어 있어서 하얀 페인트를 엎지른 것처럼 보이는 그늘진 현관 앞 포치는 단독 사용 공간이었다. 부서진 안락의자가 앉는 부분이 찢긴 채 우울하게 놓여 있었다. 검댕으로 얼룩진 낡은 현관문을 열면 바로 거실이 나오는데, 고든은 그곳에 놓여 있는 소파에서 숨을 거두었다.

벽은 휑했다. 소파와 카펫에는 갈색 핏자국이 남아 있고, 손으로 만 담배꽁초가 사방에 널려 있는 가운데 간혹 달걀 껍질과 말라붙은 개똥이 보였다. (벽에 딱 붙은 채 놓여 있는 안락의자 두 개와 작은 테이블 등) 가구가 몇 개 있고, (사전 한 권, 소파 위에 놓인 플라스틱 물뿌리개, 라디에이터 위에 놓인 인센스 버너 등) 물건 몇 개가 보이기는 했지만 실내는 소파와 엄청나게 큰 텔레비전 위주로 배치되어 있었다. 텔레비전이 놓인 낮은 선반에는 회백색 먼지가 새로 내린 눈처럼 곱게 덮여 있었다.

모기장이 달린 문이 열려 있어서 거기서 들어오는 바람 때문에 집 안은 썰렁했다. 그렇게 들어온 바람은 고약한 죽음의 냄새를 희석시키는 효과는 있지만 동시에 그 냄새를 집 안 전체로 퍼뜨리는 역할도 했다. 나는 핏자국을 좇아 소파에서 작은 부엌을 지나 개수대로 향하는 샌드라를 따라갔다. 개수대에는 피 묻은 러닝셔츠가 물에 젖은 채 놓여 있었다. 샌드라는 고인이 피가 나는 것을 틀어막기 위해 셔츠를 벗은 것인지 궁금하다는 투로 중얼거렸다. 그러다가 확실한 답은 알 수 없다는 사실을 받아들인 그녀는 싱크대 위를 살피기 시작했다. 반으로 자른 레몬 조각들이 검게 변해 있고, 까맣게 변색된 바나나에는 곰팡이가 피어 있었다. 빡빡해서 간신히 연 서랍에는 조리도구나 포크, 나이프 대신 페인트용 붓과 두꺼운 하얀 종이가 들어 있었다.

팬트리는 수프 깡통과 라면으로 가득하고, 미니 냉장고 옆에는 빈 개밥그릇과 물그릇이 놓여 있었다. 샌드라는 싱크대 위에 흩어져 있는 동전과 서류들을 살펴보다 신분증을 보고는 지나가는 투로 고든이 자기와 동갑이라고 말했다. 「쥐뚱이네.」 그녀는 반짝거리는 손톱으로 집 앞쪽으로 난 창문 아래에 놓인 작은 테이블 위를 가리키며 말했다.

샌드라가 세상을 뜨고 나면 누가 그녀를 위해 이 일을 해줄까 하는 생각이 내 머리를 스치고 지나간 것은 그때가 처음이 아니었다. 그녀는 사후 계획에 대해 거리낌 없이 이야기하곤 했다. 「남은 재산이 조금이라도 있으면 대학에 기부해서, 의학 공부를 하고 싶지만 돈이 없어서 못하는 학생들을 돕도록 할 거예요. 몸도 대학에 기부해서 실험용으로 사용하도록 하고요. 난 장례식은 원치 않아요. 그냥 살다가 어느 날 홀연히 사라지고 싶거든요. 지인들도 내가 있는 동안 나랑 잘 지내면 그만이죠. 내가 죽고 나면 그걸로 끝이에요. 사람들이 〈정말 좋은 분이었어요〉라고 말하는 건 정말 개소리라고 생각해요. 개소리! 나도 진짜 고약하게 굴 때도 가끔 있고, 이런 날도 있고 저런 날도 있잖아요. 어떨 때는 정말 좋은 사람처럼 굴 때도 있지만. 그냥 그걸로 끝이라는 걸 받아들여야죠. 죽으면 누구나 갑자기 완벽해진다는 게 너무 웃기는 것 같아요.」

그녀는 나중에 챙길 수 있도록 테이블 위에 흩어져 있는 각종 약들을 모아 두었다. 그리고는 거실 청소는 트렌트에게 맡기고 짧은 복도를 성큼성큼 걸어 침실로 향했다.

샌드라는 다양한 면을 가진 상관이다. 어미 닭처럼 직원들을 돌보는가 하면(「피를 꽤 많이 흘린 남자가 있었어요. 리지가 마음이 좀 약해져서 울더라고요. 그래서 리지 어머니한테 전화를 해서 〈리지한테 전화 한 통 넣어 주세요. 스트레스를 좀 많이 받아서요〉 하고 귀띔했죠」), 악질 형사 역할을 할 때도 있고(「이봐, 내가 너보다 나이가 세 배는 많아. 글씨를 읽으려면 돋보기를 써야 하지만 거미줄은 천 리 밖에서도 보이거든. 거미줄 청소를 다 했다고? 아닌 거 같은데」), 사형선고를 내리는 재판장 노릇을 할 때도 있다(「빗자루를 바꾸면 깨끗이 쓸 수 있지!」). 그녀는 자연스럽게 사령관 역할을 해내지만, 상세한 행정 업무를 무시하는 경향과 〈다른 사람을 기쁘게 하고 싶어 하는 병〉 때문에 경영자로서 위기 상황에 잘 대처하지 못할 때도 있다.

인사 관리의 관점에서 볼 때, STC의 직원들은 예전부터 계속 지각과 결근을 많이 하고 회사 재산을 비효율적으로 사용하는 경향이 있었다. 인력 소모율도 엄청나게 높았다. 단기로 일하고 그만두는 사람들도 있었지만, 모든 사람을 평등하게 대하려는 샌드라의 태도를 약점으로 오인한 사람들도 있었다. 그 결과 샌드라는 큰 다툼 끝에 직원 몇 명을 해고하고는 〈더 체계적이고 기업 같은 분위기〉를 만들기 위해 자신의 작은 집에서 운영하던 STC 사무실을 외부로 옮기기도 했다.

사무실 관리직에 멜리사를 고용한 것도 이러한 변화를 가져오는 중요한 계기가 되었다. 샌드라는 다른 사람에게 일을 위임하는 데 전혀 소질이 없지만, 그렇게 하지 않고는 사업을 확장할 수 없다는 사실을 알고 있었다. 더 나아가 기업의 대표는 사랑의 대상보다 두려움의 대상이 되는 쪽이 더 효율적이라고 생각한 멜리사는 샌드라와 직원들 사이에 일정한 거리를 두게 만들어서 그녀의 착한 성품이 이용당할 수 있는 기회를 차단했다.

언뜻 생각하면 트라우마 클리닝이라는 것이 뭔가 음울한 괴짜 같은 매력이 있는 직업처럼 보일지 모르지만, 사실은 더럽고, 충격적이며, 등뼈가 휘는 육체 노동에 영혼까지 갉아먹는 면이 있다. 예를 들어, 동안을 지닌 딜런에게 들은 이야기를 생각해 보자. 그는 물건을 강박적으로 모으는 사람의 집에서 나온 쓰레기를 샌드라가 진입 도로에 가져다 놓은 (30제곱미터, 8톤 용량의)

대형 폐기물 적재함으로 옮기면서 이 이야기를 해주었다.

「위쪽 지방 시골에 있는 집이었어요.」 그날은 그가 고향인 뉴질랜드로 이사하기 전 마지막으로 출근한 날이라 평소보다 기분이 좋았다고 했다. 「젊은 남자였는데 여자친구와 헤어지고 나서 집에서 만든 엽총으로 차고에서 자살을 했죠. 바깥 기온이 48도였는데, 시신이 차고 안에서 나흘 동안 찜질이 된 거예요. 아마 차고 안의 온도는 59도에서 60도는 족히 되었을 텐데 말이죠. 일할 때는 하얀 작업복을 입게 되어 있지만, 그날은 너무 더워서 그냥 반바지에 러닝셔츠 차림으로 들어갔죠. 다 치우는 데 11시간 반이 걸렸어요. 총을 보관한 금고도 열어 둔 채여서 거기도 완전히 청소해야 했고, 공구함도 열려 있어서 그 안에 있던 공구까지 하나도 빠짐없이 다 씻어 내야 했어요.」

「지붕도.」 양손에 무거운 검은 봉지를 들고 지나가던 리지가 끼어들었다.

「맞아. 지붕. 결국 지붕도 반쯤 뜯어내다시피 했어요. 스크레이퍼로 긁어내고 그냥 손으로 당기고 해서 말이죠.」 딜런은 기억을 더듬으며 이야기했다.

현장에 따라가서 지켜본 STC 청소팀은 매처럼 날카로운 샌드라의 눈이 있든 없든 상관없이 대체로 긍정적인 태도로 일했다. 군인 모집 포스터에 자주 등장하는 완곡한 표현의 표어 같기는 하지만, 그들은 〈매일매일 다른 상황을 경험하고〉, 매일 맞닥뜨리는 〈도전〉에 자극을 받는다고 말한다. 그러나 현실적으로 볼 때, 이 직업은 천직으로 선택할 종류의 일도 아니고, 자신과 가족을 부양할 수 있는 다른 방법이 있으면 결코 하지 않을 종류의 일이다.

나는 STC 팀의 다양한 인물들을 시간을 두고 관찰해 왔다. 분노 조절 문제를 가진 사람, 난독증이 있는 사람, 주거 문제가 해결되지 않은 사람, 흡연 올림픽에 나가면 금메달감인 골초, 그리고 치아가 많이 없는 사람도 한둘 있었다. 어떤 사람들은 돈이 없어서 예산에 없는 문자 메시지 보내는 것도 조심해야 했다. 샌드라는 팀원들이 〈팔자 사나운 사람들〉이라는 사실을 부인하지 않고, 그게 좋다고 말한다. 〈모종의 문제를 가진〉 고객을 상대할 때 필수적으로 필요한 연민과 공감력을 더 자연스럽게 발휘할 수 있는 사람들이기 때문이다. 2015년 샌드라는 STC의 본부를 프랭크스톤 시내에 있는 사무용 건물로 이전했다. 20년 동안 집에서 업무를 본 끝에 내린 결정이었다. 처음에는 작은 사무실 하나를 사용했지만, 그 후 바로 옆 사무실도 추가로 얻어 벽을 허물고 확장을 했다. 그렇게 해서 생긴 사무실은 바깥으로 향하는 창문이 없고, 천장은 여기저기 움푹 패인 채였다. 난방장치도 작동이 안 되는 데다가 가장 쉽게 사용할 수 있는 출입구는 건물 뒤편에 있는 우울한 분위기의 주차장과 연결되어 있었다. 하지만 샌드라의 마법의 손길이 닿자 그 공간은 환골탈태했다.

「솔직히 말해서 내가 좀 창의적이긴 해요.」그녀는 언젠가 내게 이렇게 말했다.「사물을 관통해서 이면을 보고 가능성을 상상해 내는 안목이 있는 것 같아요. 현재보다 더 나은 삶을 찾고자 하는 마음이 항상 있었어요. 지금도 의지만 있으면 많은 일을 해낼 수 있다고 믿어요. 뭔가 아이디어가 떠오르고, 그걸 실천할 수 있을 것 같다는 판단이 서면 대담하게 실행에 옮기죠.」샌드라는 새로운 종류의 프로젝트를 시작할 때 가상 행복을 느낀다. 새로운 사업, 새로 이사한 사무실, 새 자동차, 새 미용 시술, 새로운 보수공사 등이다. 그런 일을 하는 동안 샌드라는 열정으로 가득해서 붕붕 떠 있는 느낌이고, 이제 걸음마 단계에 있는 그 프로젝트가 갖는 무한한 긍정적인 가능성에 집중하면서 거의 집착적으로 일을 추진하고, 그랑프리 자동차 경주 선수처럼 전속력으로 질주한다.

팽커스트의 카리스마를 강하게 내뿜는 사무실은 다른 누구의 것이라고도 상상할 수 없다. 기업 모토인〈뛰어남은 우연히 얻어지는 결과가 아니다〉라는 문구가 사무실에 들어가자마자 이마를 때릴 듯 훅 다가선다. 앵두색 장식벽에 필기체로 쓰인 그 문구는 하얀색 테두리로 장식되어 있다. STC 공식 색상인 앵두색에 검은색과 하얀색으로 강조한 부분이 곳곳에서 눈에 띄었다. 그동안 직원들이 업무나 자선활동을 하면서 받은 상장과 감사장들이 화려한 하얀색 액자에 담겨 대칭으로 줄줄이 걸려 있다. 거울이 들어간 테이블에는 기업 안내문이 부채꼴로 펼쳐져 있고, 꽃과 향초가 놓여 있다. 이 방에서 저 방으로 향하는 복도에는 회갈색의 새 카펫이 깔려 있다.

샌드라의 개인 사무실은 6인용 유리테이블이 놓인 개방형 공간인 이사실 한쪽에 자리하고 있다. 그녀의 책상 옆에 놓인 깔끔한 유리장에는 화병들과 함께 반려견 라나와 새로 입양한 유기견 모에 상동의 사진이 있다. 그리고 힘내는 음료가 필요한 사람을 위한 스카치위스키 병과 유리잔 세트도 보인다. 그녀는 주로 자동차와 현장에서 대부분의 업무를 처리하지만 사무실 책상 위의 라디오는 항상 켜 있다.

이사실을 지나면 훈련실이 나온다. 그날은 멜리사가 테이블 가득 청소에 필요한 제품을 늘어놓고 새로 뽑은 직원들에게 첫 교육을 하고 있었다. 권위 있고 약간 콧소리가 섞인 목소리로 강의를 하는 멜리사는 이미 뒤에 있는 화이트보드에 교육 계획을 써놓았다.

- 시간 관리: 함께 일하기
- 옷: 세탁 및 건조, 색상
- 장비 휴대함
- 작업복: 어떤 옷이 적합한가? 신발, 문신
- 병가: 얼마 전에 미리 통보해야 할까?

- 휴대전화
- 징계 관련 규칙
- 정시에 출근하기

　교육을 받는 팀은 다섯 명의 남성과 다섯 명의 여성으로 구성되어 있었다. 일부러 그렇게 나눈 것은 아니지만 고등학교 무도회라도 되는 것처럼 성별로 정확히 나뉘어 앵두색 의자에 앉아 있었다. 모두 앵글로계 오스트레일리아인들로, 작업용 부츠나 운동화 차림에 멜리사처럼 색안경을 머리 위에 올려 쓰고 있었다. 남자들은 30대 중반에서 50대 후반으로, 어떤 사람은 수염이 좀 더 나고, 어떤 사람은 치아가 몇 개 없지만 같은 부류의 남성이라는 의미에서 보면 마치 형제처럼 보였다. 모두 백인에 말이 없고 햇빛에 그을린 피부와 마른 몸매를 가졌다. 여자들은 남자들과 비슷한 연령층이지만 50대보다는 30대쪽에 가까운 사람이 더 많아 보였다. 바닥에는 청소용 제품들이 가득 든 플라스틱 장비 휴대함들이 가지런히 놓여 있었다. 청소할 곳이 부엌인지 욕실인지에 따라 노란색 혹은 빨간색 장비 휴대함을 사용해야 한다.

　원래 정신질환 전문 간호사였던 멜리사는 같은 건물 아래층에 있는 청소 업체에서 제대로 임금을 받지 못하고 일을 하다가 근무환경이 더 나은 STC로 망명해 왔다. 멜리사가 청중을 상대로 말할 때 긴장과 결기가 깃든 그녀의 목소리를 듣고 있으면 흔들리지 않는 직업 윤리를 가졌지만 대중 강연은 불편해하는 사람이라는 것을 느낄 수 있다. 멜리사의 말에서 채찍질이 필요하다고 한 샌드라의 주문이 느껴진다.

「시간에 관해서 말해 보죠. 왜 시간 문제가 생길까요? 한 사람씩 손을 들고 말해 보세요.」 멜리사가 말했다.

「의사소통이 부족해서요.」 누군가가 대답했다.

「그 외에 또?」 멜리사가 재차 질문했다.

「계획성과 조직력이 부족해서요.」

「바로 그거예요.」 멜리사가 말했다. 「시간 문제가 생기는 유일한 원인이 바로 그겁니다. 주어진 시간에 정해진 일을 끝내려면 팀의 일원으로 함께 일하는 방법밖에는 없어요. 늘 피드백이 많이 들어오죠. 이 사람이 이걸 안 한다, 저 사람은 저걸 잘 못한다 등. 하지만 그거 알아요? 난 그런 소리를 듣고 싶지 않아요. 팀워크가 제일 중요해요. 팀의 일원으로 일하지 못한다면 지금 당장 그만두고 집에 가는 게 낫습니다. 심하게 들릴지 모르지만 무슨 말인지 알죠?」

「네.」 모두들 시무룩하게 합창했다.

청중을 의식하는 듯 가끔 목소리가 작아지긴 했지만 질문을 계속 던지는 멜리사의 소크라테스식 강의는 효과가 있는 것처럼 보였다.

그녀는 잠시 말을 멈추고 입술을 일자로 꼭 다물었다. 「현장에서 일을 하다 보면 가끔 어려운 상황에 맞닥뜨리는 경우가 있습니다. 작업을 끝내고 현장을 떠나야 할 시간이 되어서야 사무실에 전화해서 1시간 더 걸릴 것 같다고 하지 말고, 처음 도착해서 둘러본 다음 바로 연락을 하세요. 시간 문제에 대해 더 질문 있습니까? 궁금한 게 있으면 지금 물어보세요.」

한 명이 손을 들었다. 「지번에 했던 그 구역질 나는 일 있잖아요. 오물이 뒷문까지 막 넘쳐났던…… 그 일은 특히 힘들었어요. 고객이 계속 마음을 바꾸는 바람에…….」

「그런 곳은 아마 고객에게 추가로 요금이 청구됐을 확률이 높아요.」 멜리사는 그렇게 대답하고 다음 주제로 넘어갔다. 「수정 작업이 뭔지 아는 사람 있어요?」 침묵이 흘렀다. 「수정 작업은 고객이 전화를 해서 〈다 좋은데 여기 여기는 좀 문제가 있어요〉라고 할 때 필요합니다. 자, 우리 회사는 100퍼센트 고객 만족을 보장합니다. 고객이 완전히 만족하지 못하면 다시 돌아가서 그 부분을 다시 작업해야 하죠. 여러분은 보수를 받지만 손해는 누가 보게 될까요?」

「아마 회사겠죠.」 남자들 중 한 명이 대답했다.

「오늘부터는 그 규정이 바뀌었어요.」 멜리사가 말했다.

「돌아가서 공짜로 제대로 일을 해줘야 한다는 건가요?」 누군가가 물었다.

「맞습니다.」멜리사는 그렇게 대답하며 사람들을 천천히 돌아보았다. 「나를 잘 모르는 사람이 있을지 몰라서 하는 말인데요, 난 정말 무자비해질 수 있는 사람이에요.」 질문을 했던 남자가 눈썹을 치켜뜨면서 엄숙하게 고개를 끄덕였다. 다음 주제는 옷이었다. 현장에서 나온 옷들을 어떻게 보관해야 하는지에 대한 토론이 시작되었다. 어떻게 보관해야 할지(더러운 옷은 봉지를 두 개 겹치고 색깔별로 따로 담되 봉지 하나에 최고 60벌까지만), 어떻게 접어야 할지(단정하게), 어떻게 쌓아올려야 할지(질서 있고 보기 좋게. 「내가 현장에 나가 봤을 때 이렇게 일을 안 해 뒀다면 책임자는 각오해야 할 거에요」), 어떻게 세탁해야 할지에 대한 이야기가 이어졌다. 마지막 주제에 대해서는 활발한 논쟁이 오갔다. 청소팀은 현장에서 수거한 옷을 자기 집에서 빨아서 말린 다음 현장으로 가지고 와야 했다.

「난 하숙집에 사는데요.」 한 남자가 말했다. 「한집에 사는 친구들이 현장에서 나온 옷을 함께 쓰는 세탁기에 넣는 걸 싫어하더라고요. 사실 그럴 만도 하죠……」

「나라도 그럴 것 같아요. 특히 진짜 더러워진 옷은 싫지.」 다른 사람이 맞장구를 쳤다.

「난 코인 세탁소에서 세탁을 하고 있어요.」 또 다른 사람이 말했다.

「그러니까 현장에서 수거한 옷에 대한 책임은 누구에게 있죠?」멜리사가 끼어들었다.

「회사 책임이죠.」

「정말?」멜리사가 눈을 깜빡이며 그 말을 한 사람을 쳐다보았다.

「그럼요. 정리해야 할 옷을 깨끗하게 빠는 건 회사 책임이에요. 퇴근 후에 우리 시간을 써가면서 코인 세탁소를 가야 한다면…….」

「흠, 현장에서 나온 세탁물을 퇴근 후 집에 가져가서 빨아야 하면, 근무시간 기록지에 올리세요.」멜리사가 그 남자에게 말했다. 「세탁물을 집에 가져가면 난 어떻게 하는지 알아요? 그냥 세탁기에 집어넣어요. 그다음엔 건조기에 넣고. 그런 다음에 연속극을 보고 아이를 돌보면서 앉아서 그 옷들을 개기 시작합니다. 다음 날 출근할 때 가져올 수 있도록. 그게 다 내 개인 시간을 써서 하는 일이에요. 왜 내가 개인 시간을 써서 그런 일을 할까요?」

「그게 가능하니까.」남자들 중 하나가 대답했다.

「흠, 아니에요. 난 애들이 있거든요. 셋이나.」멜리사는 그를 빤히 노려보면서 차분하게 말했다. 「내가 그렇게 하는 건 회사가 크는 걸 보고 싶어서예요. 알겠지요? 글자 그대로 회사를 돕기 위해서 집에서 우리 세탁기로 빨래를 하는 거예요. 그러니까 세탁기랑 건조기에 집어넣는 것도 못 하겠으면 우리 집으로 가져오세요. 일이 더 복잡해지겠지만 우리 집으로 가져오라고요. 알겠지요?」

194

「더 이상 현장에서 나오는 옷까지 세탁할 돈이 없어요.」한 남자가 말했다.

「당장은 우리 집에서 세탁하는 걸로 하죠.」멜리사가 말했다. 「샌드라와 이야기해서 다른 방법을 찾아보도록 하죠. 세탁기와 건조기를 사서 어디 설치를 하든가.」

침묵이 흘렀다.

「회사도 신경 쓰고 있어요.」그녀는 좌중을 둘러보며 말을 이었다. 「샌드라가 최선을 다해 여러분을 돌보려고 한다는 건 모두 다 알고 있을 거예요.」그러고는 이전 직장 상사를 언급하면서 〈원하면 아래층에 내려가서 그 똥개 밑에서 일해 보시든가〉라고 말하고는 화이트보드로 몸을 돌렸다.

—◆웃—

「병가. 여러분은 임시 계약직이니까 유급 병가는 없습니다. 하지만 아파서 출근하지 못할 것 같으면 새벽 1시에 문자를 해도 좋으니 제발 아침 6시 15분이 되어서야 통보하지 마세요. 그렇게 늦게 못 나온다고 알리는 사람들 때문에 트라우마가 생겨서 샌드라는 24시간 전화기를 옆에 두고 살아요.」그녀는 샌드라의 이런 습관을 살인 사건에 대응하기 위해 24시간 가동되는 정부 기관에 비유했다.

그리고 다음 안건으로 넘어갔다.「휴대전화. 여러분 중에서 선불 요금제를 쓰는 사람은 문자를 하기 어렵다는 거 알아요. 하지만 언제 출근해 달라는 문자를 받으면 그냥 〈문자 받았음〉 하고 응답을 하거나 〈엄지 척〉 이모티콘이라도 보내세요. 현장에 나가는 팀마다 적어도 한 명은 전화를 가지고 있어야 합니다. 내가 연락을 해야 할 일이 있을 때는 연락이 되어야 합니다. 이런 종류의 일을 할 때는 무슨 일이 일어나지 않았는지는 계속 확인힐 필요가 있어요. 휴대전화 문제는 이걸로 충분하고. 다음은 진짜 중요한 문제예요. 장비 휴대함.」

　　멜리사는 자기 뒤에 있는 테이블로 손을 뻗어 빨간색 플라스틱 장비 휴대함을 가리켰다.「사무실에 반환되는 장비 휴대함 상태가 엉망진창이에요. 이래서는 안 되죠. 노즐을 닫은 상태로 바깥쪽을 향하게 꽂아야 합니다.」그녀는 장비 휴대함을 들여다보다가 스프레이 병 하나를 뽑아 들었다.「이러면 안 됩니다!」노즐이 열려 있는 걸 확인하고 의기양양하게 외쳤다.「노즐은 왜 꼭 닫아야 할까요?」그녀는 방 안을 둘러보며 물었다.

　　「그래야 새지 않을 테니까.」누군가가 답했다.

　　멜리사는 고개를 끄덕였다.「모두 합당한 이유가 있어서 하라고 하는 겁니다. 장비 휴대함에는 뭐가 들어 있을까요? 어떤 것들이 필요한지 살펴봅시다.」그녀는 핵심적으로 사용되는 세제들을 하나씩 훑어 나갔다. 대부분의 세제가 만화에 나오는 조랑

말 이름처럼 비현실적인 이름을 가지고 있었다.

「글리츠. 글리츠가 뭐죠?」 멜리사가 묻는다.

「다용도 세제잖아요.」 리가 답했다.

멜리사는 맞다는 듯 고개를 끄덕였다. 「진짜 좋은 물건이에요. 눈에 들어가지 않게 신경만 쓰면 됩니다. 눈에 들어가면 진짜 따가워요. 어디에 쓰죠?」

「샤워실에 낀 곰팡이, 샤워스크린 밑에 낀 때 같은 걸 지울 때 써요.」 누군가가 큰소리로 말했다.

고개를 끄덕이며 멜리사는 풍선껌 같은 분홍색의 액체를 집어 들었다. 「스피드. 스피드는 뭘까요?」

「주로 기름때 제거에 좋아요. 부엌이랑 타일, 레인지 등.」 또 다른 사람이 대답했다.

「다용도라고 할 수 있을까요?」 멜리사가 문제를 냈다.

「아뇨, 다용도는 아니죠.」 처음에 답한 사람이 대답했다.

「다용도 맞아요. 알겠지요? 부엌에서 사용하는 모든 장비 휴대함에는 스피드가 꼭 들어 있어야 해요.」 멜리사는 그렇게 말한 다음 초록 뚜껑이 달린 작은 노란색 병을 뽑아 들었다. 「내가 정말 좋아하는 제품이에요. 장비 휴대함에 들어 있는 화학약품 중에서 내가 제일 좋아하는 게 바로 이 지프에요. 진짜 놀라운 물건이죠. 못 쓰는 데가 없어요. 벽에도 쓸 수 있고, 집 전체에서 좋은 냄새가 나게 하는 데도 쓸 수 있어요.」 그녀는 또 다른 병 하나를 잠깐 들었다 놓았다. 「엑시트 몰드도 장비 휴대함에 들어 있긴 한데 불행하게도 명성에 비해 효과는 별로죠.」 그러고는 지프로 다시 돌아가서 병을 한 손으로 들고 다른 손으로 초록색 뚜껑을 두드렸다. 약간 각이 지게 다듬은 인조 손톱이 불빛을 받아 반짝였다. 「기본으로 다시 돌아가 봅시다. 최근에 정말 불결한 집 한 군데를 이걸로 청소했는데, 맙소사, 집 전체에 좋은 향기가 퍼져서 정말이지 끝내줬어요. 지프를 어떻게 사용하는 게 옳은 방법이죠?」 그녀는 대답을 기다리지 않고 플라스틱 양동이 하나를 집어 든 다음에 모두 보란 듯이 지프를 거기에 짜 넣었다. 「이 정도면 됩니다! 물을 한가득이나 4분의 3 정도 채우고 이 정도 양을 짜 넣으면 되죠.」

그런 다음 멜리사는 말을 멈추고 질문이 있는지 물었다.

「최근 들어 제일 골치 아픈 문제는 바퀴벌레예요.」 로드니가 말을 꺼냈다. 「아무리 깨끗이 청소를 해도 결국 걸레 양동이뿐만 아니라 사방에 바퀴벌레가 득실거리더라고요. 청소하기 전에 박멸해 보려고 약도 뿌려 보았지만 결국 또 나오더라고요.」

「바퀴벌레도 그렇고 빈대도 그렇고…….」 또 다른 직원이 목소리를 보탰다.

여러 사람이 말하는 가운데 자기 목소리가 들리게 하기 위해 목소리를 높인 채 멜리사는 로드니를 향해 대답했다. 「맞아요. 구더기 문제도 마찬가지로 골치 아프죠. 하지만 말이죠, 좀 거칠게 들릴지 모르지만 일단 일이 끝나고 고객이 오케이를 하면 그다음은 우리 문제가 아니에요.」

「네.」 로드니가 대답했다. 「하지만 바퀴벌레 수천 마리가 나오면…… 편히 일할 수 없는 상태가 될 때도 있어요. …… 높은 데 바퀴벌레 집이라도 있으면 집에 들어가는데 머리 위로 그놈들이 우수수 떨어지기도 하는데…….」

「청소팀이 들어가기 전에 살충제를 뿌리는 방법을 고려해 볼게요.」 플라스틱 장비들을 장비 휴대함에서 골라내면서 멜리사가 대답했다. 「샤워실 청소에 사용하는 고무롤러, 스파튤라, 그리고 스펀지. 장비 휴대함 하나에 스펀지 두 개씩 챙기세요.」

벽도 선반도 텅 빈 운전기사 고든의 집은 싸구려 모텔방보다 더 썰렁했다. 침대보도 덮이지 않은 더블베드의 가운데가 거기서 자던 집주인의 무게로 분화구처럼 움푹 들어가 있었다. 역시 커버가 씌어 있지 않은 이불에서는 충전물이 삐져나오고 있었다. 근처에 널브러져 있는 베갯속과 마찬가지로 이불 충전물도 이상한 소변색이었다.

「이건 원래 하얀색이었을까요, 갈색이었을까요?」 내가 물었다.

「저런 갈색은 안 만들어요.」 샌드라는 침대 옆 탁자의 서랍을 열면서 장난스럽게 대답했다. 서랍 안에는 바짝 마른 1995년

11월 6일자 신문지 한 장이 안감처럼 깔려 있고 그 위에 노란색 비누 한 장, 비어 있는 보석 보관용 벨벳 주머니, 그리고 에스티 로더 플레져 향수 샘플이 놓여 있었다. 신문 표제란에는 이츠하크 라빈 전 이스라엘 수상을 암살한 범인의 정체가 대서특필되어 있었다. 침대 위에는 쓰던 수건, 구겨진 옷, 책들이 흩어져 있고, 『아이시스 매직: 만 개의 이름을 가진 여신을 깊이 이해하기』, 『카빌라』, 『에노키언 매직』 등의 책도 보였다. 다 먹은 밀크초콜릿 상자 하나가 바닥에 놓여 있었다.

침실 창문 밑에 놓인 장식장에는 먼지가 덮여 있고, 그 위에 새의 머리를 한 고대 이집트 스타일의 여자 조각상이 놓여 있었으며, 그와 비슷한 조각에서 떨어져 나온 듯한 날개가 바로 옆 카펫 위에 놓여 있었다. 날개가 붙어 있던 몸은 어디에도 보이지 않고, 발은 아직 장식장 위에 있었다. 어처구니없이 작아 보이는 그 발은 가난한 자의 오지만디아스*다. 장식장에 달린 서랍은 맨 아래 서랍을 제외하고 모두 비어 있었다. 샌드라는 그 서랍에서 타로카드, 히브루 문자가 새겨진 카드, 성인과 종교적 장면이 묘사된 카드, 기도문이 적힌 카드 등 각종 카드를 꺼냈다. 안젤루스**가 그려진 카드도 있고 성 베드로가 그려진 카드도 있었다. 자동차 운전자들을 위한 기도문이 적힌 카드도 보였다. 침대 맞은편

* 영국 시인 셸리가 쓴 소네트에 등장하는 고대 이집트 왕 람세스 2세의 것으로 추정되는 발만 남은 조각상. 오지만디아스는 람세스 2세의 그리스어 명칭이다.
** 삼종기도의 시각을 알리는 종.

벽에 설치된 선반에는 꼼꼼하게 개어 놓은 목욕 수건과 커다란 아이스박스 말고는 아무것도 놓여 있지 않았다. 옷장에도 별로 물건이 없고, 셔츠 몇 장과 여행용 가방 두 개, 상자에 든 바비큐 세트만 들어 있었다. 옷장 위쪽 선반도 책 몇 권 말고는 비어 있었다. 새 그리기, 야생동물 그리기와 같은 교본과 함께 이 지역에 서식하는 새들에 대한 도감 등이었다. 샌드라는 생일카드가 잔뜩 들어 있는 플라스틱 봉지를 찾았다. 고든의 어머니가 보낸 크리스마스 카드, 그리고 고든의 아들이 보낸 아버지의 날 카드 등 적어도 10년 이상 매년 받은 카드들이 모두 보관되어 있었다.

당연히 모든 사람은 누군가에게는 중요한 사람이다. 그러나 쥐똥과 담배꽁초가 이렇게 많이 쌓인 집에 살던 사람을, 선명한 무지갯빛 글씨로 정성들여 쓴 수많은 카드를 받는 아들이자 아버지로 기억되는 사람과 연결해서 생각하기는 쉽지 않았다. 카드 왼쪽 위에 적힌 햇수가 한 해 한 해 지나가는 동안 그의 가족은 이 남자를 실제로 얼마나 알고 있었을까? 아니면 그가 운전하던 버스에 타는 승객들처럼 그의 가족들도 (그의 선택이나 가족의 선택으로, 혹은 피치 못할 심각한 상황 때문에) 가깝지만 상대방을 잘 모르는 관계가 되었을까?

트렌트가 거실에서 샌드라를 불렀다. 그는 소파 쿠션 밑에서 찾은 현금 500달러를 미소를 지으며 건넸다. 샌드라는 별일 아니라는 듯 그냥 단순히 그에게 고맙다고 하고 그 돈을 집주인에게 건넬 다른 소지품들과 함께 넣었다.

이 집에서 누군가가 죽었다는 느낌이 들지 않았다. 누군가가 살던 곳이라는 느낌이 들지 않았기 때문일 것이다. 이 집의 작은 방들을 보면서 존재감이나 분위기 혹은 기(氣)의 분포에 대해 이야기하는 것은 나답지 않은 일이다. 그러나 샌드라와 시간을 보내면서 배운 게 있다면 그것은 공간도 사람과 마찬가지로 목소리를 가지고 있다는 사실이다.

나는 한자리에 서서 고든의 집이 재와 부스러기의 언어를 통해 하고 있는 이야기에 귀를 기울였다. 고든의 집은 이 집의 진짜 모습은 겉으로 드러난 모습과 다르다고 이야기하고 있었다. 잔디가 깔린 마당과 욕실과 세탁실은 존재하지 않았다. 부엌 테이블과 의자도 없었다. 침대 옆 협탁, 장식장, 옷장, 세탁기 모두 존재하지 않았다. 이 집에는 삼각형으로 놓여 있는 소파, 펜트리, 침대만 존재했다. 이 기하학적 구도는 휴식을 취하고, 생명 유지에 필요한 자양분을 섭취하며, 수면, 흡연, 음식, 알코올과 함께 텔레비전에 나오는 프로그램을 무차별적으로 보면서 멍하게 지내는 시간을 묘사하고 있었다. 그러나 그 공간은 각 행위의 목적에 따라 상식적인 방식으로 구분해서 사용할 만큼 엄격하게 분리되어 있지 않았다. 카펫은 화장실이자 재떨이이자 쓰레기통이 되었고, 소파는 무덤이 되었다.

나는 고든의 휴대용 도감과 야생동물 그리기 교본들을 뒤적이면서 그의 부엌 서랍에 한 번도 쓰지 않고 들어 있는 붓들에 숨겨진 역사를 생각해 보았다. 고든은 불새가 아니었다. 그는 밝게 타오르지도 않았고, 카펫을 덮은 잿더미 속에서 다시 솟아오르지도 않았다. 나는 그가 누군지 명확하게 이해할 수 없었다. 그러나 내가 확실히 아는 것은 여기 한 남자가 한동안 살았고, 그는 마술과 상징들을 이해하려고 노력을 기울인 사람이었다는 사실이다. 그리고 그의 사후에 그에게 가까운 누군가가 아니라 샌드라가 와 있다는 것과, 아들이자 아버지였던 그에게 그 사실은 슬프면서도 다행스러운 일일 것이라는 사실 또한 나는 안다. 나는 벽으로 둘러싸인 이 공간에서 그가 죽기 전 그의 생명이 한 방울 한 방울 그를 떠나던 순간과 그가 완전히 떠날 때까지도 그를 짓누르던 침묵을 들을 수 있었다. 날아가는 새를 그리는 능력을 갖추고 공기를 가르는 날개의 각도와 깃털 속에 숨어 있는 근육의 힘을 제대로 표현하려면 몇 년이 걸릴 것이다. 그러나 평생을 연습해도 날아간 새가 남기고 간 정적을 포착할 수는 없을 것이다.

9 • 본모습을 찾다: 1980년대 초

1980년 6월, 으리으리한 퀸 빅토리아 병원 건물들을 가로질러 걸어가고 있는 길에 샌드라의 손바닥은 흥분으로 전기가 찌릿거렸다. 당시만 해도 퀸 빅토리아 병원은 론즈데일 스트리트 북쪽에 있었고, 1960년대 말부터 산부인과 및 소아과는 모내시 의과대학 부속병원으로 운영되어 왔다.

성형외과는 원래 리나 매큐언이라는 중견 성형외과 전문의가 사이먼 세버라는 젊은 성형외과 전문의의 보조를 받아 운영되었다. 클리닉이 생긴 초기에는 구순열 수술이나 손, 성기 등의 선천적 불구를 복구하는 것이 주요 업무였다. 그러나 1976년 두 사람은 윌리엄 월터스 교수로부터 오스트레일리아에서 자주 하지 않는 종류의 수술이 필요한 환자를 만나 보지 않겠느냐는 제안을 받았다. 당시 성 확정 수술 방면에서 5년의 경력을 쌓은 전문의

였던, 싱가포르의 샨 라트남 교수와 서신을 주고받고 그가 알려준 문헌들을 읽은 끝에 두 전문의는 수술을 해보기로 결정했다. 수술은 성공적이었다.

「그렇게 해서 제가 이 분야에 발을 들이게 된 거지요.」세버 박사가 설명했다. 「한 건을 성공적으로 마치고 나자 월터스 교수는 몇 달 후 또 다른 환자를 보내 왔어요. 그렇게 우리 과에서 그런 수술을 한다는 소문이 퍼지기 시작했습니다.」

오스트레일리아에서 이전에 그런 수술이 한 번도 시도된 적이 없었던 것은 아니다. 멜버른에서만도 여덟 내지 아홉 건 정도 선례가 있었다. 하지만 매우 드문 수술이었고 상당히 비밀리에 진행되었다. 시드니에서 활동하는 소수의 외과의가 그런 수술을 하고 있고, 세인트 빈센트 병원의 한 의사가 상당히 오랫동안 트렌스젠더 환자들을 돌보고 있으며, 로열 멜버른 병원의 외과의 한 명은 일요일 아침에 수술실 문을 잠그고 수술한 다음 환자를 몬트파크 정신병원으로 보내 비밀리에 수술 후 관리를 한다는 소문도 있었다. 다시 말해, 수술을 하는 의사들도 환자만큼이나 큰 용기를 내야 하는 일이었다. 1977년 무렵에는 퀸 빅토리아 병원에 학제간 위원회가 공식적으로 창설돼 성 확정 수술을 원하는 환자들을 평가 및 관리하는 시스템이 마련되었고, 1982년까지 약 85명의 환자들에 대한 시술과 치료를 성공적으로 해냈다.

샌드라는 세버 박사를 전혀 기억하지 못하지만 그는 꼼꼼한 성격과 조용한 말투를 가진 외과의로, 얼굴에는 언제나 변함없이 차분한 미소를 띠고 있었다. 세버 박사는 이 분야의 역사를 꿰고 있다고 해도 과언이 아닐 것이다. 그는 이 분야가 거의 존재하지도 않을 때부터 오스트레일리아에서 성 확정 수술을 원하는 사람들 중 상당수를 혼자서 감당해 냈다. 「처음에 저는 그냥 몇 사람으로 이루어진 팀의 일원이었을 뿐이에요. 다른 수술과 달랐기 때문에 흥분되고 도전 정신을 불러일으키는 수술이었습니다. 하지만 시간이 흐르면서 아무도 그 수술을 하지 않게 되었죠. 제가 안 하면 클리닉 전체가 무너지는 것이나 마찬가지였지요. 그래서 그 후 30년 내내 그 수술을 해왔습니다.」

나는 세버 박사에게 외과의로 일하면서 치료한 환자들을 관통하는 공통점이 있는지 물었다. 「수술을 받겠다는 집착적인 의지가 공통점이라고 할 수 있겠죠.」 그가 말했다. 「바로 그 점이 제게 제일 큰 인상을 남긴 부분이기도 해요. 직업과 자식과 부인이 있는 나이 든 사람들은 정말 많은 걸 희생해야 하죠. 그럼에도 불구하고 그 수술은 그들에게 그만한 가치가 있는 일이었습니다. 트랜스젠더가 되는 것은 선택할 수 있는 문제가 아닙니다.」

당시 그가 하는 일을 동료 외과의들이 어떤 시각으로 봤는지를 묻자 그는 잠깐 주저하다가 대답했다. 「괄시를 받았죠. 다른 외과의들은 내가 엄청나게 부도덕한 일이라도 한 것처럼 쳐다보곤 했어요.」

* * *

성공 사례도 있었다. 하지만 샌드라가 기억하기에 성 확정 수술을 받은 사람들 중 대부분은 마치 좀비처럼 잘리고, 불에 타고, 흉터를 가진 채 〈약에 취해 헤롱거리는 상태〉로 카이로에서 돌아오곤 했다. 비행기와 호텔 비용을 감안해도 해외에서 수술을 받는 편이 더 싸게 먹혔다. 「일주일 정도 몸을 팔면 카이로에 갈 정도 돈은 벌었어요.」 그리고 그곳의 클리닉에서 거치는 과정이 더 짧고 단순했다. 멜버른과는 달리 관망 기간도 없었다. 멜버른에서는 자기가 원하는 성적 정체성으로 꼬박 2년을 살아 본 후에야 수술을 받을 수 있었다. 그러나 새로운 몸을 얻어 날아갈 듯한 기분으로 돌아오기를 기대했던 여자들이 고장 난 조명에 화상을 입거나 헛간 같은 곳에서 무면허로 감행한 시술에 피해를 입은 사례들을 샌드라는 너무도 많이 목격했다. 샌드라는 쉬지 않고 일해서 돈을 모았다. 론즈데일 스트리트에 있는 우아한 건물에 걸어 들어갈 수 있는, 아니 더 정확하게 말하자면 그 건물에서 걸어 나올 권리를 얻고 안전하게 수술을 받고 회복하기 위해서였다.

샌드라가 처음 성 전환 과정에 대해 알아보았을 때는 어디서든 가장 단순한 사례들마저도 완전히 끝내기까지 최소 2년이 걸린다고 했다. 그녀는 마음이 아주 급했지만 의료진의 규칙을 따르기로 마음먹고, 정신과 의사와의 첫 상담 시간에 과한 차림에 미소를 띤 채 일찍 나타났다. 이미 여성적으로 보이기 위해 코를 깎고 눈을 올리는 수술을 받은 상태여서, 수술을 받은 후 여성으로 사회에 적응하는 것을 더 어렵게 만드는 눈에 띄는 남성적 특징은 얼굴에 거의 남아 있지 않았다. 그녀는 볼록한 유방과 부드러운 엉덩이 곡선을 가지고 있었고, 무심코 하는 움직임에도 자연스러운 여성스러움이 깃들어 있었다.

「이 수술이 좀 새로운 기술인 걸 알고 있어요.」정신과 진료실에 들어가 의자에 앉으면서 그녀는 의사에게 말했다. 그리고 자연스럽게 다리를 꼬고, 핸드백을 발목 옆에 두면서 말을 이었다. 「수술을 받은 사람 수가 그다지 많지 않다는 것도 알고요. 하지만 나는 수술을 받는 게 맞는 것 같아요. 생각해 보면 그런 수술은 정말로 확신에 가득 찬 사람들만 받아야죠. 자, 선생님, 뭘 알고 싶으신가요?」

11개월 후 샌드라는 수술대에 올랐다.

* * *

성 노동을 하고 약물을 남용하며 사람을 곁에 두기 위해서라면 뭐든 하는 성향 때문에 자신과 주변 환경을 마음대로 할 수 없는 경우가 많음에도 불구하고 샌드라는 자신의 취약함을 감추기 위해 그렇지 않은 척하는 연기에 매우 능숙했다. 그래서 속으로는 고통과 불편함을 겪고 있을지라도 사람들이 있는 데서는 울지 않았으며 마치 교통 상황을 설명하는 것 같은 어조로 아무렇지 않게 이야기할 수 있었다. 괴로울 때도 많지만 그녀는 절대 내색하지 않을 뿐만 아니라 그런 괴로움을 외면하거나 줄이기 위해 어떤 조치도 취하지 않았다. 원칙적으로는 수술이 끝난 후 일주일 동안 병원 침대에 누워 있어야 했다. 하지만 며칠 지나고 나니 그녀는 가만히 있기가 힘들어졌다. 그럴 때면 허리를 굽혀 다른 환자들에게 미소를 지어 보이며 물었다. 「차 한잔할래요? 커피는 어때요? 뭘 마시고 싶어요, 달링?」 간호사들이 발에 불이 나도록 바쁜 것을 보고 그녀는 환자들에게 아침식사를 나누어 주는 것을 돕겠다고 나서기도 했다. 아침식사가 끝난 오전 시간에 지루해진 그녀는 간호사에게 잠깐 산책을 다녀와도 되는지 물었다. 병동 밖으로 나가지 않으리라고 생각한 간호사는 짧게 고개를 끄덕이며 허락했다. 하지만 간호사는 샌드라가 립스틱을 바르고, 카프탄 원피스의 벨트 속에 카테터*를 감추는 것을 보지 못했다. 샌드라가 엘리베이터를 타는 순간에 병동 프론트 데스크에는 아무도 없었다.

　길을 건너 묵주와 성경 등을 파는 종교용품 상점이 있는 쪽으로 걸어가면서 샌드라는 약간 현기증을 느꼈지만 바깥바람을 쐴

---

　* 체내에 삽입하여 소변 등을 뽑아내는 도관.

수 있다는 것에 감사했다. 그러다가 두 상점 사이의 벽에 붙은 거울에 비친 키 크고 늘씬한 금발 여성의 모습이 얼핏 눈에 들어왔다. 그녀는 본능적으로 처음 보는 그 사람의 외모를 훑어보면서 부럽다는 생각을 했다.「참 예쁜 여자네.」그리고 그것이 바로 자신의 모습이라는 것을 깨달았다.「오 마이 갓! 저게 바로 나잖아!」그녀는 믿을 수 없다는 표정으로 벽에 비친 여자를 바라보았다.

샌드라는 수술의 자세한 내용은 모두 잊어버린 채 모호한 몇 가지 단계로만 요약해서 수술 과정을 기억하고 있었다.「먼저 모든 걸 다 꺼내고 떼어 낸 다음 넣을 건 넣고 붙일 건 붙여요. 그런 다음에 내장기관이 자리를 잡도록 여기저기 볼트로 고정하죠. 그 부분이 상당히 아파요. 나중에 병원에서 그 볼트들을 다시 제거해야 해요.」3년이 채 지나지 않아 그녀는 자기가 수술을 받은 연도조차 잊어버렸다. 수술을 한 의사의 이름도, 어디서 회복을 했는지도, 회복하는 데 얼마나 오래 걸렸는지도 다 잊었다. 그러나 자기의 선택이 올바른 일이었으며 자신이 본모습을 찾았다는 것을 깨달은 그 순간은 희미해지지 않고 선명하게 기억에 남아 있다. 그것은 조화롭고도 올바르며 일치되어 있다는 느낌이었다. 육체적으로도 정신적으로도 모든 것이 마침내 제자리를 찾은 것이다. 그것은 그녀가 자기 자신을 진정한 여성으로 보게 된 최초의 순간이었고, 그녀는 그 순간을 평생 가장 행복한 시간이었다고 이야기했다. 그녀는 생기에 넘쳐 자축하기 위해 쇼핑에 나섰다.

간호사들에게 줄 초콜릿과 꽃을 사고 집에서 입을 새 옷과 집에 도착하면 틀 새 레코드들을 샀다. 시간을 확인한 그녀는 병원으로 돌아가야겠다고 생각하고는 오던 길을 되짚어갔다. 엘리베이터를 기다리다 조바심이 난 그녀는 쇼핑백을 잔뜩 든 채 계단으로 병동까지 올라가서는 병동 프론트네스크에 있는 간호사들에게 자기가 돌아왔다는 것을 알렸다. 다음 순간 모두가 놀라서 그녀에게 달려왔다. 갑자기 사람들이 그녀를 에워쌌고, 응급실에서처럼 의사들이 뛰어와서 출혈이 있는지, 꿰맨 곳이 터지지는 않았는지 확인했다. 결국 그녀는 침대에서 떠나지 말라는 명령을 받고는 자신이 모든 사람들의 노력을 얼마나 무책임하게 위험에 빠뜨렸는지 설교를 들어야 했다. 하지만 그녀는 날아갈 듯 기분이 좋았다. 「그게 나었어. 바로 나었다고!」 침대에 누운 채 샌드라는 거울에 비친 자기의 모습을 반복해서 떠올렸다.

통증이 그녀를 덮치기까지는 조금 시간이 걸렸다. 처음에는 설명하기 싫었고, 그다음에는 설명할 수 없는 통증이 찾아왔다. 고통은 점점 더 심해져서 결국은〈아파⋯⋯아파⋯⋯〉하고 겨우 속삭이는 것밖에 아무것도 할 수 없는 지경이 되었다. 결국 당번 간호사가 의사를 불렀고, 이미 환자에 대해 들은 바가 있는 의사는 한참 후에야 느긋하게 찾아왔다. 활기차게 외출까지 하는 모습을 보여 준 데다 트랜스젠더 성 노동자라는 경력 때문에 의사는 그녀가 약물을 더 타내려고 수를 쓴다고 생각한 것이다. 통증이 너무 심해서 제대로 말도 못할 지경이었지만, 분노한 샌드라는 순간적으로 초인적인 힘을 내서 말했다.「내가 약물을 더 타내려고 여기에 있는 줄 알아요? 빌어먹을 약은…… 거리에서도 살 수 있어요. 어떻게 감히…… 내가 이 고생을 하는 게…… 약…….」하지만 의사는 들고 있던 노트를 탁 덮고 가버렸다.

배에서부터 퍼져 나오는 칼로 찌르는 듯한 통증의 무게로 시간마저 멈춘 듯했다. 높은 창문 너머로 끝없이 이어지는 어둠과 형광등에서 나는 곤충의 날개짓 같은 붕붕 소리만 그녀의 관자놀이를 파고들었다. 몇 시였는지 모르지만 한밤중에 그녀는 침대에서 기어 나와 가장 가까운 창문으로 가서 창문틀에 매달렸다. 창문을 열 힘이 있었으면 아마도 몸을 밖으로 던졌을 것이다. 나쁨이 좋음을 집어삼키고 있는 이 몸을 아무것도 없는 공기 중으로 던져 버리고 싶었다. 불타는 듯한 뺨을 시원한 유리에 대고 흐느끼고 있는 그녀를 간호사가 발견했다. 간호사는 그녀를 침대로 옮기고 차트를 살펴본 다음 관장 처방을 내렸다. 관장을 한 후 모든 문제가 해결되었다.

마침내 퇴원하게 된 샌드라는 자기를 구해 준 간호사에게 말했다.「고마운 마음을 어떻게 표현해야 할지 모르겠어요.」

「3개월 후에 다시 여기 나타나지만 마세요.」간호사는 고개를 조금 까닥하는 것으로 인사를 대신하며 말했다. 샌드라와 비슷한 수술을 거친 사람들 사이에 자살률이 높다는 사실을 말하는 것이었다. 샌드라는 두 달 후에 세버 박사에게 받아야 할 검진까지는 착실하게 받았다. 그러나 그 후 1년 동안 계속 관리를 받아야 함에도 불구하고 다시는 그 병원에 발을 들이지 않았다.

회복하는 동안 그녀는 얼마간 모아 둔 적은 돈으로 생활했다. 정체되어 있는 듯한 느낌과 재정적인 불안 때문에 점점 지루하고 초조해졌다. 비가 지붕을 때리는 소리를 들으며 담배를 말아서 피우고, 차를 마시고, 똑같은 잡지를 읽고 또 읽었다. 그리고 당분간 몸을 쓸 수 없게 되면서 돈을 벌 새로운 방법을 찾는 데 집착적으로 매달렸다.

「난 그저 집세 낼 돈만 벌면 돼요. 관리는 내가 하지만 협동조합이랑 비슷하다고 할 수 있죠. 나는 한 건당 10달러만 내 몫으로 가져가요. 무슨 일이든 상관없이. 무슨 일을 하는지는 각자 알아서 정하기 나름이죠.」그녀는 새로 온 여자에게 사무적인 말투로 빠르게 설명했다. 그러고는 힘들게 소파에서 일어나 집 여기저기를 보여 주었다. 얼마 전에 샌드라는 푸츠크레이의 버클리 스트리트에 있는 작은 집을 세냈다. 「깨끗한 수건은 이쪽, 더러운 수건은 저쪽. 손님을 받는 중간중간 시간이 빌 때 대기실에서 기다리다가 30분이 지나면 문을 한 번 두드려 줘요. 서로 그런 식으로 알려 주는 거죠.」길 쪽으로 난 창문을 통해 경찰들이 다가오는 것을 본 그녀는 잠시 양해를 구하고 현관으로 가서 경찰들을 들어오게 했다. 샌드라는 경찰들과 현관 복도에 서서 농담을 건네고, 함께 웃고, 현금을 좀 찔러 준 다음 보냈다. 모든 것이 순조롭게 흘러갔다. 딱 한 번 예외가 있었는데, 여자들 중 하나가 무슨 일이었는지 기억도 안 나는 일로 귀신처럼 그녀를 쫓아다니며 계속 울어 대자 샌드라는 이성을 잃고 그녀를 향해 빈 병을 집어 던졌다. 「머리카락 하나 차이로 텔레비전에서 빗나갔어! 빌어먹을 텔레비전이 산산조각 날 뻔했네.」벽에 부딪힌 병이 깨지는 소리에 방문을 열고 내다보는 사람에게 샌드라는 그렇게 말했다.

샌드라는 친구 로빈과 함께 멜버른 북쪽에 작은 잡화점도 열었다. 세는 일주일에 20달러밖에 안 되었고, 그녀는 창고 세일이나 유품 정리 세일을 이 잡듯 뒤지고, 쇼윈도에 진열된 상품을 이리저리 바꿔 보고, 무에서 유를 만들어 내는 일이 너무 좋았다. 하지만 몸이 준비가 되었다고 느껴지자마자 그녀는 돈을 좀 더 벌 기회를 붙잡았다. 수술을 받은 지 넉 달밖에 지나지 않은 1980년 10월, 그녀는 자기가 운영하던 성매매 업소를 그곳에서 일하던 여자 중 한 명에게 넘기고, 잡화점은 로빈에게 맡긴 다음 칼굴리*로 향했다.

* 오스트레일리아 서남부의 도시.

샌드라는 자신이 칼굴리의 헤이 스트리트에 대해서, 그리고 서부에서 돈 버는 방법에 대해서 어떻게 알게 되었는지 기억하지 못했다. 칼굴리는 세계에서 가장 고립된 도시 중 하나인 퍼스에서도 내륙으로 1,000킬로미터나 더 들어간 외로운 도시로, 1893년부터 금을 캐기 위한 개척지로 자리 잡은 곳이었다. 그곳의 윤락업소들은 입을 통해 전해 내려오는 전설처럼 오래전부터 널리 알려져 있었다. 아마도 샌드라는 자신이 일하던 멜버른의 성매매 업소에서 마치 의무감으로 순례를 떠나듯 그 금광 타운으로 향했거나 그곳에서 막 돌아온 여자들에게서 그곳에 대해 들었을 것이다.

1980년대까지도 칼굴리는 여전히 거친 서부의 성격을 잃지 않고 있었다. 광부들과 성 노동자들이 인구의 대부분을 차지하는 그 개척지에 금을 찾기 위해 오는 사람들은 짧은 계약 기간 동안 육체적으로 힘든 장시간 근무를 각오한 이들이었다. 그들은 남녀로 나뉘어서 술을 마시고, 싸우고, 서로 눈이 맞곤 했다. 차를 몰고 왔든, 기차를 타고 왔든, 비행기를 타고 왔든 〈동쪽 지역〉(지금까지도 널리 사용되는 이 표현에는 노골적인 의심의 눈초리까지는 아닐지라도 건너기 힘든 문화적 차이가 함축되어 있다)에서 칼굴리에 도착한 사람들이 그곳에 대해 느끼는 첫인상은 먼지와 양철, 더위, 덧없음과 고립감이었다.

서부 오스트레일리아에서 성매매는 불법이 아니었지만 성매매와 관련된 대부분의 활동, 예를 들어 호객 행위나 성매매 업소 운영 등은 불법이었다. 그러나 거의 100년 동안 칼굴리의 경찰은 〈확산 방지 정책〉이라고 부르는 원칙을 세우고 선택적으로 단속하는 불문율을 변함없이 지켜 왔다. 이는 극소수 업소의 영업을 허용하는 방식으로 성매매 행위와 관련 종사자들을 비공식적으로 제한함으로써 성매매 확산을 억제하는 방법이었다.[5]

헤이 스트리트에 양철로 지어진 윤락업소들은 돈을 내고 그곳을 이용하는 고객들과 호기심에 찬 관광객들 사이에 소문이 퍼져 이름난 명소가 되었다. 성매매 산업을 한 곳에 모아서 봉쇄하는 정책 때문에 헤이 스트리트와 칼굴리는 악명을 떨쳤다. 처음 그곳에 도착했을 때만 해도 샌드라는 그런 정책에 대해 전혀 몰랐지만 시간이 흐르면서 손바닥 들여다보듯 훤히 꿰뚫게 되었다. 그 정책이 향후 1년 반 동안 그녀의 삶을 좌우했기 때문이다.

칼굴리에 도착한 샌드라는 그 즉시 경찰서로 가서 이름, 주소, 나이, 혼인 여부, 사진 등을 등록했다. 경찰은 그녀에게 규칙을 설명했다. 성 노동자는 업소 안에서 살면서 매주 한 번씩 검진을 받아야 하며, 도시 안에 있는 술집, 영화관, 수영장 출입은 금지되었다. 규칙을 어기면 바로 추방당할 것이라는 경고도 받았다. 등록을 마치자, 멜버른을 떠나기 전에 이미 연락을 해둔, 일할 업소의 마담이 시내 구경을 시켜 주었다. 뜨거운 차 안에 앉은 채 샌드라는 근무 시간, 통금 시간, 요금, 지불 원칙, 진료를 빼먹으면 절대 안 된다는 마담의 당부를 들었다. 마담은 거기에 더해 업소만의 규칙을 나열하다가 마침내 흑인과 자면 절대 안 되며 이 규칙을 어겼을 경우에 바로 쫓겨날 것이라는 엄한 훈계로 이야기를 마무리했다.

헤이 스트리트에 있는 모든 윤락업소와 마찬가지로 샌드라가 일하게 된 업소도 골함석으로 낮게 지은 헛간 같은 집이었다.

여자들은 한 줄로 늘어서 있는 방을 하나씩을 배정받았고, 함께 쓰는 거실과 식당이 있었다. 각 방에는 문이 두 개 있었다. 하나는 집 안으로 통하는 문, 다른 하나는 집을 따라 바깥으로 난 기다란 골목으로 난 문이었다. 골목 쪽으로 난 문 건너편에는 각각 또 다른 문이 있었는데, 그 문을 열고 나가면 바로 헤이 스트리트였다. 샌드라는 날마다 저녁식사를 마치고 오후 6시 정각부터 헤이 스트리트 쪽 문 앞에 앉아 있어야 했다. 조명 아래에 앉아서 그녀는 호객도 하고 천천히 차를 몰면서 지나가는 관광객들과 마을 사람들의 구경거리가 되었다.

차에서 가방을 내리면서 샌드라는 창문과 전구를 감싸는 철망이 왜 필요한지 마담에게 물었다. 마담은 광부들이 2주에 한 번씩 보수를 받기 때문에 2주일마다 타운 전체에 돈이 떨어진다고 설명했다.

「원하긴 하는데 돈이 없으니까 술 마시고 와서 난동을 부리는 거지. 그런 일이 벌어지면 그냥 문을 잠그고 방에 들어가 앉아 있으면 돼. 아무도 못 들어오니까.」

마담은 샌드라에게 첫 번째 방을 내주었다. 1번 방이었다. 방 번호는 공동으로 사용하는 구역에 있는 우편함 번호와 일치했다. 샌드라는 고객을 맞을 때마다 잠시 흥정을 한 다음 선불을 받아 그 돈을 우편함에 넣었다. 마담은 아침마다 우편함에서 전날 밤에 번 돈을 수거해서 절반을 자기가 갖고 나머지를 샌드라에게 돌려주었다. 그러나 가끔 몽롱한 상태로 방 청소를 하다가 꽁초로 넘쳐나는 재떨이 밑에서, 통나무 밑에 숨어 있다 발각나면 도망가는 벌레처럼 구겨져 있는 100달러짜리 지폐가 발견되기도 했다. 혹은 침대보를 갈다가 그 사이에서, 침대 옆 탁자 위를 숲처럼 장식하고 있던 빈 병들 사이에서 지폐를 찾기도 했다. 아마 샌드라가 우편함에 넣지 않은 돈이었을 것이다.

시내의 기혼 여성들 사이에서 부인과 전문의로 통하는 의사가 매주 헤이 스트리트를 방문했다. 각 업소마다 마담이 정해 놓은 진료실이 있었다. 의사는 그곳에서 그 지역에서 흔히 유행하는 성적 접촉에 의한 감염을 진단하기 위해 검체를 채취했다. 한 달에 한 번씩 매독과 B형, C형 간염 검사를 위한 혈액도 채취했다. B형 간염 보균자가 많았고, 간혹 클라미디아 혹은 임질에 걸린 여자들도 있었지만, 1980년대 초만 해도 거의 콘돔을 사용하지 않았는데도 전체적으로 그런 질병의 비율이 높지 않았다.

많은 여자들이 떠나기 위해 그곳을 찾았다. 그런 여자들은 헤이 스트리트에서 4주에서 6주 정도 쉬지 않고 일을 해서 집세나 학비, 여행, 자동차 구입 등에 필요한 돈을 마련하면 바로 떠났다. 어떤 마담들은 오래 머무는 여자들에게 석 달에 한 번 일주일씩 쉬게 해서 번아웃에 빠지지 않도록 했다. 어떤 여자들은 월경을 할 때 쉬기도 했지만, 월경 중에도 해면을 삽입하고 계속 일하는 여자들도 있었다. 그들과 마찬가지로 샌드라도 돈을 벌기 위해 그곳으로 갔다. 그녀는 높은 수입을 올리는 것으로 손꼽히는 사람 중 하나가 되었고, 돈을 정말로 많이 벌었다.

먹음직스러운 음식처럼 빛을 발하며 문간에 앉아 있는 그녀는 늦은 오후의 햇빛을 받아 눈을 가늘게 떴다. 그녀는 그 자리에 앉기 전까지의 일상을 머릿속에서 떠올리며 견뎠다. 더위에도 불구하고 뜨거운 물로 오래 샤워를 하면서 방을 환기하는 일, 침대보를 빨아서 강렬한 태양 아래에서 말린 다음 다시 침대에 씌우는 일, 베개를 제자리에 놓고 한 번씩 내리쳐서 제대로 된 모습을 갖추게 하는 일, 뚝 소리가 나게 손가락 관절을 꺾는 일, 다른 여자들과 수다를 떠는 일, 그날 아침 그녀의 우편함을 특히 꽉 채워서 마담을 기쁘게 했음에도 불구하고 욕실 세면대에서 100달러 지폐를 또 발견한 이야기를 동료들에게 속삭이듯 털어놓는 일.
「하!」 그녀는 연극배우처럼 과장되게 잘 모르겠다는 몸짓을 했다. 「그래서 혼잣소리로 중얼거렸지. 〈젠장, 어젯밤에 내가 도대체 뭘 얼마나 잘한 거야? 다른 건 몰라도 내가 진짜 섹시한 년인 건 확실해.〉」모두 낄낄 웃어 대며 샌드라가 다 같이 마시기 위해 사온 술을 마시는 일, 머리를 세트로 잘 말아서 아름답게 빗는 일, 인조 손톱을 붙이는 일, 그리고 마지막으로 늦은 오후의 선선한 바람을 받기 좋은 각도로 접이식 의자를 문간에 놓고 금세 기억나지도 않게 희미해져 버릴 부드러운 온기를 순간이나마 즐기는 일. 모두가 그녀를 지탱해 주는 일상이었다.

그녀는 자기가 예전에 배운 것을 다른 여자들에게도 가르쳐 주었다. 침대에 수건을 깔고 미끄러지듯 누우면서 여신 같은 포즈를 취하는 법, 팔을 두르고 〈키스해 줘요〉라고 말하는 법, 고객이 다른 데 정신이 팔려 있을 때 한 손으로 바셀린을 한 덩어리 떠서 녹인 다음 한쪽 다리를 머리 근처까지 올리고 손을 허벅지 바깥쪽에서 아래로 뻗어 바셀린으로 미끈거리는 손을 사타구니 바로 앞에 놓는 법 등이었다. 「요령을 잘 익히면 진짜로 섹스를 하지 않아도 돼.」그녀가 말했다. 「팔 위치를 잘 조절하고 바셀린을 따뜻하게 만들면 손하고 섹스를 하게 되는 거야! (키스를 더 하고 싶어서가 아니라 정신을 딴 데 팔게 하기 위해서) 〈키스를 좀 더 해줘요〉라고 말하면 완전히 로켓처럼 발사를 하지. 담요에다 바로 모두 발사. 조금만 연기를 하면 만사형통이야. 그래서 난 진짜 섹스는 절대 안 해. 진짜 기발하지 않아? 난 돈을 그렇게 벌어.」좀 더 수월하게 그런 연기를 하기 위해 그녀는 약을 엄청나게 많이 먹었다. 그 부분도 다른 여자들에게 모두 알려 주었다. 「〈맨디는 사람을 달뜨게 해〉라는 말도 있잖아. 맨디는 망할 놈의 독사처럼 빳빳하게 버틸 수 있게 해주고, 돈도 많이 벌게 해 주지.」

하지만 샌드라는 이미 돈을 많이 번 것처럼 보이는 방법으로 돈을 너 벌기도 했다. 각각의 작은 방에는 더블베드 하나와 열쇠가 달린 옷장 하나, 거울이 있는 화장대 하나, 침대 옆 탁자, 그리고 세면대가 있었다. 여자들은 시작을 하기 전에 고객을 세면대로 데려가 씻겨 주면서 감염 여부를 확인했다. 샌드라는 시간이 날 때마다 시내에 있는 중고가게에 가서 가구를 샀다. 그녀는 자기가 쓰는 코딱지만 한 방에 붙박이장과 스탠드바를 설치하고 각종 술을 구비해 두었다. 샌드라는 사막 가장자리에 있는 양철로 만든 판잣집 안의 작은 방을 오아시스로 변신시켰다.

그녀가 한 걸음 뒤로 물러나서 적포도주색 커튼이 제대로 걸려 있는지를 확인하고 있는데 어린 동료 하나가 복도를 지나가다가 샌드라의 방을 들여다보았다.

「내 방에 들어오는 게 큰 사치처럼 느껴지지.」샌드라가 설명했다. 「난 언제나 내가 굉장히 부자이고 잘사는 것처럼 꾸민단다. 나를 둘러싼 환상을 만드는 거지.」그녀가 말하지 않는 것, 아직 자신도 깨닫지 못했기 때문에 말하지 않는 것은 돈을 더 많이 벌수록 더 많이 쓰게 된다는 사실이었다. 돈을 벌수록 더 비참한 느낌이 들기 때문이었다. 가구, 선물, 옷, 장신구, 술, 약물. 샌드라는 돈을 벌겠다는 확실한 의도를 가지고 이곳에 왔고, 망설임 없이 그 목표를 향해 나아가고 있지만, 떠나기 위해 그곳에 오는 다른 여자들과는 달리 그녀는 파티를 즐기는 여자들 중 하나였다. 그런 생활 습관 덕분에 돈을 물 쓰듯 썼지만, 한편으로는 약물에 절어 파티를 하던 그 밤들을 그녀는 조금의 과장 없이 정말로 재미있던 날들로 기억했다. 한여름의 태양 아래에서 더위를 막아 주기는커녕 열을 발산하던 그 길고 나지막한 양철집은 제대로 된 집이라고 할 수도 없었다. 그러나 한동안 샌드라에게 그곳은 스위트홈이었다.

소문이 어떻게 시작됐는지 아무도 모르지만 헤이 스트리트에서 드래그 퀸이 일하고 있다는 말이 돌았다. 술에 취해 한편으로는 웃고 한편으로는 화를 내면서 남자들은 그 사람을 잡아야겠다는 결의를 다졌다. 그 결의는 술에서 깼다가 다시 담배, 맥주, 튀긴 음식, 땀 냄새가 범벅이 된 펍에 모여 술에 취하는 것이 반복되는 동안 잊히지 않고 집착처럼 변해 갔다. 그들은 그 남자가 첫 번째 집 1번 방에 있다고 이야기했다. 샌드라가 몸에 박힌 포탄의 파편처럼 피부 바로 밑에 품고 다니는 두려움 서린 경계심이 다시 요동을 치며 그녀를 아프게 했다. 그녀는 큰 키, 큰 가슴,

큰 손을 가졌다. 하지만 같은 복도의 몇 방 건너에 사는 스웨덴 여자는 샌드라보다 키도 더 크고, 가슴도 더 크고, 손도 더 컸다.

「내게 방법이 있어.」 샌드라가 평생 고마운 마음을 간직하고 있지만 이름은 잊어버린 그 아름다운 여자가 미소를 지으며 말했다. 「방을 바꾸자.」

자기 방에서 얼마 떨어지지 않은 곳에 있는 가구가 별로 없는 스웨덴 여자의 방에서 샌드라는 베란다를 거쳐 1번 방으로 들어간 남자들이 하는 말을 듣기 위해 온 정신을 귀에 집중했다.

「신사 여러분?」 여자가 그들을 맞이했다.

「당신이 남자라면서.」 무리의 대표가 위협적으로 말했다.

나중에 스웨덴 여자는 샌드라에게 자기가 어떻게 반응했는지 이야기해 주었다. 어떻게 입고 있던 가운을 벗어서 아무것도 입지 않은 알몸을 보여 주고, 팔꿈치로 몸을 받치고 뒤로 기대어 다리를 벌렸는지 이야기했다. 「내가 남자처럼 보이나요?」 그녀는 침착하게 물었다고 했다. 「내가 남자처럼 섹스를 한다고요?」 그녀는 들이닥친 남자들 중 특히 한 명을 빤히 바라보며 물었다.

「아니.」 그 남자가 중얼거렸다.

「그럼 이제 된 거네요. 여러분이 이상한 상상을 했다는 걸 다른 사람들한테도 알리는 게 어때요?」 그녀는 가볍게 말했다.

마치 가축의 우리처럼 느껴지는 복도의 다른 방 안에서 남자들이 나가는 소리가 들리자 샌드라의 심장이 빠르게 뛰었다.

18년 후 바로 이 도시에서 전직 성 노동자이자 윤락업소 마담이었던 트랜스젠더 여성이 시 의원으로 선출될 것이라는 이야기를 누가 그때 해주었다면 샌드라는 웃다 죽었을 것이다.

그녀는 비행기를 타고 멜버른으로 다시 돌아왔고, 마리아와의 기억을 다시 떠올리며 그녀를 살해한 필립 존 킨에 대해 증언했다. 또 호르몬과 약물을 처방해 주는 의사에게도 다시 찾아갔다. 모든 것이 이전으로 돌아갔다.

『디 에이지』*에는 마리아의 사망에 대한 검시관의 조사와 관련된 두 개의 기사가 실렸다. 첫 번째는 1980년 2월 28일자의 기사로, 〈보안 요원이 임신한 여성의 배에 뛰어올랐고, 그 후 여성은 사망했다. …… 마리아 글로리아 패튼이 끔찍한 비명과 신음 소리를 냈지만 보안 요원은 그녀를 밖으로 끌고 나갔다〉라는 사실에 대해 설명하고 있었다. 검시관이 출두한 청문회에서 증인으로 나선 미스 어맨다 설레스트 클레어가 〈미스 패튼은 당시 남장을 하고 있었고, 자신을 트랜스젠더이자 미스 패튼의 연인〉이라고 증언했다는 사실도 전했다.

한 달 뒤 실린 기사에서는 〈임신한 여성〉이 〈사망 당시 임신 3개월째였던 19세 여성〉으로 바뀌었다. 이 기사를 보면 킨이 과실치사 혐의로 재판을 받는 과정에서 검시관이 책임의 얼마나

* 오스트레일리아의 일간지.

많은 부분을 희생자의 작은 어깨에 올려놓았는지를 알 수 있었다. 〈미스터 그리피스는 미스 패튼이 킨을 자극했다고 말했다. …… 그러나 작년 6월 26일 그녀를 나이트 클럽에 다시 입장하지 못하도록 한 것은 과도한 조처였다고 증언했다.〉 검시관은 〈고인이 킨으로 하여금 그런 행동을 하지 않을 수 없도록 도발했다는 사실은 의문의 여지가 없다고 판단합니다. 여기서 그런 행동이란 고인이 바닥에 쓰러졌을 때 킨이 뛰어들어 무릎으로 고인의 복부를 가격한 행위를 말합니다〉라고 말했다.

빅토리아주 의회가 이 증언의 의미를 제대로 파악하고 원고 측의 도발 책임을 무효로 선언하기까지 25년이 걸렸다. 여성에 대한 남성의 폭력을 관대하게 용서하려는 의도가 보인다는 것이 무효 선언의 이유였다.

샌드라는 증인석에 서서 그날 밤의 악몽을 다시 경험했다. 재판이 끝난 후 재판정에서 나온 그녀는 도시의 가장자리에 있는 싸구려 모텔에서 혼자 술을 마시고 약을 먹은 후 텔레비전을 켜둔 채 잠이 들었다. 그러고는 다시 비행기를 타고 서부로 가는 5시간 동안 썩은 이빨처럼 잿빛이 된 얼굴로 꼼짝없이 앉아 있었다.

샌드라는 마리아에 대한 공격에 인종차별적인 동기가 있었냐는 질문을 받은 킨이 자신의 약혼녀가 아시아계라는 것을 자기가 인종차별주의자가 아니라는 증거로 제시했던 것을 기억했다.

그러나 그가 유죄판결을 받았는지 여부는 기억하지 못했다. 그녀는 킨이 감옥에 갔을 것 같긴 한데 확실치는 않다고 말했다. 이 사건에 대한 법정 기록에는 혐의와 각종 휴정 명령만이 남아 있었다. 나는 샌드라가 확실히 기억하지 못하는 것이 결국 복수 여부는 상관이 없다는 증거인지 모른다고 생각했다. 혹은 그녀가 얼마나 도피에 능한 사람인지를 보여 주는 증거일 수도 있었다.

샌드라는 처음 일했던 윤락업소를 떠나 더 나은 대우를 약속한 다른 마담의 업소로 일터를 옮겼다. 같은 헤이 스트리트에 있는 곳이었다. 어느 날 그 집에서 모두 공동으로 사용하는 부엌에 들어가 찬장을 열고는 그 안에 든 물건을 정리하고 유통기간이 지난 것들을 버린 다음 남은 물건들을 크기와 모양에 따라 가지런히 정리했다. 신이 난 그녀는 냉장고로 옮겨 갔다. 그다음에는 냄비와 프라이팬, 식기류를 정리하고 식료품 쇼핑도 하기 시작했다. 그녀는 자기 돈을 써서 장을 본 다음 요리를 해서 같은 집에 사는 사람들과 함께 먹곤 했다.

「소질이 있네.」마담이 고마운 표정으로 이야기했다.「여기 여자들한테 스위트홈을 만들어 줬어.」은퇴를 하고 퍼스의 교외 주택단지로 이사를 할 생각이던 마담은 샌드라에게 자신의 사업을 인수할 생각이 있는지 물었다. 샌드라는 그녀가 자신을 신뢰한다는 사실에 기분이 좋았지만 사업을 인수하라는 제안은 거절했다.

「평생 이 일을 하고 싶진 않아요. 무슨 말인지 아시죠? 오래 하고 싶은 일은 아니에요.」샌드라가 대답했다. 그리고 이상하게 보일지도 모르지만 샌드라가 칼굴리를 떠날 즈음 두 사람은 좋은 친구가 되어 있었다.

* * *

샌드라는 칼굴리를 떠나서 어디로 갔을까? 끝을 알 수 없는 우주와도 같은 그녀의 20대와 30대의 기억 속에서는 날짜와 장소가 서로 관계없이 둥둥 떠다녔다. 그 스웨덴 여자의 이름도 잊었다. 마담들의 이름도 기억에서 사라졌다. 윤락업소들의 이름, 칼굴리에서 정확히 얼마나 오래 머물렀는지도 기억나지 않는다. 나는 나름대로 만들어 본 타임라인을 계속 지우고 새로 썼지만, 샌드라가 들려 주는 기억의 도움을 받아도 이야기는 엉켜 버린 목걸이같이 되어 버렸다. 이런저런 사건들이 서로 연결되어서 흘러가지만 갑자기 커다란 매듭을 만나서 멈춰 버리면 서로 얽히고설켜서 엉망진창이 되어 버리기 일쑤였고, 어떨 때는 그 매듭이 너무 크고 단단해서 일부 사건들은 완전히 그 속에 파묻혀 버리기도 했다. 그럼에도 그 매듭을 손톱으로 당겨 보고, 찔러 보고, 조금이라도 느슨한 곳을 찾으려 애쓰다 보면 살짝 풀린 실마리가 나올 때가 있었다. 여기저기 상하고 훼손되긴 했지만 실마리는 실마리였다.

샌드라가 그나마 모은 돈을 들고 시드니로 향하는 표를 산 것은 1982년 즈음이었을 확률이 높다. 아마도 마담이나 다른 여자들에게서 정보를 듣고 감행한 일이었을 것이다. 시드니에 간 샌드라는 리드콤에 있는 업소에서 몇 달 동안 일을 했다. 그리고 그곳에서 릭을 만났다. 릭은 샌드라를 보기 위해 자꾸 다시 찾아왔고, 결국 그녀에게 데이트 신청을 했다. 클린트 이스트우드를 닮은 닉을 샌드라는 〈클릿 이스트우드〉라고 불렀다. 그를 위해 그녀는 화장을 한 채 잠들고, 다음 날 아침 그가 깨기 전에 먼저 일어나 화장을 고쳤다. 릭은 그녀가 성별 문제로 겪고 있는 정신적 문제만 아니었다면 샌드라와 결혼을 했을 거라고 말하곤 했다. 릭은 한 번도 샌드라에게 충실하지 않았고, 몇 년 동안 기생충처럼 그녀에게 빌붙어 먹고살면서 뒤에서는 그녀를 〈프랭크〉라고 불렀다.

그러나 릭은 계속 그녀에게 돌아왔고, 샌드라는 그것이 고마워서 기꺼이 고통스럽지 않은 척했다. 그녀는 아픔을 다독여 잠재우는 데 능했고, 파운데이션으로 얼굴의 결함을 감추듯 아픔을 일상생활과 뒤섞어서 눈에 띄지 않게 만들어 버리곤 했다.

열심히 일을 했지만 술과 약물과 파티, 그리고 주변에 모여드는 사람들과 릭에게 쏟아붓느라 돈은 늘 어디에 썼는지도 모르게 사라져 버리곤 했다. 결국 샌드라는 돈 한 푼 없이 멜버른으로 돌아왔다. 공수래공수거. 멜버른으로 돌아온 그녀는 로빈이 자기를 속였다는 사실을 알게 되었다. 맡겨 둔 가구뿐 아니라 중고 매장에 가지고 있던 모든 것을 다 팔아 치운 것이다. 로빈이 약물 중독자였다는 것조차 샌드라는 모르고 있었다. 다시 시작해야만 했다. 바닥에서 잠을 자고, 윤락업소에서 긴 시간 일을 하면서 돈을 모아야 릭이 언젠가 자신에게 다시 돌아올 때 모든 것이 편안할 거라고 생각했다.

예전의 그녀와 지금의 그녀를 구분하는 선은 구체적이고 단단하지만 구멍이 많이 나 있다. 어느 날 저녁 그녀는 옷을 잘 차려입고 친구와 함께 차로 푸츠크레이의 바클리 스트리트로 나갔다. 빙고 게임을 하고 술 몇 잔을 하기 위해서였다. 그날 그녀가 예전에 살던 동네를 찾은 것은 자랑스러운 마음에서였을까? 마땅히 자기 것이어야 하는 것들을 되찾기 위해였을까? 어쩌면 시험이나 개인적 도전이었을지도 모른다. 혹은 깨부술 수 없는 외로움 때문이었을 수도 있다. 찌르는 듯한 고통이라도 그것이 익숙한 아픔이라면 진정한 인간적 유대의 대체물로 받아들이고 싶게 만드는 일종의 절박함을 샌드라는 느끼고 있었다.

줄담배를 피우는, 그녀의 친구 캣은 담배를 엄지와 검지로 잡는 모습에서도 마리아를 생각나게 했다. 그녀가 입은 옷도, 그녀의 행동도 마리아를 닮아 있었다. 아드레날린이 사지로 뻗어 나가는 것을 느끼면서 샌드라는 불 꺼진 심스 식료품점 옆을 차로 지나쳤다. 어머니가 밀가루와 설탕을 들고 금방이라도 걸어 나올 것 같았다. 바닥 청소를 할 때마다 손님들이 담배를 피우면서 자신을 꼬마 얼간이라고 놀리며 웃곤 하던 이발소와 우체국도 지나갔다. 그녀는 차를 세우고 운전석에서 내렸다. 아는 얼굴을 만나고 싶다는 희망과 동시에 만나면 어쩌지 하는 두려움도 들었다. 하지만 아는 사람과 마주친다 해도 화장과 머리와 옷과 몸이 그녀의 보호막이 되어 줄 것이다. 사촌을 윤락업소에서 만났던 그날처럼. 그는 샌드라의 얼굴을 빤히 쳐다보다가 다른 여자를 선택했다. 그녀를 알아보지도 못한 것이다.

「여기 누가 왔는지 상상도 못 할 거야.」 콜린은 바 근처 전화기에 대고 급한 목소리로 속삭였다.

「안 들려!」 린다가 부엌에 서서 소리쳤다. 식탁에서 술을 마시는 오빠와 동생의 잡담 소리, 아이들이 집 안에서 축구를 하며 떠드는 소리, 그리고 전화기 저쪽에서 들리는 펍의 소음 때문에 콜린이 뭐라고 하는지 들을 수가 없다. 「엿, 조용히 좀 해봐! 콜린이 전화를 했다고.」 린다는 집 안 전체에 대고 외쳤다.

「피터가 왔어!」 콜린이 조금 더 큰 소리로 말했다. 「또 여자처럼 옷을 입고 말이야! 근데 난 알아봤지! 바클리 스트리트 근처에 있는 빙고장에서 봤어!」

린다는 두 아들을 밖에서 놀라고 내보냈다. 뒷문을 닫으면서 그녀는 서둘러 오빠와 동생에게 상황 설명을 하고, 침실로 들어가서 옷을 갈아입었다. 「피터가 바클리 스트리트 근처 펍에 있대. 가봐야겠어. 둘 다 집으로 돌아가.」 덩치가 큰 린다의 형제들은 눈빛을 주고받은 후, 피우던 담배를 천천히 빨아들여 필터 가까이 탈 때까지 피웠다. 두 사람은 마시던 맥주 캔을 식탁 위에 그대로 두고 밖으로 나가 오토바이에 올라탔다. 임신 8개월이라 오토바이를 탈 수 없는 린다는 옆집 차를 빌리기 위해 종종걸음을 쳤다.

린다는 모여 있는 많은 사람들을 둘러보며 가장 밝은 금발을 찾다가 테이블 끝으로 걸어가 그곳에 섰다. 그녀의 눈에 들어온 광경은 마치 누군가가 칠판에 적힌 글자들을 순식간에 지워 버리듯 그녀의 머릿속에서 모든 말들을 깨끗하게 지워 버렸다. 그녀의 남편 피터가 남자처럼 보이는 여자와 대화를 나누고 있었다. 고개를 든 샌드라의 얼굴에 서려 있던 예의 바른 미소가 산산이 부서졌다. 「린다!」 벌새의 날갯짓처럼 빨리 뛰는 심장에 비해 샌드라의 목소리가 너무 밝았다. 그녀는 캣을 바라보며 최선을 다해 아무 일도 아닌 것처럼 설명했다. 「달링, 옛 친구랑 잠깐 회포 좀 풀고 올게.」

두 사람은 계단에 앉아 사람들이 화장실에 가기 위해 비집고 지나가는 것을 참으며 거의 1시간 동안 이야기를 나누었다. 린다는 새로 만나고 있는 남자에 대한 이야기와, 함께 살지는 않아도 그가 자기와 아이들에게 얼마나 잘 해주는지, 그녀가 임신을 한 후 에일사가 그녀와의 연을 끊었으며, 아이들이 얼마나 컸는지, 학교에 어떻게 잘 다니는지, 아이들을 보고 있으면 얼마나 아이들의 아빠가 생각나는지 등 많은 이야기를 쏟아 냈다. 새가 앉을 땅을 살피듯 린다는 피터와 눈을 맞추며 그 모든 이야기를 했지만 피터는 그곳에 없는 것과 다름없었다.

「흠……」 샌드라는 린다의 말에 짧게 대꾸했다. 그리고 가끔 〈정말?〉 하고 추임새를 넣기도 했다. 그러다가 난데없이 〈이제는 더 이상 남자를 좋아하진 않아〉라고 말하기도 했다.

린다는 그의 말에 고개를 끄덕였다. 처음에는 너무 어리둥절해서 그의 말이 아프지도 않았다. 그리고 그것이 이제 피터가 여성 동성애자라는 의미일까 생각했다. 그때 샌드라가 갑자기 일어서더니 만나서 정말 너무 좋았다고 말했다. 빙고도 한참 전에 끝났고, 펍은 문을 닫을 준비를 하고 있었다. 샌드라는 캣을 찾았고 세 사람은 함께 펍을 떠나는 사람들 사이에 섞여 밤거리로 나갔다. 부른 배를 습관처럼 쓰다듬으며 린다는 샌드라에게 전화번호를 물어보려고 입을 열었지만 길에 서 있는 오빠가 보였다. 그는 펍에서 나오는 사람들을 사냥꾼의 표정으로 살피고 있었다. 린다는 그의 얼굴에 떠오른 분노가 자기에게 주는 어두운 선물처럼 느껴졌지만 이제는 그 선물을 원치 않았다. 지금은 아니다.

　그리고 모든 일이 순식간에 벌어졌다. 린다의 오빠가 주먹을 날리려 하자 린다는 샌드라와 오빠 사이에 몸을 던졌다. 샌드라는 반사적으로 길고 가는 팔을 머리 위로 들어 올리고는 유칼립투스 나무처럼 가로등 그늘 속에서 꼼짝하지 않고 있었다. 그러다 다음 순간 곧바로 몸을 돌려 길을 따라 뛰기 시작했다. 린다의 오빠가 샌드라를 쫓았고, 속이 요동을 쳤다. 인도에 신 사람들이 〈여자를 쫓는 저 남자 좀 봐〉 하고 소리치자 사람들이 깜짝 놀라 돌아보았다.

　「이봐!」캣이 소리치며 두 사람의 뒤를 쫓았다.

　린다는 산만 한 배를 하고 따라왔지만 이내 숨을 헐떡이며 멈출 수밖에 없었다.

　「웃기죠. 나도 알아요. 돌이켜 보면 정말 웃기는 광경이었어요.」린다는 내게 그렇게 말했다. 그러나 그녀의 눈빛과 표정, 그리고 우리 앞에 펼쳐진 빛바랜 사진첩은 그녀가 하는 말과 전혀 다른 이야기를 하고 있었다.

10 · 인생에서 좋은 면을 봐도 될 때가 됐어요

　그 생각을 하면 늘 마음이 불편하다. 재니스가 실제로 말을 하고 있다는 것을 너무 늦게 알아차린 사실 말이다. 전혀 움직이지 않는 재니스의 주걱턱에는 나무 담장의 말뚝처럼 이가 위를 향해 솟아 있었다. 그러나 모든 사람이 꼼짝하지 않고 조용히 있으면, 그녀의 말소리가 들리기보다는 느껴진다. 조개에 귀를 대면 들리는 바닷소리처럼. 하지만 그녀의 입술을 겨우 넘어서 나온 중얼거림은 금세 자기가 나온 어둠 속으로 다시 돌아가 버리고 말았다.

　「내 문제가 뭔지 알아요? 나는 너무 느려요. 나는 왜 이렇게 오래 걸릴까요?」 재니스는 샌드라를 향해 유감스럽다는 듯 미소를 지으며 집 앞 계단 앞에 쓰레기 봉지를 내려놓았다. 그러고는 재빨리 집 안으로 들어가 문을 잠갔다.

샌드라와 청소팀원들이 재니스의 집 앞에서 이미 30분을 기다린 후였다. 샌드라가 지난주 견적을 내러 왔을 때만 해도 재니스는 오전 9시에 작업을 시작한다는 것에 동의했지만 이제 다시 망설이고 있었다. 모기장 문 뒤 그림자에 몸을 숨긴 채 재니스는 샌드라에게 30분만 더 시간을 달라고 공손하게 부탁했다. 30분이면 자기가 혼자 청소를 다 마칠 수 있으며 애당초 남에게 맡길 필요도 없었던 일이었다는 걸 샌드라에게 보여 주려는 듯했다.

샌드라는 전략적으로 재니스의 부탁을 들어주기로 했다. 재니스의 집에서 나올 쓰레기를 담아 갈 대형 폐기물 운반차량이 교통 혼잡 때문에 아직 도착하지 않았기 때문이었다. 일석이조였다. 샌드라는 재니스에게 초대형 검은색 쓰레기 봉지 몇 개를 건네고, 입고 있는 보라색 파카에서 마스크를 꺼냈다. 「이 마스크로 입과 코를 가리고 일하세요. 훨씬 나을 거예요.」 재니스는 마스크를 낚아챈 다음 현관문을 탁 닫았다.

샌드라는 텅 빈 꽃밭 가장자리로 둘러쳐진 낮은 벽돌 담장에 조심스럽게 쭈그려 앉았다. 하늘은 완벽한 푸른색이었다. 그녀는 시계와 이메일을 한 번씩 확인하고, 직원들과 농담을 주고받았다. 대부분의 팀원들은 둥그렇게 둘러서서 담배를 엄청나게 피워 대고 있었다. 재니스는 몇 분에 한 번씩 모습을 드러냈다. 그때마다 약간 허리를 굽힌 채 꽉 찬 쓰레기 봉지를 들고 나와 잡초가 난 문 밖의 작은 마당에 힘겹게 내려놓고 바로 다시 집 안으로 사라져 버렸다.

차고에 불룩한 쓰레기 봉지가 산을 이루고 있었다. 그러나 쓰레기의 양이 충격적임에도 불구하고 모두 상당히 잘 숨겨져 있어서 진입 도로에서 재니스의 집을 처음 봤을 때는 이상한 것이 하나도 없어 보였다. 그러다가 좀 더 자세히 살펴보면 아름다운 아침 햇살이 쏟아지고 있는데도 집 앞쪽으로 난 유일한 창문에 블라인드를 길게 내려놓아서 창문보다 긴 블라인드가 아래쪽에 뭉쳐져 있는 것이 눈에 들어왔다. 그리고 그 창문으로 더 가까이 다가서면 검은 곰팡이가 아래에서부터 서서히 위를 향해 뻗어 오르고, 결로 때문에 생긴 물방울이 눈물처럼 흘러내리고 있는 것을 볼 수 있었다.

정확히 오전 9시 30분이 되자 샌드라는 청소팀원들에게 복장을 갖추라고 말했다. 통통한 몸매에 머리를 뒤로 완전히 빗어 넘겨 쪽진 머리를 한 차분한 성격의 리지가 재빨리 트럭 뒤로 뛰어가 납작한 비닐 봉지를 몇 개 집어 들었다. 봉지에는 초대형 사이즈의 하얀색 일회용 보디슈트가 하나씩 들어 있었다. 리지는 팀원들에게 봉투를 하나씩 나눠 준 다음 일회용 방진마스크와 장갑도 나눠 주었다. 청소팀은 금세 준비가 되었지만 문은 여전히 잠겨 있었다. 그들은 보디슈트를 허리까지 내린 채 뜨거운 햇빛을 받으며 서서 담배를 조금 더 피웠다. 그러고는 가벼운 대화를 나누며 웃고 서로를 놀려 댔다. 물론 샌드라는 작업복을 갖춰 입지 않았다.

오전 9시 50분. 폐기물 운반차량 기사로부터 거의 다 왔다는 전화를 받는 동안 샌드라의 팔찌가 챙강챙강 소리를 냈다. 그녀는 리지에게 트럭에서 은색 깡통을 가져오라고 했다.

「달링, 조심해야 해. 1리터에 500달러짜리거든.」샌드라는 문자를 보내면서 건성으로 말했다. 한 글자 한 글자를 찍을 때마다 손톱이 휴대선화 화년에 부딪혀 딸깍거리는 소리가 났다.

「뭐가 든 건데요?」리지가 얼굴을 찌푸리며 물었다.

「정향유. 곰팡이 제거에 쓸 거야.」샌드라는 전화기를 내리고, 주름 하나 없이 잘 다려진 스키니진을 손바닥으로 한 번 훑어 내렸다.「물 1리터에 정향유 4분의 1 티스푼을 타서 쓰면 돼.」

「왜 그렇게 비싼 거죠?」리지가 물었다.

「몰라. 정향에서 기름을 짜야 하는데, 아마 정향이 엄청 많이 필요했겠지.」

폐기물 운반차량이 집 앞에 와서 멈췄다. 그와 거의 동시에 샌드라가 개인적으로 모아 놓은 가구들 중 오늘 청소를 마친 다음 재니스의 집에 놓아 줄 가구들을 실은 트럭도 도착했다. 사이드 테이블, 1인용 소파, 2~3인용 소파가 실려 있었다.「새 출발을 하는 데 필요할 것 같아서.」샌드라는 운반 도중 가구가 상한 데는 없는지 확인하기 위해 트럭으로 다가가며 말했다. 나는 재니스가 이 가구들을 필요로 할지 어떻게 알았느냐고 물었다.

「배설물로 홍수가 난 집이라 모든 걸 다 버려야 한다고 생각했거든요.」그녀는 건조한 어조로 대답했다. 2010년 어느 날, 재니스의 집에 있던 유일한 화장실이 고장 나서 넘치기 시작했다. 재니스 혼자 힘으로는 고칠 수도 없었고, 고쳐 줄 사람을 부르지도 않았다.

오전 10시 15분. 샌드라는 현관문으로 성큼성큼 걸어가서 분명한 태도로 문을 두드리고는 따뜻하지만 단호한 목소리로 이제 작업을 시작해야 할 시간이라고 말했다. 집 안에서는 아무런 반응이 없었다.

「달링, 이제 슬슬 움직일 때가 됐어요.」샌드라가 밝은 목소리로 외쳤다.

침묵이 계속되었다.

「재니스.」좀 더 강한 목소리로 샌드라가 말했다. 「조금만 시간을 더 달라고 해서 시간을 더 줬어요. 이제는 내가 들어갈 수 있게 해줄 차례예요.」

재니스가 꽉 찬 쓰레기 봉지를 들고 나왔다. 그러고는 다시 협상을 시작하려 했다. 「혹시 다음 주에 다시 와줄 수 있어요? 그러는 게 좋겠네요.」재니스는 부드럽게 사정을 했다가 완고하게 고집을 피우기를 반복했다. 그녀는 40년대 사서처럼 보이는 복장을 하고 있었다. 지나간 시절의 예의 바른 격식이 느껴지는 차림이었다. 립스틱에 긴 원피스, 뜨거운 날씨에도 불구하고 신고 있는 스타킹도 다 같은 맥락이었다. 하지만 옷 가운데로 액체 같은 것이 흘러내려 마치 눈물 자국처럼 보이는 마른 흔적이 있었다. 그렇게 격식을 차린 옷차림과 도토리를 먹는 다람쥐처럼 몸을 웅크리는 습관 때문에 그녀는 실제보다 훨씬 더 나이 들어 보였다.

「같이 하면 돼요, 알겠어요?」 샌드라가 부드럽게 말했다.

재니스는 샌드라를 올려다보았다. 재니스는 더러운 손으로 짧게 자른 자기 머리를 쓸어 넘겼다. 그러다가 자기 손을 내려다보고는 말했다. 「손톱이 정말 엉망진창이네요.」

「아이들도 집에 초대할 수 있게 될 거예요.」 샌드라가 격려하듯 말했다. 지난주에 견적을 내러 왔을 때 했던 이야기를 떠올리고 한 말일 것이다.

「스트레스 없이 애들을 오라고 할 수 있겠네요.」 재니스는 갑자기 샌드라의 말에 동의하면서 안도의 표정을 지었다. 표정이 완전히 바뀌었다. 이제는 샌드라와 차분히 눈을 맞추고, 다른 데로 시선을 돌리지 않고 대화를 해나갔다. 「내가 왜 이렇게 된 거죠? 도대체 왜?」 그녀가 물었다.

「지금까지 너무 많은 것을 내려놔야 했기 때문이죠.」 샌드라가 대답해 주었다.

「나에게 트라우마가 된 사건이 있었어요. 여기서 사람이 죽었어요.」 재니스가 빠른 어조로 말했다.

샌드라는 지난주에 만났을 때 재니스가 나쁜 에너지를 쫓기 위해 세이지*를 태우고 싶다고 했던 것을 기억했다. 그에 대해 샌드라는 〈전에 해본 적 있어요. 원하시면 여기서도 그렇게 해드릴 수 있죠〉라고 대답했다.

재니스가 깔깔 웃으며 말도 안 되는 소리 하지 말라는 몸짓으로 말했다. 「반은 농담이었어요.」 그러다가 한순간 얼굴에서 웃음기가 사라지더니 눈을 크게 뜨고는 〈그런데 그렇게 해야 한다고 생각해요? 세이지를 태우는 거 말이에요. 그렇게 하는 게 좋을까요?〉라고 물었다.

「원하시면 해드릴 수 있다는 거예요. 그건 나중에 결정하면 돼요. 어때요?」 샌드라가 이렇게 대답하며 문고리 쪽으로 손을 뻗었다. 리지가 샌드라에게 마스크를 쓰라고 외쳤다. 검은 곰팡이는 샌드라의 폐에 특히 위험했다. 샌드라는 약간 짜증난 표정으로 하던 일을 멈추고 마스크를 썼다. 그러고는 현관문으로 들어서서 스위치를 켰다.

「보여요?」 그녀는 무미건조한 표정으로 손가락을 내려다보며 말했다. 「전등 스위치에 변이 묻어 있어요.」 그녀는 현관문으로 머리를 내밀고 수석 청소원인 필을 찾았다. 필이 나타나자 샌드라는 다른 손으로 차 열쇠를 주면서 자기가 가지고 다니는 큰 병에 담긴 손 세정제를 가져다 달라고 부탁했다.

* 약용이나 향료용으로 사용되는 허브의 일종.

재니스의 집 안은 밤이었다. 몇 년 전에 변기가 넘친 적이 있었고, 샤워실과 욕조 배수구를 젖은 천으로 막아 둔 지 꽤 오래된 것 같기는 하지만, 집이 물에 완전히 잠긴 적은 없는 듯했다. 그러나 세피아 색으로 바랜 벽과 이상하게 축축한 가구, 사방에 흩어져 있는 쓰레기와 맥락 없이 여기저기 놓여 있는 물건들의 모습은 마치 홍수로 불어난 물이 거침없이 문 밑으로 밀려 들어와 서랍장과 찬장을 채우고 천과 폐를 적신 다음 진흙을 남긴 채 슬며시 빠져나간 광경 같았다.

희미하게 물 밑 도시와 같은 느낌을 주는 집 안 환경은 동시에 불의 이미지를 떠올리게 했다. 그 이미지는 역설적이라 더 생생했다. 검은 곰팡이는 갈색으로 변한 벽에 점점이 퍼져 있고 숯검정처럼 러그 위를 덮고 있었다. 마치 짓궂은 요정이 벽난로에서 재를 훔쳐 벽에 바르고 가구에 흩뿌리다가 마지막 심술로 남은 것을 구석구석에 던져 놓은 것처럼 보였다. 길로 향한 커다란 창문에 드리운 블라인드를 샌드라가 억지로 걷자 가장자리에 곰팡이가 잔뜩 핀 더러운 유리창이 드러났다. 그 창을 통해 바라본 푸른 하늘과 이웃집들은 가장자리가 살짝 타들어간 구식 철판 사진 같은 느낌을 주었다. 홍수와 화재. 그 작은 방들 안에서 성경에 나오는 규모의 압도적인 사건들이 일어난 셈이었다.

샌드라는 축 늘어진 쓰레기 봉지를 하나 집어 들고 부엌으로 통하는 문이 있는 거실을 한 번 쓱 훑어보았다. 정확한 손상의 규모는 몇 시간 일을 해본 후에야 완전히 파악할 수 있을 것이다. 집의 뼈대를 피부와 털처럼 감싸고 있는 먼지와 쓰레기 아래에 무엇이 도사리고 있는지 볼 수 없기 때문이다. 장갑도 끼지 않은 손으로 샌드라는 산더미처럼 쌓인 신문과 오래된 잡지, 깨진 병 그리고 빈 고양이 사료 깡통을 쓰레기 봉지에 욱여넣었다. 별로 진척도 없는데, 재니스가 나타나 샌드라 손에 든 쓰레기 봉지를 낚아챘다.

「내가 끝내고 싶어요. 버리면 안 될 게 들어 있는지 봉지 안을 좀 봐야겠어요.」재니스가 고집을 피우며 말했다.

「재니스, 당연히 모두 쓰레기예요.」샌드라가 조용한 목소리로 말했다.

「그렇겠죠. 하지만 혹시 모르니까요.」그렇게 말하면서 재니스는 쓰레기 봉지에 머리를 파묻고 신문지들을 뒤적거렸다.「어떨 때는 쓸 만한 물건이 쓰레기랑 섞여 나가기도 하니까…….」

이 일을 하는 동안 똑같은 주장을 수천 번 들어 왔던 샌드라는 그 말의 의미를 바로 알아차렸다. 그것은 강박적으로 물건을 못 버리는 사람이라는 표시였고, 재니스는 아주 전형적인 경우였다.

「전부 쓰레기예요, 재니스.」샌드라가 좀 더 단호한 어조로 말했다.

필이 손 세정제를 가지고 돌아왔다. 주머니에 STC 라벨이 찍힌 검은 폴로 티셔츠를 입은 필은 반짝거리는 대머리에 체구가 작고, 에너지가 넘치는 사람이었다. 배짱 좋고 늘 명랑한 그는 개똥지빠귀를 연상시켰다. 필은 날씨와 상관없이 늘 반바지 차림이었고, 샌드라와 마찬가지로 처음 만난 사람도 경계심을 내려놓게 만드는 대화 기술을 가졌다. 방으로 들어온 그는 아무 말도 하지 않고 문 옆에 있는 상자에서 쓰레기 봉지 하나를 집어 든 다음 바닥에 널려 있는 빈 병들과 비튼 목처럼 뭉쳐진 티백들을 주워 담기 시작했다.

「네네, 하지만 나도 뭔가 하고 싶어요!」재니스는 그렇게 고집을 피우다가 갑자기 필의 손에서 쓰레기 봉지를 휙 뺏어 가며 외쳤다.「내가 할 수 있다고요! 예의 없이 이게 무슨 짓이에요!」분노를 표출하는 것을 매우 불편해하는 성격을 가진 사람이 도저히 화를 참지 못하고 고지식하게 외치는 듯한 느낌이었다. 그러나 그녀는 해변에 와서 부서진 다음 밀려 나가는 파도처럼 바로 사과를 했다.「맡은 일을 하려는 것일 뿐이라는 건 알지만…….」

필은 꼼짝하지 않고 그 자리에 서서 어떻게 해야 할지 묻는 얼굴로 샌드라 쪽을 쳐다보았다. 샌드라와 함께 일하는 직원들은 고객과의 접촉을 반드시 필요한 경우에 최소한의 수준으로만 하라는 지시를 받는다. 불가피하게 고객을 대할 때에는 공손한 동시에 가능한 한 투명인간처럼 행동해야 한다. 이제 샌드라도 참을 만큼 참은 듯했다.「다 당신을 위해서예요, 재니스」그녀는 자녀들을 혼내는 엄마처럼 목소리를 높였다.

깜짝 놀란 재니스는 바로 조용해졌다. 「화내서 미안해요.」 필에게 그렇게 말했지만, 필은 재니스의 분노한 모습에도 전혀 개의치 않고 차분히 샌드라의 지시를 기다릴 뿐이었다. 하지만 다음 순간 재니스는 다시 소리쳤다. 「여기 이 남자가 마음에 안 들어요!」 내 눈에 필은 유순하기 짝이 없어 보였지만, 재니스의 눈에는 완전히 다른 사람으로 보이는 게 분명했다. 〈상쾌한 하루 보내세요!〉라고 호소하는 듯한 목소리로 자기 음성사서함에 인사를 남겨 놓는 사람이 아닌 다른 사람으로 필을 인식하는 듯했다.

언젠가 한 엔지니어가, 유리가 깨져 있는 모습을 보면 깨진 원인을 짐작할 수 있다고 말한 적이 있다. 재니스가 〈여기 이 남자〉가 마음에 들지 않는다고 한 것은 필이라는 사람이 특별히 싫다는 의미가 아니었다. 내가 보기에 재니스의 태도는 자기 집에 남자가 들어와 있다는 사실로 인해 촉발된 심한 스트레스성 반응인 듯했다. 내가 그 생각을 샌드라에게 조용히 전하자, 샌드라는 깜짝 놀랐다. 그러면서 바로 조치를 취해서 즉시 필을 바깥에서 일하도록 배치했다.

「미안해요.」 좀 더 침착해진 재니스가 말했다. 「그 사람은 한 마디도 하지 않는데 내가 괜히 화가 났어요. 내가 아는 어떤 사람과 비슷하게 생겨서요. 내가 완전히 이성을 잃을까 걱정되어서……. 그냥 내가 직접 하고 싶었어요.」

「그건 현실적으로 불가능해요.」샌드라가 거실 공간의 대부분을 차지하고 있는 소파와 그 옆에 놓인 채 쓰레기에 덮여 거의 보이지 않는 사이드테이블을 바라보면서 대답했다.

「우리 애들이 왔어야 하는데.」재니스가 말했다.

「맞아요. 자녀분들이 오면 좋겠네요.」샌드라가 동의했다.「심리적으로 도움이 될 것 같으면 전화를 하세요. 자, 여기 내 전화를 써도 좋아요. 번호가 뭐예요?」

재니스는 필이 들을까 무서워 번호를 불러 주려 하지 않았다.

「그럼 직접 번호를 누르세요.」샌드라가 넘겨준 전화를 받은 재니스는 새까맣게 된 손가락으로 번호를 눌렀다. 아들과 이야기를 하면서 재니스는 얼마간 평정을 되찾았다. 그녀에게서 전화기를 건네받은 샌드라는 재니스의 아들과 통화를 한 후 더러워진 전화기를 그대로 뒷주머니에 찔러 넣었다. 재니스의 아들이 1시간 내로 도착하기로 했다.

리지와 셰릴은 조용히 청소를 시작했다. 두 사람은 몸을 구부려서 빈 병과 깡통을 한아름씩 안아 검정 쓰레기 봉투에 욱여넣었다. 얼마 가지 않아 새로운 차원의 더러움, 카펫에 가까이 존재하던 불결함이 모습을 드러내기 시작했다. 리지와 셰릴이 병과 깡통을 치운 곳 아래에서 잘게 찢긴 종잇조각들이 보였다. 잡지, 신문, 광고 전단지 조각들인데, 가끔 깨진 사기그릇 조각들처럼 짜 맞추면 2012년, 2009년, 2008년까지 거슬러 올라가는 날짜를 가까스로 읽을 수 있는 경우도 있어서, 이 집에서 이런 식으로 사람이 살아온 것이 얼마나 오래전부터였는지를 짐작할 수 있었다. 거실을 한 번 훑고 난 청소팀은 부엌으로 들어섰다. 쓰레기 봉지를 더 많이 채울수록, 부엌 바닥도 조금씩 더 보이기 시작했다. 동그란 녹 자국들로 빈 깡통이 얼마나 오래 거기 놓여 있었는지 추측할 수 있었다. 청소팀은 부엌을 지나서 어둠 속에 웅크린 욕실과 침실로 계속 범위를 확장해 나갔다.

거실에서는 샌드라가 재니스와 함께 물건들을 하나하나 꼼꼼히 확인한 후 쓰레기통에 집어넣는 작업을 하고 있었다. 거실에서 부엌으로 들어가는 통로에 발 디딜 공간을 조금이라도 만드는 것이 목표였다. 산더미같이 쌓여 있던 잡지와 신문지를 모두 치우고 난 자리에 오래된 『TV 위크』 한 페이지가 벽에 달라붙어 있었다.

재니스의 거실에는 커다란 소파와 사이드테이블 외에도 텔레비전이 두 대나 있었다. 그중 하나는 나무로 만든 TV장 위에, 숯처럼 검은 곰팡이와 두터운 먼지, 거미줄을 덮어쓴 채 놓여 있었다. 또 다른 하나는 첫 번째 텔레비전 바로 앞 의자에 비스듬히 기울어진 채로 어떤 여자가 나와 건강에 좋은 스무디를 만드는 방법을 가르치고 있는 프로그램을 보여 주고 있었다. 상대적으로 큰 거실에 있는 가구라고는 이것들뿐이지만 각종 가전 집기들과 쓰레기가 아무런 구분 없이 소파를 비롯해 구석구석에 꽉 꽉 들어차 있어서 숨이 막힐 정도로 작은 방 같은 인상을 풍겼다.

난로가 들어 있던 상자, 정수기, 텔레비전, 안테나 등이 들어 있는 상자들, DVD 플레이어, 선풍기, 그리고 재니스가 사용하던 전기주전자 세 개가 각각 들어 있는 상자도 있었다. 첫 번째 텔레비전 뒤에는 다 쓴 티백들이 쌓여 있고, 앞쪽 텔레비전 뒤에는 고양이 사료 상자와 빈 물병들이 한가득이었다. 바닥에 흩어져 있는 물건들 중에는 생크림 용기, 식빵 한 봉지, 벗어 던진 플란넬 잠옷이 있었고 수없이 많은 파리, 나방, 거미 등도 보였다.

소파에는 편안히 앉을 만한 공간도 없었지만 재니스는 쿠션 하나도 제대로 놓을 수 없는 그곳에서 얇은 담요를 덮고 잠을 자곤 했다. 가십 잡지, 옷가지, 빈 고양이 사료 캔, 동전 몇 개, 화장품과 위생용품들, 말라붙은 비스킷 상자 등으로 이루어진 우주 공간 속에 소파가 둥둥 떠 있는 것처럼 보였다. 소파에는 그 외에도 석고로 된 천사상, 색안경, 박스형 휴지 상자, 플러그가 뽑힌 전화기, 구둣솔, 크림치즈 한 통이 있었다. 물건을 들어 올리면 작은 거미들이 숨을 곳을 찾아서 허둥거리며 흩어졌다.

물론 재니스는 그녀가 사는 집으로만 평가할 수 없는, 그 이상의 인격을 지닌 사람이었다. 그러나 집의 상태를 보면 재니스로 사는 것이 어떤 느낌인지 어느 정도 짐작할 수 있었다. 재니스로 산다는 건 점점 눈덩이처럼 불어나는 과거와 현재의 무게에 눌린 채 속수무책으로 천천히 질식해 가는 느낌일 것 같다. 나는 양치식물처럼 몸을 돌돌 말아서 소파에 몸을 눕히고 있는 새벽 4시의 재니스를 상상해 보았다. 비록 암흑의 시간에 빠진 지하묘지에 누워 있는 느낌일 것이고, 블라인드로 가려진 집 안은 모든 시간이 암흑과 같겠지만, 집은 계속 움직이고 있었다. 곰팡이가 벽을 타고 위아래로 퍼져 나가고, 음식이 썩어 가고, 깡통들이 녹이 슬고, 물이 똑똑 떨어지고, 곤충들이 새로 태어났다가 죽었다. 재니스의 머리카락이 자라고, 심장이 뛰고, 호흡이 계속되었다. 결국 그 모든 것 또한 생명이었다. 대양의 밑바닥에서 완벽한 어둠 속을 헤엄쳐 다니는 생물들처럼, 이 집의 생태계가 대부분의 사람들에게는 너무도 낯설어 보이지만 그것 역시 우리가 사는 세상의 일부다. 세상 모든 것을 이루는 질서에는 거기서 제외된 사람도 포함되어 있다.

욕실에서는 〈툭툭〉, 리지가 수없이 많은 빈 샴푸 병들을 쓰레기 봉지에 던져 넣으면서 나는 가벼운 소리가 북소리처럼 규칙적으로 들려 왔다. 샌드라가 거실에서 조금씩 진군하는 동안 재니스는 자기가 처음 이사했을 때만 해도 이렇지 않았다고 이야기했다. 〈꽤 괜찮은 집이었어요〉라고 그녀는 말했다.

「밖에서 일하시는 분께 미안하네요.」 필을 가리키는 말이었다. 그는 이제 밖에서 쓰레기 봉지들을 트레일러에 담는 작업을 하고 있었다. 「지난주에 제가 했어야 했는데 말이죠.」

「있잖아요, 그건 몇 년 전에 했어야 하는 일이에요!」 샌드라가 따뜻한 목소리로 말했다. 마치 너무 오래 미뤄 둔 간단한 일을 말하는 듯한 투였다. 그 말에서 누구나 그럴 수 있는 일이라는 느낌을 받았는지 재니스는 밀물에 떠오르는 배처럼 기운이 나는 듯했다. 리지가 배가 불룩한 쓰레기 봉지 두 개를 들고 욕실에서 나와 트레일러로 가느라 거실을 지나갔다.

「이보다 더 심란한 집을 본 적이 있어요?」 재니스가 높은 톤의 목소리로 초조함이 묻어나는 웃음을 웃으며 물었다.

「그럼요, 본 적 있죠.」 리지는 친절하게 대답했다. 방금 사람 분뇨가 든 회색 쇼핑백이 가득한 복도를 치우느라 상당한 시간을 보냈고 지금은 그 쇼핑백들을 담은 쓰레기 봉지를 들고 있지만, 리지의 대답은 사실이었다.

샌드라는 젖은 옷가지가 바닥에 널려 있고 욕조에서 지네들과 함께 둥둥 떠다니고 있는 욕실을 가리키며 안타까운 듯 말했다. 「달링, 저 옷들은 버릴게요.」

「안 돼요.」 재니스가 거부했다.

「시궁창에 빠져 있던 옷들이에요. 중요한 것에 집중합시다.」 샌드라가 조언했다.

재니스는 샌드라의 손에 들려 있던 봉지를 채갔다.

「볼 것도 없이 전부 쓰레기들이에요.」 샌드라는 한숨을 쉬었다.

「나도 알아요.」 재니스는 그렇게 대답하고 높은 소리로 웃었다.

「그러면 왜 봉지를 뒤지는 거예요?」샌드라가 침착하게 물으며 재니스가 봉지에서 방금 꺼내 놓은 빈 통조림 깡통을 가리켰다.

「버리는 물건 사이에 버리지 말아야 할 물건이 섞여 들어갔을까 봐 걱정이 돼서요. 그러니까…… 말하자면…… 뭐 백만 불짜리 수표가 있다는 말은 아니지만…… 우리 부모님은 우리 집 꼴이 이런지 몰라요. 만일 안다면 그 자리에서 기절하고 말 거예요! 어떻게 생각하세요?」재니스는 눈을 크게 뜨고 샌드라에게 물었다. 「글렌20* 좀 두루 뿌릴까요?」

「그러세요.」샌드라가 말했다.

곰팡이가 벽을 타고 올라가고 있었다. 모든 물건의 위아래에 검은 재처럼 쌓여 있는 곰팡이가 재니스의 윗옷에 검댕 자국을 내고 얼굴과 손에 줄무늬를 만들었다. 그녀는 더러워진 손을 끊임없이 쓰레기 봉지에 쑥 집어넣고는 절박한 표정으로 그 안에 있던 물건들을 하나하나 꺼내서 혹시라도 보관해야 할 가치가 있는 물건이 있는지 살폈다. 지붕 아래에 있는 모든 물건이 절대적 가치가 있지는 않더라도 혹시 고양이 사료 깡통의 돌돌 말린 뚜껑 아래나 오래된 신문지 사이에 너무나 소중한 물건이 끼어 있을 수 있다는 믿음을 버리지 못하고 있었다. 그런 물건을 되찾을 수 없는 곳으로 내다 버린다는 것은 작은 죽음을 경험하는 것

* 가정용 다목적 소독제.

이나 다름없었다.

「거기는 보관할 만한 물건이 없나요?」 그녀는 부엌에서 일하
고 있는 리지와 셰릴에게 큰소리로 물었다.

「아뇨, 아무것도 없어요.」 포크와 나이프, 접시 등이 쨍그랑거
리는 소리와 함께 대답이 들려 왔다.

「아……」 재니스가 속삭이듯 말햇다.

「마음을 좀 편하게 먹어요.」 샌드라가 재니스를 위로했다. 「자
기 자신한테 너무 가혹한 거 같아요.」

내가 가끔 꾸는 꿈이 있다. 뭔가 큰 재난이 벌어져서 어릴 때
살던 집을 영원히 떠나야 하고, 그러기 전에 가능한 한 많은 물건
을 챙겨야 하는 꿈이다. 손에 닿는 것은 뭐든 다 챙기고, 질 수 있
는 걸 모두 지고 가다가 입을 앙다문 채 잠에서 깨곤 한다. 어릴
적 읽던 책이랑 가족 앨범은 항상 챙기고 어떤 경우에는 은촛대
와 아버지 책상 위에 있던 물건, 벽에 걸린 그림을 챙길 때도 있
다. 그런 꿈을 꾸는 이유는 어쩌면 어느 날 우리 가족에게 닥친
갑작스러운 변화에 맞선 신속한 대응 속도 때문이거나, 이사를
한 경험 때문일지도 모른다. 혹은 홀로코스트로 모든 것을 잃는
공포를 암시하던 할머니의 이야기 때문일 수도 있다. 정확한 이
유는 모르지만 나는 엄마가 매주 스토브 위에 올려놓던 찌그러
진 냄비와 이별할 수 없었다. 아버지가 첫 월급으로 산 소파는 내
가 자랄 때도 앉으면 불편했고 지금도 불편하지만 버릴 생각이

전혀 없다. 엄마가 떠나고 몇 달이 지난 후 열어 본 빈 서랍에서 천천히 굴러다니던 립스틱이나 봉투 뒷면에 엄마의 손 글씨로 적어 놓은 쇼핑 리스트도 마찬가지였다. 빠르게 변화하는 세상에서, 그리고 종국에 가서는 모두가 떠나게 될 세상에서 우리가 가진 물건은 우리가 신뢰할 수 있는 유일한 것들이다. 그 물건들은 우리가 자신보다 더 큰 어떤 것의 일부임을 증언하는 말 없는 매개체들이었다.

재니스의 집에서 느껴지는 문제는 그냥 아늑할 정도로 어질러졌거나, 작은 선반이 물건으로 가득 차서 정신없는 수준이 아니었다. 고통은 성스러운 퍼즐조각과도 같아서 아무리 이상한 모양이라도 모든 조각이 서로 잘 맞아떨어진다. 재니스가 자신의 두려움을 혼자 직면해야 했던 상황을 생각하면 그녀가 분노로 쌓아 올린 요새를 이해할 수도 있을 것 같았다.

재니스는 소파 위에 쌓인 더미를 하나하나 살피면서 샌드라가 들고 있는 쓰레기 봉지에 물건들을 던져 넣기 시작했다. 그녀는 십 대 때 찍은 사진을 집어 들었다. 햇빛을 받으며 친구들과 앉아 있는 그녀는 젊고 아름다웠다. 그다음에 집어 든 것은 액자였다. 그러나 액자 속의 사진은 갈색 골판지에 까만 펜으로 낙서를 해 놓은 것처럼 보였다.

「물에 젖었던 거예요.」 재니스는 딱딱한 목소리로 설명을 하면서 그것이 가족사진이었다고 말했다. 다음 물건은 네일 버퍼였다. 「이건 그냥 네일 버퍼네요. 어차피 난 이제 손톱도 없는데 뭐.」 그렇게 말하면서 제니스는 그것을 쓰레기 봉지에 넣었다. 그러다가 낮지만 날카로운 목소리로 자신에게 물었다. 「왜 이러는 거야? 쓰레기가 뭔지 다 알잖아.」

「왜 그러냐면요, 재니스 당신이 스스로를 쓰레기라고 생각하기 때문이에요.」 샌드라가 말했다. 「인생에서 좋은 면을 봐도 될 때가 됐어요. 당신은 그럴 만한 가치가 있는 사람이에요.」 천사상이 갑자기 소파에서 미끄러져서 떨어지더니 카펫 위에서 한 번 튕겨 올랐다가 날개가 깨져 버렸다.

「나쁜 징조일까요?」 재니스가 당황한 표정으로 샌드라를 올려다보며 물었다.

「저게 무슨 뜻인지 알아요? ⟨난 부서졌지만 죽진 않았어⟩라는 뜻이에요.」 샌드라가 미소를 지으며 대답했다.

샌드라의 언니 바버라와 막내 남동생 크리스토퍼는 살아 있지만 수십 년 동안 한 번도 서로 연락을 하지 않았다. 따라서 유일하게 남은 가족이라고는 세상을 떠난 동생 사이먼의 아내인 케리뿐이라고 하는 것이 정확할 것이다. 퀸스랜드에 사는 케리는 33년 동안 샌드라와 알고 지내면서 친밀하지는 않지만 우호적인 관계를 유지해 왔다. 샌드라가 성 확정 수술을 받은 후 성매매업 종사자로 일하던 마지막 몇 년 동안에도, 샌드라가 약물과 술에 취해 살 때에도, 파트너를 여럿 만났다 헤어지고 각종 사업과 건강 문제로 고생하는 동안에도 내내 관계를 유지한 유일한 사람이라는 의미에서 케리는 샌드라에게 특별한 사람이다. 샌드라는 남동생 부부와 다정하지만 딱히 가까운 관계는 아니라고 말했다. 「서로 좋아하는 감정이 있었지만, 거리감도 있었어요.」

케리와 사이먼은 1982년에 만나서 26년을 함께했다. 사이먼은 케리와 데이트를 시작한 후 얼마 되지 않아서 전혀 호들갑을 떨지 않고 케리에게 〈형제 한 명, 누이 한 명, 형제이자 누이인 사람 한 명〉 있다고 말했다. 다섯 살이나 나이 차이가 나고, 말이 없는 사이먼의 성격에도 불구하고 샌드라와 사이먼은 중요한 면에서 비슷한 데가 많았다. 둘 다 어릴 때 빌에게 맞으면서 자랐고, 열일곱 살이 되기 전에 집에서 쫓겨났다. 케리는 사이먼이 고통스러운 기억이나 사건을 〈기름종이에 물방울이 굴러 떨어지듯〉 대처해 버리는 능력이 있다고 설명했다. 「그는 과거의 일은 과거에 묻어 버렸어요. 그런 기억을 계속 지고 다니면서 고약한 사람이 되는 짓은 하지 않았죠.」 샌드라와 사이먼이 공통적으로 가진 이 미래지향적 성격은 누군가 자신을 무시하고 지나가 버리면, 나 역시 그에게 신경을 쓰지 않고 그냥 자기 삶에서 그 사람을 지워 버리는 태도를 낳았다.

샌드라는 사이먼을 처음부터 사랑했고 오래도록 사랑했다. 그녀는 첫 아이를 그의 이름을 따서 사이먼이라고 불렀다. 사이먼 역시 〈샌드라를 사랑했어요. 샌드라와 샌드라의 결정을 전적으로 받아들였죠. 절대로, 한 번도 샌드라에게 등을 돌리지 않았어요〉라고 케리는 회고했다. 멜버른에 돌아갈 때마다 사이먼과 케리는 예외 없이 샌드라를 만났다. 그러나 엄마인 에일사에게는 말하지 않았다. 버칠 스트리트의 집에서 샌드라는 금지된 화제였다. 「어머니에게 샌드라에 대해 이야기를 하려고 한 적이 한 번 있어요.」케리가 내게 말했다. 「제가 그랬죠. 〈어머니, 어떤 사람들은 태어나기를 그렇게 태어나기도 해요. 자기도 어쩔 수 없는 거죠〉라고요. 하지만 어머니 세대는 그런 일을 받아들이지 못하는 것 같아요. 결국 절대 용서할 수 없다는 태도를 버리지 않았어요.」

한번은 샌드라가 케리에게 에일사가 자기와 통화를 하고 싶어 하는지 물어봐 달라는 부탁을 했다. 「어머니는 〈그 애하고는 통화를 하는 것도 싫고, 그 애가 집에 오는 것도 싫다〉라고 했어요. 샌드라는 그 문제를 자기 방식으로 이해하고 마음으로 정리할 수 있는 기회를 끝까지 얻지 못했죠. 그래서 저는 바버라가 장례식 때 정말 잘못했다고 생각해요.」에일사가 죽었을 때 샌드라가 에일사의 장례식에 참석하려고 했던 일을 말하는 것이다. 「바버라가 엄청나게 화를 냈어요. 그래서 큰소리가 나지 않게 하려고 사이먼이 샌드라에게 말했죠. 〈바버라 누나는 누나가 오는 걸 바라지 않아. 부담이 많이 되나 봐〉 하고요. 실은 사이먼은 샌드라가 와서 교회 뒷자리에 앉아 있어도 상관없다고 생각했지만, 결국 샌드라는 오지 않았어요.」

샌드라가 소중히 여기는 물건 중에는 방명록이 있다. 그녀의 집을 방문한 손님들이 남긴 메모가 적힌 그 공책에는 2001년 샌드라를 방문한 사이먼이 남긴 글도 있다. 「맛있는 음식과 재미있는 대화만으로도 여기까지 온 보람이 있었어요. 판에 박힌 소리는 빼고, 절대 잊지 말았으면 하는 건 누나가 사랑을 많이 받는 사람이라는 것, 그리고 케리와 내가 늘 누나를 생각하고 있다는 것이에요. 무슨 일이 있어도 누나를 항상 사랑하는, 사이먼.」

형이 처음 번 돈으로 사준 화학실험 도구를 받았던 그 어린 소년 사이먼은 엔지니어로 군 복무를 하면서 쌓은 공로를 인정받아 훈장을 받았다. 그러나 훈장을 받고 10년 후, 컨설팅 일로 방문했던 파푸아뉴기니에서 그는 갑자기 세상을 떠났다. 샌드라는 사이먼의 훈장 수여식 사진으로 집 안 곳곳을 장식해 두었을 뿐 아니라, 대화가 조금이라도 사이먼과 가까운 쪽으로 흘러가기만 해도 자랑스럽게 동생이 해낸 일을 이야기하고 휴대전화에서 동생 사진을 찾아 보여 주곤 했다.

바버라는 아시아계 남성과 결혼한 후 어떻게 사는지 아무도 모르지만, 크리스토퍼는 오스트레일리아에서 손꼽히는 기업의 간부가 되었다. 케리는 〈샌드라가 자신의 삶에 대해 행복하다고 말할 정도는 아니라도 만족스럽다고 말할 수는 있게 된 것 같아요)라고 말했다.

웨스트 푸츠크레이의 작은 집 출신인 네 형제자매가 성취한 것을 거리로 환산할 수 있다면 가장 멀리까지 간 사람은 샌드라일 것이다. 「샌드라는 아무것도 없이 시작해서 모든 것을 스스로 해냈다는 점에서 대단한 성취를 이루었다고 생각해요. 정말 대단한 여성이에요. 진심으로 대단한 여성이에요.」

샌드라는 재니스를 쉬게 하기 위해 밖으로 데리고 나갔다. 더운 날이지만 추위의 기억이 떠오르는 듯 잔뜩 껴입은 재니스는 물을 조금씩 홀짝거리면서 햇빛을 받으며 땀을 흘리고 서 있었다. 그러나 밖으로 나간 지 몇 초 만에 청소팀이 귀중한 것을 버리지나 않았을까 걱정이 되어서 다시 강박적으로 집 안으로 뛰어 들어갔다. 강박증이 덩굴처럼 엄습해서 그녀를 옥죄는 것이 눈에 보이는 듯했다. 처음에는 집 안으로 뛰어 들어갈 때마다 변명을 하곤 했다. 전화기를 두고 왔다거나 열쇠를 깜빡했다거나 확인할 게 있다고 했다. 이제는 밖에서 좀 쉬겠다고 샌드라에게 다짐을 한 후에도 가슴 속에 쌓이는 압박감을 이기지 못하고 결국 뛰어 들어가 쓰레기 봉지를 뒤졌다. 내게도 그녀가 느끼는 압박감이 느껴지는 듯했다. 원치 않는 생각들이 그녀 주변을 상어처럼 돌다가 그녀를 물기 위해 덥석덥석 입질을 하는 것 같았다. 점점 더 공격이 잦아지다가 결국 그녀는 물속으로 끌려 들어가고 말았다. 재니스는 물에 빠져서 산 채로 먹히는 중이었다.

그녀를 지켜보던 샌드라가 함께 이루기로 했던 목표를 상기시켰다. 「자아, 달링, 우리 정신 차립시다. 지난번에 이야기했던 비전 기억나죠? 아이들하고 함께 소파에 앉아서 차 마시는 장면?」 이것은 팽커스트의 트레이드마크라고도 할 수 있는 전략이다. 고객들이 성취할 수 있는 작은 목표를 향해 나아갈 수 있도록 격려를 하는 것이다. 고객이 조금이라도 받아들이는 기미를 보이면 샌드라는 그 말을 반복했다. 하루 종일 혹은 그 고객과 함께 일하는 며칠 내내 함께 그렸던 목표를 후렴구처럼 반복했다. 그것은 샌드라가 자신에게 적용하는 전략이기도 했다.

날마다 처리해야 하는 일의 성질을 감안할 때 본인이 비관주의자인지 낙관주의자인지를 샌드라에게 물은 적이 있다. 그녀는 주저 없이 〈난 낙관주의자예요. 말할 것도 없이 낙관주의자죠. 언제나 밝은 면을 보려고 해요. 노력을 하고 긍정적으로 생각하면 원하는 건 모두 이룰 수 있고, 뭐든 할 수 있다고 믿어요〉라고 대답했다.

재니스가 잠시 몸을 펴는 것처럼 보였다. 그러나 그 평화는 새로운 걱정이 들이닥치면서 금세 지나가 버렸다. 「아무것도 버리지 않는 거죠?」 그녀가 모기장 문으로 보이는 청소팀에게 외쳤다.

〈아무것도 안 버려요〉 하는 대답이 돌아오자 그녀는 몇 초 얼

은 유예기간 동안 샌드라와 잡담을 하려고 노력했다. 그러나 그
녀는 금방 사진 몇 장이 들어 있는 작은 상자가 어디에 있는지 모
르겠다고 혼잣소리를 했다. 그리고 그 상자를 찾지 못하자 트레
일러에 쌓아 둔 쓰레기 봉지들을 미친듯이 꺼내기 시작했다.

재니스의 자녀 중 한 명이 도착해서는 서둘러 진입 도로를 걸
어 올라왔다. 「엄마, 저 왔어요.」 그는 그렇게 말하면서 재니스의
등을 어루만지기 시작했다. 재니스는 쓰레기 봉지를 뒤지느라
굽힌 허리를 펴지도 않고 곧바로 아들에게도 사진 수색 임무를
부여했다.

샌드라는 재니스의 아들을 불러서 엄마가 아침 내내 일을 많
이 하셨으니 뭘 좀 마시게 하는 게 좋겠다고 말했다. 그리고 물론
원하면 집에 들어가도 좋지만 곰팡이 때문에 마스크를 꼭 써야
한다며 주의를 주기도 했다. 젊은이는 마치 샌드라가 처음 보는
기계의 사용설명서를 읽어 주기라도 한 것처럼 고개를 끄덕였
다. 그는 마스크를 받아 들고 집 안으로 사라졌다. 몇 분 후 모습
을 드러낸 그의 얼굴에는 부모의 부모 역할을 떠안게 된 현실을
받아들이느라 기를 쓰는 표정이 역력했다. 충격을 감추지 못하
는 얼굴로 그는 샌드라에게 상황이 이렇게까지 나빠졌을지 짐작
도 못했다고 속삭였다. 마지막으로 집 안에 들어가 봤을 때까지
도 이렇게 곰팡이까지 피어 있지는 않았다고 말했다.

「그게 언제였어요?」 샌드라가 부드럽게 물었다.

「5년 전이었어요. 그 후로는 어머니가 저희를 집 안에 들어오지 못하게 했거든요.」그가 대답했다.

리지는 재니스가 버리지 않았냐고 다그쳤던 상자를 들고 나왔다. 재니스의 아들은 창피한 얼굴로 재니스가 다시 뒤지느라 풀어 놓은 쓰레기 봉지를 묶었다. 「도와주려는 건 고마워요. 하지만 가서 엄마를 위로해 드리는 게 제일 중요해요.」샌드라가 말했다.

샌드라는 필과 리에게 안에 들어가서 소파를 들고 나오라고 했다. 두 번째로 도착한 트레일러에 실려 있는 소파를 들여놓기 위해서였다. 두 사람이 벽에 붙어 있던 소파를 들어내자 두껍게 쌓인 먼지와 잿빛 곰팡이, 쓰레기와 함께 잃어버린 물건들이 수없이 나왔다. 물건의 종류가 너무 다양해서 그 물건들이 그곳에 떨어지게 된 상황이 궁금할 지경이었다. 디즈니 시계, 새 마우스워시 한 병, 빈 상자들, 비타민 통 여럿, 방향제 다수, 거미 여러 마리 등이었다.

「소파 뒤에는 손이 닿질 않으니까요. 모두 아시겠지만.」재니스가 쓰레기 더미를 내려다보며 힘없이 말했다. 그리고 바로 바닥에 주저앉아 미친 듯이 그곳을 뒤지기 시작했다. 필과 리가 소파를 문 밖으로 가지고 나가는데 샌드라가 마스크도 쓰지 않고, 심지어 폐가 매우 약한데도 불구하고 그쪽으로 몸을 휙 돌리고 화난 목소리로 외쳤다. 「폐에 곰팡이 포자 한 개만 들어가도 끝

이야!」

　필이 샌드라를 한쪽으로 데리고 갔다. 소파를 들기 위해 몸을 굽혔을 때 보니 벽이 곰팡이 때문에 불어 터지게 생겼다는 것을 보여 주기 위해서였다. 샌드라가 가서 직접 확인해 보니 벽이 스펀지 같았다. 그것이 무슨 의미인지를 깨닫고 그녀의 표정이 어두워졌다.

　「청소만으로는 해결이 안 될 문제로군.」 그녀는 조용히 한숨을 쉬었다.

　위생과 안전을 위해 집을 즉시 폐쇄하고 모두 밖으로 나가야 했다. 청소팀과 재니스, 재니스의 아들, 그리고 샌드라는 차례로 집에서 나왔다. 아직도 바닥 여기저기에 모자이크처럼 무작위로 쌓여 있고 벽에 뚫린 구멍으로 흘러 넘쳐나는 쓰레기 더미를 밟거나 넘어서 마지막 사람이 집을 나간 후 쿵 소리와 함께 문이 닫히고 집 안에는 이끼 낀 어둠과 속삭이는 숲의 소음만 남았다.

　모두가 진입 도로 한가운데 놓인 낡은 소파 주변으로 모여 섰다. 재니스가 나무 밑에 숨은 토끼처럼 쭈뼛거리며 샌드라 가까이로 다가섰다. 샌드라는 하얀색 보디슈트를 소파의 팔걸이 부분에 우아하게 펴고 그 위에 앉았다. 그러고는 전화기를 꺼내 문자를 보내기 시작했다. 완벽하게 다듬어진 손톱이 더러운 화면 위를 재빨리 날아다녔다. 재니스가 앉자 아들이 엄마의 어깨를 팔로 감쌌다. 오늘밤에 재니스는 아들의 집에서 묵을 것이다.

「당신 말이 맞아요.」 재니스가 말했다. 「사람이 잃은 것을 물건으로 대체할 수 없어요. 내가 잃은 것에 값을 매길 수 없죠.」 재니스는 입을 일자로 꼭 다물고 앞을 응시했다. 「내 머리빗은 가지고 나왔나요?」 그녀가 갑자기 물었다. 샌드라는 재니스가 들고 있는 가방에 빗이 들어 있다고 대답했다. 「그렇군요. 다시 들어가서 티백하고 어제 산 우유를 가지고 나올까요?」

「그냥 두세요. 곰팡이가 안 들어간 곳이 없을 거에요.」 샌드라가 충고했다.

「딴 세상으로 와버린 것 같아.」 재니스가 눈도 깜빡이지 않고 멍하니 말했다.

샌드라는 순풍에 돛을 단 배를 모는 선장처럼 자신감 있고 자연스럽고 차분한 어투로 이야기를 이어 가면서 모든 것이 괜찮아질 것이라는 메시지를 재니스에게 보냈다. 행동으로 모범을 보이는 것이었다.

「향수 냄새가 참 좋아요.」 재니스가 샌드라에게 말했다.

「샤넬이에요.」 그녀는 상냥한 어투로 대답하면서 필에게 집 문을 잠그라고 손짓했다. 그러고는 사람의 마음을 달래는 어투로 같은 향수라도 사람에 따라 어떻게 다른 향기를 내는지, 어떤 향수는 어떤 식으로 변하는지 조용히 수다를 떨었고, 재니스는 웅얼거리며 거기에 맞장구를 쳤다.

샌드라가 트레일러에 싣고 온 가구들은 트레일러에서 내리지도 못한 채 집 앞에 그대로 놓여 있었다. 상황이 허락했으면 샌드라는 재니스가 〈새 출발〉을 하는 것을 도와줬을 것이다. 쓰레기와 오염된 가구를 모두 치우고 바닥과 벽과 천장을 살균하고, 자기가 모아 둔 것들을 이용해서 재니스의 집을 새 가구와 새 침대보, 새 수건으로 채워 주었을 것이다. 침구와 수건은 세트는 아니지만(샌드라는 세트를 좋아하지 않는다) 깨끗하게 세탁해서 각을 맞춰 단정히 접어서 놓아두고, 옷장과 찬장을 정리하고, 가십 잡지의 가장 최근 호 몇 부를 재니스의 커피테이블에 부채꼴 모양으로 진열하고, 빵빵한 새 쿠션으로 소파를 장식했을 것이다. 「나는 주택 인테리어나 디자인을 하는 라이프스타일 프로그램을 보는 걸 참 좋아해요. 거기서 본 것을 이용해서 사람들, 특히 물건을 강박적으로 모으는 사람들에게 집을 꾸며서 보여 주곤 하지요. 나는 청소 용역 작업을 거치기 전과는 완전히 다른, 집에 대한 개념을 보여 줘야 한다고 굳게 믿어요. 그렇게 하면 고객들은 이제는 모든 게 달라졌다고 생각하게 되죠. 변화를 받아들이는 데도 도움이 되고, 이전과는 다른 패턴을 따르고 모든 것이 달라져야 한다는 사실을 받아들이게 하는 데도 효과가 있어요.」

집 안의 지형을 변화시키는 것이 고객의 내면을 개선시키는 기폭제가 되는 경우가 많다. 물론 환경이 큰 영향을 끼치기는 하지만 환경이 가진 힘 때문이라기보다(이 부분에서 나는 샌드라와 의견이 다르다) 누군가가 그들을 위해 그런 일을 해줄 만큼 관심과 애정을 가지고 있다는 사실 때문이다. 샌드라가 보관하던 전등과 전자레인지, 소파, 베개 등으로 집을 새로 꾸며 준다고 해서 뿌리 깊은 질병이나 기능 장애를 고칠 수는 없지만 마음을 치유하는 데에는 도움이 된다.

그리고 이런 도움의 에너지는 양방향으로 흐른다. 고객들의 집을 아늑한 가정처럼 꾸며 주는 과정에서 샌드라도 자신이 안락하게 쉴 수 있는 스위트홈을 만들 수 있게 되었기 때문이다. 고객들보다 더 어려운 상황을 지나왔지만 샌드라는 현장에 뛰어들어 혼돈에서 질서를 만들어 내는 사람이다. 그런 경험으로 인해 그녀가 얻는 부인할 수 없는 긍정적인 에너지는 샤덴프로이데 Schadenfreude*도 아니고, 그와는 정반대의 이타주의 때문도 아니다. 그것은 의미 있는 일을 함으로써 얻는 에너지라고 할 수 있다. 주어진 재능을 발전시키고 그것을 세상과 나누면서 우리 자신이 만들어 내는 목적의식이다.[6] 그럼에도 불구하고 고객들에게 평안과 안녕의 느낌을 고취하는 것만으로는 충분치 않을 때도 많다. 재니스가 필요로 하는 것을 충족시키려면 새 소파만으로는 부족하다.

재니스가 앞으로 어떻게 될지는 샌드라의 능력 밖의 일이다. 그녀는 아마 다른 집으로 이사하게 될 것이다. 그러나 그녀가 고집한다고 해서 지금까지와 마찬가지로 다시 그 거대한 고독 속

* 남의 불행을 보면서 느끼는 행복.

에 그녀를 내버려 두면 오염된 강물을 막기 힘든 것처럼 그녀 주변에 흐르는 쓰레기의 강을 멈추는 것도 불가능할 것이다.

이제 곧 그 더러운 소파는 폐기물 적재함 안으로 던져지고 모두가 짐을 싸서 집으로 향할 것이다. 그와 함께 잠시나마 재니스를 돕던 샌드라의 손길도 사라질 것이다. 그러나 지금 이 순간 샌드라는 여기 서서 재니스를 빤히 쳐다보면서 햇빛 아래서 아무 일도 없었던 것처럼 담소를 나누고, 그녀의 의견을 묻고, 그녀의 반응을 끌어내고 있다. 혼자 있기를 염원하는 재니스를 불러내서 그저 지금 잠시에 불과하지만 그녀를 바깥세상으로 이끌고 있는 것이다.

11 • 폭력에 힘껏 맞서다: 1980년대 초

　경찰에 신고한 것을 후회하도록 만든 게 있다면 다른 무엇보다도 이 시시한 남자가 법정에 서서 전부 농담이었다고 주장하는 것을 지켜봐야 하는 바로 이 순간이었다. 그 남자는 누가 봐도 희생자가 가녀린 한 떨기 꽃은 아니지 않느냐고 떠들고 있었다. 원고는 덩치가 크고, 그녀가 주장한 일이 진짜 벌어졌다면 쉽게 자기를 제압할 수 있었을 것이라고 주장했다. 심지어 그는 〈그녀, 아니 그라고 불러야 할까요? 죄송합니다, 판사님. 제가 좀 헷갈려서요. 사실 우리 모두 헷갈려하고 있죠. 제가 어디까지 말했나요?〉라고 말하기도 했다.

　샌드라는 재판 첫날 증인으로 참석한 후 기진맥진해서 집으로 돌아왔다. 릭이 소파에 누워 텔레비전을 보고 있었다.

　「어떻게 됐어요?」 그는 쳐다보지도 않고 물었다.

「거지같았어.」그녀는 두 사람이 마실 술을 잔에 따르면서 대답했다. 그러고는 릭이 전에는 들어 보지 못한 패배감이 깃든 목소리로 혼잣말처럼 중얼거렸다. 「이제 어쩌지?」

릭은 마지못해 텔레비전에서 고개를 돌려 그녀를 바라봤다. 「그냥 사진 증거를 확인하라고 하면 되잖아요.」

「그 증거는 이미 다 제출했어.」그녀는 단조롭게 대답했다.

「아니야, 무슨 말인지 알잖아요? 경찰이 찍은 사진들 말이에요. 그 놈이 한 방에 부숴 버린 문짝 사진.」

샌드라는 고개를 한쪽으로 약간 기울이고 다음 말을 기다렸다.

「그냥 말해요. 단단한 나무 문인데 이렇게 됐다고. 문에 이런 짓을 했을 정도면 나한테는 무슨 짓을 했겠느냐고.」그렇게 말한 다음 그는 다시 텔레비전으로 눈을 돌렸다.

그 조언은 릭이 처음으로 낸 밥값이었다. 다음 날 법정에서 샌드라는 릭이 지적했던 사실을 언급했다. 피고 측은 잠깐 휴정을 하자고 제안했고, 다시 재판이 재개되자 유죄 인정서를 제출했다.

「그 남자가 문을 박차고 들어오는 거야.」30년 후 그 이야기를 할 때면 샌드라는 차분한 목소리로 꼭 이렇게 이야기를 시작하곤 했다. 통뼈와 단단한 근육이 마치 나무에 살점을 붙여 놓은 듯, 몸집만 봐도 힘이 어마어마하게 센 사람이라는 걸 알 수 있었다는 말도 잊지 않았다. 그리고 그의 주먹은 꼭 말발굽처럼 컸다고도 했다.

드림 팰리스는 샌드라가 석 달 가량 일하던 윤락업소였다. 주변에 아무것도 없는 교외 산업단지의 어두운 길에 있는 작은 집이었다. 5월 중순의 어느 토요일 밤이었다. 그날도 여느 날과 전혀 다를 바 없이 지나가고 있었다. 샌드라는 오전 10시 30분부터 일을 시작했고, 업소가 문을 닫는 일요일 새벽 4시까지 두 배로 일을 할 생각이었다. 저녁 8시경까지 그녀에게 예닐곱 명의 고객이 찾아왔다. 그날 밤 업소에서 일하던 사람은 샌드라와 제니 둘뿐이었다. 마담이 키우는 검은색의 덩치 큰 경비견 루시퍼는 뒷마당에서 자고 있었다.

손님이 없는 틈을 타서 샌드라는 레오타드*와 스타킹 차림으로 제니와 함께 거실에 앉아 차를 마시고 있었다. 현관문을 세게 두드리는 소리가 들렸지만 못 들은 척했다. 흐느끼던 제니를 겨우 진정시켜 겨우 훌쩍거리는 수준으로 달래는 데 성공했지만, 그녀는 아직도 충격에서 헤어나지 못하고 있었다. 마지막으로 받은 손님이 그녀의 목을 졸랐기 때문이다. 제니의 비명을 들은 샌드라는 함께 있는 손님의 도움으로 그 남자를 쫓아낼 수 있었다. 하지만 신발을 손에 든 채 쫓겨난 그 손님이 다시 돌아와서

* 무용수나 여자 체조선수가 입는 것 같은 몸에 딱 붙는 타이즈.

문을 세게 치고 있었다.

「괜찮을 거야, 허니.」 소파 한쪽에 컵을 감싸 쥔 채 웅크리고 앉은 제니에게 샌드라가 멍한 목소리로 말했다. 종류에 상관없이 모든 형태의 폭력은 샌드라를 공포에 떨게 만들었다. 그래서 그런 상황에 매우 당황했지만 그냥 무시하면 그 남자도 다른 취객들과 마찬가지로 결국 따분해져서 꺼져 버릴 게 틀림없었다. 「맙소사, 이 일을 하다 보면 별꼴을 다 당해. 그렇지?」 샌드라는 담배를 말다가 잠깐 얼굴을 들고 가볍게 이야기했다. 종이에 침을 묻혀서 붙여 담배를 완성하려는 순간 천둥 치는 것 같은 소리가 들렸다. 현관문이 떨어져 나가면서 나무가 쪼개지는 소리였다. 평소에는 쉽게 겁을 내지 않는 여자들이지만 샌드라와 제니 둘 다 비명을 질렀다. 부서진 문으로 들어온 남자는 순식간에 거실로 들이닥쳤다. 덩치가 너무 커서 전깃불을 가릴 정도였다. 그는 샌드라와 제니의 머리채를 차례로 잡아챘다. 남자가 쓰레기 봉지처럼 두 여자를 끌고 복도를 걸어가면서 〈시키는 대로 하면 안 다쳐〉 하고 으르렁거리는 동안 공포 때문에 처음에는 통증도 느껴지지 않았다.

남자의 이름은 전혀 어울리지 않지만 멜 데이비드 브룩스였다. 그날 밤 그는 절도와 특수강간 혐의에 대해 보석금을 내고 석방된 상태였다. 그는 현관문 근처에 멈춰 서서 제니와 샌드라에게 무릎을 꿇고 엎드리라고 명령했다. 두 사람 모두 옷을 벗게 만든 다음 바지 앞섶을 열고 축 늘어진 성기를 꺼냈다. 그러고는 반복적으로 성기를 두 여자의 입에 밀어 넣었다. 한참 후 그는 현관문 앞에 켜진 불을 꺼야겠다고 했다. 두려움에 질려 있었지만 샌드라는 고객이 찾아오면 브룩스가 도망갈 수도 있을 거라고 생각하며 〈불을 끌 수가 없어요. 타이머로 맞춰져 있거든요〉라고 말했다. 그러자 브룩스는 두꺼비집을 찾아 불을 끄기 위해 포치로 향했다. 그 순간 제니가 일어서자 그는 〈다시 무릎 꿇어!〉 하고 소리친 다음 두꺼비집에서 전기를 차단했다. 집 전체가 어둠에 빠져 버렸다.

그는 현관 복도로 다시 돌아오는 길에 경첩에 매달려 달랑거리는 문을 다시 밀어 닫으려고 걸음을 멈추었다. 근처에서 사람이 사는 가장 가까운 집은 길 끝에 있는 또 다른 윤락업소뿐이었다. 루시퍼가 짖는 것을 들을 사람은 아무도 없었다. 샌드라는 소리 없이 울면서 온몸을 떨었다. 제니는 〈시키는 건 뭐든 다 할게요〉라고 말하면서 브룩스를 진정시키려고 애썼다. 그는 자기 성기를 다시 그녀의 입에 밀어 넣었다가 샌드라의 입에 쑤셔 박고는 사정을 했다. 샌드라는 속이 뒤집혔다. 「뱉지 마.」 그가 경고했다. 금방이라도 토할 것만 같았다. 그녀는 제니가 몸에 걸치고 있던 수건에 슬쩍 정액을 뱉었다. 루시퍼가 세 사람의 주변을 돌면서 두 여자의 팔을 핥고 꼬리를 흔들었다. 이 모든 게 재미있는 놀이라고 생각하는 게 틀림없었다.

「방으로 들어가!」 브룩스가 소리쳤다. 그러고는 집 앞마당을 내다볼 수 있도록 블라인드를 올렸다. 그는 샌드라에게 무릎을 꿇고 엎드리라고 한 다음 손가락으로 그녀의 항문을 수차례 고통스럽게 쑤셔 댔다. 「내 엉덩이를 핥아!」 브룩스가 몸을 돌리고 약간 몸을 굽히면서 명령했다. 그가 얼마나 더러운지가 너무 자세히 보이자 샌드라는 구역질을 참으며 수건으로 그의 항문 주변을 닦았다. 「세대로 해. 엉덩이를 벌리고.」 그가 경고했다. 샌드라는 토하지 않으려고 안간힘을 쓰면서 버텼다.

제니는 그의 앞에 무릎을 꿇고 앉아 있었다. 갑자기 그가 샌드라에게 말했다. 「이제 네가 앞으로 와.」 그의 말에 따라 샌드라와 제니는 자리를 바꾸었다. 샌드라는 너무 공포에 질려서 제니가 무엇을 하고 있는지를 살필 정신도 없었고, 너무 무서워서 그가 시키는 대로 하지 않을 수도 없었다. 그가 결국 제니와 자기를 모두 죽일 것이라는 걸 알고 있었지만 말이다. 그때 초인종이 울렸다.

「문에 가볼게요. 고객이면 다른 방으로 안내할게요.」 제니가 브룩스에게 말했다.

「아니야, 오늘 영업 안 한다고 말해.」 샌드라는 그 사람이 도움을 요청해 줄 수 있을지도 모른다는 생각에 그렇게 말했다.

「바보 같은 짓 하면 이 년을 죽일 거야.」 브룩스는 방에서 나가는 제니에게 그렇게 말했다.

제니가 똥이 묻은 수건을 두르고 아무 일도 없다는 듯 찾아온 손님을 돌려보낸 뒤 다시 방으로 돌아와 보니 브룩스가 돈을 요구하고 있었다.

샌드라는 마담이 이미 돈을 걷어 간 후라고 대답했다. 그는 샌드라의 차가 어디 있는지 물었다.

「차는 없어요. 누가 데려다 줬어요.」샌드라는 뒤쪽에 세워 둔 자기 차와 가방에 든 열쇠를 떠올리며 그렇게 말했다.

브룩스가 고개를 끄덕이며 말했다. 「둘 다 옷 입어. 산책을 해야겠어.」

샌드라는 벗어 놓은 레오타드를 입으려고 했지만 그는 수건을 두르는 것만 허락했다. 그는 두 사람의 머리채를 다시 쥐고는 집 밖으로 나가 길을 건너서 아무도 없는 공원으로 향했다. 한참을 걸어 공원 깊은 곳의 철조망이 쳐진 곳에 다다르자 더 이상 갈 곳이 없었다. 어두운 풀밭 위에서 움직이는 세 사람의 형체는 마치 달빛 아래에서 사냥감을 갈기갈기 찢어 버리는 사자의 형상 같았다.

「수건을 땅에 펴.」브룩스가 잡고 있던 머리채를 놓으면서 명령했다. 그는 두 여자를 번갈아가며 한 명은 그의 입에 키스를 하고, 다른 한 명은 성기를 빨게 했다. 폭력과 고통과 공포, 그리고 그의 입 냄새와 더러운 몸 때문에 금방이라도 구토를 할 지경인데, 게다가 그가 손가락을 질에 반복적으로 삽입하는 것 때문에 구토증이 더 심해졌다. 샌드라는 자신의 목숨이 위험하다는 사실을 그의 말투와 행동에서 느낄 수 있었다.

「69 체위를 해.」그가 말했다. 샌드라가 다시 울기 시작했다. 「너무 걱정 마.」제니가 속삭였다. 「괜찮을 거야.」샌드라는 그가 손가락을 항문에 다시 쑤셔 넣자 몸을 움찔했다. 「더 세게 핥아! 제대로 안 할래!」그가 제니 다리 사이에 있는 샌드라의 머리 뒤에 대고 소리쳤다. 그녀는 온몸을 떨면서 그가 시키는 대로 하려고 애를 썼다. 그가 마치 인형을 다루듯 몇 번이고 다른 자세를 취하도록 시키는 바람에 시간이 얼마나 흘렀는지도 알 수 없었다.

순간적으로 고개를 들자 그가 막 사정을 하는 것이 보였다. 샌드라는 망설이지 않고 온힘을 다해 그의 고환을 가격했다.

브룩스가 그녀에게 주먹을 날렸지만 그녀는 머리를 숙여서 피하면서 그의 고환을 두 손으로 쥐어짰다. 그러나 그는 그냥 그녀를 내려다보았다. 심지어 몸을 움찔하지도 않았다. 두 여자는 도와 달라고 비명을 질렀지만, 그들의 목소리는 종이에 잉크가 배어들 듯 어두운 밤공기 속으로 흩어지고 말았다. 브룩스가 다시 샌드라를 향해 몸을 던졌지만 이번에는 샌드라도 맞서 싸우기 시작했다. 반쯤 어둠에 가린 공원에서 두 사람 사이에 몸싸움이 벌어졌다. 그가 오른쪽 눈 가까이를 손톱으로 후벼 팠다. 샌드라가 주변을 재빨리 살펴보니 제니가 도망가고 없었다. 맨발에 실오라기 하나 걸치지 않은 상태로 겨우 일어선 샌드라는 브룩스를 밀쳤다. 그리고 그가 휘청거리는 사이에 달리기 시작했다.

그녀는 관목과 길게 자란 풀과 자갈길을 지나서 찻길로 뛰어나왔다. 윤락업소로 돌아간 그녀는 현관문을 통과하고 어두운 복도를 지나 거실로 가서 온몸을 떨며 소파를 뒤져 전화기를 찾았다. 그리고 온힘을 다해 000을 돌렸다. 밖에서 나는 수천 가지의 소음이 모두 자기를 죽이러 오는 브룩스의 소리처럼 들리는 가운데 그녀는 교환원의 질문에 정신없이 대답했다. 그는 경찰이 출발해서 오고 있다고 말했다. 전화를 끊고 온몸이 경직된 상태로 그녀는 귀를 기울였다. 아무 소리도 들리지 않자 마담에게 전화를 했다.

「누구라도 빨리 좀 보내요. 빨리 보내라고요.」 마담이 전화를 받자마자 그녀는 그렇게 속삭였다. 전화를 끊은 다음 그녀는 어둠 속에서 더듬거리며 자신의 핸드백을 찾았다. 그때 기다란 복도 끝에 아직 열려 있는 문 너머로 브룩스가 성큼성큼 걸어오는 것이 보였다. 그녀는 다들 〈지하 감옥〉이라고 부르는 복도 반대편 끝에 있는 방을 향해 뛰었다. 그러나 그 방까지 다 가기 전에 갑자기 불이 켜졌고, 그녀는 전기 충격이라도 받은 듯 순간적으로 얼어붙었다. 고개를 돌려 보니 복도 끝 현관문이 붙어 있던 자리를 브룩스가 커다란 덩치로 가득 채우고 있었다. 그가 샌드라를 똑바로 쳐다보며 말했다. 「찾았다.」

그녀는 〈지하 감옥〉 방으로 뛰어 들어가 핸드백을 침대 밑에 깊숙하게 던지고는 몸에 두를 수건 한 장과 나무 손잡이에 징이 박힌 가죽 끈이 달린 채찍을 들고 나왔다. 뒷문으로 재빨리 빠져 나온 그녀는 뒷마당에 세워 둔 자기 차 뒤에 웅크리고 앉아서 브룩스의 발이 보이는지 살폈다. 그러나 루시퍼가 샌드라를 반기느라 짖어 대서 그녀가 있는 곳이 발각되고 말았다. 루시퍼를 조용히 시키기 위해 채찍으로 한 차례 때렸는데, 그때 밖에서 차가 멈추는 소리가 들렸다.

그녀는 브룩스가 쫓아오는지 보기 위해 미친 듯이 이리저리 살피면서 집 옆을 따라 달음박질쳤다. 겨우 집 앞까지 뛰어왔지만 찾아온 사람은 경찰이 아니라 또 다른 고객이었다. 그녀는 소리를 지르며 조수석 쪽 문을 두드렸지만 그 사람은 바로 차를 몰고 떠나 버렸다.

그녀는 찻길 한가운데를 뛰어서 공장을 여러 개 지나 그 길에 있는 또 다른 유흥업소를 향해 내달렸다. 여기저기 찢어지고 멍들고 피가 흘렀고, 공포와 천식으로 숨이 턱까지 차올랐지만 한 손에 수건을 든 채 뛰고 또 뛰었다.

그녀는 숨을 헐떡이며 다른 윤락업소까지 뛰어가 문을 두드리고 초인종을 눌렀다. 창문을 통해 집 안에 켜진 노란 불빛에 비친 다른 여자들의 실루엣이 보였다. 하지만 그녀가 애원하는 소리를 들으면서도 아무도 문을 열어 주지 않았다. 샌드라는 구걸하

다시피 외쳤다. 「제발 좀 들어가게 해줘. 제발 좀 들어가게……
제발 좀…….」

그 순간 경찰차가 멈춰 섰다.

「신고한 사람이에요?」차에 탄 경찰관 둘 중 한 명이 창문을 열
고 물었다.

「네…….」

「어서 집 안으로 들어가요!」그가 현관문을 가리키며 명령
했다.

「문을 열어 주지 않아요.」샌드라가 울먹이며 외쳤다.

「빌어먹을! 얼른 문 열어요!」경찰관이 유리창 너머에 선 여자
에게 소리를 질렀고, 그제서야 문이 열렸다.

새벽 3시로 접어들 무렵 샌드라는 이미 경찰서에서 보여 주는
사진들 중 멜 데이비드 브룩스를 알아보고 그를 범인으로 지목
했다. 오전 6시 10분에 그녀는 10페이지에 달하는 선서진술서
를 경찰에 제출했다.

「내 이름은 어맨다 설레스트 클레어입니다.」그녀는 진술서를
그렇게 시작했다. 생일이 몇 주 후지만 그냥 생일이 지난 것처럼
나이를 한 살 더 올려서 말했다. 다음 날 서른한 살의 뉴질랜드
출신 중장비 기사 브룩스는 체포되어 기소되었다.

샌드라가 브룩스의 재판을 고집한 것이 얼마나 대단한 일인지

를 더 잘 이해하려면 몇 가지 사항을 감안할 필요가 있다.

첫 번째는 80년대 초 트랜스젠더 여성과 경찰과의 관계다. 그 사건이 나기 몇 년 전부터 샌드라는 트랜스젠더 남녀에 대한 경찰의 폭력을 목격해 왔다. 그럼에도 불구하고 그녀는 경찰에 연락했고, 진술서에 이렇게 분명히 기술했다. 「내가 퀸 빅토리아 병원에서 복잡한 성 확정 수술을 받았다는 사실을 밝혀 두고 싶습니다. 그 후 나는 여성의 모든 신체적 기능을 가진 정상적인 여성으로 살아왔습니다.」

두 번째는 성매매업 종사자와 경찰과의 관계다. 그녀는 제복 경찰과 사복 형사들 중 일부가 관련된 부패 문화에 대해 잘 알고 있었다. 푸츠크레이에서 윤락업소를 직접 운영할 때 그녀는 경찰에게 직접 뇌물을 주는 방법으로 영업을 허락받았다. 그녀가 일한 적이 있는 윤락업소의 주인인 제프리 램이 수사반장에게 수천 달러의 뇌물을 주곤 했다는 것도 알고 있었다. 드림 팰리스에서 조금 떨어져 있는 콜필드 경찰서의 몇몇 직원은 불법 윤락업소를 찾아가 술을 마시고 무료로 성매매를 했다는 상당히 신빙성 있는 혐의를 받고 있었다. 그리고 경찰들이 업소를 찾았을 때 한 번은 총격이 있었고, 성매매 종사자 한 명이 강간을 당했다는 주장도 나왔다.

이런 상황에서 경찰에 전화를 한 것을 보면 샌드라가 얼마나 절박하게 생명의 위협을 느꼈는지 알 수 있다. 그러나 위기를 넘긴 다음에도 진술서를 써서 경찰과의 접촉 시간을 연장했다는 것은 특히 80년대 초의 경찰 문화를 감안한다면, 그녀가 평등한 정의를 얻어 내기 위해 얼마나 엄청난 용기를 냈는지 인정하지 않을 수 없다.

또 한 가지 고려해야 할 점은 성매매업 종사자들에게는 법의 보호가 평등하게 적용되지 않았던 시기에 샌드라가 자신을 공격한 사람의 기소와 재판에 참여했다는 사실이다. 그 사건이 일어나기 3년 전, 빅토리아주 최고 법원은 성 노동자에 대한 강간이 정숙한 여성에 대한 강간보다 덜 심각하다는 판결을 내렸다. 이 입장이 공식적으로 철회되기 몇 년 전인 데다가 법적 편견까지 갈 것도 없이 문화적 편견이 얼마나 강한지 너무도 잘 알고 있었음에도 불구하고, 샌드라는 카운티 법원에 출두해서 자기를 강간한 사람에 대한 재판에서 증언하겠다는 의사를 굽히지 않았다.

수없이 많은 강간 피해자들이 자신들이 경험한 것을 진술하겠다는 결심을 하고 진술서를 쓰는 과정은 강간 폭력의 경험을 또다시 반복적으로 되새김질하고 그 순간으로 다시 돌아가는 것을 의미한다. 이제는 그런 결정을 한 피해자들의 정신 건강과 복지를 지킬 수 있는 보호장치들이 적어도 어느 정도는 존재한다. 그러나 샌드라가 그 일을 당했을 당시에 그런 조치는 들어 보지도 못한 것들이었다. 거기에 더해 그녀는 재판 과정에서 자기를 노출할 경우 자신의 성별에 대해 공공연하게 돋보기를 들이대면서 의문을 제기하는 눈들과 맞서야 하고, 오해와 무례와 모욕을 감수해야 한다는 사실을 잘 알면서도 그런 선택을 했다. 그것은 그녀가 기본적인 인권을 존중받기 위해 지불해야 하는 낯설고도 혐오스러운 비용이었다.

그 강간 사건과 관련해서 또 다른 놀라운 점은 바로 판결 결과에 관한 것이었다. 그녀는 범인을 체포하고, 기소하고, 재판정에 세우고, 유죄 판결을 받도록 하는 데 충분한 증거를 제시했다. 그는 4년 후 가석방될 가능성이 있는 6년 징역형을 선고받았다. 그가 범죄를 저지른 상황과 공격이 자행된 긴 시간, 가해진 폭력과 모욕, 그리고 유사한 성범죄를 저지른 전력이 있다는 사실을 감안하면 믿을 수 없이 짧은 형량이었다.

그러나 2010년에서 2015년 사이에도 강간범 형량의 중간치는 5년에 불과했고, 30년 전의 대중들이 배우자 강간만큼이나 성 노동자에 대한 강간이 중대한 범죄가 아니라고 생각했던 것을 감안하면 상당히 무거운 형량이라고 할 수도 있다. 그렇다. 샌드라는 눈부시게 용감했을 뿐만 아니라 감탄스러울 만큼 큰 성공을 거두었다.

12 · 성범죄 전과자의 집

셰인에 관해 무슨 이야기를 할 수 있을까? 내가 할 수 있는 말은 그가 살던 거리가 여느 거리와 다름없었다는 말이 사실인 동시에 거짓이라는 것이다. 그 밖에도 그가 사는 아파트 건물이 여느 아파트 건물과 다름없다거나 현관문 앞에 더러운 담요처럼 펼쳐진 공용 잔디밭이 여느 잔디밭과 다름없이 초록과 갈색이 섞여 있다는 말들이 모두 사실인 동시에 거짓이라는 것이다. 그 모든 것이 하나도 달라 보이지 않는다는 점에서 사실이고, 그 모든 것에 산송장 냄새가 배어 있고, 작은 벌레들마저 도망가게 만드는 침묵의 울림이 너무 커다랗다는 점에서 거짓이었다. 내가 할 수 있는 말은 셰인을 처음 만났을 때 무뚝뚝하다는 인상을 받았다는 것이다. 그는 둔해 보이는 동시에 물리적으로 무뎌 보였다. 그의 짧은 팔다리와 둥그런 코, 뭉툭한 손가락, 동그란 모양을 한 금붕어를 연상시키는 입을 보고 있으면 어떻게 그렇게 되었는지 짐작은 할 수 없지만 그가 완전히 닳아서 무뎌졌다는 느낌이 들었다. 어쩌면 세상이라는 모루에 자기 자신을 망치로 사용해서 너무 많이 부딪힌 탓인지도 모른다.

셰인은 성범죄 전과자였다. 그날 아침 그의 눈에는 격앙된 빛이 가득했다. 두 눈이 주변을 살피고, 재고, 계산을 하느라 바빴다. 따라서 셰인을 둔하다 생각하면 안 되었다. 그는 여전히 두려움을 자아내는 존재감이 있었다. 바람의 방향을 영리하게 이용해서 사냥감을 쫓는 사냥꾼 타입은 아니지만, 무리에서 떨어져 나온 사냥감을 공격하는 데 주저하지 않을 것이라는 점은 분명했다.

샌드라는 셰인의 작은 아파트를 청소하러 왔다. 젖은 쓰레기와 말라붙은 오물이 널려 있는 것을 치우는 동안 샌드라와 셰인 단 둘이 있는 것은 허용되지 않았다. 사실 셰인은 어떤 여성과도 한 공간에 단 둘이 있는 것이 금지되어 있었다. 샌드라는 그것이 흥미로운 사실이라고 어렴풋이 생각하긴 했지만, 그 규칙을 지키는 데는 별 관심이 없었다. 샌드라는 리지, 셰릴, 필, 그리고 키가 195센티미터에 체중이 120킬로미터는 족히 되는 재로드로 구성된 청소팀을 데리고 왔다. 그러나 샌드라가 전혀 불안해하지 않는 것은 재로드 때문이 아니었다. 셰인이 저지른 범죄 내용에 대해 전혀 이야기를 들은 바도 없지만, 자신 역시 성폭행 피해

자임에도 모든 일에 완전히 실용적인 접근법을 택하는 성격 덕분이었다. 「그 사람이 무슨 죄를 저질렀는지와 상관없이 이것도 그냥 또 다른 일일 뿐이에요.」 그녀가 나에게 말했다. 이런 시각은 이데올로기나 이타심과는 관계가 없었다. 그저 날마다 맡은 일을 조건에 상관없이 훌륭하게 해내겠다는 샌드라의 원칙이 있을 뿐이었다.

샌드라는 현관문을 날렵하게 두드렸다. 셰인은 동굴에서 막 나온 곰처럼 아파트 문 앞의 깨진 콘크리트 바닥으로 비척거리며 나와서 아침 햇살에 눈을 찌푸렸다.

「아직 아침도 안 먹었는데.」 걸걸한 목소리에 속이 빤히 보이는 어린아이 같은 잔꾀가 섞여 있었다. 「몇 분만 더 줄 수 있어요?」

샌드라는 10분 후에 돌아오겠다고 가볍게 대답했다. 「아마 감춰야 할 물건이 몇 개 있겠지.」 그녀는 생각에 잠긴 채 말했다. 「아마 옷장 속에 있는 옷 사이에 숨길 거야.」

나는 어떤 물건을 숨길 거라고 생각하는지 물었다.

「너무 궁금해서 현기증이 날 지경이네.」 그녀는 전혀 관심 없다는 투로 그렇게 말한 다음 잿빛 하늘 아래 서서 전화를 확인했다.

〈크로스파이어〉라는 제품명으로 판매되던 다목적 세제는 샌드라가 음식이나 니코틴 자국을 지우는 데 자주 사용하는 제품이다. 인간면역결핍HIV 바이러스나 박테리아 감염 위험이 있다고 생각되는 배설물이나 체액 등이 있다고 판단되면 그녀는 〈크로스파이어〉에 〈산솔〉이라는 병원용 소독제를 섞어서 사용했다. 지금 필이 셰인의 침실 천장을 닦는 데 사용하고 있는 용액이 바로 〈크로스파이어〉와 〈산솔〉을 섞은 액체다. 카펫은 청소를 해도 다시 사용할 수 없을 것이라는 샌드라의 판단 덕분에 리지와 셰릴은 어려운 카펫 청소의 임무에서 벗어나 〈크로스파이어〉와 〈산솔〉을 섞은 액체를 사용해서 침실 문과 욕실 바닥의 갈색 얼룩을 지우는 일을 할 예정이었다. 오늘은 아무도 보디슈트 같은 것을 입지 않았다. 「보디슈트는 아주 위험한 일을 할 때만 입어요. 오늘 작업은 보통 때 늘 하는 평범한 청소죠.」샌드라가 설명했다.

샌드라의 머릿속에는 모든 청소에 필요한 각종 과정과 도구에 관한 지식이 백과사전처럼 들어 있다. 특수하고, 다양하며, 시급하고, 복합적인 대규모 청소 작업의 현장마다 그 지식을 적용하는 것이다. 내가 다양한 종류의 현장에 대해 질문을 하면 샌드라는 귀찮아하지 않고 답해 주었다.

「사망 현장인데 혈흔이 없으면요?」내가 물었다.

「혈흔이 없는 사망 현장이면 나한테까지 연락이 오지 않을 거예요. 체액이 있지 않으면.」그녀가 내 질문을 고쳐 주었다.

「좋아요. 사망한 지 2~3일이 지나서 악취가 난다면요?」

「부패 문제면 골치 아프죠.」 샌드라가 한숨을 쉬었다. 「부패가 됐으면 제일 먼저 어떤 걸 버려야 할지 생각해야 해요. 부패한 시신이 놓인 곳의 표면이 어떤 재질인지, 카펫 위였는지, 리놀륨 바닥이었는지 살펴봐야죠. 카펫 위에서 부패가 진행됐으면 십중팔구는 카펫을 벗겨 내야 해요. 그런 경우에는 물건을 옮길 차량이 필요할지도 고려해야 하죠. 위험한 물건을 옮길 때 따라야 할 규칙이 굉장히 상세하게 정해져 있거든요.」 그녀는 빠른 말투로 설명했다.

「매트리스 위에서 사망했을 수도 있죠.」 그녀는 계속 설명을 이어 갔다 「그럴 때는 매트리스를 담아 봉인할 수 있는 커다란 백을 사가지고 가요. 냄새가 정말 지독할 수 있거든요. 오염된 매트리스를 집에서 치우는 게 급선무예요. 일단 냄새의 근원을 없애야 악취 제거가 가능해지니까요. 그런 다음 집 전체를 소독해야 해요. 집 안에 있는 모든 물건과 표면을 다 닦아야 하죠. 시신이 오래 방치되어 있으면 그 냄새가 벽과 커튼, 카펫 등 모든 곳에 다 스며들거든요. 그래서 벽, 천장까지 다 닦은 다음에 악취를 제거하는 기계를 각 방에 틀어서 천에 배어 있는 냄새를 제거해요. 그럴 때 연기 탐지기를 끄지 않으면 알람이 울리곤 해요. 옷장이며 찬장 같은 데도 모두 열어서 탈취를 해야 하죠. 냄새가 거기 있는 옷에도 다 배어 있을 테니까요.」

「그럼 옷을 다 버려야 하나요?」 내가 물었다.

「아뇨. 옷은 탈취제를 섞어서 훈증 소독을 하죠.」그녀가 대답
했다. 「훈증 소독제를 방 안에 뿌리면 거의 숨을 쉴 수가 없어요.
천연이라는데.」그녀는 눈을 위로 굴리며 말했다. 「아함, 하지만
그냥 그러려니 하는 거죠, 뭐. 집 전체를 훈증 소독제로 자욱하게
채운 다음 집에서 나와서 24시간 동안 문을 닫아 두어야 해요. 그
러고 나면 괜찮아져요. 진짜 지독한 경우에는 기계를 사흘 밤낮
으로 틀어야 할 때도 있고, 나무로 된 바닥재에까지 냄새가 스며
들어 있으면 바닥 전체를 들어내야 할 때도 있어요.」

그렇게까지 한 적이 있는지 내가 물었다.

「그런 적이 있어요. 딱 한 번뿐이지만. 아래층 아파트까지 썩
은 물이 뚝뚝 떨어져서 아파트 두 채를 청소해야 했죠. 아래층에
사는 남자가 자기 집 거실로 무슨 액체가 계속 똑똑 떨어지는 걸
보고 신고한 거였어요. 그 집까지 냄새가 지독했을 정도로 상태
가 안 좋았어요.」

「혈흔이 남은 사망 현장은 어떻게 청소하나요?」

「피 색깔을 보면 카펫에 얼마나 깊이 배어 있는지 알 수 있어
요.」그녀가 설명했다. 「색이 연하면 카펫 밑에 깔린 밑깔개까지
는 손대지 않고 카펫에서 핏자국을 지울 수도 있어요. 핏방울이
떨어졌는지 보는 약품이 있어요. 그걸 뿌리면 핏자국이 선명하
게 드러나니까 어디를 어떻게 청소해야 할지 알 수 있죠. 이 방법
을 배울 때 소파가 오염되었으면 오염된 부분만 잘라 내라고 배

왔어요. 근데 난 절대 그렇게 안 하죠. 가구 자체를 없애야 해요. 혹시라도 유족들이 돌아와서 그 소파를 처리해야 하면 계속 악몽으로 남을 수도 있으니까요. 저 소파에서 아버지가 돌아가셨다고 생각해 보세요. 무슨 말인지 알겠죠? 나는 청소가 다 끝난 후 집을 어떻게 정돈하고 나오는지도 굉장히 신경을 써요. 가능한 한 원상 복구하는 쪽으로 최선을 다해야 하지만 어떤 물건은 없애야 해요. 일이 일어난 곳에 크게 X자 표시를 하는 건 피해야죠.」

샌드라는 남성의 자살 현장은 여성의 자살 현장보다 일이 더 크다고 했다. 「남자들은 흔적을 많이 남기고 죽지만 여자들은 보통 아주 깔끔하게 일 처리를 하죠.」

「요리할 때도 그렇죠.」내가 거들었다.

「맞아요.」샌드라가 동의했다. 그리고 잠시 아무 말도 하지 않았다. 「자기 머리를 총으로 쏴서 자살을 한 남자가 있었어요. 집을 엉망진창을 만들지 않으려고 욕실에 비닐을 깔고 그 위에서 행동에 옮겼죠. 비닐 너머까지 범벅이 됐지만 그 사람의 의도는 알 수 있었어요.」

샌드라는 검역 청소 및 복원 기관에서 발행한 카펫 청소 자격증과 오스트레일리아 국립 오염 제거 전문가 기구의 범죄 및 트라우마 생체 복원 기술자 자격증을 소지하고 있다. 끊임없이 업데이트가 필요한 방대한 전문 지식 말고 또 무엇이 필요한지 샌드라에게 물었다. 「연민과 공감 능력이에요.」 그녀는 진지하게 대답했다. 「깊은 연민과 공감 능력, 품위, 그리고 유머 감각을 갖춰야 해요. 현장에서 정말 필요한 덕목이죠. 그리고 냄새나 현장 상태에 영향을 받지 않을 수 있는 능력이 있어야 하죠. 악취가 정말 고약하니까요. 구역질이 날 정도로.」

청소팀이 셰인의 아파트에서 일을 시작한 지 20분 정도 지났을 때 불쾌한 일이 발생했다. 셰인이었다. 재로드가 자기랑 눈싸움을 벌여서 기를 죽이려 한다고 확신한 셰인이 재로드에게 한판 붙자고 제안한 것이다. 재로드는 키가 크고 맷집이 세 보이지만 사실은 수줍음을 많이 타고 부드러운 목소리에 모든 사람을 〈브로bro〉라고 부르는 남자였다. 거기에 더해 셰인의 아파트가 작기 때문에 샌드라가 모든 팀원의 일거수일투족을 파악하고 있었다. 그럼에도 불구하고 샌드라는 침착하고 신속하게 재로드를 필과 함께 방 청소를 하도록 보냈다. 셰인이 몇 분 후 방으로 쫓아 들어가자 재로드는 미소를 지으며 〈안녕하세요, 보스〉 하고 인사를 했고, 그걸로 상황은 정리되었다. 힘의 균형이 회복된 것이다. 열린 현관문으로 겨울바람이 들이치고 있었지만 늘 그렇듯 검은 반바지를 입은 필이 셰인에게 부모님은 건강하신지 물었다. 그러자 셰인은 마치 바비큐 파티에서 만난 이웃을 대하듯 〈그럭저럭요〉 하고 대답했다.

288

누렇게 바랜 침실 벽을 타고 갈색 액체가 흐르다가 마른 흔적이 있었다. 블라인드가 내려져 있고, 침대 하나, 서랍장 하나, 그리고 벽에 붙은 채 놓여 있는 커피테이블이 있었다. 물건이 바닥에 떨어지면 그 자리에 그대로 두는 셰인의 규칙대로 갈색으로 얼룩진 카펫 위에는 더러운 옷가지, 비닐백, 다양한 전깃줄과 철사, 화장실용 휴지, 고장 난 가재도구들이 널려 있었다. 누런 매트리스에도, 그 위에 놓인 베게나 이불에도 커버는 없었다. 가운데가 푹 꺼진 매트리스의 옆구리가 찢어져 있고, 찢어진 틈으로 잿빛 속 재료가 삐져나와 있었다. 싸구려 매트리스가 너무 오래되어서 헤진 것일 수도 있고, 여러 번 이사를 하다가 그렇게 된 것일 수도 있었다. 혹은 셰인이 매트리스 속에 귀중품이나 불법 소유물을 서툰 솜씨로 감추려 했던 흔적일 수도 있었다. 바닥에는 (『섹스프레스』 같은) 잡지 여러 권과 (『90일 만에 에너지 레벨을 올리고 스트레스를 줄이고 청력을 회복하는 법』 등의) 책들이 흩어져 있었다. 그리고 텔레비전 세 대가 모두 한 방 안에 놓여 있었다. 그중 두 개는 엄청나게 큰 텔레비전인데, 화면이 벽쪽으로 향한 채 서랍장 위에 나란히 놓여 있었다. 세 번째 텔레비전은 아주 작은 것으로, 커피테이블 위에 놓여 있고, 그 옆에 말라붙은 갈색 액체가 담긴 블렌더가 플러그가 뽑힌 채 놓여 있었다. 커피테이블 위에 깔린 유리에는 검은 먼지가 수북했지만 신발, 철사, 고장 난 가전제품, 마리화나용 물파이프, 서류, 책 등으로 덮여 있어서 표면이 거의 보이지 않았다. 디지털 알람시계가 엉뚱한 시간에 맞춰진 채 깜빡거리고 있고, 길가에서 죽은 동물 시체를 연상시키는 더러운 갈색 수건이 구겨진 채 바닥에 나뒹굴고 있었다. 셰인이 부엌으로 나가자 샌드라는 그가 사람들과 눈이 마주쳤을 때 잘못 해석하는 경향이 있다고 경고하며 모든 직원들에게 그와 눈을 마주치지 말라고 당부했다.

「모두 둘씩 짝 지어서 각각의 방에서 일하는 게 중요해요. 한 순간이라도 안전을 위협받으면 안 되니까요.」그녀가 내게 속삭였다. 「사실 우리 직원들 걱정은 별로 안 해도 돼요. 정신적으로 문제가 있거나 약물 중독이나 알코올 중독 같은 고객도 문제없이 상대할 수 있는 능력이 있는 사람들이거든요. 이런 종류의 일을 정말 많이 해봤어요. 오늘 일도 그다지 다르지 않아요.」

그때 샌드라의 전화가 울렸다. 최근 그녀에게서 견적을 받은 고객이 비용을 깎아 달라고 요청하는 전화였다. 「아시다시피 쓰레기를 없애는 건 보통 비싼 일이 아니에요.」샌드라가 사무적으로 대답했다. 「특히 그 쓰레기가 소변과 대변으로 범벅이 되어 있으면 싸게 처리할 수가 없어요.」

전화를 끊으면서 그녀는 욕실 안을 들여다보았다. 리지와 셰릴이 얼마나 작업을 진행했는지 보기 위해서였다. 문에 난 구멍까지는 어떻게 할 수 없지만 갈색 얼룩은 대부분 지운 상태였다. 바닥과 변기, 세면대, 욕조에 나 있던 짙고 두터운 갈색 얼룩도 모두 닦아 냈다. 부드러운 분홍색 립스틱에 밝은 보라색 파카를 입고 하얀색 바닥에 서 있는 샌드라는 금발 머리에 서리 긴 창문으로 새어 들어온 빛을 받고 있었다. 리놀륨을 배경으로 황금빛과 다채로운 색을 발하며 익숙한 모습으로 우뚝 서서 눈길을 끌면서도 눈을 편안하게 해주는 샌드라의 모습은 모네의 「건초더미」 그림을 연상시켰다. 지금까지는 만족스럽다는 표정을 지으며 그녀는 성큼성큼 부엌 쪽으로 향했다.

셰인은 냉장고에서 나는 소리가 거슬렸다. 엔진 소음 때문에 짜증이 난 셰인이 얼마 전에 냉장고의 플러그를 뽑아 버린 탓에, 안에 든 음식물이 모두 썩어 있었다. 문을 여니 냉장고 안에서 파리가 떼로 탈출했다. 냉장고를 비우고, 살균한 다음 문이 닫히지 않도록 테이프를 붙여서 열어 두어야 냄새를 없앨 수 있었다. 셰릴이 냉장고를 처리하기로 하고, 리지는 집 안 여기저기에 흩어져 있는 더러운 접시를 해결하기로 했다. 혼자 식사를 한 후 몇 주를 치우지 않고 그냥 둔 접시들에는 뼈가 쌓여 있고 기름기가 굳어 있었다. 부엌 벤치와 벤치 위에 잔뜩 쌓인 물건들 위에 위험한 각도로 놓여 있는 접시들 위로 마치 밥 먹던 사람이 잠깐 자리를 비우기라도 한 것처럼 포크와 나이프가 교차해서 놓여 있었다. 부엌의 모든 표면은 먼지와 오물로 갈색으로 변해 버렸고, 상부장 및 하부장과 오븐 문에는 갈색 액체가 줄줄 흘러내린 자국이 보였다. 스토브는 아주 작았는데 그 위에 커다란 스테인리스

냄비가 두 개나 놓여 있고, 냄비 중 하나에는 검게 탄 음식이 눌어붙은 프라이팬이 올려져 있었다. 모든 것이 파리로 덮여 있고, 오븐 안에는 쥐똥이 씨앗처럼 흩뿌려져 있었다.

집 상태, 특히 부엌이 이런 상태인데도 불구하고 셰인은 자기가 먹는 음식의 종류와 질에 매우 까다로운 듯했다. 부엌에 보관된 수없이 많은 건강식품 중에는 유기농 코코넛오일, 뻥튀기를 한 수수, 곡물을 섞지 않은 15달러짜리 뮤즐리, 카뮤카뮤 분말, 다이어트 차, 마카 분말, 그리고 각종 비타민과 영양제, 단백질 분말 등이 보였다. 샌드라는 허리를 굽혀 거실 카펫 여기저기에 버려진 오렌지 껍질을 주웠다.

「난 우유 안 마셔요.」 셰인이 샌드라에게 선언했다. 「고기도 점점 줄이고 있고. 더 깨끗해지려고요. 순수한 라이프스타일을 갖기 위해서죠. 창녀들도 안 만나고……. 이건 농담이에요.」 샌드라는 오렌지 껍질에서 주의를 돌리지 않았다.

셰인은 작은 방들을 돌아다니면서 청소팀이 하는 일을 지켜보았다. 그러다가 현관문 근처로 가서 버티고 섰다. 그 때문에 여자 직원들이 쓰레기가 담긴 봉지를 들고 STC 밴 뒤쪽에 주차해 놓은 트레일러로 갈 때마다 그의 몸과 벽 틈을 비집고 지나가야 했다. 그가 거실에서 나간 후 샌드라는 거실 한가운데 놓인 엄청나게 큰 바벨을 내려다보면서 작은 소리로 그 물건의 목적이 체력을 관리하기 위해서인지 아니면 노는 시간에 딴짓을 하기 위해서인지 모르겠다고 중얼거렸다. 셰인은 헬스클럽에도 자주 가고 날마다 산책을 했다. 「어쩌면 때를 노리고 있는 것인지도 모르지.」 그녀가 암울한 표정으로 말했다. 「그냥 추측할 뿐이지만……」

샌드라는 가구와 바닥에 셰인의 소지품과 무작위로 섞여서 흩어져 있는 덩치 큰 쓰레기들을 줍기 시작했다. 다시 들어온 셰인이 팔을 옆으로 축 늘어뜨린 채 샌드라에게 아주 가까이 다가섰다.

「최근 들어 스트레스를 너무 많이 받았어요.」 그는 움직이지 않고 그렇게 말했다. 「집이 구역질 난다고 생각할지 모르지만 최근에 스트레스를 너무 많이 받았거든요. 그래서 청소를 할 수가 없었어요.」

「뭐라고요?」 그녀는 쓰레기를 비닐백에 넣기 위해 앉은 자세를 고쳐 일어서면서 상냥하게 물었다.

「최근에 내가 스트레스를 너무 많이 받았다고.」 그가 더 큰 소리로 말했다. 그러고는 샌드라의 얼굴에 대고 기침을 했다.

자기보다 키가 작은 셰인을 눈을 껌벅거리며 내려다보면서 샌드라는 높이가 낮은 더러운 커피테이블에 놓인 텔레비전을 가리켰다. 그녀는 텔레비전을 책장으로 옮기자고 제안했다. 「그렇게 하면 테이블에 커피잔을 놓을 수도 있잖아요.」

셰인이 미소를 지었다. 「나는 커피 안 마시는데.」

샌드라는 고리버들을 엮어 만든 작은 책꽂이에 손을 올렸다. 약간 더러워진 잡지와 (『게으르게 성공하는 법: 아무 것도 안 하고 모든 것을 이루는 법』,『영혼을 위한 치킨수프』,『타이치치쿵: 더 행복한 당신을 만드는 15가지 방법』 등의) 책들이 잔뜩 쌓여 있고, 포르노 잡지가 책 더미 맨 위에 놓여 있었다. 질 부분이 노란색 별로 가려진 여성이 표지에서 미소를 짓고 있었다.

「여기서 버리지 말아야 할 것 있나요?」 샌드라가 유쾌하게 물었다.

「모두 버리지 말아요.」 그가 대답했다. 샌드라는 책 정리를 시작하고 셰인은 계속 팔을 옆으로 늘어뜨린 채 다른 방으로 가버렸다. 소년이었을 때의 그의 모습이 얼핏 보였다.

「고객의 상황이 어떻든 상관없이 난 그 이면을 봐요. 내 눈에 보이는 것은 실은 그냥 정신질환의 증세일 뿐이에요. 오늘도 평범한 날 중 하나예요.」 그녀가 한숨을 푹 내쉬며 말했다. 1시간 후 일을 마친 샌드라는 며칠 전 도움을 줬던 또 다른 고객이 가까운 곳에 사니 인사를 하러 간다며 그쪽을 향해 걸어갔다.

13 · 평범한 삶의 시작: 1980년대 초~1990년대 중반

숨이 멎을 듯한 극심한 고통을 단단하고 작은 구슬로 만들어 마음속 깊은 곳 어딘가에 있는 하수구로 떨어뜨려 버린 것은 이번이 처음이 아니었다. 하루아침에 모든 것을 완전히 뒤집어엎고 변화하지 않을 수 없었던 것도 이번이 처음이 아니었다. 그러나 그런 일들은 여러 번 겪는다고 수월해지지는 않는다.

강간 사건 후 그녀는 전혀 일을 하지 못했다. 몸에 난 상처가 다 아문 후에도 지난 10여 년 동안 주 수입원이었던 성 노동을 더 이상 할 수 없었다. 릭과 함께 생활하면서 릭이 일을 하긴 했지만 별 의미는 없었다. 릭의 돈은 릭의 것이었고, 그녀의 돈도 릭의 것이었다. 식료품, 주거비, 교통비 외에도 삶을 이어 가고 잠을 자기 위해서는 약물과 술을 살 돈이 필요했고, 릭이 떠나지 않도록 하려면 릭이 원하는 것을 하는 데 필요한 돈도 대줘야 했다.

거기에 더해 단순히 외모를 가꾸기 위해서가 아니라 그녀의 존엄성을 유지하는 데 필수적인 화장품과 호르몬을 구입하는 데 들어가는 돈도 만만치 않았다. 모아 놓은 돈도, 도움을 구할 사람도 없었다. 안전망이 전혀 없었다.

짙은 화장을 한 그녀는 자기 회의로 가득 찬 가슴을 안고 날마다 일자리를 구하러 집을 나섰다. 쉴즈 세탁소의 카운터에서 몇 시간 일하게 된 것은 샌드라가 여성으로서 처음으로 얻은 정상적인 일자리였다. 이전에 벌던 액수에 비할 수도 없는 박봉에 전신마취를 한 것처럼 지루한 일이었지만, 첫걸음은 뗀 셈이었다. 얼마 지나지 않아 그녀는 다른 일자리를 찾기 시작했고, 지원했던 택시 회사에서 전화가 왔다. 샌드라는 안도감으로 무릎이 꺾일 지경이었다. 처음으로 행운이 찾아온 느낌이었다.

샌드라는 택시 회사에서 택시를 부른 고객들의 요청을 기사들에게 무선으로 연결해 주는 일을 했다. 밤 근무를 하는 것도 괜찮았다. 10년 이상 밤에 일하지 않았는가. 쥐꼬리만 한 월급도 개의치 않았다. 하지만 무선으로 기사들에게 하는 말을 조심해야 하는 것은 참기 힘들었다. 처음으로 경영진으로부터 주의를 받은 후 샌드라는 로봇 목소리를 흉내 내며 다른 교환원들에게 작게 농담을 했다. 「맥 원, 맥 투, 망할 놈의 랄라랄랄라.」 고객이 어디서 기다리고 있는지와 교통 정보만을 격식을 차린 비인간적인 어조로 전달하는 것이 규칙이었다.

하지만 샌드라는 기사들이 이름을 다 알았고, 그들과 농담을 주고받고, 그날의 뉴스에 대해 토론하고, 새롱거리기도 하고, 혼내거나 약을 올리기도 하고, 별명을 붙여 주고, 부인의 안부를 묻기도 했다. 기사들은 그런 샌드라를 좋아했다. 졸리지 않고, 재미있고, 무선전화가 없던 시대라 안전을 꾀하는 데도 도움이 되었기 때문이다. 기사가 위험에 빠진 상황을 눈치챈 샌드라가 경찰을 보낸 적이 여러 번 있었고, 그렇게 위기를 모면한 기사들이 그녀에게 꽃을 보내기도 했다. 그 꽃들은 그녀가 근무하는 작은 책상을 장식했다. 「기사들은 날 정말 좋아하는데 쓸데없는 규칙을 맨날 지키라고요?」 해고를 당한 날 짐을 싸면서 그녀는 그렇게 항의했다. 「모든 걸 똑같은 상자에 욱여넣을 수는 없어요.」

솔직히 말해서 해고는 당했지만 샌드라는 그다지 많이 속상하지는 않았다. 그간의 경험을 통해 정상적인 일을 하는 데 자신감이 생겼기 때문이었다. 다행이었다. 하지만 새 일자리를 빨리 찾아야만 했다. 릭은 전혀 도움이 되지 않았다.

샌드라는 돈을 아끼기 위해 더 작은 아파트로 이사했다. 이른 아침부터 저녁까지 차로 도시의 이곳저곳을 돌아다니며 얼굴에 미소를 띤 채 취업지원서를 제출했다. 하지만 몇 주가 지나도록 오라는 곳이 아무도 없었다. 연료비를 아끼기 위해 버스를 타다가 나중에는 버스 요금도 아끼기 위해 걸어 다니기 시작했다. 이른 저녁에 피곤으로 욱신거리는 발을 끌고 집에 와서는 테이블에 혼자 앉아 넋을 잃고 멍하니 한참을 앉아 있다가 다시 정신을 차리고는 신문의 구인광고를 이 잡듯이 뒤졌다. 그러고는 전화가 울리기를, 혹은 어쩌면 오늘은 돌아올지 모르는 릭을 기다렸다. 전기와 가스 요금의 납부 기일이 지났고, 집세도 밀렸다. 목이 죄어 오고, 가슴이 답답했다. 자꾸 하품을 하는 것은 숨을 제대로 쉬지 못해 몸에 산소가 부족한 느낌이 들어서였다. 샌드라는, 거리에 나서기만 하면, 혹은 아직 아는 사람이 많이 있는 윤락업소 어디에라도 연락을 하면 이 모든 문제를 바로 해결할 수 있다는 사실을 알고 있었다. 그러나 더 이상 성 노동은 할 수가 없었다. 그래서 라디오 볼륨을 올린 채 어둠 속에서 술을 마시고, 여러 가지 자살 방법을 떠올리고 있는 자기 자신을 발견할 때마다 일어서서 걸었다. 우리에 갇힌 사자처럼 밤새 커피테이블 주변을 돌았다. 낡은 가구들이 너무 많이 들어찬 조그만 아파트 안에서 샌드라는 그렇게 삶을 유지했다.

숙취에서 깨어나지 못한 채 그녀는 우편함에 꽂힌 지역 신문을 뽑아 들었다. 아파트로 들어가기 위해 콘크리트 계단을 오르면서 그녀는 습관적으로 맨 뒷면부터 보기 시작했다. 뱃속 깊은 곳에서부터 올라오는 어떤 느낌이 그녀를 그 자리에 서게 만들었다. 장례지도사 모집. 샌드라는 머리를 만지고 옷을 고르는 데 하루 종일 시간을 들인 다음 밤에도 술을 석 잔만 마셨다. 다음 날 아침 일찍 일어난 그녀는 화장을 하고 〈WD 로즈 앤드 선 장의사〉에 가서 직접 지원을 했다.

에어컨에서 나오는 시원한 바람을 맞으며 그녀는 자신의 매력을 한껏 발산했고, 이런저런 사소한 대화를 나누면서 그 내용을 잘 안다는 듯 고개를 끄덕였다. 가끔 짧고 매력적인 발언을 해가면서 자신의 절박함을 감추기 위해 최선을 다했다. 몸을 가득 채운 굶주림을 누르고 능숙한 프로의 인상만을 내보였다. 악수를 하고 미소를 띤 얼굴로 작별인사를 한 후 관처럼 무겁고 어두운 아파트로 돌아갔고, 2주가 넘도록 연락을 기다리는 동안 희망은 서서히 사그라들었다. 그래서 마침내 천사의 날갯짓처럼 도착한 전보는 마치 성 수태고지처럼 느껴졌다. 전보에는 〈빅토리아주 최초의 여성 장례지도사 중 한 명이 된 것을 축하합니다〉라고 쓰여 있었다.

장의사에서 일하는 동안 그녀는 자신감, 합법적이며 후한 월급, 친구, 남편, 연인, 그리고 10년 후 다시 모든 것이 무너져 내리는 순간 그녀를 구할 인맥을 얻을 수 있었다.

모두들 멍든 것처럼 옷을 입었다. 아니 옷 자체가 멍처럼 보였다. 젖은 휴지를 펠트 공처럼 말아 쥔 나이 든 여자들, 비슷비슷하게 생긴 모자와 폴리에스터 옷을 입고 비슷비슷한 슬픔을 가누는 그녀들의 뾰족한 팔꿈치까지 비슷비슷해 보였다. 샌드라는 책상 아래에서 다리를 꼰 다음 재빨리 치마를 무릎까지 쓸어 내렸다. 그리고는 하얀 종이 패드를 은색 펜으로 톡톡 치면서 이야기를 시작했다. 「장례지도사로서 저는 장례식에 참석하는 모든 사람이 처음부터 끝까지 감정적으로 완전히 몰입하도록 합니다.」

책상 건너편에 앉은 여자들은 무슨 말인지 어리둥절해서 아무 말도 하지 않았다. 「장례식은 연극처럼 흘러가야 해요. 모든 것이 설성을 향해 점점 고조되어야 하죠.」 그녀는 허공에 언덕 모양을 그리며 설명했다. 「참석한 모든 사람의 감정을 여기까지 끌어올리는 겁니다.」 그녀는 빨간색 매니큐어를 바른 긴 손톱으로 언덕의 꼭대기 부분을 가리켰다. 「감정이 끓어 넘친 다음 점점 가라앉아야 평소의 삶으로 돌아갈 수 있죠. 그렇지 않으면 오르막과 내리막을 헤매는 감정을 정리하기까지 몇 년이 걸릴 수도 있어요. 결국 연극 감독처럼 모든 사람이 시나리오에 따라 움직이도록 하는 것과 비슷한 일입니다.」

책상 건너편의 여자들이 고개를 끄덕이며 미소를 지었다.

「장례식장으로 걸어 들어오면서 모두 꽃을 한 송이씩 들고 와서 관 위에 놓도록 할게요. 그렇게 참여의식이 생기도록 유도하는 거죠.」 샌드라는 물 두 잔을 따라 여자들에게 마시라고 권하면서 말을 이어 갔다. 그러고는 식이 어떤 순서로 진행되는지 설명하고, 음악과 꽃은 어떤 것을 선호하는지 물었다. 「바하보다는 파헬벨이 좀 더 부드럽고 위안을 줄 것 같은데 어떻게 생각하세요? 하지만 고인에게 특별한 의미가 있는 곡이 있으면 말씀해 주세요. 조정 가능하니까요.」

일어서면서 어깨 패드를 바로잡고 고인의 부인이 일어서는 것을 부축하기 위해 손을 내미는 그녀의 팔목에서 팔찌들이 챙그랑 소리를 냈다. 「당신이 모든 걸 잘 해줄 거라고 믿어요.」 나이 든 여자가 말했다. 옆에 서 있던 고인의 딸도 고개를 끄덕이며 샌드라의 정중한 안내를 받으며 대기실로 향했다.

장례지도사의 능력에서 가장 중요한 것이 시신을 땅에 묻는 일이라 생각하는 사람이 많을지 모르겠다. 물론 그런 능력이 없으면 절대 안 되겠지만, 그보다는 살아 있는 사람들이 장례 과정을 얼마나 만족스럽게 기억하는지가 더 중요하다. 지난 몇 달간 샌드라의 최고 상관이자 밀른 상조 그룹의 대표인 에릭 G. 월터스는 이렇게 말하곤 했다. 「고고하기 그지없는 인간의 유대감과 존엄성, 높은 이상을 유지하는 데 필수적인 역할을 하는 산업에 종사하는 것을 자랑스럽게 여겨야 합니다.」 지금까지 샌드라에게 이런 식으로 말한 사람은 아무도 없었다. 그녀가 이 죽음의 집에서 활력을 찾은 것도 어찌 보면 당연한 일이었다.

조지프 앨리슨, 드레이튼 앤드 가슨, WD 로즈 앤드 선, 그리고 그레이엄 O. 크롤리 상조는 모두 밀른 상조 그룹에 통합되어 있는 기업으로, 자홍색과 옅은 회색을 회사를 대표하는 색으로 정하고, 이 색깔들이 들어간 조명을 자주 사용하며, 그들만의 어두운 유머 감각을 공유하고 있었다.

샌드라의 손에 들린 1987년 사보에는 다음과 같은 내용들이 실려 있었다.

- 취임 기념 탁구 토너먼트에서 조지프 앨리슨은 드레이튼 앤드 가슨을 가볍게 누르고 승리했다.
- 포크너 공동묘지에서 사산한 아기를 위해 거행된 장례식에 500명 이상이 참석했다.
- 특이한 화제: 고인의 부인 다섯 명과 의붓딸 두 명이 서로의 존재를 모르고 있었다.
- 에릭의 논평, 키스의 북 리뷰, 직원 생일 알림, 그레이브 유머 등······.

그리고 〈지부 소식: 새로운 직원들과 기존 직원들〉이라는 제목의 소식란에는 샌드라도 실려 있었다. 오른손으로 우아하게 턱을 괴고, 꼭 다문 입술에 살짝 미소를 띤 채 다이애나 왕자비에게나 어울릴 법한 헤어스타일로 카메라를 지긋이 쳐다보고 있는 샌드라의 얼굴이 실려 있었다. 점심을 다 먹어 가던 차에 사보를 넘기다 자기가 나온 페이지를 살짝 더 오래 들여다보던 샌드라는 손가락에 묻은 빵부스러기를 맛있게 핥은 다음 조심스럽게 사보를 접어 릭에게 보여 주기 위해 가방에 넣었다.

　그날 저녁 부엌에 서서 그녀는 자기를 다룬 기사를 큰 소리로 읽었다. 이미 한 글자도 빠짐없이 다 외우고 있었다. 〈샌드라는 블랙캡 택시 일정 관리, 리조트 관광객 관리 등의 경험을 쌓고 우리 회사에 합류했다.〉 그녀는 고개를 들고 릭이 듣고 있는지 확인했다. 〈샌드라는 넘치는 에너지와 열정으로 팀 내에서 금방 인기를 독차지했다. 모든 종류의 음악과 패션, 인테리어 디자인 등에 관심이 많은 그녀는 두 명의 십 대 자녀를 두고 있다.〉

　〈관광객 관리〉로 그녀의 전직을 묘사한 것은 존경할 만한 수준의 미사어구였고, 두 명의 십 대 자녀가 사실은 자기의 아들들이 아니라 릭의 아이들을 말하는 것이긴 했지만, 그것은 경력 4개월의 장례지도사 샌드라 본에 대한 상당히 정확한 묘사였다. 게다가 그녀는 벌써 빛과 그림자가 공존하는 이 묘한 환경에서 물 만난 고기처럼 활기를 띠기 시작했다. 그곳에서는 죽음이 일상적인 삶의 주인공이었고, 친절함과 권위가 적당히 섞인 그녀의 태도를 유족들 모두가 감사히 받아들였다.

　장례식을 진행하는 사람은 따로 있었지만, 식을 감독하고 창조하며, 잘 맞지 않은 조각들을 모두 짜 맞춰 그림으로 완성하는 것은 샌드라였다. 시신을 수습해서 유족들이 가져온 사진과 비슷한 얼굴이 될 때까지 시신의 차가운 피부에 화장을 하는 것도 그녀의 일이었다. 그녀는 장례식을 준비하고 진행하는 동안 양

떼를 인도하는 양치기처럼 유족들을 인도했다. 등대처럼 방 뒤쪽에 엄숙히 서서 모든 것을 주시하고, 부드러운 잔디밭을 거쳐 새로 파놓은 무덤까지 장례 행렬을 이끌고 가는 것 역시 그녀였다. 그렇게 번 돈으로 샌드라는 릭의 딸이 다니는 사립학교에 등록금을 냈다.

사보를 서랍에 조심스럽게 넣은 다음 돌아선 샌드라는 포도주 병을 따면서 릭에게 말했다. 「이 일이 정말 좋아, 가슴이 두근거릴 정도로.」

「잘 됐네, 달링.」 릭이 밤 외출을 위해 샌드라의 차 열쇠를 테이블에서 낚아채면서 대답했다.

유족들과 한담을 나눌 때 샌드라는 자기가 이 일을 늦은 나이에 시작했다고 말하곤 했다. 어떻게 보면 맞는 말이었다. 아직 30대 중반에 불과했지만 비밀스러운 이전의 삶을 다 살아 낸 다음 나이가 들어 죽었다고 할 수도 있기 때문이다. 이제 이 〈늦은 나이〉에 그녀는 더 자기다운 사람이 되기 위한 변화를 시작했다. 그녀는 더 연한 화장, 더 점잖은 옷차림, 더 낭랑한 목소리, 더 넓은 관심사를 가진 사람으로 변했고, 그녀의 앞에는 나아갈 길이 펼쳐져 있었다. 매일 아침 그녀는 파워 슈트를 입고 더할 나위 없이 멋진 모습으로 바람처럼 상쾌하게 출근했다. 늘씬하고 호리호리한 몸매에 황금빛 머리를 가진 그녀의 당시 사진을 보면 마치 후광이 비치는 것 같다. 릭은 샌드라와 살면서 바람을 피우던 여러 여자 중 한 명과 살기 위해 떠났다. 휠체어를 타고 다니는 그녀에게 얼마 안 있어서 큰돈이 생길 예정이었다. 하지만 이제 샌드라도 눈이 더 높아 있었다.

영안실에서 사무직으로 일하던 크레이그는 관을 옮기는 것을 돕거나 상관에게 보고하기 위해 샌드라가 일하는 사무실에 들르곤 했는데 최근 들어 필요 이상으로 사무실에 오래 머물곤 했다. 크레이그는 말랐지만 강단 있었으며, 주근깨가 박힌 얼굴은 항상 그을려 있었고, 가느다란 입술에 냉소 섞인 미소를 띨 때면 고른 치아가 드러나곤 했다. 샌드라가 그에게 몇 마디 이상을 건네기까지는 몇 달이 걸렸지만, 그녀는 크레이그가 자기를 항상 빤히 쳐다보고 있다는 것을 알고 있었다. 그가 자기를 쳐다볼 때면 그의 시선이 불타는 화살처럼 느껴졌기 때문에 모를 수가 없었다. 최근 들어 그녀는 크레이그의 시선을 피하지 않고 같이 쳐다보기 시작했고, 그것은 두 사람 사이에 일종의 게임이 되었다. 퇴근 후 모두 남아서 맥주를 마시면서 피시 앤 칩스를 먹던 어느 금요일 저녁, 크레이그는 사장 무릎에 앉아서 백포도주를 홀짝거리고 있는 샌드라를 보고 웃음을 터뜨렸다. 모두가 어려워하는 나이 든 사장을 놀리기까지 하는 샌드라의 능력이 놀랍기도 했다. 나중에 샌드라가 약간 술에 취한 채 집에 가려고 사무실에서 가방을 챙기고 있는데 크레이그가 걸어 들어왔다.

「이해할 수 없어요.」그는 샌드라가 최근에 벽에 건 액자들을 보는 척하면서 천천히 방 안을 걸어 다녔다. 그러다가 샌드라의 책상 앞에 멈춰 서서 덥수룩하게 이마를 덮은 짙은 금발머리 사이로 그녀를 게슴츠레 바라보았다. 「뭔가가 잘못된 느낌이에요. 이렇게 아름다운 금발 미인이 저런 구역질 나는 노인네와 새롱거리다니, 뭐가 잘못된 거죠?」 그가 궁금하다는 듯 말했다. 그녀는 미소만 지을 뿐 아무 말도 하지 않았다. 핸드백을 메고 의자를 책상에 밀어 넣은 다음, 빠르게 뛰는 심장을 진정시키면서 차로 가기 직전 샌드라는 책상 위 꽃병 사이에 꽂아 놓은 은색 펜을 꺼내서 그의 손바닥에 자기 전화번호를 적어 주었다.

샌드라가 내게 〈그 멋쟁이 핫도그〉 혹은 〈완전 멋졌던 장례지도사 조니 핫콕〉이라고 하면 그것은 크레이그를 가리키는 것이었다. 크레이그는 팽커스트 명예의 전당에서 아주 높은 자리를 차지하고 있다. 그의 이름을 입에 올리는 것만으로도 샌드라의 기분이 한결 나아지곤 했기 때문이다. 지금까지도 수면제를 먹고 잠이 들었다가 꿈을 꾸는 날이면 샌드라는 크레이그 꿈을 꾼다. 샌드라가 조지와 결혼하고 한참이 지나서까지도 크레이그는 그녀 인생의 최고의 사랑으로 남았다.

샌드라가 남편을 만난 것은 샌드라가 그의 아내의 장례를 치른 후였다. 샌드라가 웃으면서 내뱉는 이 한 줄짜리 사실은 두 사람이 결혼 생활을 한 14년이라는 시간 위에 검은색 장식 테이프처럼 드리워져 있다. 앨프리드 조지 팽커스트가 장의사에 방문했을 때 그는 60대 초반이었고, 손주까지 둔 할아버지였다. 그가 입은 거무죽죽하고 구겨진 셔츠는 그의 뇌리에 박힌 죽은 아내의 마지막 이미지와 비슷했다. 파헬벨의 「캐논」이 배경음악으로 들리는 가운데 같이 온 친구들을 의자로 안내하는 황금빛 여신을 보면 볼수록 그를 괴롭히던 아내의 마지막 이미지가 점점 머릿속에서 희미해져 갔다. 그는 그날 자기의 삶이 끝났다고 믿었지만, 사실은 그날이야말로 그에게 새로운 삶이 시작되는 날이었다.

조지는 조언을 구한다는 명목으로 샌드라에게 전화를 하기 시작했다. 혼자서 사는 것에 익숙하지 않았던 조지는 샌드라에게 이런저런 일들을 도와줄 수 있는지 물었다. 그의 부탁으로 샌드라는 조지가 수출 부문 매니저로 일하는 맥케이 고무의 사무실에 들렀다. 얼마 지나지 않아 조지는 샌드라에게 데이트 신청을 했고, 샌드라는 마치 영화 속 주인공이 된 듯한 느낌이었다. 그는 샌드라가 의자에 앉는 것을 도와주고, 문을 열어 주었을 뿐만 아니라 두 사람은 고급 식당에서 샴페인과 칵테일, 포도주를 곁들인 식사를 함께했다. 어디를 가든 매니저들이 다가와 조지에게 악수를 청하며 인사를 했고, 조지는 길을 걸을 때면 항상 그녀를 안쪽으로 걷게 해서 보호하는 〈특급 매너〉를 보여 주었다.

물론 그는 약간 살이 쪘고, 머리가 벗겨지고 있었으며, 술 때문에 얼굴이 붉었고, 샌드라에게 지나치게 잘 보이려고 하는 단점이 있었다. 또한 30년에 걸친 결혼 생활이 끝난 지 오래 되지 않았고, 샌드라는 그의 아들보다 여섯 살, 딸보다 여덟 살밖에 많지 않았다. 그러나 그는 달콤할 정도로 친절했고, 신사였으며, 안정된 삶을 살고 있었고, 능력 있었으며, 점잖았다. 양복을 입고, 남은 머리카락을 뒤로 잘 빗어 넘기면 잘생겨 보이기까지 했다. 그의 눈을 바라볼 때마다 샌드라는 조금씩 사랑에 빠져 들었다. 조지가 세상을 뜰 때까지 샌드라는 그에게 나름의 방식으로 충실했지만 그녀는 조지라는 사람 자체와 사랑에 빠졌다기보다는 그를 통해 투영된 자신의 이상적인 이미지와 사랑에 빠졌다. 그와 함께 있을 때 그녀는 금발의 미녀, 커리어 우먼, 완벽한 주부, 좋은 엄마, 동등한 반려자, 사랑받는 아내로서의 자신을 느낄 수 있었다. 그녀는 마침내 자신과 사랑에 빠지고 또 빠졌다.

조지가 청혼을 했을 때 샌드라는 완전히 얼어붙은 채 생각했다. 〈빌어먹을. 내 능력 밖의 일을 벌이고 말았군. 어떻게 하지? 내 사연을 털어놔야겠어.〉

「그런데요, 할 이야기가 있는데 어떻게 해야 할지 모르겠어요.」그녀가 말했다.

「그렇군요.」조지의 표정이 혼돈에서 절망으로, 그러다가 공포로 바뀌었다. 그러나 샌드라는 입을 뗄 수가 없었다. 처음에는 말할 능력을 잃어버린 것 같은 느낌이었다. 마치 말이 동전처럼 마루 위를 굴러서 숨어 버린 것 같았다. 그러나 머지않아 이런 상황을 설명할 수 있는 말을 찾을 수 없다는 사실을 깨닫고는 조지에게 말했다. 「같이 병원에 가요. 내가 의사에게 어떻게 설명해야 할지 물어볼게요.」

애간장이 다 녹아 버린 조지는 질문하는 것조차 어려워했다. 「암이에요?」 그가 속삭이듯 물었다.

「아, 아니에요, 전혀. 그냥 의사에게 물어봐야 할 게 있어요.」 샌드라가 조지를 안심시키며 이야기했다.

그녀는 그날 오후에 바로 의사와 약속을 잡았다. 조지는 차로 샌드라를 병원에 데려다 주었고, 시간이 이르지만 잠깐 바에 들러 한잔한 다음 다시 병원 앞으로 가서 차를 세우고는 가지고 온 신문은 손도 대지 않은 채 샌드라를 기다렸다.

병원 안에서 샌드라는 큰일이 난 줄 알고 걱정하는 의사를 안심시킨 후, 의자에 앉은 그에게 조지의 문제에 대해 설명했다. 「이 남자한테 어떻게 말을 하죠? 내가 어떤 사람인지 전혀 모르고 있어요.」 그녀가 다급한 목소리로 물었다.

의사는 잠시 생각에 잠겼다. 「그냥 그 사람에게 본인이 트랜스젠더라고 말하세요. 〈젠더 트랜지션〉 혹은 〈성 확정〉 과정을 거쳤다고요. 그렇게 말하는 게 성 전환을 했다고 하는 것보다 충격이 덜 할 거예요.」

조수석에 앉는 샌드라의 얼굴을 살피며 조지는 무슨 일인지 제발 이야기해 달라고 애원했다. 그러나 샌드라는 생각할 일이 있으면 늘 가는 해변으로 데려다 달라고 하며 그곳에서 모든 이야기를 하겠다고 말했다.

당시의 조지보다 더 나이가 들 때까지도 샌드라는 그 해변으로 가는 길을 정확히 기억했다. 차먼 로드가 끝나고 비치 로드와 만나는 그곳에서 샌드라는 수없이 앉아 물결처럼 이리저리 휩쓸리는 생각을 정리하곤 했다.

해변에 도착하자 조지가 차를 세웠고, 두 사람은 안락한 차에 그대로 앉아 있었다. 조지가 고개를 돌려 수평선을 보고 있는 샌드라를 바라보았다.

「조지,」마침내 샌드라가 이야기를 꺼냈다. 「난 성 확정을 받은 사람이에요.」그녀는 다음에 벌어질 일에 대해 마음의 준비를 한 상태였다. 아마도 늘 그랬듯이 주먹이 날아올 거라고 생각했다. 하지만 침묵만 흐를 뿐이었다.

「조지, 이 문제에 대해 어떻게 생각해요?」그녀가 조심스럽게 고개를 돌려 그를 바라보며 운을 뗐다.

「그러니까,」그가 헛기침을 하고, 허벅지를 손바닥으로 누르며 말했다. 두꺼운 손가락들이 어두운 색 바지 위에 부채처럼 펼쳐졌다. 「그러니까 당신은 이제 레즈비언이…… 되고 싶다는…… 말이에요?」그가 머뭇거리며 물었다.

「아니, 그게 아니에요.」샌드라가 살짝 웃으며 다시 설명했다. 「지금 내 모습이 태어났을 때의 내 모습과 다르다는 말이에요. 알겠어요?」

「흠.」조지는 고개를 끄덕였다. 정말 이해해 보려고 애썼지만 완전히 실패하고 말았다는 빛이 역력했다.

샌드라는 깊게 숨을 들이켰다. 「조지, 내가 태어났을 땐 이런 모습이 아니었어요. 내가 다른 형태로 태어났다는 말이에요.」

샌드라는 이번에는 주먹이 날아올 거라고 생각하며 이를 악물었다. 마음을 단단히 먹고 가늘게 뜬 눈으로 바다를 바라보며 억겁 년처럼 느껴지는 시간 동안 상대방이 움직이는 소리가 나기를 기다렸다. 하지만 아무 소리도 들리지 않았다.

「조지?」그녀는 긴장으로 온몸이 뻣뻣해진 채 눈썹을 치켜뜨고는 몸을 돌려 그를 향했다.

그러나 조지는 침묵을 지키며 그대로 앉아 있었다. 그 순간 조지가 참 작아 보였다. 까칠하게 자란 수염과 주름, 턱 아래 늘어진 살과 뻣뻣하고 하얀 털이 섞여 난 눈썹에도 불구하고 마치 반세기 전 농부 부부 사이에서 태어난 아기의 얼굴을 보는 듯했다. 조지는 깊은 바다 가장자리에 세워 놓은 뜨거운 차 안에서 운전대에 힘없이 손을 올려놓은 채 미동도 하지 않고 앉아 있었다. 그에게서 술과 오드콜로뉴*, 비누와 땀 냄새가 났다. 이제 그의 냄

* 향수의 일종.

새가 낯설지 않았다. 샌드라는 조지가 어떤 방식으로 이별을 고하든 자신은 그를 그리워하게 되리라는 것을 알고 있었다.

「그러니까…….」 그가 헛기침을 하면서 차에 시동을 걸었다. 「나는 샌드라를 만났고, 나는 그 샌드라와 사랑에 빠졌어요. 그러니 난 다 괜찮아요.」

미시즈 팽커스트. 두 사람이 결국 별거를 하고, 조지가 세상을 떠나고, 출생신고서에 남성으로 남아 있는 그녀의 성별을 이유로 두 사람의 결혼이 행정적으로 〈취소〉되고도 한참 후까지 샌드라는 결혼 사진을 현관문 근처에 있는 작은 테이블 위에 세워 두었다. 또한 결혼해서 갖게 된 팽커스트라는 성도 버리지 않았다. 그것은 10년도 넘는 세월 동안 샌드라가 누려 왔으며, 그녀가 스스로 의도했던 자신의 모습이었다. 조지의 아내라기보다는 여자로서, 한 인간으로서, 평범하고 충분히 사랑을 받을 자격이 있는 사람으로서의 정체성이었다.

「새로 태어난 것 같아!」 조지는 식탁에 둘러앉은 동료들에게 아름다운 새 신부를 소개한 다음 자랑을 했다. 「유모차를 사야 할 것 같아!」 그 말에 샌드라는 가볍게 웃음을 터뜨렸다. 식사를 하고 치즈가 나오고 브랜디를 마시는 동안 그녀는 미소를 잃지 않았다. 하지만 차에 타서 둘만 남게 되자마자 폭발하고 말았다.

「유모차라니 무슨 빌어먹을 소리죠? 조지! 쇼 하지 말아요! 그렇게 하면 내가 더 비참해지잖아요! 그러지 말아요.」샌드라가 소리를 질렀다.

「왜?」조지는 술에 취해 차 열쇠로 시동 장치 주변을 찌르면서 말했다.「아무것도 아닌 일에 화내지 마.」샌드라는 숨을 크게 들이쉬고 담배에 불을 붙였다. 가족들에게 그녀를 소개하기 위해 발람 파크에서 피크닉을 했을 때도 똑같이 행동했다. 조지의 자녀들도 있었고, 사촌들도 몇 명 와 있었다. 조지는 샌드라를 트로피라도 되는 것처럼 사람들에게 자랑했고, 그녀가 결혼을 하자고 채근해서 죽겠다는 식으로 농담을 했다. 심지어 샌드라가 그를 살짝 옆으로 불러내 상냥한 말투로 〈조지, 그러지 말아요. 그렇게 하면 결국 내가 다치게 될 거예요. 그냥 사실대로 말하세요. 결혼을 하자고 채근하는 건 당신이잖아요!〉라고 말하기도 했다. 하지만 결국 샌드라가 손에 들고 있던 술을 한 번에 다 들이키고는 차를 세워 둔 쪽으로 가버리고 강아지처럼 그 뒤를 쫓아갈 때까지 그는 농담을 멈추지 않았다.

「다시는 내게 그러지 말아요, 조지. 이런 식으로 나를 모욕하지 말라고요. 결혼하자고 조른 건 바로 당신이잖아요. 당신이 결혼하고 싶어 하든 말든 난 쥐똥만큼도 관심 없어요. 망할 놈의 결혼은 할 필요도 없다고!」분노와 공포와 모욕감으로 달아오른 얼굴로 그녀는 그렇게 내뱉었다.

그 문제는 그럭저럭 해결되었다. 그런데 조지는 오늘 밤 또 다시 걸쭉한 농담을 해가며 의도와는 정반대로 그녀를 창피하게 만들고 말았다. 샌드라는 차 창문 너머로 보이는 길에 온 정신을 집중했다. 가로등과 맞은편에서 오는 자동차들의 전조등 때문에 길은 밝아졌다 어두워지기를 반복하고 있었다. 자기 같은 사람과 사귀는 사람이니 좀 이상한 게 당연하다는 생각을 하면서 그녀는 소리 나게 콧방귀를 뀌었다.

그러나 진실은 샌드라에게 아주 많이 익숙한 것이었다. 조지 역시 자신의 결혼 생활을 거울에 비춰 보는 것을 좋아했던 것이다. 그 안에서 그는 다시 젊어진 자신의 모습을 발견했다. 첫 결혼을 했을 때와는 달리 그에게는 성공한 직업과 집, 평생 일해서 얻은 경제적 안정이 있었다. 거울 속에 비친 자신은 강하고, 정력이 넘치고, 매력적이었다. 술은 축하하기 위해서만 마시고, 건강하며 아름다운 아내는 자기를 원했으며, 자기는 그런 아내의 욕망의 대상이 될 가치를 지닌 사람이었다. 그래서 조지는 샌드라가 태어났을 때 남성으로 분류되었으며, 두 아이의 아버지였고, 그 아이들을 떠나야 했으며, 10여 년 동안 성매매를 하며 살았고, 참혹한 강간 사건의 피해자라는 사실을 모두 알고 있었지만, 그와 동시에 머릿속에서 그 모든 사실을 지워 버리는 능력도 발휘할 수 있었다.

그녀의 과거는 그냥 언급하지 않고 넘어가는 정도가 아니라 조지가 두 사람 사이에 아이가 생길 수도 있다는 이야기를 넌지시 꺼내면서 완전히 지워져 버렸다. 조지의 말은 샌드라의 마음 깊은 곳에 자리한 불안감을 촉발했지만, 조지가 그런 말을 한 원인이라고 할 수 있는 자신의 과거를 감춰 두고 싶은 마음도 있었다. 샌드라는 그것이 보통의 삶을 살 수 있는 최선의 기회라고 생각했다. 외롭고 때로는 미칠 것 같고 감당하기 힘들었지만, 그처럼 마법 같은 생각은 그녀에게는 하나의 피난처였고, 서로가 서로에게 주는 선물이었다. 〈나는 샌드라를 만났고 그녀와 사랑에 빠졌습니다. 그리고 나는 그것에 대해 만족합니다.〉

벽돌과 베니어 합판으로 외장이 되어 있고, 방 세 개가 길 쪽으로 나 있는 조지의 큰 집에 들어가 살기로 하면서 샌드라는 명확한 조건을 내걸었다. 「당신 가구는 모두 없애고 내 가구를 가지고 들어갈 거예요. 집을 완전히 바꾸고 고칠 거고요.」 그녀는 벽 하나를 터서 거실을 크게 만들고, 길 쪽으로 난 커다란 창문에 달 커튼을 만드는 데 많은 돈을 지출했다. 앞마당에 무릎을 꿇고 앉아 잔디를 돌보면서 긴 시간을 보내기도 했다. 처음에는 적대적이었던 이웃 할머니도 결국 마음을 열었고, 상냥한 미소를 지으며 샌드라가 온 뒤로 집이 몰라보게 달라졌다고 말했다. 조지는 첫 번째 결혼 생활의 마지막 몇 년 동안 늘 술에 취해 있었고, 집은 어둡고 생기가 없었지만 이제는 진짜 스위트홈이 되었다고 했다.

늦은 오후의 햇살이 과일을 예쁘게 담아 놓은 바구니와 흠잡을 데 없이 깨끗한 조리대에 비출 즈음이면 샌드라는 조지의 차 소리가 들리는지 귀를 기울이며 아침을 먹는 바에 앉아 신문을 뒤적이곤 했다. 조지 차의 낮은 엔진 소리가 들리면 그녀는 뛰어나가 차가 들어올 수 있게 진입 도로의 문을 열어 주었다. 그의 차가 들어온 후 문을 닫고는 뛰어가 조지에게 입을 맞추고 집으로 서둘러 들어가 위스키 한 잔을 조지에게 건넸다. 그런 다음 두 사람은 샌드라가 준비해 놓은 식사를 마주하고 앉았다. 샌드라는 조지의 직장 동료와 외국에서 오는 손님들을 자주 초대해 융숭한 만찬을 대접하곤 했다. 샌드라가 돈을 벌 필요가 없었기 때문에 조지는 그녀에게 장의사 일을 그만두고 출장을 함께 다니자고 했다.

샌드라는 결혼하기 8개월 전이던 서른여섯 살에 처음으로 여권을 신청했다. 그러기 위해서는 먼저 그녀의 출생증명서에 적힌 이름을 공식적으로 샌드라 앤 본으로 고쳐야 했다. 그러나 출생증명서의 성별은 남성이었고, 내가 그녀를 만났을 때까지도 여전히 남성으로 되어 있었다. 따라서 발행된 여권에 〈샌드라 앤 본〉, 〈여성〉이라고 기록되어 있다는 사실을 과소평가하면 안 된다.

처음 여권을 만든 지 1년도 채 지나지 않아 결혼을 하면서 여권에 기록된 성을 남편 성으로 바꾸는 과정은 그보다 험난했다.

다른 신분증에 기록된 그녀의 이름과 성별에 일관성이 없다는 것 때문에 더 복잡했지만, 과거에는(지금도 그렇다) 법적으로 결혼이란 이성 간의 결합을 의미했기 때문에 더 복잡하기도 했다. 결국 비싼 변호사를 고용해서 샌드라의 결혼증명서가 당국의 심사를 성공적으로 통과했다는 사실을 내세운 현학적인 편지를 써서 출생, 사망, 혼인 등록청을 설득해야만 했다. 그 모든 것을 뒷받침하는 출생증명서를 담당자가 너무 자세히 보지 않기를 바랄 뿐이었다. 그리고 샌드라는 다시 한번 성공을 거두었다.

그럼에도 샌드라는 비행기를 타고 처음 외국을 가면서 극도로 초조하고 불안해했다. 그녀는 자기 여권에 도장을 찍어 줘야 하는 출입국 관리에게 자기가 진짜 여자처럼 보일지 자신이 없었고, 조지가 창피해지는 상황이 생길까 봐 피해망상증 같은 반응을 보였다. 비행기가 홍콩 공항을 향해 고도를 낮추는 것을 느끼며 그녀는 생각했다. 〈높은 곳에 올려놓고 떠받들어 주는 데에도 이런 문제가 있군. 떨어질까 봐 꼼짝도 못 하니 말이야.〉

조지를 따라 아시아와 미국 등을 여행하면서 공항이나 호텔에서 문제가 된 적은 단 한 번도 없었다. 그러나 마음을 편안하게 먹고, 유한부인이 되어 보려 아무리 애를 써도 지루하고 좀이 쑤셔서 견딜 수가 없었다. 에너지가 남아돌아 몸이 근질거렸다.

샌드라가 추울 정도로 냉방이 된 방콕의 호텔 로비로 들어서자 마티니를 마시고 있던 조지가 벌떡 일어나서 그녀의 쇼핑백을 받아 들었다. 그리고 웨이터에게 손짓을 하며 말했다. 「마티니 두 잔 더요. 고마워요.」그런 다음 두터운 입술에 축축한 미소를 지으며 샌드라에게 온전히 정신을 집중했다. 「새 옷을 샀어? 어디 한번 보여 줘.」

그녀는 손짓으로 그의 청을 일축해 버렸다. 그러고는 몸을 앞으로 굽히고 양 팔꿈치를 무릎 위에 대고 손을 맞잡았다. 「조지, 여행을 하는 데에도 한계가 있어요.」무력감에 지쳐 한숨이 나왔다. 「쇼핑을 하는 데에도, 점심을 먹는 데에도 한계가 있어요.」조지의 이마에 주름이 잡혔다. 「사업체 하나를 인수해요.」그녀가 결론을 내렸다. 그녀는 옷을 파는 부티크를 인수해서 운영하는 우아한 자신의 모습을 상상해 보았다.

조지는 방콕으로 떠나오기 전 지역 신문에서 본 광고를 떠올렸다. 길을 건너는 새처럼 머릿속을 콕콕 쪼며 지나갔던 생각이었다. 「공구점을 사면 어때?」

「허.」샌드라는 아연실색했지만 얼마 가지 않아 호기심이 생기기 시작했다.

브라이튼의 쇼핑가인 베이 스트리트에 자리 잡은 〈노스 브라이튼 페인트 앤드 하드웨어〉는 샌드라의 도약대가 되었다. 공동 소유자로 이름을 건 샌드라는 오스트레일리아에서 가장 부유한 교외 주택가 중 한 곳의 일상에 바로 뛰어들었다. 비록 그녀가 사는 곳은 바로 옆에 붙어 있는 지역의 가장자리였지만 브라이튼이야말로 그녀가 주로 시간을 보내는 곳이었다. 가게를 찾는 고객들은 그녀가 속한 공동체의 일원이었고, 그들의 걱정이 곧 그녀의 걱정이었으며, 그들의 가치관이 그녀의 가치관이었다. 그리고 그들의 정통성은 그녀의 정통성이 되었다.

「샌드라 팽커스트는 믿을 만한 사람이 되었어요. 조지가 나를 믿을 만한 사람으로 만들어 준 거죠.」샌드라가 말했다. 「조지는 나를 공주처럼 대했어요. 내가 대단한 사람이라도 되는 것처럼, 또한 존중받아 마땅하고 잘 대우해 줘야 하는 사람처럼 말이죠. 그 사람은 내가 나 자신을 믿고, 내 능력을 믿고, 더 나은 인생을 살 수 있다는 것을 깨닫게 해준 사람이에요. 내가 원하는 건 무엇이든 될 수 있다는 것을 깨달을 수 있는 최적의 시점에 그가 내 곁에 있어 준 거죠.」

〈트랜스젠더 빅토리아〉의 전무이사 샐리 골드너는 1970년대에 세인트 킬다(멜버른의 홍등가)를 거쳐 간 여성과 나누었던 이야기를 나에게 해준 적이 있다. 「그 여성은 세인트 킬다 지역을 떠난 사람은 모두 윤락업소 아니면 드래그 쇼 둘 중 하나에서 일하지 않을 수 없다고 했죠. 다른 직장을 구할 가능성이 거의 제로에 가까웠으니까요. 삶의 모든 가능성이 바로 차단되는 거죠.」

이런 맥락에서 볼 때 미즈 샌드라 앤 본의 신분 상승은 너무도 놀라운 것이었다. 샌드라는 조지가 자기를 믿을 만한 사람으로 만들어 줬다고 생각하지만, 나는 그녀의 결혼이 가져온 효과를 과대평가하지 않도록 극도로 조심해야 한다고 생각한다. 조지의 아내가 아니었으면 1980년대 후반에 오스트레일리아 중상류층이 자진해서 양팔을 벌려 미즈 본을 환영하지는 않았을 것이라는 건 사실이다. 그러나 샌드라는 조지를 만나기 전에 자신의 능력으로 적절한 보수를 받으며 커다란 만족감을 느낄 수 있는 평범한 직장을 구하는 데 성공했다. 조지를 만나지 않았다면 샌드라는 장례지도사로 계속 일하면서 탄탄한 미래를 다졌을 수도 있다. 아니면 야심차고 정체되는 것을 싫어하는 성격을 바탕으로 더 큰 기회를 도모했을지도 모른다. 물론 그녀의 선택들에 조지와의 결혼이 미친 겉으로 드러난 영향은 의심할 여지가 없다. 결혼을 통해 샌드라는 난생처음 중요한 사람이라는 느낌을 갖게 되었다.

샌드라 팽커스트, 노스 브라이튼 상공회의소 회장! 그녀는 그렇게 세상 사람들과 관계를 맺기 시작했다. 1992년 10월 신문에는 할로윈 파티를 위해 코스튬을 입은 샌드라의 사진이 실렸다. 줄무늬 라이크라 타이즈에 나비 넥타이를 매고 연미복으로 곡마단장 복장을 한 그녀는 체조선수 코마네치처럼 의기양양하게 두 팔을 올리고 있었다. 스크랩을 해놓은 당시 사진과 기사들을 보면 팽커스트 회장은 플래카드를 들고 소상공인들을 잠식하는 대

기업의 횡포에 항의하는 시위를 이끌기도 했고, 자선 무도회와 판촉 행사 등에 참석하기도 했다. 브라이튼 경찰 공동체 협의위원회 회장으로 일하면서 노인들의 사회적 고립을 줄이기 위한 새로운 등록 시스템 론칭을 위한 행사장이나 위기의 청소년들을 위한 모금 행사에 참석한 사진도 볼 수 있다. 1996년 샌드라는 다운 언더*에서 일련의 모금 행사를 제안하는 내용을 담은 명문의 편지를 오프라 윈프리에게 보내면서 자신의 이력서도 동봉했다.

실망스럽게도 오프라가 그녀의 제안에 답을 하지는 않았지만 이 시기야말로 그녀에게 에너지가 남아 있는 한 샌드라가 하고자 하고 되고자 하면 불가능한 것이 없던 시기였다. 그녀의 에너지는 끝없이 솟아올랐고, 일을 더 벌이고 직책을 더 맡을수록 더 높아졌다. 〈샌드링햄-브라이튼 애드버타이저〉, 〈베이사이드 타임스〉, 〈베이사이드 쇼퍼〉, 〈무라빈 스탠다드〉 등에 사립학교 광고와 고급 가구 광고 사이에 게재된 기사들을 보면 샌드라의 무한한 에너지를 확인할 수 있다.

이 지역 신문들에는 서서히 번데기에서 깨어나 허물을 완전히 벗어 버리고 나오는 샌드라의 변신이 잘 기록되어 있다. 샌드라는 소상공인에서 소상공인협회 지도자로 발전해 나갔다. 그녀는 회장, 대변인, 우아한 안주인, 대표, 정치인, 자선사업가로 활동했다. 언론은 그녀를 인터뷰하고, 그녀의 사진을 찍고, 그녀의

* 오스트레일리아의 별칭.

말을 인용했다. 그녀는 모든 것이었다. 그녀는 공구점을 운영하면서 기술적인 것들, 〈모든 것이 어떻게 작동하고, 어떻게 서로 맞아떨어지는지〉에 대해서 많이 배운다고 사람들에게 말하곤 했다. 그러나 그녀가 진짜로 배운 것은 자신이 〈세상 모든 것을 이루는 질서〉에 어떻게 맞아떨어지는지에 관한 것이었다.

12월은 늘 더웠지만, 그 해는 참을 수 없을 정도로 더웠다. 그렇지만 그녀는 모기장 문을 확 열어 젖히고 에어컨이 켜진 집 안에서 나와 불이 붙을 듯 뜨거운 집 뒤의 벽돌 계단에 혼자 앉아 축축한 실크 블라우스를 뒤척이며 열을 식혔다. 지난 몇 주 동안 더위와 현기증으로 정신을 차리지 못한 샌드라는 자신이 〈중년 여성의 변화〉를 겪고 있는 것이 틀림없다고 확신했다. 거기에 더해 자기가 해내는 식사 준비와 청소 등의 집안일을 아무도 돕지 않는다는 사실에 대한 불만이 점점 커져 가고 있었다.

그녀는 해마다 조지와 그의 자녀들과 손주들에게 멋진 크리스마스를 경험하게 해주기 위해 최선을 다했다. 손주들은 차에서 〈할머니!〉 하고 뛰어내려 안기곤 했다. 샌드라는 조지의 친구들과 사촌들까지 모두 초대했다. 처음 몇 해 동안 그녀는 며칠에 걸쳐 30명이나 되는 사람들을 위한 만찬을 계획하고, 재료를 사고, 요리를 하곤 했다.

그러나 올해는 뭔가가 다른 느낌이었다. 퓨즈가 끊어진 것 같았다. 닐과 아니타가 아버지 조지와 자신에게 무례하게 구는 것에 대해서도 입을 닫고 있기가 정말 힘들었다. 조지가 문틈으로 머리를 내밀며 말했다.

「여보, 괜찮아?」그렇게 묻는 조지의 입술 위에 맺힌 땀이 번쩍였다.

샌드라는 고개를 돌려 조지를 노려보았다. 그가 문을 닫고 나와서 이제는 머리가 다 빠져 버린 정수리를 쓰다듬으며 그녀의 설명을 기다렸다.

「걔들은 아무 걱정 없이 내키는 대로 살아요.」샌드라는 이렇게 쏘아붙인 다음 고개를 휙 돌려 다시 정면을 응시했다. 닐과 아니타는 아무 때나 집에 들어와 벽에 걸린 그림은 물론이고 무엇이든 내키는 대로 집어가곤 했다. 그리고 그런 자녀들을 대하는 조지의 태도는 부부 갈등의 원인이 되었다. 그녀는 다시 고개를 돌려 경고한다는 표정으로 그를 쳐다보았다. 「조지, 존경이 존경을 낳는 거예요. 아이들은 당신을 존경하지 않아요. 계속 애들 비위만 맞추면서 살 수는 없어요. 나는 당신 아내잖아요. 나를 최우선에 둬야 하는 거예요.」

「생각해 봤는데 말이야,」조지가 입을 열었다. 「이제는 우리 집에서 크리스마스 파티를 하지 말자고. 당신은 그렇게 고생을 하면서 준비하는데 아이들은 접시 하나 싱크대에 넣지도 않잖아. 이제 그만 하자고.」새로 생긴 장난감을 가지고 노는 손주들의 웃음소리가 거실에서 흘러나왔다.

그때부터 조지와 샌드라는 레이크 코모부터 시작해서 매년 새로운 곳으로 여행을 떠났다. 크리스마스를 둘러싼 갈등은 일단 해소가 되었다. 하지만 가족 화합에는 전혀 도움이 되지 않았다.

샌드라에게 조지는 남편이자 친구, 연인, 동업자, 술 친구, 아버지, 아들, 선생님, 동반자, 조언자, 직장 동료, 지원자였고, (인생의 최고의 사랑은 크레이그니 조지를 그렇게 부를 수는 없지만) 사랑하는 사람이었다. 그녀는 조지를 떠날 생각은 전혀 없었지만, 이런저런 비상위원회의가 소집되어서 귀찮아 죽겠다고 불평을 하면서 냉장고에 있는 남은 음식을 먹고 기다리지 말고 먼저 자라고 한 다음 차를 몰아 크레이그의 집으로 향하곤 했다. 어떨 때는 조지가 공구점에 있는 동안 크레이그가 오토바이를 타고 샌드라의 집으로 오기도 했다.

어느 날 이른 오후, 두 사람이 소파에 누워 있는데 조지의 차가 집 앞에서 멈추는 소리가 들렸다.

「망할!」 그녀는 소파에서 벌떡 일어나 크레이그의 신발을 집어 들면서 외쳤다. 「숨어, 숨어!」 마치 더 크게 소리를 지를수록 크레이그가 더 빨리 청소기와 겨울 외투들이 보관된 장에 숨을 수 있는 것처럼 재촉했다.

「내가 왜 숨어?」 크레이그는 소파에서 몸을 일으켜 앉으면서 일부러 태평한 척 팔짱을 꼈다. 복도 저편에서 열쇠가 돌아가는 소리가 들리고 현관문이 열렸다. 부엌으로 향하는 길에 있는 거실 쪽으로 조지의 무거운 발자국 소리가 들렸다. 샌드라는 곧바로 거실 문을 가로막고 서서 팔을 위쪽으로 올리고 엉덩이를 옆으로 삐죽 내밀어 문을 막았다.

「아, 일찍 오셨네요.」 그녀는 조지 바로 앞에 서서 하품을 했다. 조지는 점잖은 분위기의 소파에 기댄 크레이그의 뒤통수와 직선상에 서 있었지만 샌드라에 가려서 볼 수는 없었다. 「장보러 가기 전에 낮잠을 조금 잤어요.」 그녀는 남편의 팔짱을 끼고 부드럽게 부엌으로 향했다. 그가 아침에 깜빡 잊고 두고 간 서류가 테이블 위에 놓여 있었다. 「저녁으로 뭐 드시고 싶으세요? 당신이 저번에 산 적포도주하고 잘 어울릴 비프 부르기뇽을 만들까 하는데…….」 그녀는 다시 복도를 통해 현관문으로 향하는 동안 조지의 눈이 자기를 떠나지 못하도록 했다. 그리고 몇 달 만에 처음으로 작별 키스까지 해주고는 손을 흔들고 문을 닫은 다음 거실로 돌아왔다.

「혹시 내가 잊으면 이야기해 줘. 당신을 절대 믿지 말라고.」 크레이그가 다시 누우면서 씩 웃었다. 「거짓말을 너무 잘하잖아.」 위스키를 따르는 그녀의 손이 계속 떨리고 있었다.

14 · 밝게 핀 장미꽃

　매릴린의 작은 집 주변에 자란 장미는 사람의 손길을 받지 못한 지 오래여서 주말이면 차를 닦고 앞마당 잔디를 깎는 이웃들의 정원과는 어울리지 않게 제멋대로 자라고 있었다. 그녀의 집은 밖에서만 봐서는 알아차릴 수 있는 것이 거의 없었다. 이 시각적 부조화는 오케스트라 전체에서 한 악기의 현 하나가 조율이 약간 잘못되어 있는 정도로 너무도 미미해서 거의 눈에 띄지 않았다. 샌드라의 도움을 필요로 하는 집들 중 많은 수는 문제가 있다는 사실을 세상에 큰소리로 떠벌였다. 앞마당에 버려진 채 볼링공이 가득 차 있는 녹슨 욕조, 경첩이 떨어져 간신히 매달려 있는 문, 벽돌에 맞은 것처럼 코를 강타하는 담배 냄새. 하지만 경고 신호가 훨씬 미세하고 섬세한 집들도 그에 못지않게 많았다. 항상 내려져 있는 블라인드, 손대지 않은 채 쌓여 가는 우편물,

주차된 채 꼼짝도 안 하는 자동차. 주의를 기울여 주변을 살펴보면 그런 신호를 사방에서 볼 수 있을 것이다. 어떨 때는 그 신호가, 웃자란 채 산들바람에 가시 돋힌 가지를 흔들면서 〈여기까지는 다가올 수 있지만 그 이상은 안 돼〉 하고 말하는 듯한 장미넝쿨 한두 그루일 수도 있다.

샌드라에게 집 청소를 요청하는 전화를 한 번 한 후 매릴린은 몇 주 동안 전화를 받지도, 샌드라가 남긴 수많은 메시지에 답을 하지도 않았다. 그러나 결국 샌드라는 매릴린과 연락을 하는 데 성공했고, 오늘 드디어 세 명의 팀원들과 함께 그녀의 집 앞에 도착했다.

샌드라는 오늘 아침 사기가 충만해 있었다. 최근에 그녀는 여러 가지로 신경을 쓸 일이 많았다. 비타민C 스킨 세럼이 효과가 있는지, 경찰과 맺은 계약이 갱신이 될지, 친구 하나가 십 대 아들과 문제가 있는데 어떻게 도와야 할지, 자기가 수면 무호흡증을 앓고 있는지, 만일 그렇다면 사용해야 할 호흡 보조 장치가 침실의 인테리어를 완전히 망쳐 버릴 텐데 어떻게 해야 할지 등 모든 게 걱정이었다. 연례 특수 청소 학회 참석을 위한 조기 할인 등록 기간을 놓친 일, 사람을 너무나 화나게 하는 빅토리아주의 운전면허 발급 기관을 상대하는 일, 면허청과 이야기하다가 계속 욕을 해대면 전화를 끊겠다는 경고를 받았던 일, 고객에게서 고맙다는 메시지가 적힌 예쁜 카드를 받은 일, 어떤 미치광이가 새 사무실에 세 단계 정도 짙은 색의 카펫을 깔아서 사무실 인테리어를 망친 일 등에도 신경을 쓰지 않을 수 없었다. 그녀는 이렇게 매사에 철저했다. 특히 일에 관해서는 더욱 그랬다. 임무를 완벽하게 끝내지 못할 가능성은 그녀가 트라우마 클리너로서 경험하는 어떤 어려움보다 더 끔찍한 일이었다.

「난 우등생 기질이 있어요.」 샌드라가 어느 날 나에게 설명했다. 「좋은 결과를 얻어야 하는데 그렇지 못하면 온종일 이 쓰레기 더미 안에서 일하는 것보다 더 힘들어지죠.」

한번은 샌드라에게 지금까지 정신적으로 제일 힘들었던 일이 어떤 것이었는지 물었다. 「머리에서 떠나지 않는 현장이 몇 군데 있긴 하죠.」 그녀가 인정했다. 「예를 들어, 몇 년 전 멜버른컵이 열린 직후에 청소를 나갔던 어떤 남자의 집이 그런 경우였어요. 어쩌다 그런 끔찍한 짓을 하게 됐는지 모르지만 그 남자가 죽은 방식이 잊히지가 않아요. 나무 절단기와 벽돌을 사용했지 뭐예요. 그러니 얼마나 고통스러웠을지 상상조차 할 수 없어요. 방 전체가 피 범벅이었는데, 그걸 보면 〈발가락을 잘랐나? 성기를 잘랐나? 무슨 짓을 했지?〉 하는 생각을 계속 하지 않을 수가 없었어요. 게다가 집 전체를 돌아다녔더라고요. 그러다가 계단으로 갔는데, 피도 없는데 뭔가 이상한 거예요. 뭔지 전혀 모르겠는데 뭔가 이상한 느낌이 들었어요. 그래서 계단에 깔린 카펫을 벗기기 시작했는데, 그 밑이 구더기 천지였어요. 〈오 마이 갓!〉 하는 비명이 절로 나오더라니까요. 어찌나 구더기가 많은지 정신을 차릴 수가 없었어요. 그리고 그때부터 만일 이상한 육감이 들어서 카펫 밑을 확인해 보지 않았으면 어떻게 됐을까 떠올려 보기 시작했어요. 내가 모르는지조차 모르고 지나가는 일들이 얼마나 많을까? 그러면 내 이름에 먹칠을 하는 거잖아요.」

샌드라는 최근에 나갔던 현장의 전과 후의 비교 사진을 휴대 전화에서 찾아 보여 주는 것을 좋아했다. 「여기는 콜필드 몰드에 있는 집이에요.」 그녀는 매릴린의 집 앞에서 서서 사진을 보여 주며 설명했다. 「이게 스토브예요. 쥐들 좀 봐요.」 그녀는 사진을 몇 장 더 넘겼다. 「곰팡이 좀 봐요. 믿기지가 않죠?」 다음 사진, 다음 사진. 「아, 이건 자살 현장. 미안.」 그녀는 검은색 웅덩이처럼 보이는 사진 두 장을 서둘러 넘겼다. 「그리고 바로 이게 청소가 끝난 후의 사진이죠.」 그녀는 자랑스럽게 다시 사진을 넘겼다. 「완성 샷.」 또 자랑스럽게 사진을 넘겼다. 「완성 샷, 완성 샷, 완성 샷.」 방은 모두 구석구석 흠잡을 데 없이 깨끗해서 과장해서 그린 그림처럼 보일 정도였다. 「이틀 만에 끝냈죠. 내가 생각해도 보통이 아니야. 아, 이건 봐야 해. 얼마나 웃긴지. 곰돌이 옷을 입은 강아지예요.」 그녀가 말했다.

크림색 페인트가 칠해진 매릴린의 현관문 안으로 들어가는 샌드라는 실용적이고 친절한 분위기를 풍겼다. 매릴린은 나이보다 젊어 보였다. 그녀가 의지해서 천천히 걷고 있는 바퀴가 달린 보행 보조기 위에 놓인 진토닉 잔이 아침 햇살에 반짝였다. 하지만 좀 더 자세히 보면, 그녀가 70대 중반이라는 것을 알아차리기 전에 그녀가 건강하지 않다는 사실을 먼저 느낄 수 있다. 피부는 얼굴 위에서 삐죽거리며 짧게 자란 하얀 머리카락만큼이나 창백했다. 둥글게 부풀어 오른 배, 핏기 없는 입술, 말을 하다가 단어가 생각나지 않아 허공을 가리키다가 멈춘 손가락. 그 모든 것이 금방이라도 불면 바람에 날아갈 것 같은 민들레 꽃씨 같은 느낌이었다. 그러나 단호한 어조로 샌드라와 청소팀을 인솔해서 부엌으로 안내하는 것을 보니 책임 있는 역할에 익숙한 품새였다. 그래서 매릴린에게서 자기가 교사였다는 말을 듣고도 나는 놀라지 않았다.

「내가 많이 아팠을 때 요양센터에 임시 위탁 간호를 받으러 들어간 적이 있어요.」 매릴린이 자기를 안심시키기 위해 어깨를 토닥이고 있는 샌드라에게 설명했다. 「거기서 내가 거의 직원처럼 일을 했다니까.」 매릴린은 한쪽 눈썹을 치켜뜨면서 콧방귀를 뀌었다. 「노인네들이 자기가 아더인지 마사인지도 잘 몰라…….」 매릴린은 어처구니없다는 듯 손을 휘저었다. 그녀도 샌드라처럼 엄청나게 긴 인조 손톱을 붙이고 있었다. 눈부신 보라색 네일 컬러는 아주 최근에 바른 듯했다.

매릴린은 30년 전 혼자 힘으로 키우던 두 명의 자녀와 함께 살기 위해 그 집을 샀다. 과거에 그녀는 혼자서 자녀를 키우는 가장이었고, 지금은 경제적으로 독립한 은퇴자였다. 암과 관절염을 앓고 있기는 하지만 그 집을 떠날 계획은 없었다. 나는 널찍한 거실과 부엌을 둘러보았다. 냉장고 문을 물건으로 괴어서 닫히지 않도록 해놓은 것을 보고 나는 냉장고가 고장 났는지 물었다.

「아니에요.」샌드라가 매릴린 대신 가볍게 대답했다. 「냉장고에 든 물건이 너무 많고, 냉장고 문을 열 힘이 없어서 저렇게 해놓은 거예요. 그래서 냉장고 안이 좀 곤란한 지경이 됐죠.」

「냉장고 문제는 얼마나 오래된 거예요?」내가 물었다.

「아마 3주는 됐을 거예요. 아니 그보다 좀 더 되나?」매릴린이 애매하게 대답했다.

앞문에서부터 시작해서 현관 복도는 다양한 단계로 부패해 가는 식료품이 든 하얀 비닐백으로 빼곡했다. 적어도 몇 주 동안은 매릴린도 차를 몰고 슈퍼마켓에 가서 매대에서 물건을 골라 계산대에서 일하는 직원과 인사를 나누고, 그 직원의 지시를 받은 누군가의 도움으로 쇼핑백을 차에 싣고 돌아와 차에서 현관문 안까지 가지고 들어올 수 있는 육체적·정신적 에너지가 있었음이 분명했다. 그러나 그렇게 사온 식료품을 현관에서 부엌까지 옮기는 마지막 단계를 마칠 힘이 매릴린에게는 남아 있지 않았을 것이다. 가까스로 그런 힘을 냈다고 해도 냉장고에는 그 무엇도 더 넣을 수 없었을 것이다. 냉장고 안은 이미 썩어 가는 음식으로 가득 차 있었고, 매릴린에게는 그것들을 치울 에너지가 없었기 때문이다. 그래서 샌드라의 청소팀은 포크, 나이프, 가재도구가 내는 불규칙적인 소음을 배경음악으로 냉장고와 부엌을 재빨리 효율적으로 청소했다. 몇 분에 한 번씩 팀원 중 한 명이 커다란 검은 비닐 쓰레기 봉지를 앞문으로 가지고 나가 잔디가 깔린 앞마당을 건너 STC 밴 뒤에 끌고 온 트레일러에 실었다.

그 집의 삶은 위기에 빠졌다기보다는 비현실적으로 멈춘 듯했다. 누군가가 그냥 아무도 없는 집에 일시 정지 버튼을 눌러서, 장에서 사온 식자재가 냉장고에 들어가기를 기다리고 주전자의 물이 끓다가 중단된 느낌이었다. 그렇다면 이 집의 문제는 샌드라가 일상적으로 처리하는 문제들보다 더 미묘할 것이다. 정성 들여 고른 액자들이 걸린 멋진 방에서 우유가 상해 덩어리지고 식물들이 죽어 갔다. 집은 그다지 많이 어질러진 것은 아니지만 세 명으로 된 청소팀이 부엌에서 바삐 움직이며 쓰레기 봉지를 계속, 계속, 계속 밖으로 가지고 나갔다. 흠잡을 데 없이 완벽한 손톱을 지닌 매릴린과 마찬가지로 이 집도 표면에 보이는 것과는 다른 이야기를 가지고 있었다.

샌드라는 나와 매릴린에게 격식을 차려 꾸며진 거실에 가서 이야기를 나누면 어떻겠냐고 제안했다. 그렇게 하면 청소팀이 복도로 다니기가 더 쉬울 것이다. 하지만 매릴린은 소파 높이에 문제가 있다고 핑계를 대면서 그 제안을 거절하고, 대신 나를 데리고 어두운 복도 저쪽에 있는 침실로 갔다. 그녀는 달팽이 속도로 걸으면서 주문을 외우듯 중얼거렸다. 「더 걸으면 걸을수록 더 잘 걸을 수 있어.」

매릴린의 침실 바닥은 검댕 자국이 여기저기 나 있고, 광고 전단이 가득했다. 종이와 옷가지, 음식물, 각종 살림살이 등으로 넘쳐나는 플라스틱 세탁 바구니가 여러 개 있어서 방 이쪽에서 저쪽으로 걸어가려면 그 장애물들을 조심스럽게 피해 가야 했다. 악취가 좀 나지만 정신을 못 차릴 정도는 아니었다. 사실 냄새 면에서는 샌드라가 지금까지 일한 거의 모든 현장 중에서 가장 나은 곳이 틀림없었다. 집에 들어섰을 때 처음 코를 덮치는 냄새는 더러운 피부, 썩은 과일, 먼지, 강력 청소 세제, 대변 냄새였다. 매릴린의 침대 위에는 (잡지, 『TV 가이드』, 전단지, 법률 서류, 열지 않은 편지 등) 다양한 종류의 종이들이 겹겹이 쌓여 있고, 그 사이에 각종 물건들이 끼어 있었다. 밀폐 용기에 들어 있는 노란 액체는 매릴린이 나중에 복숭아 통조림에서 나온 것이라고 설명했고, 종이 우유팩은 다행히 똑바로 서 있었다. 그 밖에도 크래커 한 상자, 방충제 캔, 그리고 크림이 담긴 플라스틱 병, 해열제 다섯 상자, 초콜릿, 새 비누와 로션이 든 사은품 주머니 등이 보였다. 베개가 여러 개 있었지만 모두 커버가 씌워져 있지 않았고, 베개와 침대보 모두 오래되고 때가 묻어 누렇게 변해 있었다.

매릴린은 방 상태에 대해 전혀 신경 쓰지 않고 천천히 침대를 돌아 들어가면서 내게 손짓으로 한쪽 벽에 쳐진 커튼을 걷으라고 했다. 자기는 늘 커튼을 닫아 놓는다는 설명과 함께. 무거운 주황색 천을 힘주어 잡아당겨 열자 집 뒤쪽 테라스에 놓인 치자나무 화분들과 더러운 유리창에 겹겹이 쳐진 거미줄 너머로 햇빛이 쏟아져 들어왔다. 매릴린은 온몸에 햇빛을 받으며 슬리퍼를 벗고 힘들여 침대 위로 올라갔다. 침대 옆에는 레몬색 샌들, 하늘색 슬리퍼, 때 묻지 않은 새 보라색 운동화 등 끈을 매지 않아도 되는 신발들이 한 무더기 놓여 있었다. 매릴린은 입고 있는 라벤더색 로브로 자기 다리를 덮기 위해 몸을 굽혔지만 공처럼 부푼 배 때문에 쉽지가 않았다. 겨우 목적을 달성한 후 그녀는 뒤로 몸을 젖혀 베개 위로 몸을 기댔다. 부처님이 연상되는 모습이었다. 나는 양발을 침대 밑으로 내리고 그녀 옆에 앉았다.

2014년 암 진단을 받은 후 복용한 약들 때문에 관절염이 악화되고 에스트로겐 호르몬 수치가 바닥으로 떨어져서 몸이 두 번째 갱년기 같은 타격을 받았으며, 그것이 아주 끔찍하지는 않았지만 불편하고 거북한 경험이었다는 이야기를 매릴린에게서 듣고 있는데, 청소팀 중 한 명이 방에 딸린 작은 욕실에 들어와 벽과 바닥을 닦기 시작했다. 집 청소를 하는 데 샌드라의 도움을 받아야 하는 것은 바로 심신을 약화시킨 그 고통스러운 병들의 육체적 후유증 때문이라는 것이 매릴린이 내게 한 이야기의 요지였다.

「그러다가 작년 크리스마스 때부터 상황이 안 좋아지기 시작했어요.」매릴린이 한숨을 쉬었다. 그녀는 모세혈관이 터져 희미하게 폭죽이 터진 것처럼 보이는 볼까지 라벤더색 로브를 끌어당겼다. 그러다가 로브 너머로 눈을 내밀고 나를 보았다. 커다랗고 둥그런 눈이 잠깐이지만 아이의 눈처럼 보였다.

매릴린은 다 자란 자녀가 두 명 있었다. 성격은 서로 많이 다르지만 둘 다 똑똑했다. 매릴린은 그들이 이루어 낸 성과를 자랑스럽게 이야기하기 시작했다. 그러나 동시에 그들에 대한 이야기를 하는 매릴린의 어조에서 줄곧 단호한 비판과 상처받은 마음이 느껴졌다. 과거에 집을 청소해 줬던 도우미들에 대해 이야기할 때 깃든 따뜻함이 자녀들을 언급할 때는 느껴지지 않았다. 매릴린은 보통 둘째 아들과 며느리, 그들의 자녀들과 함께 크리스마스를 보내지만 작년 크리스마스에는 처가 식구도 초대하겠다고 아들이 알려 왔다. 그 소식을 들은 매릴린은 자기가 낄 자리가 아니라는 생각이 들었다. 그래서 큰아들과 함께 식당에 가기로 약속을 했다. 큰아들은 한 번도 결혼을 한 적이 없었고, 1시간 반 거리에 살고 있었다. 큰아들은 크리스마스 아침을 여자친구와 보낼 계획이었기 때문에 오후 2시가 다 되어서야 매릴린과 점심 식사를 하기 위해 찾아왔다. 두 사람은 식당에 마지막으로 도착한 손님이었다. 예상했던 것보다는 먹을 수 있는 음식이 충분히 있었지만, 〈상처는 이미 입은 후〉였다.

이 상처의 성격과 규모를 이해하기 위해서는 다른 여러 가지 사실을 알 필요가 있다. 첫째, 매릴린은 집에 있는 방 중에서 하나를 전적으로 크리스마스와 관련된 물건을 보관하는 데 사용했다. 그 방에는 크리스마스 포장지, 크리스마스 러그, 크리스마스 조명, 적어도 한 개 이상의 인조 크리스마스 트리, 사람 크기에 진짜 좋은 옷을 입은 산타를 포함한 산타 여럿이 보관되어 있었다.

둘째, 오늘 아침 그녀의 침대 위에서 썩어 가고 있는 다양한 사탕과 과자들 중에 초콜릿으로 만든 바구니가 있었다. 그 초콜릿 바구니는 상당히 최근에 먹다가 남은 것인데, 그녀가 그 초콜릿 바구니를 특별히 먹어야겠다고 생각한 이유는 어릴 때 부모님이 매년 크리스마스마다 대릴 리*에서 사줬던 것이기 때문이다. 매릴린은 요즘 파는 초콜릿 바구니가 맛은 예전과 같지만 옛날에는 크기가 훨씬 더 크고 바구니 안에 작은 병아리가 들어 있었다며 서운한 듯 말했다. 왜 요즘 나오는 제품에는 병아리가 없는지 이해할 수 없다는 말도 덧붙였다.

그리고 아이들이 겨우 아장거리고 걸어 다닐 정도로 어렸을 때 남편이 여자친구와 살겠다며 집을 나가 버린 후 홀로 키운 두 아들들을 빼면 그녀가 우주 공간에 떠 있는 이 지구라는 바위에서 완전히 혼자라는 사실을 아는 것도 상황을 이해하는 데 도움이 될 것이다. 그래서 암 진단을 받은 바로 그해 크리스마스 이브

* 오스트레일리아의 초콜릿 제조사.

부터 크리스마스 오후 2시까지 혼자 보낸 매 순간은 그녀에게 고통의 연속이었다.

「그 후로 난 우울증에 빠져서 완전 내리막길을 걸었어요. 관절염도 더 심해졌고. 그러다가 석 달 전쯤 진짜 최악까지 갔어요.」 매릴린은 그렇게 말하면서 옆에 쌓여 있던 잡지 더미에서 찾아낸 나무 등 긁기를 만지작거렸다. 청소팀이 작업을 하고 있는 침실에 딸린 욕실에는 빈 토닉워터 병과 포도주 통들이 바닥에서 분홍색 세면대 높이까지 쌓여 있었다. 그녀의 칫솔과 크랩트리 앤드 이블린표 땀띠분이 놓인 선반에는 피클 병과, 은색 포크가 비뚤게 꽂힌 컵라면 두 개가 놓여 있었다. 청소팀원이 허리를 굽힌 채 쓰레기를 검은 봉지에 쓸어 담았다.

「그냥 침대에 누워만 있고 싶었어요. 일어나고 싶지 않았죠. 일어날 이유가 없었으니까. 언제나 반려동물을 키웠지만 그때는 없었어요. 그때가 새나 고양이를 살 시기가 아니란 것쯤은 알고 있었어요. 아기 고양이는 11월에 사야 하거든. 그런 이유 말고도 난 내가 무엇을 돌볼 수 있을지 자신도 없었어요. 너무 우울했죠. 가정의한테 갔더니 항우울증 약과 관절염 때문에 먹는 소염제를 용량을 두 배로 늘려 줬어요. 통증이 너무 심했거든요.」

나는 우울증 이야기를 아들들에게 했는지 물었다. 그녀는 아니라고 대답했다.

「아이들을 걱정시키고 싶지가 않아요. 내가 〈귀찮게 한다〉는 표현을 쓰긴 하지만 아이들이 날 귀찮게 하는 건 아니에요. 상황이 감당하기 어려워지면서 아무도 집에 들이지 않았어요. 그냥 아무것도 하고 싶지가 않았죠. 흥미도 열정도 다 없어졌어요. 어떤 날은 하루 종일 자고 밤까지 계속 잤어요. 잠에서 깨어나지 않게 전화기를 숨겨 버리는 날도 있었죠. 여기 어떤 잡지들은 들춰 보지도 않은 것들도 있어요. 집중도 할 수도 없고, 아무것도 하고 싶지 않았어요. 잠에서 깨면 수면제를 한 알 더 먹고는 다시 잠들곤 했죠.」

나는 내가 걸터앉은 쪽 반대편에 있는 침대 옆 협탁 위의 빈 서류철과 바닥에 놓인 서류철들을 살펴보았다. 서류철에는 1990년대부터 연대별로 라벨이 단정하게 붙어 있었다. 나는 매릴린이 집을 돌보지 못하고 방치한 것이 몇 차례나 될지 궁금했다. 평생 때때로 그녀를 괴롭힌 현상일까, 아니면 비교적 최근에 시작된 현상일까? 「평소처럼 잘 정돈하고 조직적으로 살기가 어려워진 것이 언제쯤부터인 것 같으세요?」 내가 물었다.

「서서히 나빠졌어요. 그러다가 아무것도 하기 싫은 시점이 왔지. 아무것도 안 하고 하루 종일 그냥 누워만 있고 싶어졌어요.」

그 기간 동안에도 보통 때 늘 하는 것처럼 매릴린은 두 아들과 일주일에 한두 번씩 전화 통화를 하곤 했다. 「보통 걔네들이 일주일 동안 한 일, 내가 그동안 한 일에 대해 이야기를 나누죠. 아무것도 한 게 없으면 난 그냥 너무 추워서 오늘은 아무데도 안 나가고 집에 있었다고 말해요. 그게 절대로 거짓말은 아니거든. 올 겨울에 진짜 끔찍하게 추웠잖아.」

샌드라가 미소를 띤 얼굴로 방에 스윽 들어와서는 두 손을 엉덩이에 올리고 복도를 걸어오면서 턱까지 차오른 숨을 고르며 침실은 어떻게 작업해야 할지 둘러보았다.

「오늘 샌드라가 와서 도와준다는 걸 아드님들이 알아요?」 내가 물었다.

「오늘은 아니에요. 이번에는 아이들도 몰라요. 저번에 암 진단을 받은 직후에 샌드라가 왔을 때는 아이들도 알고 있었죠.」

「맞아요, 그랬었죠. 사랑하던 반려견이 막 죽은 직후였죠.」 샌드라가 부드럽게 말했다. 매릴린은 암 진단 소식을 알리기 위해 큰아들을 집으로 부르고 싶어 했다.

「내가 그랬죠. 〈집이 너무 엉망이어서 아들을 부를 수가 없어요〉라고.」 매릴린이 설명했다. 「한 12개월 정도 도우미가 오지 않았어요. 그리고 내가 원하는 식으로 뭘 할 수가 없게 되어 버렸죠. 아들이 그 상태를 보게 할 수는 없었어요. 항상 겁을 줬거든. 내가 혼자서 살 수 없게 되면…….」

「양로원으로 가야 한다고.」 샌드라가 말을 마저 끝마쳐 주었다.

「그래서 샌드라와 청소팀이 금요일에 와서 집을 완전히 치워 줬어요.」 매릴린이 말했다. 「그리고 일요일에 아들을 불렀어요.」

그 청소는 바닥에 약 30센티미터 높이로 쌓인 쓰레기와 죽은 개의 똥이 섞인 것을 치우는 작업이었다. 나는 남편이 두 아이와 자신을 두고 떠난 뒤로 우울증을 앓았는지 물었다.

「그때는 우울했던 기억이 없어요. 모든 게 너무 달라져 버려서 그냥 날마다 살아 내는 것 말고는 달리 도리가 없었죠.」

샌드라는 부엌을 치우는 일이 얼마나 진척되었는지 살피러 나갔다. 이야기를 할 때 매릴린의 눈은 초점을 맞추는 대상이 자주 바뀌는 느낌이었다. 마치 아주 가끔씩 바깥세상을 내다보는 듯한 느낌을 주었는데, 눈에 초점이 흐려질 때면 얼굴 또한 흐려지고, 입과 턱, 눈썹이 처지면서 호흡까지 느려졌다. 그리고 대화를 주고받는 속도에도 조금 시차가 생겼다. 마치 상대방의 말을 듣기도 힘들고, 대답하기 전에 숨을 들이쉬는 것도 힘든 것처럼 보였다. 그럴 때면 그녀는 훨씬 나이 들어 보였다.

또 내 주의를 끈 것은 매릴린의 총명함이었다. 언급하는 내용이 굉장히 광범위하고, 풍부한 어휘와 유려한 문장을 구사하는 것을 듣고 있자면 그녀의 높은 지적 수준을 인정할 수밖에 없었다. 그녀는 머리가 빨리 돌아가고 익살스럽기까지 했다. 전성기에는 굉장히 위협적인 존재감을 뿜냈을 것이고, 어디에 가서 누구와 만나도 모인 사람들 중 가장 똑똑한 사람이었을 것이다. 사실 그녀가 자연스럽게 내뿜는 권위 때문에 매릴린의 이야기가 앞뒤가 맞지 않을 때가 있다는 것을 깨닫기까지 시간이 오래 걸렸다.

　매릴린의 집 상태 중에서 어디까지가 그녀가 현재 앓고 있는 질병과 그로 인한 우울증 때문이고, 어디까지가 기저에 깔린 근본적인 정신질환 때문인지 판단하는 것은 불가능했다. 매릴린은 현재 자기가 처한 상황 때문에 그렇게 됐다고 설명했지만, 그녀가 물건을 전혀 버리지 못하고, 위생에 신경 쓰지 않으며, 알코올 중독을 앓고 있다는 증거도 상당했다. 이 상황은 코트의 선 위에 놓인 테니스공처럼 어느 쪽으로도 해석할 수 있는 여지가 있었다. 그러나 결국 그 모든 게 무슨 소용이 있을까? 고통은 고통일 뿐 다른 무엇도 아니었다.

　「오늘은 숨이 좀 차네요.」 샌드라가 다시 침실로 들어오면서 말했다. 격하게 숨을 들이쉬면서도 미소를 잃지 않았지만, 그녀의 가슴은 어선 바닥에 내동댕이쳐진 물고기처럼 헐떡거렸다.

　「너무 무리하면 안 돼요.」 매릴린이 침대에 앉은 채로 샌드라를 향해 손가락을 흔들었다. 매니큐어를 바른 매릴린의 긴 손톱 아래에 까만 때가 끼어 있었다. 「우리 집 바닥에서 쓰러지면 감당 못 하니까.」

　「맙소사, 쓰러지면 그냥 내버려 둬요!」 샌드라가 다정한 목소리로 말하면서 손을 내저었다. 그녀는 침대 한쪽에 피라미드처럼 쌓인 열어 보지도 않은 우편물을 한쪽으로 밀어내고 매릴린 옆에 털썩 주저앉았다. 그러고는 침대에 널려 있는 쓰레기 더미

밑에서 얼핏 보기에도 더러운 베개 두 개를 찾아서 하나씩 펴고 두드려서 부풀린 다음 헤드보드 쪽에 받친 뒤 몸을 기대고 긴 다리를 꼬아 침대 옆쪽으로 내렸다.

「샌드라가 나보다 더 나아 보이지 않아요?」 매릴린이 나에게 말했다.

「보톡스랑 필러로 범벅이에요.」 샌드라는 과장되게 한숨을 내쉬면서 그렇게 말하고는 침대에 앉으면서 밀어 두었던 우편물 더미에서 무심코 봉투 하나를 집어 들었다. 눈을 가늘게 뜨고 발신인을 슬쩍 확인하고 프렌치 네일*을 한 기다란 손톱을 펜나이프처럼 사용해서 봉투를 열었다. 2년 된 전화요금 청구서를 봉투에서 꺼내 옆에 둔 다음 봉투는 발 옆에 있는 빈 쓰레기 봉지에 던져 넣었다.

「갑자기 제인 폰다가 생각났어요.」 매릴린이 엄숙하게 말했다.

「정말 젊고 건강해 보이지 않아요?」 샌드라가 숭배한다는 표정으로 숨을 혹 들이켰다. 「아마 일흔여덟쯤 됐을걸요?」

「조앤 콜린스는 또 어떻고.」 매릴린이 말했다.

「플라스틱 보형물을 너무 많이 넣어서 미스 터퍼웨어라고 불러도 될 정도죠.」 샌드라는 그렇게 말하면서 오래된 요금 청구서를 또 하나 꺼내 바로 전 청구서 위에 올려놓았다.

* 손톱 끝에만 얇게 매니큐어를 바르는 것.

「한 번만 더 주름살 제거 수술을 하면 수염이 날지도 몰라.」 매릴린이 얼굴색 하나 바꾸지 않고 농담을 했다.

「아니면 궁뎅이로 말을 할지도 모르죠.」 샌드라가 쿡쿡 웃으면서 거들었다. 샌드라는 한마디로 상대방을 넘어가게 하는 농담의 여왕이었다. 그녀는 내게 이렇게 말한 적이 있다. 「난 항상 궁정의 광대 역할을 해야 한다는 강박이 있어요. 아마도 모든 사람한테 받아들여지고 싶어서 만들어 내는 환상 내지는 가면인 것 같아요. 내가 사람들을 만나고 이야기하는 것이 편하다는 인상을 주고 싶어서 쓰는 가면 말이죠.」

청구서가 또 한 장 쌓이고, 또 다른 봉투 하나가 재빨리 쓰레기봉지로 들어갔다. 그리고 그 과정이 끝없이 반복 또 반복되었다. 이것이 바로 샌드라의 조용한 천재성이다. 지금 이 순간 그녀가 감독하고 직접 해내고 있는 트라우마 클리닝 일은, 전혀 위협적이지 않고 두서없이 진행되는 것 같은 인상을 주었다. 샌드라가 하고 있는 모든 일은 매릴린과 수다를 떨면서 아무 생각 없이 하는 것처럼 보였다. 누군가가 이 장면을 슬쩍 엿본다면 두 친구가 완전히 긴장을 풀고 편하게 수다를 떨고 있는 것처럼 보일 것이다. 샌드라가 매릴린을 긴장시키지 않으면서도 정확한 시간표에 따라 완벽하게 계산해서 침실을 정리하기 위해 움직이고 있다는 것은 아무도 모를 것이다. 그리고 그녀는 부서지고, 필요 없고, 썩고, 벌레가 슨 것들 중 어디까지 버리도록 매릴린을 설득할 수 있는지도 본능적으로 알고 있었다. 그와 동시에 한눈으로는 더러워진 욕실을 소독하고 있는 직원이 어떻게 일하고 있는지 지켜보고, 다른 두 팀원이 부엌에서 얼마나 진척을 보이고 있는지도 신경 쓰고 있었다.

개봉하지 않은 편지 봉투를 또 하나 살펴보며 샌드라는 마치 그냥 손을 쉬게 하고 싶지 않아서 뭔가를 하는 사람처럼 보이는 재능을 발휘했다. 한가한 일요일 오후에 친구들이랑 펍에 앉아 술을 마시면서 맥주병에 붙은 라벨을 아무 생각 없이 뜯고 있는 사람처럼 보이지만, 사실 샌드라가 지금 하는 일은 감정의 지뢰밭을 전문가다운 전략으로 헤쳐 나가고 있는 것이었다. 그녀가 최고로 효과적으로 일할 때 보면 자신이 일을 하고 있다는 사실을 완전히 잊어버린 것처럼 보였다. 사실 조금은 그 사실을 망각해서 그렇게 보이는 것이기도 했다.

「전화 요금 내야 하는 거 있어요? 이게 날짜가 어떻게 되는 거죠?」 샌드라는 놀란 얼굴로 종이 한 장을 들어 보이면서 말했다.

「아뇨, 자동이체 되는 거예요.」 매릴린은 손을 저으며 괜찮다고 대답했다.

「그렇군요. 여기 앉은 김에 이쪽에 있는 신문 좀 버릴게요.」 샌드라는 침대를 메우고 있는 수많은 가십 잡지 무더기 중 하나를 가리키며 가볍게 말했다.

「잠깐만요, 내가 이걸 읽었던가?」 매릴린은 잡지 표지 하나를 가리키며 물었다.

「다 읽은 걸 골라내세요.」샌드라는 그렇게 말하면서 자기도 잡지 하나를 집어 들고 표지를 자세히 보았다. 「제니퍼 애니스톤 이네. 드디어 결혼도 하고 쌍둥이도 낳고.」그 후 몇 분 사이에 매 릴린은 어떤 잡지는 재활용함에 들어갈 수 있고, 어떤 잡지는 버 리지 말아야 할지를 결정했다. 버려도 된다는 잡지 더미 밑에서 샌드라는 미니 스타일러스를 하나 찾았고, 매릴린에게 그걸 전 화에 사용해도 된다고 말해 주었다. 매릴린은 스타일러스를 쓰 는 게 불편하긴 하지만 그렇다고 스타일러스를 쓰지 않으면 전 화를 쓰기가 힘들다고 털어놓았다.

「손톱이 너무 길면 화면을 제대로 터치하기가 힘들어요.」내 가 추측해 보았다.

「손톱이 너무 길다는 건 어불성설이에요.」그렇게 내 말을 받 아치는 샌드라가 나는 너무 좋았다. 「오케이, 옛날에 구입한 전 자제품에 대한 세금계산서인데…….」

그때 샌드라의 전화가 울렸다. 「굿모닝, 샌드라입니다. 아, 제 시. 안녕하세요? 그렇지 않아도 오늘 아침에 전화하려고 했어요. 딘 스트리트의 집 때문에…… 물이 많이 샌 적이 있더라고요. 나 무가 다 불어 터져서 모두 걷어 내야 해요. 그런 다음에는 바퀴벌 레 방역도 해야 하니 주택조합 쪽에서 일을 처리하는 쪽이 더 나 을 것 같아요. 그쪽이 우리가 맡아서 하는 것보다 싸게 먹힐 거예요. 프로작, 아니 프로스펙트, 아이고, 내가 프로작을 먹어야 되나 싶긴 해요. 주택조합에서 쓰는 프로스펙트라는 업체는 정부랑 계약이 되어 있어서 단가가 낮아요……. 네, 벽에도 구멍이 여러 개 크게 나 있더라고요. …… 그렇죠. 거기 살던 젊은 여자 집을 몇 번 청소한 적이 있어요. 아마 정신질환 환자였던 것 같아요, …… 침대까지 손상되었는지는 모르겠어요. 좋아요, 오늘 밤에 작성해서 내일 보내드릴게요. 오케이. 고마워요. 바이바이.」

샌드라는 론 모스가 표지모델로 등장한 2012년 판 『TV 가이드』를 펼쳐 들었다. 「이제 끝이네. 완전 바람과 함께 사라진 거지. 리지*가 이제 안 나오겠어요.」 그녀는 론 모스의 얼굴을 찬찬히 보면서 한숨을 쉬었다. 〈더 볼드 앤드 더 뷰티풀〉을 날마다 보는데.」

「나도 날마다 봐요.」 매릴린이 말했다.

「더 볼드 앤드 더 뷰티풀」을 시청하는 건 샌드라에게 정신 건강 유지를 위한 필수적인 의례였다. 다른 사람들이 휴가를 가거나 산책을 하거나 깊은 호흡을 해서 얻는 안식을 샌드라는 「더 볼드 앤드 더 뷰티풀」에서 얻었다. 그녀는 또 다른 잡지를 집어 들고 헤드라인을 큰소리로 읽었다. 「〈간부들끼리의 사랑〉…….홍!」 그녀는 잡지 안을 살짝 들여다보다가 잠깐 관심을 보이는 듯하더니 바로 쓰레기 봉지에 던져 넣었다.

* 「더 볼드 앤드 더 뷰티풀」에 등장하는 배우 리지 포레스티.

「뭘 버리는지 잘 보고 버려야 해요.」 매릴린이 경고했다.

「그럴게요.」 샌드라가 약속했다.

「내 유언장이 거기 어디 섞여 있거든.」

「와, 잘됐다. 유언장을 바꿔서 내 이름을 적어 넣으면 되겠어요. 그렇게 할까요?」 샌드라는 미소를 지어 보이고는 집어 든 영수증에 적힌 작은 글씨를 읽으려고 눈을 가늘게 떴다. 「자, 이건…… 텔레비전에 등장했던…… 백퍼센트 실크…… 켈리스 클로젯 어깨 자수 카프탄……. 오 마이 갓!」

「한번 봐요!」 매릴린이 침대 맞은편에 있는 드레스룸을 가리키며 자랑스럽게 외쳤다.

「혹시 캐서린 켈리 랭 카프탄을 갖고 있는 거예요? 말도 안 돼!」 샌드라는 드레스룸으로 서둘러 다가가면서 내게 설명했다. 「더 볼드 앤드 더 뷰티풀」에서 브룩 역으로 출연하는 캐서린 켈리 랭이 자기 이름을 걸고 판매하는 카프탄 브랜드가 있다는 것이다. 옷걸이를 젖힐 때 나는 끽끽 소리와 함께 옷 더미에 묻혀 작아진 샌드라의 목소리가 들려 왔다. 「잠깐! 한 벌이 아니라 두 벌이나 있잖아요!」 샌드라가 카프탄 두 벌을 치켜들고 드레스룸 밖으로 나왔다. 「정말 예뻐요! 몸에 정말 예쁘게 감기겠네.」 샌드라는 보석 같은 색의 실크를 손가락으로 비벼 감촉을 느끼면서 혼잣소리처럼 말했다.

「지난 봄에 기분이 좋았을 때 산 거예요.」 매릴린이 카프탄을 가리키며 말했다.

샌드라는 옷을 다시 드레스룸에 넣은 다음 침대로 돌아와서 서류 무더기를 살피기 시작했다. 「이건 변호사들한테서 온 서류 같아요. 이게 유언장 맞죠?」 샌드라가 종이 몇 장을 들어 보이며 물었다.

「맞아요. 내가 찾던 게 바로 그거에요.」 매릴린이 대답했다. 침대 한켠에 공간이 생기자 작은 진드기들이 천 위에서 뛰어다니는 게 보였다.

「침대에 벌레가 있네요.」 샌드라가 사무적으로 말했다.

「그 벌레들은 아무 해도 끼치지 않는 것 같아요.」 매릴린은 그렇게 말하고 샌드라가 검토하라고 분류해 둔 우편물로 주의를 돌렸다. 「귀찮아서 열어 보지도 않은 우편물들도 많을 거예요.」

침대 위의 물건을 좀 더 치우고 나서 보니 침대보 밑에 구겨진 실크 카프탄이 한 벌 더 나왔다. 샌드라는 손바닥으로 심하게 구겨진 옷을 펴고, 벨트를 찾아 끼운 다음 옷걸이에 걸어 드레스룸으로 가져갔다.

「혹시 지붕이 새는 거예요?」 드레스룸에서 나오면서 샌드라가 걱정스러운 말투로 실링팬 옆에 보이는 홍차 색의 얼룩을 가리켰다. 실링팬의 날개마다 회색 가발처럼 먼지가 두껍게 앉아 있었다. 「타일에 금이 가서 물이 새는 것 같아요.」

「아니에요. 저 얼룩은 한 3년 전부터 더 커지지 않고 그대로

예요.」

「그렇군요. 실링팬도 닦아야겠네. 살짝 더러워져서.」샌드라는 그렇게 말하고 플라스틱으로 된 빨래 바구니를 침대 위로 힘들여 올린 다음 안에 든 내용물을 살폈다. 나는 매릴린에게 책 읽는 것을 좋아하는지 물었다.

「『헨리 8세와 여인들』이라는 책을 좋아하죠. 내가 헨리 8세에 대해서는 좀 전문가거든.『엘리자베스 1세』도 참 흥미롭고. 예전에는 책을 굉장히 많이 읽었어요. 찰스 디킨스의『황폐한 집』도 거기 쌓아 뒀어요. 그 책은 이렇게 두꺼워.」그녀는 고개로 침대 옆 협탁을 가리키며 보라색 매니큐어를 바른 손가락으로 책의 두께를 만들어 보였다. 하지만 다양한 방향제와 새 자명종, 헌 자명종 등이 어지럽게 놓여 있는 협탁에는 두껍든 얇든 책은 한 권도 보이지 않았다.

「텔레비전은 좋아하세요?」나는 침대 맞은편에 놓인 커다란 텔레비전을 가리켰다.

「오, 좋아하지요.」매릴린은 상당히 열정적으로 대답했다.「텔레비전 많이 보죠.」

「〈핼리팩스에서의 마지막 탱고〉봤어요?」샌드라가 빨래 바구니에서 고개를 들고 물었다.

「아뇨.〈파리에서의 마지막 탱고〉는 봤는데〈핼리팩스〉도 그거랑 비슷할 거라 생각하고 안 봤죠.」매릴린은 실망스럽다는 듯한 말투로 대답했다.

「알고 보면 꽤 재미있는 프로그램이에요.」샌드라는 다양한 종류의 텔레비전 프로그램을 보는 것 말고도 날마다 지역 신문과 전국 신문을 읽고, 요리와 인테리어 디자인 잡지도 즐겨 보았다. 자기는 책은 잘 안 읽는 편이지만, 책 중에서는 전기를 좋아한다고 말했다. 「패커* 이야기도 좋고, 본드**도 좋고, 지나 라인하트***의 책도 즐겨 읽죠. 그 사람들이 생각하는 법이나 진취적으로 사는 방법이 참 좋아요.」

매릴린은 욕실을 가리키며 말했다. 「냉장고 청소가 끝나면 넣어야 할 병이 거기 몇 개 있을 거예요.」샌드라는 고개를 끄덕여 보였고, 침대 위에 있는 음식물을 버려도 될지 허락을 구했다.

매릴린은 허락하지 않았다. 「안 돼요. 모두 내가 오늘 마트에서 사온 것들인데.」매릴린이 대답했다. 그럴 것 같지는 않았지만 불가능한 일은 아니었다. 샌드라는 매릴린의 의사를 존중하고 다음 작업으로 넘어갔다.

샌드라에게 일이 얼마나 육체적으로 힘든지 물은 적이 있다. 「물건을 못 버리는 고객의 집을 치우는 날은 정말 피곤해요. 완전히 기진맥진하게 되죠.」그녀가 대답했다. 「계속 타협을 하고 동의를 구해야 하는데, 그 모든 것이 내 생각이 아니라 고객의 생

* 오스트레일리아의 투자가이자 사업가인 제임스 패커를 의미함.
** 영국 출신의 사업가 앨런 본드를 의미함.
*** 오스트레일리아의 광산 재벌.

각이라고 받아들이도록 해야 하니까요. 어느 정도는 고객을 조종해야 하는 면이 없지 않아 있어요.」「그러니까 살아 있는 고객이 더 문제가 많다는 건가요?」내가 물었다.

「오, 딩동댕! 항상 주인이 죽은 집이 일하기는 더 편하죠.」

침실 창문 밖에서 새가 지저귄다. 부엌을 치우고 있던 직원이 방으로 들어와 샌드라에게 조용히 뭔가를 물었다. 「서서히 다 되어 가고 있어요.」샌드라는 고개를 끄덕여 보이고 침대 위에 쌓인 종이 더미로 다시 주의를 돌렸다. 「중요한 게 섞여 들어가지 않도록 하려고 주의하고 있긴 한데요, 모두 쓸데없는 우편물인 것 같아요.」가지런히 정리해서 벽돌처럼 두꺼워진 종이 더미를 한 손으로 잡고 휘리릭 넘기면서 그녀가 말했다. 「늘 오는 우편물들 같은데……. 〈조속한 조치가 필요합니다〉, 〈주주들에게 알립니다〉, 〈배당금 지급 안내문〉 등……. 필요한 서류들인가요?」

「네.」매릴린은 그렇게 대답하고 광고 전단지 하나를 집어 들었다. 「지역 사회 강연…… 정신 건강의 중요성. 내 이야기네!」그녀가 미소를 지었다.

「나도요. 정신 건강 문제라면 나도 빠지지 않아요.」샌드라가 익살스럽게 말했다. 그녀는 침대 위에 놓여 있던 회색 플라스틱 뚜껑을 집어 들었다.

「그건 내 믹서기 뚜껑이에요. 식기세척기에 집어넣으면 안 되는 물건이에요.」매릴린이 위엄 있게 당부했다.

「부엌에서 일하는 팀은 전부 손 세척을 하고 있어요.」 샌드라가 그녀를 안심시켰다.

매릴린은 전문 기업인들로 구성된 단체에서 온 편지를 발견했다. 그녀가 정기적으로 참석하던 모임이었다. 「지금은 회원 자격을 정지해 두었어요. 추운 교회에 나가 앉아 있으려면 너무 고역이거든…….」 그녀가 설명했다. 「날씨가 따뜻해지면 최선을 다해서 가볼 생각이에요. 항상 7월에 크리스마스 파티를 하거든.」

「크리스마스 중독자시잖아요.」 샌드라가 말했다.

「비극적일 정도로 중독됐지.」 매릴린이 인정했다.

「올해 크리스마스에는 가족 전체를 이 집으로 초대하는 것이 매릴린이 세운 목표예요. 작년에는 크리스마스 파티를 못 했으니까.」 샌드라가 가볍게 설명했다. 「맞아요, 그게 목표야. 목표가 있어야 살맛이 나지.」 팽커스트의 또 다른 법칙은 작고 실현 가능성이 있는 목표를 세우는 것이다.

「여기서 다 같이 점심을 먹지 않아도, 아니 모두 음식을 조금씩 해가지고 오더라도.」 매릴린은 그렇게 덧붙이며 내게 자신의 크리스마스 방을 자세히 둘러보라고 채근했다. 이 집에 있는 침실 두 개 중 하나인 그 방은 너무 많은 물건들이 보관되어 있어서 발 디딜 틈도 없었다. 문을 열자마자 크리스마스 장식과 크리스마스 테마의 포장지 등이 눈에 들어왔는데, 그 방의 주제가 크리스마스라는 것을 바로 알아차리기는 쉽지 않았다. 각종 가전제품과 전자제품, 반려동물 관련 제품, 마분지 상자들이 벽 절반 정도 높이로 바닥이 보이지 않을 만큼 쌓여 있어서 한번 빠지면 헤어나지 못하는 늪 같은 느낌이었다.

「진짜 호화판 크리스마스 아니에요?」 샌드라는 침실로 돌아온 내게 명랑하게 말을 건넸다. 그녀가 그렇게 말하는 것이 매릴린의 비위를 맞추기 위해서인지, 나보다 여러모로 경험도 많고 현명한 그녀의 눈에는 나보다 더 많은 것이 보여서인지 알 수 없었다. 샌드라는 침대를 돌아 매릴린이 앉은 쪽으로 가는 길에 놓여 있는 화려한 구슬로 만든 장신구들이 가득 든 커다란 지퍼백을 집어서 드레스룸 선반에 올려놓았다. 그런 다음 분홍색 쇼핑백을 커튼 뒤에서 찾아내서 그 안에 든 작은 마분지 상자를 꺼내더니 그 위에 두껍게 앉은 먼지를 닦아 냈다. 먼지가 날려 내 머리카락에 와서 앉았다.

「그건 사랑하는 내 강아지 조조예요.」 매릴린이 말했다.

「아, 조조의 유골이로군요.」 샌드라가 고개를 끄덕였다.

「개들은 죽어서 어디로 가는지 모르지만 난 같이 있고 싶어요. 내가 죽으면 조조의 유골과 함께 화장해 달라고 부탁해 두었죠.」 매릴린은 로브를 정리해서 다리를 덮으며 말했다.

「맞아요, 내가 키우던 반려견 두 마리도 내 침실에 있어요.」 황동 명패가 달린 고급 나무 상자에 담겨 샌드라의 침대 맞은편 선반 위에서 쉬고 있는 미스터 스파클스(1995년 1월 1일~2010

6월 17일)와 미스 틸리(2000년 9월 5일~2011년 2월 9일)를 가리키는 말이었다. 그녀는 잠깐 동작을 멈추고 생각했다. 「텔레비전 뒤에 둘게요. 그래야 같은 방에 있을 수 있죠.」

「아, 좋은 생각이에요.」

「자, 이건 뭘까?」 또 다른 큰 종이백에서 또 하나의 마분지 상자를 꺼내며 샌드라가 말했다. 「크리스마스 선물이에요?」

「그건 내 고양이에요. 이름이 아우렐리아였어.」 하지만 매릴린은 좀 더 자세히 들여다본 다음 말을 바꾸었다. 「아, 아니네……. 꽃병이었구나.」

샌드라는 커튼 뒤에서 세 번째 마분지 상자를 꺼냈다.

「아, 여기 있었구나, 아우렐리아!」 샌드라가 소리쳤다. 「반려동물끼리 같이 둘게요.」

「고마워요.」 매릴린이 말했다. 「정말 예쁜 고양이었어요. 날마다 나랑 같이 잤지.」 먼지 때문에 샌드라가 기침을 하기 시작했다. 욕실을 치우던 팀원이 커다란 쓰레기 봉지를 들고 나왔다. 「저거 들려고 하지 말아요.」 매릴린이 샌드라에게 경고했다.

「안 들게요.」 샌드라가 약속을 하는 동안 직원이 봉지를 밀어서 복도로 옮겼다. 샌드라가 바닥에 있던 옷이 가득 찬 또 하나의 빨래 바구니를 정리하기 시작하자, 매릴린은 열어 보지도 않은 다 지나간 달력들 몇 개와 부서진 정원 호스 부품을 버리지 말라고 지시했다. 욕실을 청소하던 직원이 돌아와 다른 욕실도 치워야 할지 샌드라에게 물었다.

「아니야, 다른 욕실은 그냥 둬요. 이 욕실만 쓰니까. 그래서 물론…… 여기서…… 사고가……. 자, 앰솔브를 뿌려서 거길 닦아 내야겠네.」샌드라가 말하는 제품은 광고에 따르면 오렌지 주스, 청량음료, 포도주, 혈액은 물론이고 우유, 달걀, 아이스크림, 초콜릿 등 단백질 성분의 음식으로 인한 카펫 얼룩을 말끔히 지워 주는 강력한 얼룩 제거제였다. 앰솔브는 욕실 바닥에 상당히 많은 양으로 얼룩져 있는 대변 자국도 효과적으로 지울 수 있다.

매릴린은 욕실에서 썩어 문드러져 물이 줄줄 흐르는 사과와 오렌지로 가득 찬 비닐백을 달라고 청소팀원에게 힘차게 손짓을 했다. 「고마워요, 젊은이.」쓰레기 봉지를 건네받으면서 매릴린은 다정하게 말했다. 「주머니쥐들 먹으라고 뿌려 줘야겠어요.」그녀는 봉지 안을 들여다보고는 만족스럽다는 표정으로 고개를 끄덕인 다음 보행 보조기의 손잡이에 봉지를 걸어 두었다. 나는 냄새 때문에 구역질이 날 것 같았다.

「여기 서류가 들어 있는 봉투가 엄청나게 많네요.」샌드라가 엉덩이에 양손을 올리고는 방을 둘러보며 말했다. 「그냥 보관을 위한 보관 같은 건 하지 말고 전부 정리해 버립시다. 같이 보면서 보관할 서류와 버려도 될 서류를 나누면 좋겠어요.」

「좋아요.」매릴린이 동의했다.

「여기 있는 더미부터 시작할까요?」샌드라는 그렇게 말하며 맨 위에 있는 종이 한 장을 집어 들었다. 「이건 변호사한테서 온 서류네요. 변호사는 보관. 맞죠?」

「네.」

「오케이.」 그 종이를 옆에 놓고 또 한 장을 집어 들었다. 「은행?」 샌드라가 은행 내역서를 들고 물었다.

「보관.」

샌드라는 서로 살짝 붙어 있는 서류 더미에서 수도세 고지서를 떼어 냈다. 「이건요?」

「모르겠어요. 언제 고지서죠?」 매릴린이 물었다.

「이 서류들은 모두 2012년 것들이에요. 이제 소용이 없죠. 이 더미는 대부분 상당히 날짜가 지난 것들일 거예요.」 샌드라가 서류 더미를 뒤적이며 말했다.

「다 버려 버리세요.」 매릴린이 말했다.

「예스, 너희들은 모두 추방이다!」 샌드라는 그렇게 읊조리며 서류 더미를 쓰레기 봉지에 집어넣고 재빨리 복도로 끌어냈다. 매릴린이 마음을 바꿀 기회를 주지 않기 위해서일 것이다. 「바람과 함께 사라졌어요.」 방으로 다시 들어오면서 그녀가 말했다. 욕실에서 일하던 직원이 대형 오렌지 주스 병을 들고 나왔다. 매릴린과 샌드라 모두 그건 버려야 할 물건이라는 데 동의했다. 나는 매릴린에게 혼자 사는 것이 좋으냐고 물었다.

「네, 난 혼자 있는 걸 꽤 좋아해요.」

「재혼하고 싶지는 않으셨어요?」

「그럴 여유가 없었어요.」 매릴린은 숨도 쉬지 않고 대답했다. 「그냥 그러고 싶지가 않았어요. 어쨌든 한 번 당하고 나면 두 번은 안 당하고 싶…….」

「맞아요, 나도 혼자 사는 게 좋아요.」 샌드라가 고개를 끄덕였다. 「다른 사람을 위해 요리하고, 청소하고, 그 사람의 뒷바라지를 하는 건 다시는 못 할 것 같아요. 혼자 살면서 느끼는 독립감이 참 좋죠. 침대에 틀어박혀 똥을 싸도 뭐라 할 사람이 없고 밖에 나가서 맘껏 놀아도 되고!」 그녀는 재사용 쇼핑백 한 무더기를 대충 쌓은 커다란 더미 쪽으로 슬쩍 밀어낸 다음 찢어질 듯 가득 채운 봉지 두 개를 들고 욕실에서 나온 직원에게 고개를 끄덕여 보였다. 「다음 계획이 있으세요? 지금부터 크리스마스까지 뭘 할 생각이세요? 다음 목표는 뭐예요?」

「날씨가 좀 따뜻해지면 동네 산책을 해볼 생각이에요. 서서히 조금씩.」 매릴린이 대답했다.

「서서히 조금씩.」 샌드라가 고개를 끄덕였다.

나는 매릴린에게 마트나 네일숍에 가기 위해 운전을 하는 것이 불안하지는 않은지 물었다.

「괜찮아요. 그래도 외출을 조금 줄이긴 했어요.」 매릴린이 대답했다.

「그게 무서워요, 진짜. 더 이상 운전을 하지 못해서 독립적으로 살 수 있는 능력을 잃게 되는 것. 그게 진짜 걱정이에요.」샌드라는 매릴린이 많이 두려워하는 부분을 건드린 동시에 자기 자신의 두려움도 드러내면서 동조했다.

나는 매릴린에게 다시 과거의 자신을 되찾는 느낌이 들기 시작하는지 물었다.

「그럼요. 내일 아침에는 기분이 더 좋아질 거예요. 샌드라가 왔다 갔으니까.」거의 굴삭기로 파묻힌 유물을 파내는 고고학자처럼 온 집 안에 들어찬 쓰레기를 걷어 내야 했고, 그렇게 쌓인 퇴적층은 매릴린이 암 진단을 받기 전부터 쌓인 것임을 알면서도 샌드라는 매릴린의 현재 상황이 단지 최근에 그녀가 겪은 육체적 질병 때문이라는 시각을 견지했다.

「평생 일해 온 노인들을 돌보는 방법을 바꿀 필요가 있다고 생각해요.」샌드라가 또 다른 바구니 하나를 정리하면서 말했다. 「정부에서 평생 열심히 일하고 꼬박꼬박 세금을 낸 다음 은퇴를 한 사람들을 돌보는 제도를 만들어서 누군가가 정기적으로 찾아와서 잘 있는지 확인하고 필요한 도움을 줄 수 있으면 좋겠어요.」

샌드라의 유일한 가족은 다른 주에 살며 거의 만날 기회가 없는 올케뿐이지만, 매릴린은 장성한 아들이 둘이나 있었다. 그러나 그녀의 집에 쓰레기와 배설물이 서서히 쌓여서 산맥을 이룰 정도로 상황이 악화된 일이 두 번이나 되도록 그 사실을 아들들이 몰랐다는 것은 그녀와 두 아들 사이의 관계를 어느 정도 짐작하게 해주었다. 그녀가 일주일 이상 침대에서 일어나지 않아도 그들은 모를 것이다. 날마다 아침 8시부터 8시 반 사이에 그녀가 살아 있는지 확인하는 전화가 오는 서비스가 있었다. 매릴린은 그 서비스에 대해 〈우리 아들이 신청해 준 서비스예요〉라고 말했다.

지난 30년 사이 이 집에서 어떤 일이 벌어졌는지 나는 알지 못한다. 매릴린이 언제부터 술을 마시기 시작했는지도 알 수 없다. 비록 매릴린이 고립되어 사는 자신의 상황을 이런저런 이유를 대며 변명하지만, 이런 정도의 단절은 오랜 기간에 걸쳐 벌어지면서 암세포가 퍼지듯 서서히 퍼진 것이 틀림없었다. 그래서 아들들이 그녀를 거의 찾아오지 않는다는 사실이 놀라운 것이 아니라, 그들이 아직도 엄마와 연락을 하며 지낸다는 사실이 놀라울 뿐이었다. 그러나 매릴린이 이렇게까지 버림받은 이유가 정당한 것이었는지 현관 복도를 비석도 없는 무덤처럼 채우고 있는 하얀 식료품 봉지들이 어떤 의미인지에 대한 가장 만족스러운 대답은, 그런 질문들에 대한 답에는 전혀 관심을 두지 않는 샌드라의 태도일지도 모른다.

「자, 이 집에서 얼마나 오래 살 생각이세요?」 샌드라는 그렇게 물으면서 한쪽에 쌓여 가는 서류 더미에 편지 몇 통을 더 올려놓았다. 매릴린이 나중에 검토하겠다고 약속한 서류 더미였다. 「가능한 한 오래?」

「가능한 한 오래요.」매릴린이 말했다.

「집을 떠나게 된다면 어떤 이유로 떠날 것 같아요?」

「중풍. 하긴 중풍에 걸려서 이 집에서 더 살 수 없게 되더라도 난 아마 떠밀려 나가는 내내 소리소리를 지를 거예요.」

「은퇴자 단지 같은 건 생각해 보셨어요?」샌드라가 물었다.

「그럼요. 혼자 사는 게 더 이상 불가능하겠다는 생각이 들면 들어가야죠.」

「집도 살림도 줄여야 해요.」

「하지만 내게 필요 없는 걸 어떻게 골라야 하죠?」매릴린이 물었다. 세상만큼 무거운 그 질문의 무게에도 불구하고 샌드라는 언제나 그렇듯 산들바람처럼 상쾌하고 실용적인 태도로 대답했다.

「흠, 응접 세트는 몇 개가 필요하다고 생각하세요? 게스트룸은 필요하겠지만 크리스마스 장식들은 좀…….」샌드라는 공식 문서의 복사본을 들여다보며 읽기 시작했다. 「오스트레일리아 임페리얼 기마 부대…….」

「내 종조부예요. 난 할아버지가 갈리폴리*에서 전사한 줄 알았는데 알고 보니 갈리폴리에서 떠나서 서부 전선으로 간 다음에 전사를 하셨더라고요.」매릴린이 설명했다. 그녀는 또 자기 아버

---

* 1차 세계대전 당시 오스트레일리아 병사 수천 명의 목숨을 앗아간 전투가 벌어졌던 터키의 도시.

지가 2차 세계대전에 참전했었다는 이야기도 했다.

「전사하지는 않으셨나요?」 샌드라가 물었다.

「살아남았지만 엄지발가락을 잃었죠. 발가락에 석유가 든 드럼통을 떨어뜨려서 앨리스 스프링스 병원에서 6개월을 지냈죠.」

욕실에서 일하던 직원이 끼어들었다. 「우리 남편의 할아버지도 비슷한 일을 당했어요. 전쟁에서 돌아온 다음에 손가락 세 개가 날아갔지 뭐예요. 좀 웃기지 않아요? 전쟁에 나가서도 아무 일 없이 돌아왔는데, 돌아와서 손가락 세 개가 잘리다니.」

나는 매릴린이 직장을 다니며 혼자서 아이 둘을 키우던 시절을 생각해 보았다. 날마다 가차 없이 되풀이되는 일상과 그것을 참고 견뎌 내는 그녀의 인내심, 그러다가 마침내 압박이 줄어들고 조금 쉬운 일상이 시작되면서 일어난 일들을. 행복한 어린 시절을 보냈는지 묻는 내게 매릴린은 그렇다고 대답했다. 「우리 집이 아주 부자는 아니었지만, 우리랑 부자가 뭐가 다른지 차이도 잘 모르고 자랐어요.」

샌드라가 고개를 끄덕이며 거들었다. 「그때만 해도 모두 비슷비슷했어요. 엄청나게 잘사는 사람도 별로 없었고, 있다 하더라도 눈에 띄거나 알려지지도 않았어요. 지금처럼 떠들어 대는 미디어도 없었으니까. 모두가 평등하고 비슷비슷했죠.」

「우리 마을 전체에 차가 딱 한 대 있었어요.」 매릴린이 그 시절을 회상하며 이야기했다.

「그때만 해도 똥수레를 끌고 다니며 똥을 퍼주던 사람이 있었어요. 하수 시설이 없었으니까.」샌드라가 덧붙였다. 「거기서 〈똥수레꾼 모자처럼 납작하다〉라는 표현이 나온 거죠.」

「우리 동네에서는 통을 어깨에 메고 다녔던 것 같아요.」매릴린이 생각에 잠겨 말했다. 「빵집에서도 매일 집으로 빵을 배달해 줬고, 새벽에 우유 배달도 왔었죠. 문 앞에 빈 병하고 돈을 놓아두면 새 우유병을 두고 갔죠.」

샌드라가 고개를 끄덕였다. 「냉장고가 없으니까 음식은 죄다 소금물에 담가 두거나 고기 창고에 넣어 두었죠.」

「아니야, 우리는 냉동고가 있었어요.」매릴린이 말했다.

「와, 부자였구나.」샌드라는 매릴린을 놀리면서 침대 위로 다리를 쭉 펴고 손으로 머리를 괴고는 옆으로 누웠다. 딱 파자마 파티에 온 분위기였다.

「동양인 남자가 말이 끄는 수레를 끌고 와서 과일이랑 채소를 팔았었죠. 가끔 중국에서 온 생강 병조림을 엄마에게 주곤 했는데, 우리 엄마는 그걸 진짜 좋아했어요.」

「그런 게 삶의 단순한 즐거움들이죠.」샌드라는 낯설고도 조그만 목소리로 중얼거리며 꿈꾸듯 천장을 올려다보았다. 마치 천장 너머에서 과거의 광경들이 펼쳐지기라도 하는 듯했다. 그러나 비슷한 연령의 두 여자가 추억을 공유하는 것처럼 보이지만, 사실 샌드라는 다른 사람이 가진 추억의 따뜻함을 빌리고 있을 뿐이었다. 드레스룸에 걸린 비싼 실크 드레스처럼 그들이 가진 추억의 부드러움을 잠깐 느끼는 데 그치는 것이었다. 매릴린이 중국 생강이 담긴 유리병을 호기심 어린 눈으로 들여다보고 있었을 나이에 샌드라는 음식을 훔쳐 먹고, 다 썩어 가는 이로 통조림을 열려고 안간힘을 쓰고 있었을 것이다. 그러나 두 사람의 나이 차이, 지역 차이, 경제력의 차이, 정서의 차이는 모두 샌드라의 뛰어난 사회성 앞에서 사라지고 말았다. 그것은 속임수가 아니라 그녀의 소망이었다.

「하지만 그건 한담에 불과하고.」매릴린이 그렇게 말했고, 마법은 깨졌다.「내 옷은 어떻게 되어 가고 있나요? 정리를 도와 달라고 부탁했던 옷들.」

「거기까지는 아직 못했어요.」샌드라가 대답했다.「다른 냉장고도 청소하고 있거든요. 냉장고 둘 다 깨끗하게 해치우고 나면 새 출발을 하는 느낌이 들 것 같아서요.」

「오케이, 뜻대로 하세요. 내가 또 연락할 테니 또 와서 도와줘야 해요.」매릴린이 말했다.

샌드라는 부엌의 진척 상황을 확인하러 나갔다. 나는 침대에 올려놓은 물건들 사이의 비어 있는 작은 공간에서 불편하게 꾸부리고 있던 자세를 고쳐 앉기 위해 일어나서 다리를 폈다. 내가 앉기 위해 옆으로 밀쳐 두었던 잡지와 음식 상자 더미가 무너지자 노래기처럼 보이는 벌레 몇 마리가 이불 위를 기어 다니는 것이 보였다. 「쇼핑백은 모두 정리했어요.」 방으로 돌아온 샌드라가 말했다. 현관 근처에 줄지어 있던 식료품 쇼핑백들을 말하는 것이었다. 「대부분 유통기간이 지난 것들이라 그냥 처리했어요.」

「이제 모든 게 구역질 나고 통제할 수 없고 감당할 수 없다는 생각이 들지 않아요. 다시는 그런 일이 일어나지 않도록 하겠다는 결심만 하면 될 것 같네요.」 매릴린이 말했다.

사실 이것이 지금 그녀가 겪는 문제의 해결책이 아니라는 사실을 우리 모두가 알고 있었다. 나는 오늘 그녀가 샌드라를 불렀다는 사실이 매릴린이 감당할 수 없는 상태에 이르렀다는 신호인지, 여전히 그녀가 모든 것을 감당할 수 있다는 신호인지는 알 수 없었다. 욕실에서 피클을 먹고, 아침부터 진을 마시고, 침대에 누운 채 텔레비전을 보다가 모든 게 엉망진창이 되어서야 샌드라를 불러서 청소를 하는 것은 통제력을 잃어 가는 과정마저 통제를 하려는 것인지도 모른다. 그럼에도 불구하고…….

「작년에 암 진단을 받았다는 소식을 듣고 아드님들 반응은 어땠어요?」 내가 물었다.

「둘째는 상당히 힘들어 했어요. 내가 전화로 소식을 전했거든요. 큰애는…… 샌드라가 처음 와서 청소를 해준 후에 내가 걔네 집으로 가는 대신 우리 집으로 오라고 했어요. 내가 말했죠. 〈좀 나쁜 소식이 있단다. 내가 암에 걸렸다는구나.〉 그랬더니 바로 하는 말이 〈엄마, 우리 함께 이겨 낼 수 있어요〉라고 하더라고요.」

나는 마트로 운전을 하고 가다가 눈의 초점을 잃은 매릴린을 상상해 보았다. 밝은 조명의 마트 진열대 사이로 쇼핑 카트의 손잡이를 보행 보조기처럼 꼭 붙잡은 채 밀고 가는 그녀의 모습을, 하얀 비닐 쇼핑백을 차로 날라 주는 직원의 도움을 받아 트렁크에 싣고 조심스럽게 집으로 다시 운전해서 돌아와 쇼핑백을 집 안으로 가지고 들어오는 그녀의 모습을, 그러고는 문 앞에 내려놓은 음식들이 모두 썩도록 그대로 두는 매릴린의 모습을, 거의 비어 가는 병에서 주섬주섬 안정제를 꺼내기 위해 뚜껑을 열 때 턱 하고 나는 둔탁한 소리와 물도 없이 서둘러 약을 삼킨 후 혀에 남는 텁텁하고 씁쓸한 뒷맛을 떠올려 보고, 암과 싸우면서 알코올과 당분만을 연료로 해서 유지되는 그녀의 몸 상태를 생각해 보았다. 그리고 계속 울리는 전화 소리와 너무 추워서 집에서 안 나가고 있다고 대답하는 매릴린의 목소리도 떠올려 보았다. 꺼져 가는 불꽃에서 솟아오르는 재처럼 이불을 들썩일 때마다 공중으로 날아오르는 한 떼의 나방들이 그리는 소용돌이, 몸을 뒤척이다가 살충제 깡통을 깔고 누웠을 때 느껴지는 이상한 감촉도. 그리고 그런 불편함이 추운 날 소변이 마려운데 참는 것처럼 그냥 애써 무시하려 하는 감각일지도 생각해 보았다. 나는 자기 자신 속으로 계속 침잠해 들어가면서, 하늘이 보랏빛으로 변하면서 맑게 개었다가 어두워지기를 거듭하는 동안 스스로에게 잠으로 빠져들라는 주문을 외우는 매릴린을 상상해 보았다.

샌드라가 전화를 받더니 다른 현장 견적을 내러 가야 한다고 말했다. 하지만 금방 다시 돌아와서 모든 게 잘 마무리되었는지 확인할 것이라는 약속도 했다. 매릴린은 고개를 끄덕이며 잘 다녀오라고 인사를 했다. 그러고는 무거운 동작으로 침대에서 일어나 나를 배웅하러 나왔다. 그녀가 한 발짝 한 발짝 천천히 걸음을 옮기고 있는 복도 양쪽 벽은 와이셔츠 차림의 증조부, 매릴린 부모님의 결혼 사진 등 그녀의 조상들의 사진으로 가득했다.

나는 아름다운 실크 드레스에 대담한 목걸이 차림을 한 강철 혀를 가진 전사 같았던 전성기 시절의 매릴린의 사진을 찾기 위해 두리번거려 보았지만 허탕을 치고 말았다. 하지만 그런 사진은 이 벽에서 우리를 내려다보고 있는 얼굴들이나 상자에 담긴 반려동물들의 유골과 마찬가지로 과거의 우리 모습과 현재 모습이 얼마나 다른지를 보여 주는 또 하나의 증거일 뿐이었고, 그것은 사실인 동시에 거짓이기도 했다. 나는 앞마당에 난 통로로 걸어 나와서 쓰레기가 넘치도록 담긴 STC 트레일러와 잎과 가시가 제멋대로 엉킨 가운데 여전히 밝게 피어 있는 장미꽃들을 지나쳐서 매릴린의 집을 떠났다.

15 · 홀로서기: 1990년대 중반~2000년대 초

샌드라는 회의에 참석하고, 회의를 주관하고, 연설을 하고, 사람들을 만나고 대형 소매업체들에 대한 항의 캠페인을 벌이면서 동시에 휴일도 없이 일주일 내내 경영난에 빠진 작은 사업체도 운영해야 했다. 이런 상황에 기본적으로 따르는 스트레스에 더해 은퇴해서 쉬고 싶어 하는 조지와 긴밀하게 일을 해야 했기 때문에 두 사람의 관계는 몇 차례 어려움을 겪기도 했다. 예를 들어, 한 번은 샌드라가 금전 등록기를 집어서 조지에게 던진 적이 있었다. 그러나 대부분의 경우 두 사람의 중심은 흔들리지 않았다.

조지의 심장과 간은 죽어 가고 있었다. 동시에 그의 사업과 결혼 생활도 죽어 가고 있었다. 자녀들과는 사이가 소원해졌고, 집은 얼마가지 않아 불에 타버릴 것이었다. 그러나 조지에게는 그런 사실의 대부분을 머리에서 잠시나마 지우는 것이 가능한 순간들이 있었다. 스팀타올을 얼굴에 댔다가 뜨거워서 빨개진 볼에 면도크림을 바르고, 두꺼운 손가락으로 입술에 묻은 크림을 닦아 낸 다음 천천히 면도를 하고 면도칼이 지나간 자리에 드러난 매끈한 피부가 새살처럼 느껴질 때, 가늘어진 팔을 감색 스포츠 재킷에 끼워 입고는 여전히 자기보다 젊은 아내와 함께 저녁 외식을 할 때, 스카치위스키 한 잔과 적포도주 한 병을 마신 후 몇 시간이나마 예전의 자신을 되찾았다는 느낌이 들 때가 그랬다.

그들은 결국 골리앗에게 지고 말았다. 〈노스 브라이튼 페인트 앤드 하드웨어〉는 버닝스*의 경쟁 상대가 아니었다. 평생 일을 해왔고, 어느 정도의 생활 수준에 익숙해 있던 두 사람은 빚더미에 눌려 숨이 막힐 지경이었다. 청산 절차를 밟았지만 경매를 담당해 주는 회사에 들어가는 경비만도 하루에 4만 달러가 들었다. 빚은 싱크홀처럼 모든 것을 집어삼키며 커져만 갔고, 두 사람의 저축, 자동차, 집, 그리고 조지의 존엄성마저 모두 삼켜 버렸다. 그는 술을 더 마시기 시작했고, 샌드라는 가정집 청소 일을 시작했다.

샌드라는 지역 신문에 광고를 냈다.

* 오스트레일리아의 대형 프랜차이즈 철물점.

샌드라 팽커스트

〈우리는 정말로 기가 막히게 일을 잘합니다We're Absolutely
Fabulous〉

집안일 전문 도우미

이 광고 옆에 매주 연재되는 〈비즈니스 프로파일〉란에 그녀의
청소 회사에 관한 기사가 실렸다. 신문사가 우정으로 실어 준 것
이었다. 광고에 돈을 지불할 형편은 못 되었지만 지역 신문 관계
자와 그간 쌓아 온 유대 덕분에 얻은 홍보 기회였다. 〈우리는 정
말로 기가 막히게 일을 잘합니다〉라는 문구는 회사명에서부터
이 회사가 제공하는 서비스의 기준을 어디에 두는지 알 수 있게
해주었다! 빛나는 것은 어디에 숨겨도 결국 드러나기 마련이라
고 샌드라 팽커스트 사장은 믿었다.

기사에서는 샌드라를 〈지역 사회에서 오랫동안 존경을 받아
온 인사로, 장례지도사, 공구점 경영인으로 일했을 뿐 아니라 노
스 브라이튼 상공회의소 회장을 역임했다〉라고 소개했고, 청소
사업이 너무 잘 되어서 추가로 고용할 직원을 찾고 있다는 그녀
의 말을 인용했다. 3개월이 지나기도 전에 그녀는 20명의 청소
원을 관리하는 규모로 회사를 키워 냈다.

샌드라는 지역 신문을 손에 들고 흔들면서 임대해서 살고 있

는 숙소로 들어섰다. 「기사를 실어 줬어요!」 그녀는 득의양양하게 소리쳤다. 가운을 입은 채 텔레비전 앞에 앉아서 졸던 조지는 잠깐 눈을 들어 그녀를 쳐다보았지만 아무 말도 하지 않았다. 땅에서 올라오는 습기처럼, 두 사람의 관계 가장자리를 떠나지 않고 스며들어 있던 갈등이 더 뚜렷하게 느껴졌다. 조리대 위에 신문을 활짝 펴는 그녀의 손에 낀 반지가 조리대와 부딪혀 소리를 냈다. 그녀는 자기가 쓴 독자 투고를 방 건너편까지 들리도록 큰 소리로 읽었다.

지난 월요일, 저는 브라이튼 시청 청사에서 열린 구의원 후보와의 만남 행사에 참석했습니다. 행사가 공격적인 분위기로 진행되었다는 사실은 매우 유감이었습니다. 서로를 공격하는 대신 우리는 서로를 더 잘 이해하는 데 그 시간을 썼어야 했습니다. 결국 우리 모두 같은 목표, 즉 베이 사이드 시민들의 복지를 위한다는 목표를 향해 힘을 합쳐 일해야 할 테니까요. 구의원 선거에 출마하는 것은 권력을 얻기 위해서가 아니라 공동체를 위한 봉사의 기회를 얻기 위해서라는 사실을 잊지 말아야 할 것입니다.

그녀는 기대에 찬 얼굴로 고개를 들었지만 조지는 이미 다시 눈을 감고 조는 듯 보였다. 그녀의 볼이 빨갛게 달아올랐다. 「조지, 당신이 내 나이 때 당신은 뭘 하고 있었죠?」 샌드라가 물었지만 조지는 아무 말도 하지 않았다. 「당신은 최선을 다해 열심히 일하고 온 세상을 돌아다녔잖아! 나도 내가 하고 싶은 일을 하게 해줘요!」

그녀는 열쇠와 핸드백을 낚아채듯 들고 허술한 문을 쾅 닫고 나가 버렸다. 그녀 뒤에 남은 침묵은 너무 무거워서 『눈으로 볼 수 있는 것들』이라는 책이 있다면 거기 실려도 될 정도였다.

그녀의 선거 구호는 〈공동체를 위해 싸우는 샌드라 팽커스트〉였다. 그녀는 베이 스트리트를 지나가는 모든 사람에게 그 구호를 끊임없이 반복하면서 베이비핑크색 전단지를 손에 쥐어 주었다. 전단지에는 디너파티에서 조지와 함께 찍은 사진에서 잘라 낸 샌드라의 사진과 짧은 이력, 그리고 공약이 인쇄되어 있었다.

저는 제 출마를 전폭적으로 지지해 주는 배우자 조지와 클레이튼 워드에서 살면서 일하고 있습니다. 현재의 사업을 하기 전 저와 조지는 노스 브라이튼 페인트 앤드 하드웨어를 함께 운영했습니다. 저는 공동체 의식이 높고 에너지가 넘치는 사람으로, 우리 지역 주민들이 가진 불만이 무엇인지, 우리가 필요로 하는 것이 무엇인지 잘 이해하고 있습니다.

투표가 마감되고 개표가 진행되는 동안 그녀는 텔레비전을 크게 틀어 놓고 위스키를 마시며 잠들지 않고 기다렸다. 전화는 될 수 있는 대로 멀리 하려고 노력했다. 투표 참관인은 그녀가 우세하다고 귀뜸을 해주었지만, 자정 무렵에 공식 결과를 통보하는 전화가 와서 샌드라가 작은 표 차로 패배했다는 소식을 알려 주었다. 기분이 가라앉았지만 그녀는 조금 더 잡담을 하다가 전화를 끊었다.

「망할. 전단지에 전화번호를 잘못 적은 게 원인일 거야. 분명히 그것 때문일 거야.」그녀는 한숨을 내쉬면서 조지에게 고개를 돌렸다. 「잘못 적힌 전화번호로 어찌나 끊이지 않고 전화가 오는지 그 전화번호 주인이 돌아 버릴 뻔했다잖아요.」

「당신은 최선을 다했어. 그러면 됐지.」조지는 그렇게 말했지만 실망의 빛을 담는 데는 실패했다.

그녀는 조지의 말을 무시하고 술을 한 잔 더 따랐다. 한편으로는 일주일에 250달러를 받는 구의원 보수로는 생활을 유지할 수 없으니 당선이 되었어도 큰일이라는 생각도 들었지만, 다른 한편으로는 자존심이 상하고 기분이 나빴다. 그녀는 수면제를 먹고 잠이 들었다가 다음 날 새벽 6시에 일어나 함박미소를 띤 얼굴로 적십자 봉사 활동을 한 다음 가정 청소 도우미 일을 하러 갔다.

「푼돈밖에 못 버는데 일은 악몽 같아.」 샌드라가 자동차 극장에 차를 세우는 크레이그에게 말했다. 뒷자리에는 크레이그의 아들이 잠옷 바람으로 앉아 있었다.

「시급을 생각하면 그다지 나쁘지 않아.」 크레이그는 유리창 밖으로 내놓은 스피커를 조절하느라 만지작거리며 말했다.

「그건 그렇지만 하루에 8시간을 일해도 빌어먹을 놈의 돈은 6시간밖에 못 벌어. 이동 시간이 있으니까. 게다가 사람들은 집 청소에 잔돈푼 이상 쓰고 싶어 하질 않거든.」 샌드라는 원래도 밤에 잘 자지 못했지만 이런 생각으로 잠을 설칠 때가 많았다. 최근 들어 새로운 아이디어가 떠올랐고, 그녀는 계속 그 아이디어를 이리저리 머릿속에서 굴리며 궁리를 하고 있는 중이었다. 장례지도사로 일하면서 알게 된 틈새시장을 공략할 방법이 있을 것 같았다. 「그래도 괜찮아지겠지. 어떻게든 솟아날 구멍이 있을 거야.」 영화가 시작되자 그녀는 크레이그의 허벅지에 손을 올리고 한숨을 쉬며 말했다.

영화가 끝나고 엔딩 크레딧이 올라가기 시작할 때 전화기를 켜자 조지가 보낸 메시지가 수도 없이 쏟아졌다. 메시지 내용에서 조지는 시간이 지나면서 점점 더 초조해졌고, 걱정으로 정신을 잃을 지경이 되어 가고 있었다. 집에 돌아와 보니 도둑이 들어 모든 것을 훔쳐가 버렸고, 샌드라에게 전화를 해도 2시간이 넘게 연락이 닿지 않자 집을 턴 도둑들이 아내를 해쳤을까 봐 겁에 질린 것이었다.

샌드라는 전화를 걸어 첫 번째 신호음이 끝나기도 전에 전화를 받은 조지에게 〈그냥 친구들 만나고 있었어요〉 하고 그를 안심시켰다.

「지금 당장 집으로 돌아와!」

그녀는 차에 시동을 거는 크레이그를 바라보며 기다란 손톱을 입술에 댄 채 생각에 잠겼다. 그러고는 웃음이 나오려는 걸 참으면서 뒷좌석에서 자고 있는 아이를 깨우지 않기 위해 작은 소리로 물었다. 「돌아가야 할까, 말아야 할까?」

「아, 가야지, 가야지.」그가 쿡쿡 웃음을 터뜨렸다.

최초의 트라우마 클리닝 일은 알고 지내던 장의사를 통해 들어왔다. 샌드라는 여자친구 한 명의 도움을 받아 72시간 동안 거의 쉬지 않고 일했다. 처음 현장에 갔을 때 집 상태를 본 그녀는 사람들이 이렇게 살 수도 있다는 사실에 경악을 금치 못했다. 복도에서는 쥐들이 뛰어다니고, 벽에 난 구멍들에는 빈 병들이 깊게 꽂혀 있었다. 찬장이라고 생긴 곳은 모두 빈 맥주 깡통으로 가득 차 있고, 바닥은 오물로 시커멓게 되어 있었다. 두 사람은 부엌의 썩은 바닥재를 세 겹이나 뜯어내야 했다.

샌드라는 최초의 트라우마 클리닝 일을 아주 세세한 부분까지 조금도 빠짐없이 기억하고 있었다. 당시에는 그런 일을 하기 위해 육체적으로나 정신적으로 어떤 준비가 필요한지에 대해서 너무 안이하게 생각했다. 견적을 얼토당토않을 정도로 적게 부르는 실수도 했다. 결국 고객에게서 500달러를 더 받기는 했지만 부엌 바닥재의 마지막 겹을 뜯어내는 비용에도 못 미쳤다. 리놀륨이 바닥에 스태플러로 고정되어 있었을 뿐 아니라 접착제로 붙어 있었기 때문이었다. 그래서 리놀륨을 잘라 내고 끓는 물을 부은 다음 삽을 쐐기처럼 밀어 넣어 조각조각 들어내야 했다. 커다란 대갈못에 삽이 부딪힐 때마다 손가락 마디마디까지 충격이 전해졌고, 결국 관절이 빨갛게 부어올랐다.

조지는 샌드라의 차 소리를 듣고 문을 열어 주었다. 그녀는 부엌 조리대 위에 가방을 내팽개치고는 어렵게 백포도주 뚜껑을 열었다.

「어땠어?」그가 물었다.

「손이 아파서 죽을 지경이에요. 고객은 대만족이지만요. 사실 안 그러면 사람이 아니지. 자야겠어요.」

샌드라의 손이 아물기까지는 오랜 시간이 걸렸다. 조지는 그녀가 그렇게 오랫동안 풀이 죽어 있는 것을 본 적이 없었다. 그래도 여전히 날마다 일반 가정 청소일을 계속했다. 트라우마 클리닝 쪽으로 진로를 잡겠다는 결심을 한 것은 몇 달이 지난 후였다. 사실 그 일이야말로 그녀에게 주어진 선택지 중 가장 보수가 좋은 일이었고, 그녀가 현실적으로 해낼 수 있는 일이기도 했다.

마침내 그녀는 본격적으로 기술적인 면을 공부하기 시작했다. 그리고 각종 화학약품과 장비를 큰돈을 들여 주문하고 〈올 트라우마 클리닝〉이라는 이름으로 새 회사를 등록한 다음 차고에서 경영을 시작했다.

샌드라는 집에 불이 난 것이 자기 탓이라고 생각했다. 건조기에 청소용 걸레를 넣을 때부터 예감이 좋지 않았다. 불이 꺼진 후 물에 젖은 채 폐허로 변한 방들을 둘러보면서 검게 그을린 찬장과 옷장 속에서 손상되기는 했지만 쓸 만한 물건들을 조금 건질 수 있었다. 사진들은 액자의 유리와 함께 녹아서 한 덩어리가 되어 있었고, 모든 것에서 연기 냄새가 났다.

소유물에 대한 보험으로 받은 돈으로 두 사람은 또 다른 셋집으로 이사를 했다. 그녀는 그 집을 두 사람의 스위트홈으로 만들기 위해 애를 썼지만 조지에게 문제가 생겼다. 조지는 알코올 중독에 전반적으로 건강이 악화되고 있는 데다가 사업 실패로 벽돌과 베니어 합판으로 외장이 된 커다란 집과 차와 저축을 잃은 상태였다. 살던 동네도, 편안한 은퇴 후 생활도, 귀가하는 자신의 차 소리가 들리면 뛰어나와 맞아 주는 금발의 아내도 모두 그리웠다. 70대 중반에 접어든 조지는 여기저기 아픈 데가 점점 더 많아졌고, 점점 더 위축되고 의존적이 되어 갔다. 아무것도 하기도 싫어했고, 할 능력도 없었다. 그가 샌드라를 항상 곁에 두고 싶어

할수록 샌드라는 멀어져만 갔다.

늘 켜둔 음악, 난방, 혹은 화병에 방금 꽂은 싱싱한 꽃향기처럼 샌드라의 배경에는 항상 크레이그가 있었고, 그런 날이 언제가 될지 확실히 생각해 본 적은 없지만 먼 훗날 언젠가 조지가 더 이상 이 세상에 없는 날이 오면 그와 함께할 것이라는 확신이 있었다. 근래에 크레이그를 보지 못했다 하더라도 그 확신이 없어지지는 않았다. 두 사람의 관계는 항상 만났다 헤어지기를 반복했고, 그것은 크레이그가 한 여자와 정착하는 것을 꺼리는 타입이어서가 아니라 샌드라의 젠더 문제가 크레이그를 혼란에 빠뜨리곤 했기 때문이었다. 그런 문제와 상관없이 샌드라는 절대 조지를 떠나지 않을 것이고, 그에게 죄를 짓지 않을 것이라고 스스로에게 늘 이야기하곤 했다. 그러나 쉰 살이 되면서 그녀 안에서 어떤 변화가 일어났다.

답답하고 갇힌 느낌이 점점 더 커지면서 샌드라를 옥죄어 갔다. 억울하다는 생각이 앙금처럼 쌓여 갔다. 조지의 인생이 황혼녘에 접어들었다는 것뿐 아니라 자신이 비교적 젊다는 사실, 그리고 그가 그녀를 점점 더 필요로 하는 데 반해 그녀는 그를 점점 덜 필요로 한다는 사실도 억울했다. 조지가 받는 소액의 연금을 보충하기 위해 돈을 버느라 바쁘고 스트레스가 쌓였고 피곤했다. 그리고 조지가 그녀에게 뭘 어떻게 해야 한다고 조언을 하거나, 둘이서 무엇을 하자고 제안을 할 때면 그녀는 자신의 자율성이 부당하게 침해받는다고 느꼈다. 「조지, 당신은 절대 나를 소유할 수 없어요.」 그녀는 경고했다. 샌드라는 자신이 조지를 떠난 이유가 그가 자신을 통제하려고 했기 때문이라고 말했고, 계속 반복해서 그렇게 이야기하며 그것을 사실로 믿게 되어 버렸다. 하지만 사실 그것은 사태의 정확한 원인이 아니었다. 가족이 줄 수 있는 진정한 선물, 즉 무조건적인 사랑을 받지 못한 상태로 너무도 오래 살아온 샌드라는 가족을 유지하는 데 수반되는 진정한 짐, 즉 무조건적인 희생을 감당할 능력이 없었다. 반쯤 친밀한 관계로 지내 온 10년간의 결혼 생활도 샌드라의 그런 성향을 변화시키기에는 역부족이었다. 그녀는 조지 곁에서 〈간호사 놀이〉를 하고 싶은 생각이 전혀 없었다.

조지는 브라이튼 비치 근처에 사는 아들네 집으로 가서 살기 시작했고, 샌드라는 해변 쪽으로 1시간쯤 더 가야 하는 곳으로 이사를 했다. 그리고 있는 돈 없는 돈을 다 끌어모아 모닝턴에 있는 임대 주택 단지 근처의 거지 같은 오두막 하나를 얻었다. 그녀는 일하러 나가지 않는 시간에 벽을 터서 집을 고치고, 작은 정원을 가꾸고, 하늘 아래에 있는 모든 중고시장을 헤매며 사들인 물건으로 집 안팎을 장식했다. 이 시기에 그녀의 건강도 나빠지기 시작했다. 그녀는 자신이 일하는 속도가 점점 더 느려지고 있다는 것을 깨달았고, 그런 사실에 화가 나면서 동시에 두려웠다.

조지는 병원에 계속 들락거렸다. 두 사람은 별거 중이기는 했지만 좋은 친구로 지냈다. 샌드라는 가끔 두 사람이 함께 기르던 반려견 텔리를 데리고 편도 1시간 거리를 운전해서 조지를 찾아가곤 했다. 조지도 컨디션이 좋아지면 차를 몰고 모닝턴을 찾았다. 조지가 샌드라의 집에 올 때는 보통 하룻밤을 지내고 갔지만 방은 늘 따로 썼다. 나는 그 시기의 두 사람의 모습을 상상해 보곤 했다. 반도의 어두운 밤하늘을 메운 별빛을 받으며 샌드라가 최근에 심은 장미 덤불로 둘러싸인 뒷마당의 데크에 둘이 나란히 앉아 있는 모습을 떠올려 보았다. 그들의 삶은 내리막길을 걷고 있었다. 샌드라의 폐와 조지의 심장이 악화되고 있었다. 그러나 함께 앉아 술잔을 마주치는 순간만큼은 텔리의 터무니없는 행동이나 재미있는 기억 혹은 오래된 농담을 떠올리며 웃음을 지을 수 있었다. 그 순간만큼은 두 사람 모두 괜찮았다. 두 사람이 원하던 삶은 아니었지만 그들을 갈라놓은 모든 것들 속에서도 두 사람은 여전히 하나였다.

　금요일 아침 조지가 방문하겠다고 전화를 하자 샌드라는 냉장고를 술로 가득 채웠다. 조지가 마시고 싶어 하는 건 모두 이미 샌드라가 사둔 후였다. 그런데도 조지는 더 사야 한다고 고집했다. 「맥주도 더 있어야 하고, 새로 맛본 그 위스키도 더 필요해.」 그는 재촉하듯 그렇게 말하면서 냉장고 문을 닫고 건조한 손으로 흰 수염자리를 쓰다듬었다.

「조지, 거기 있는 술로도 부족해요?」샌드라가 어처구니없다는 듯 물었다.

그러나 조지는 고집을 꺾지 않았다.

「고주망태가 되도록 마시려고.」그녀는 한숨을 쉬며, 음식을 썰던 칼을 내려놓고, 행주에 손을 닦으며 자동차 열쇠를 찾기 위해 부엌을 둘러보았다.

다음 날 아침, 샌드라가 아무리 깨워도 조지는 일어나지 못했다. 구급차를 불러 병원으로 갔지만, 사흘 후 조지는 세상을 떠났다. 그리고 그 후 한동안 모든 것이 엉망이었다.

조지의 자녀들은 그녀가 장례식장에서 환영받지 못할 것이라는 뜻을 강력하게 전달했다. 그래도 결국 참석한 그녀는 장례식이 진행되는 동안 딱 한 번 조지의 〈친구〉라고 소개되었고, 그 사실에 큰 상처를 받았다. 그다음 주에 그녀는 장례식의 비용 일부를 부담하라는 통고를 받았다.

샌드라와 조지는 2003년 10월 조지가 사망한 당시에도 이혼하지 않은 상태였다. 그러나 14년 동안 유지된 두 사람의 혼인 관계는 2004년 출생, 사망, 혼인 등록청에 의해 〈취소〉되었다. 내게 그 사실을 말할 때까지도 샌드라는 그 이유를 알지 못했고, 자기가 언제 어떻게 혼인 취소 사실을 알게 됐는지도 기억하지 못했다. 등록청의 설명에 따르면 2004년에 누군가가 등록청에 그녀의 성 확정 수술 사실을 알렸다. 샌드라의 출생신고서에 성별이 수정되지 않고 남아 있다는 사실을 발견한 것이 그 이유였다.

1989년 샌드라가 결혼할 당시는 물론이고 이 글을 쓰는 순간까지도 결혼에 관한 지배적인 법적 정의는 남성과 여성 간의 결합에 국한되어 있다. 그 정의에 근거해서 등록청은 이 문제를 법무부에 문의했고 혼인을 무효화하라는 지시를 받았다. 등록청에서는 샌드라와 접촉을 시도했을 가능성이 높지만, 그녀는 연락을 받은 사실은 물론이고 자신의 개인 정보를 등록청이 어떻게 알게 됐는지, 자기에게 답변할 기회가 주어졌는지 등을 전혀 기억하지 못했다. 등록청이 보관하는 파일에는 이 정보가 더 이상 포함되어 있지 않다는 사실조차 샌드라가 1년에 걸쳐 반복적으로 문의를 한 끝에야 겨우 알아낼 수 있었다.

어찌 됐든 그 모든 것은 거론할 필요도 없는 사실들이다. 성 확정 수술을 받은 후, 출생신고서에 기재된 성별을 수정하는 것이 2005년까지는 불가능했기 때문이다. 빅토리아주는 오스트레일리아에서 가장 마지막으로 이 수정을 허용한 주다. 성 전환을 원하는 사람들에 대한 더 공정한 처우를 위해[7] 샌드라의 혼인이 무효화된 바로 그 해에 바로 그 정부에 의해 출생신고서의 성별 수정을 허용하는 법안의 초안이 작성되고 있었다.

그것은 일종의 행정적 살인이었다. 2014년 그녀의 건강이 위태로워지자 신변 정리를 해두는 것이 좋겠다는 의사의 권유를 받고 그녀가 가장 처음 해야 했던 일은 그녀가 보유한 자산과 신분증 전체에 적힌 자신의 이름을 하나로 통일하는 것이었다. 「나는 관료 앞에 서는 게 참 싫어요.」 등록청을 말하는 것이었다. 「그냥 날 신기한 동물 쳐다보듯 얼빠진 얼굴로 쳐다본 다음 속으로 자기 맘대로 날 재단할 게 뻔하니까요. 그러니 변호사를 통해서 이름을 바꿔야 해요. 지금 상태로는 내가 존재하지 않는 사람이거든요. 의료보험, 경로우대증, 운전면허증, 신용카드, 집 문서 등 모든 게 샌드라 앤 팽커스트라는 이름으로 되어 있는데, 샌드라 앤 팽커스트는 존재하지 않는 사람으로 되어 있어요. 내가 샌드라 앤 팽커스트로 28년을 살아왔는데도 말이죠! 내 이름을 팽커스트로 바꾸지 않으면 유서가 효력이 없어진대요. 팽커스트라는 이름으로 쭉 세금을 내왔는데도…….」

* * *

그녀는 텔레비전에서 나는 큰 소리와 복도 끝 침실에 켜둔 라디오 소리가 합쳐진 소음이 만들어 내는 보호막에 둘러싸여 앉아 있었다. 하지만 어깨 근육이 뻣뻣하게 굳어서 아프고, 어두운 하늘로 덮인 집에 앉아 있는 그녀의 손에 들린 싸구려 백포도주 한 잔이 미지근해지고 있었다. 이런 식의 독립적인 생활을 늘 꿈에 그렸지만 이제는 혼자 지내는 밤이 무서웠다. 작은 지붕을 내리 누르며 끊임없이 물결치듯 속삭이는 침묵이 얇은 유리창을 뚫고 들어와 그 건조한 손을 뻗쳐 그녀의 이마, 그녀의 코, 그녀의 입을 무겁게 덮는 것이 실제로 느껴졌다. 마침내 겨우 정신을 차리고 크레이그에게 다시 연락을 했지만 그마저 이미 세상을 떠났다는 소식을 들어야 했다. 샌드라에게 끝까지 숨겼던 암 때문에 조지가 죽은 지 한 달 만에 그마저 세상을 뜬 것이다.

「맞아요. 좀 머리가 어지러웠죠!」 샌드라는 그 이야기를 하면서도 자신의 트레이드마크인 절제된 표현을 사용했다. 여기서 분명히 해두어야 할 것은 그녀가 〈좀 어지러웠다〉, 〈희한했다〉, 〈기묘했다〉, 혹은 〈좀 어려웠지〉 또는 〈오 마이 갓〉 등의 표현을 쓴다는 건 딛고 있던 땅이 무너져서 지구 중심의 나락까지 떨어졌다는 것을 의미했다.

「나는 아직도 마음에 크레이그밖에 없어요. 아마 평생 다른 사람은 사랑하지 못할 것 같아요.」 그녀는 억지 미소를 지으며 그렇게 말했다. 「크레이그의 아이 엄마에게 연락을 했어요. 크레이그를 만나는 동안 내내 서로 알고 지냈으니까요. 나를 정말 미워했죠. 하지만 내가 그랬어요. 〈너무 그러지 말아요. 적어도 우리 둘 다 취향은 괜찮잖아요.〉」

나도 크레이그에 대해 조금은 알고 있었다. 그는 〈건강 제일주의자〉에 〈피트니스 중독자〉였고, 어린 아들에게 헌신적인 아빠였다. 그리고 오토바이, 제트스키, 사륜구동 자동차 등의 〈장난감〉을 많이 가지고 있었다. 그러나 릭이나 조지와 마찬가지로 그

역시 샌드라에게 그림자로 남아 있다.

이 남자들에 대해 더 물어볼수록, 그들의 존재는 점점 더 작아지다가 하나의 점으로 변하고 결국은 훅 꺼져 버리고 말았다. 샌드라의 전 부인, 전 여자친구, 그녀의 형제자매들, 그녀의 아들들, 드래그 퀸의 친구들, 릭의 딸, 크레이그의 아들, 재혼으로 얻은 자녀들과 손주들 모두 마찬가지였다. 그들은 그녀의 친구, 직원들처럼 그녀와의 관계 안에서만 존재했다. 그들의 내면 세계를 볼 수 없고, 그들의 감정을 느낄 수 없고, 그들의 시각은 무관하다. 그런 것을 알려고 하거나, 소중히 간직하거나, 기억하기에는 너무도 아름답고 위험한 존재들이기 때문이다.

가끔씩 친구들이 멀리서 찾아와 고급 가죽 가방을 그녀의 중고 식탁에 던져 놓고는 장미 덤불과 관상용 배나무로 둘러싸인 데크를 내다보며 과장된 목소리로 〈너무 잘 꾸며 놔서 여기가 어딘지 잊어버리겠어! 꼭 브라이튼 집에 앉아 있는 것 같다!〉 하고 외치곤 했지만 샌드라는 미칠 정도로 외로웠고, 점점 건강이 나빠졌으며, 간절하게 이사를 하고 싶었다.

그녀는 〈STC 특수 청소 서비스 전문 회사〉라고 이름을 바꾼 사업체를 운영하고 있었지만, 사무실로도 쓰는 모닝턴의 집 때문에 발이 묶여 있었다. 다른 곳으로 이사할 수 있는 유일한 방법은 그 집을 팔아 상당한 이익을 보는 것뿐이었다. 그러나 그녀가 원하는 값에 집을 팔지 못할 것이라는 게 대다수 부동산 중개인들의 의견이었다. 그 말을 들을 때마다 샌드라는 〈망할! 꼭 그 값을 받고야 말거야!〉 하고 외치곤 했다. 그녀는 여유 시간을 모두 집의 단점을 감추기 위해 집을 장식하는 데 썼다. 카드로 만든 듯한 엉성한 집이었지만 가진 것은 그것밖에 없으니 최선을 다해야 했다.

「내일 정오에 사진사를 예약했어요.」 부동산 중개인이 샌드라에게 전화를 해서 이야기했다. 샌드라가 〈빌어먹을 X〉라고 부르는 그녀는 집의 가치를 올리는 데 전혀 도움이 되지 않았다.

「망할 놈의 사진사는 취소해 버려요.」 샌드라는 어깨와 귀 사이에 전화기를 낀 채로 쏘아 댔다. 도시 빈민가에서 트라우마 클리닝을 끝내고 운전을 해서 돌아가는 길이었다. 「내가 말했잖아요. 황혼녘에 사진을 찍어 달라고! 우리 집은 서쪽에서 빛이 비추고, 좀 촉촉할 때 제일 좋아 보인다고. 그렇게 해야 좋은 집처럼 보일거라고요. 그렇게 하려고 돈을 냈으니 못 해줄 거면 관두세요.」

1시간 후에 중개인이 다시 전화를 해서 사진사와의 약속을 그날 저녁으로 옮겼다고 말했다.

「알았어요. 난 좀 늦을지도 모르겠어요. 마당에 심을 나무를 좀 더 사고 있거든요.」 샌드라가 대답했다. 그녀는 버닝스 마트의 정원용품들 사이로 쇼핑카트를 밀고 다니며 제일 멋진 나무를 찾는 중이었다.

「좀 과한 건 아닐까요?」중개인이 웃으며 말했다.

「난 뭘 하든 제대로 하는 걸 좋아해요.」샌드라는 스파티필룸* 두 개 중 더 큰 쪽을 카트에 담으며 대답했다.

사진사와 중개인이 그날 저녁 도착해 보니, 샌드라의 집은 조용하고 엄청나게 춥다는 사실을 제외하면 멋지고 세련된 칵테일 파티장처럼 보였고, 두 사람은 그런 파티에 제일 처음 도착한 손님 같은 느낌이었다. 뒷마당의 데크에는 전깃불과 촛불이 모두 켜져 있었고, 밝은 색 화분에 심은 식물들로 멋지게 꾸며져 있었다. 샌드라는 커다란 야외용 테이블 위에 치즈와 훈제연어를 먹음직스럽게 플레이팅한 접시들을 차려 놓고, 잔에 샴페인을 따르고 있었다.

두 사람의 표정을 보고 샌드라는 퉁명스럽게 설명했다. 「이건 사진을 찍기 위해서예요. 사진으로 이 집에서 손님을 초대하고 접대하는 것이 가능하다는 것을 보여 주고 싶어요. 사진이 바로 사람들 마음에 씨가 되어야 해요.」숨을 헐떡거리면서도 그녀는 날아갈 듯한 돛 모양으로 하얀 냅킨을 접었다. 「이 테이블 사진 덕분에 집을 팔게 될 거예요.」중개인과 사진사가 샌드라를 미친 여자처럼 쳐다보았지만 그녀는 전혀 아랑곳하지 않았다.

* 관엽식물의 한 종류.

집은 시장에 내놓은 첫 주말에 샌드라가 샀던 금액의 두 배 이상의 가격으로 팔렸다. 샌드라에게 프랭크스톤에 짓고 있는 집을 완공하기 전에 설계도면으로 보고 살 수 있는 돈이 생긴 것이다. 그리고 약간 남은 돈은 구조를 변경해서 그녀가 원하는 완벽한 공간 만드는 데 모두 썼다. 살 집의 완공이 늦어지자, 여분의 돈도 전혀 없고, 재정적인 안전망도 없는 상황에서 샌드라는 정말 곤란한 상태에 빠지고 말았다.

그녀는 살 곳을 찾느라 세상 방방곡곡 전화하지 않은 곳이 없었다. 하지만 살 만한 곳이 아무데도 없었다. 아무도 도와주겠다고 나서는 사람이 없었다.

결국 주어진 선택지 중 최선은 캐러밴 단지였다. 그곳은 춥고 황폐했으며 밤에는 위험했다. 일주일에 500달러였으니 주택 담보 대출 상환금보다 많은 액수였지만, 다른 선택의 여지는 없었다. 그녀는 잠시 동안이니 어떤 상황이든 참아 낼 수 있다고 생각했다. 자기가 들어갈 집이 지어지고 있는 현장에 가서 얼마나 진척이 되었는지를 확인하는 것이 유일한 낙이었다. 하지만 그런 식으로 현장을 둘러보다가 어느 날 나무 조각 위로 넘어져 다리가 찢어지며 뼈가 드러날 정도로 심한 부상을 입었다. 샌드라는 바나나 껍질처럼 피부가 덜렁거리는 것을 대충 싸매고 직접 운전을 해서 병원으로 가서는 대충 차를 대고 응급실로 걸어 들어갔다. 바닥에 피를 줄줄 흘리면서도 〈응급차를 부를 보험이 있는

데도 직접 운전을 하고 오다니, 바보지 뭐예요〉 하고 접수를 돕는 간호사에게 농담을 했다.

또 다시 넘어져서 이번에는 손목이 부러졌지만 그다음 주에 바로 현장에 갔다. 농담을 해가면서 감추기는 했지만 샌드라는 걷는 데 공포를 느끼기 시작했다. 걷다가도 자꾸 벽을 짚거나 의자 등받이, 소파, 테이블 가장자리 등 손에 닿는 것이면 무엇에든 기대고 균형을 잡아야 했다. 그러다가 지구에 떨어진 소행성처럼 폐렴이 그녀를 가격했고, 푹 패인 분화구처럼 온몸이 껍질만 남긴 채 텅 비어 버렸다.

차가운 캐러밴 안에 병든 짐승처럼 몸을 숨긴 채 상처가 치유되기 아니면 죽기를 기다리고 싶은 충동을 느꼈지만, 결국 새로 지은 집을 자기의 보금자리로 만들고 싶은 욕구가 그런 충동을 이겼다. 그리고 마침내 집이 완성되었다. 다른 선택의 여지가 없는 상황에서 샌드라는 친구들 한두 명에게 자신의 약한 면을 드러내고 도움을 주고 싶어 하는 그들의 호의를 받아들였다. 친구들은 멜버른에서 프랭크스톤까지 차를 몰고 와서 건설업자들이 남기고 간 쓰레기와 먼지를 청소해 주었다. 그리고 창고에 보관된 샌드라의 소지품과 가구를 찾아다가 짐을 풀어 그녀의 새 옷장과 서랍장에 모든 것을 단정하게 정리해서 넣어 주었다.

〈그 엿 같은 해〉의 절정은 엄지발가락 하나를 잃은 사건이었다. 야외 공간을 꾸미기 위해 커다란 양치식물을 돌 화분에 넣으려다가 벌어진 일이었다. 이번에도 샌드라는 상처를 혼자서 꽁꽁 싸맨 채 다시 한번 직접 차를 몰아 병원으로 갔다. 이전에 천 번도 넘게 운전을 하고 다니던 고속도로를 지나면서 그녀는 모든 차가 같은 속도로 달리지만 무거운 짐을 실은 트럭일수록 가속도가 더 크게 붙는다는 것은 깨닫지 못했다.

「빌어먹을 발가락, 그냥 잘라 버려요.」 그녀는 의사에게 말했다.

16 · 심리상담사였던 사람

「이 아이 이름은 네페르티티예요.」글렌다는 잔디가 무성하게
자란 앞마당에 놓인 고양이 캐리어를 바라보면서 내게 말했다.
우리가 서 있는 곳 뒤편에 있는 포치에 놓인 부서져 가는 감색 소
파에도 고양이 네 마리가 든 네 개의 고양이 캐리어가 나란히 놓
여 있었다. 아침 9시 50분. 이렇게 하늘이 잿빛으로 흐릴 때면 글
렌다가 사는 동네는 더 매력이 없어 보였다. 사실 동네라고 할 수
도 없는 곳이었다. 고속도로 한쪽으로 집이 몇 채 나란히 서 있
고, 건너편에는 주유소와 패스트푸드점 몇 개가 있을 뿐이었다.

1시간 넘게 운전을 해서 도착한 곳은 높은 나무 담장에 난 문
을 지나자마자 코를 찌르는 강한 악취가 엄습하는 집이었다. 마
당에는 이미 오늘 아침에 샌드라가 설득해서 버리기로 한, 쓰레
기가 가득 들어 있는 검은 비닐 봉지 열다섯 개 정도가 보였다.

샌드라는 앞으로 5주 동안 일주일에 한 번씩 이 집에 와서 글렌다와 함께 청소를 할 예정이었다.

글렌다는 예순 살 정도 되어 보이는 키가 작은 여성이었다. 머리카락의 뿌리 쪽은 하얗지만 나머지는 입고 있는 티셔츠와 같은 네온핑크색이었다. 유럽에서 온 그녀가 말을 하면 내 친척들 중 한 명이 말하는 느낌이 들었다. 발그레한 뺨에 베이비파우더 향기를 풍기면서 모두에게 쿠키를 권하는 모습을 떠올리게 하는 사람이었다. 하지만 그녀는 완전히 혼자였다. 책과 오래된 신문지, 고양이와 고양이 똥으로 가득 찬 집에 혼자 살면서 글렌다는 여러 겹으로 된 케이크처럼 쓰레기 위에 신문지를 켜켜이 쌓아두었다. 몇 년 동안 청소를 하지 못했는지, 청소할 필요가 있다는 사실을 인정하지 않으려 했는지 이유는 알 수 없었다.

청소팀은 부엌과 거실이 연결된 공간에서 일하고 있었다. 책이 엄청나게 많았는데, 거기에 더해 여러 개의 플라스틱 통에 책들이 더 들어 있었다. 문구류, 가전제품 상자들, 오래된 신문지, 아동용 물방울 무늬 여행가방 등이 뒤죽박죽 섞여서 마치 험한 파도가 치는 바다에 둥둥 떠다니는 표류물처럼 보였다. 게다가 악취가 너무 심해 눈물이 나올 지경이었다. 샌드라를 따라 글렌다의 침실 문턱까지 가보니 그곳 역시 거실이나 부엌과 비슷한 잔해가 거의 천장까지 쌓여 있었다. 어둡기도 하지만 발을 들일 공간도 없어서 겨우 난 틈새로 들여다보니 글렌다의 둥지가 보였다. 바닥에 매트리스를 깔아 두었지만 다리를 뻗을 수도 없을 정도로 작은 공간이었다. 그리고 바로 옆에는 읽을거리가 한 무더기 쌓여 있었다. 책, 『이코노미스트』, 『쿼털리 에세이』 등을 차곡차곡 쌓아 놓은 더미 위에 금색 안경이 단정하게 접힌 채 놓여 있었다. 주변에 위태롭게 쌓여 있는 물건들이 금방이라도 무너져 내려 숲속의 빈터 같은 그 작은 공간을 메워 버릴 것 같아 불안했다.

글렌다는 내게 밖으로 나가서 이야기하자고 했다. 그녀는 나를 데리고 극장 맨 뒷좌석에서 시시덕거리는 사람들처럼 시끄럽게 야옹거리는 고양이들이 있는 포치를 지나 잔디밭에 지어진 작은 양철 헛간 근처로 가서, 나무 의자 두 개를 가져다 놓고 앉아 우리 속에서 몸을 굴리고 있는 네페르티티를 소개해 주었다.

글렌다는 치과의사 자격증이 있었고, 우등졸업으로 심리학 학위를 딴 뒤 사랑하는 사람의 죽음으로 인해 슬픔에 잠긴 사람들을 대상으로 한 심리상담사로 오랫동안 일했다. 과하다는 생각이 들 정도로 수많은 단기 코스와 자격증에 더해 글쓰기 및 편집 전문가 과정을 수료했고, 나와 마찬가지로 법학 박사학위를 밟고 있는 중이었다. 그리고 몇 년에 걸쳐 더 나은 미래를 위한 개인적 혹은 직업적 비전을 가진 사람들을 인터뷰하는 텔레비전 프로그램에 관여해 왔다.

그녀가 내게 말했다.「당신 같은 사람을 인터뷰했었죠.」

각자의 역할이 모호해지면서 뒤바뀌기 시작했다. 나는 순항 중이던 고도를 벗어나 하강하기 시작했고, 모든 것이 엉망이 되어 가고 있었다. 사실 그렇다. 그게 애초부터 내가 글렌다의 뒷마당에 앉아 있는 이유가 아니었나. 샌드라는 물건을 병적으로 모으는 증상이 수입이나 지적 능력을 가리지 않는다는 이야기를 여러 차례 했었다.

「벽에 걸려 있는 액자를 보면 집주인이 어느 병원 원장이나 기업의 사장이었다는 것을 알게 될 때가 있어요. 그러면 〈당신한테 도대체 무슨 일이 일어난 건가요? 혹시 사랑하는 누군가가 떠나서 받은 상처가 너무 커서 견딜 수가 없는 지경까지 이르렀나요?〉 하는 생각을 하지 않을 수가 없죠. 아무것도 아닌 일에도 우리 삶 전체가 뒤틀리고 방향이 바뀌어 버리는 거예요.」 샌드라가 언젠가 나한테 그렇게 말했다.「신의 은총이 있기를. 그게 바로 나일 수도 있잖아요. 그래서 난 누구도 비판하지 않아요. 내 고객들도 한때 정신적으로 강하고 뛰어난 성과를 거둔 사람들이었어요. 그러니 아무도 모를 일이에요. 내일 자기한테 무슨 일이 벌어질지 아는 사람이 어디 있겠어요.」

글렌다가 우등상을 받은 졸업논문에 대해 이야기하자 나는 논문의 주제가 무엇이었는지 물었다.「아, 옛날 이야기예요. 지금의 나와는 완전히 다른 사람이 했던…… 하지만 그게 인생이죠.」

그녀는 자기와는 상관없는 일이라는 듯한 손짓을 하면서 그렇게 대답했다. 나도 우등상을 받은 내 졸업논문을 이제 와서 돌이켜 보면 얼마나 현실과 동떨어진 주제였는지 모른다고 조심스럽게 고백하면서 그녀의 말에 동조했다.

그녀는 별로 중요하지 않다는 듯 설명했다. 「불안감이 사람의 태도와 실적에 어떤 영향을 끼치는지에 관한 논문이었어요. 그 이상은 기억나지 않아요.」

샌드라가 잡동사니로 넘쳐나는 대나무 바구니를 들고 다가왔다. 샤워 캡, 무료 바이러스 백신 CD, 개에게 약을 먹이는 도구 등이 보였다.

「내가 독자적으로 결정을 내렸어요. 이건 모두 개똥 같은 것들이에요.」

두 사람은 킥킥 웃었다. 「그래도 개똥보다 나은 것도 몇 개 있어요.」 글렌다가 계속 웃으면서 대답했다.

「도대체 어떤 거요?」

「이건 개똥이 아니죠.」 글렌다가 CD를 들어 보이며 말했다.

「그걸 쓸 거예요? 진짜?」 샌드라가 구슬리듯 말했다.

글렌다가 고개를 끄덕였다. 「그럼요, 오늘 밤에 당장.」

「아이고, 거짓말쟁이.」 샌드라가 꾸짖듯 말하자 글렌다가 깔깔거리며 웃었다. 「이것들은 변소에 가져다 버릴 거예요. 진짜예요. 싹 다 버릴 거야.」

「이웃한테 주려고 챙겨 놓은 거예요.」 글렌다가 반격했다.

「이웃이든 누구든 가서 호수에 뛰어들어 버리라고 하세요.」 샌드라는 미소를 지으며 바구니를 들고 서서히 뒷걸음질을 쳤다. 그것들도 마당에 쌓이고 있는 더미에 보탤 수 있기를 바라면서. 마당에 쓰레기 더미가 쌓여 가고 있지만 아직 거기 보탤 것들이 너무나 많았다.

「그렇게 말하면 옆집 사람이 진짜 호수에 뛰어들어 버릴지도 몰라요. 뇌 손상을 입었거든요. 그래서 그런 말은 못 해요. 당신이 가서 직접 말해 봐요.」 글렌다는 개에게 약을 주는 기계를 어떻게 쓰는지 한참 설명한 다음에 그렇게 말했다.

「흠…….」 샌드라는 이렇게 말하다가 CD에 뭐가 들었는지 물었다.

「공짜 소프트웨어!」

「아, 젠장. 그냥 버려요!」 샌드라가 말했다. 「산더미처럼 쌓인 게 공짜 소프트웨어던데요.」

나는 CD가 없어도 공짜로 프로그램을 다운로드할 수 있다고 알려 주었다. 글렌다가 다운로드하는 방법을 모른다고 말했지만 난 그녀를 믿지 않았다. 심지어 바로 이어 내게 리눅스 운영체제를 아는지 묻는 것을 보니 더욱 믿을 수가 없었다.

글렌다는 지난주에 샌드라랑 자신이 얼마나 웃었는지 모른다고 말했다. 「계속 웃으면 얼마나 힘든지 알죠? 그런데 망할 놈의 웃음을 멈출 수가 없는 거야. 우는 것보다는 웃는 게 훨씬 낫긴 하죠. 우린 웃으면서 눈물을 질질 흘렸지만!」

남편과 한동안 별거를 하던 글렌다는 병에 걸린 남편이 병원에 입원한 후 그의 마지막 날들을 함께했다. 그런 다음 마치 가슴이 뻥 뚫린 듯 독감에 시달렸다. 석 달 동안 그녀는 울 수 없었다. 「목석이 된 것 같았어요.」 그녀가 말했다. 그렇게 몇 달이 지난 다음에야 그녀는 지연된 애도의 감정을 느끼기 시작했고, 너무도 큰 고통에 괴로워했다. 그래서 다시 공부를 하기 시작했다. 「단기 코스를 엄청나게 많이 밟았어요.」 그녀가 웃으며 말했다. 「마음을 안정시키고 집중을 하는 데는 공부만큼 좋은 게 없었으니까요. 그게 나한테는 약이고, 살아남는 방법이었어요. 정신적인 고통이 공부하는 능력에는 영향을 주지는 않았으니까요.」

나는 엄마가 나를 떠난 후 내가 겪었던 지연된 애도의 감정을 떠올렸다. 엄마가 다시는 내게 돌아오지 않으리라는 것이 분명해진 후에야 그런 감정을 느낄 수 있었다. 몇 년을 방에 틀어박혀 지낸 시절, 불안증과 우울증으로 매일 먹던 약 때문에 약한 빛에만 노출되어도 피부가 아프고 펜 한 자루도 쥘 수 없을 정도로 손이 심하게 떨리던 그 시절, 어둠 속에서 태아처럼 옆으로 쪼그리고 누워 매트리스에 닿은 골반 뼈가 아파올 때까지 책만 집어삼키듯 계속 읽던 그 시절에 나는 황량하고 고적하지만 예측 가능한 환경과 적막감과 외로움에서 오는 안전함을 갈망했다. 생각을 다른 데로 돌릴 수 있게 해주고 재미를 주는 것 이상으로 내가 책에서 찾던 것은 글로 쓰인 말의 영구성과 침묵 위를 수놓는 동지애였다.

시간이 흐른 후 마침내 글렌다는 세상을 떠난 남편을 애도할 수 있었다. 「아기고양이를 들였어요. 이제 열두 살이 됐죠. 그 고양이를 담요에 싸서 내 옆에 두었어요. 잠을 자고, 잠에서 깨고, 울기 시작했어요. 손을 뻗으면 아기고양이의 따뜻하고 갸릉거리는 몸이 만져졌죠. 그러다가 다시 잠에 빠져들었어요.」 그 아기고양이는 이제 열 마리의 형제자매를 가지고 있었다. 「나는 슬픔을 내 삶 속에 녹아들게 하는 데 성공했어요. 하지만 마침내 터널에서 빠져나오는 데 성공한 것은 정말이지 대단한 경험이었죠. 바로 그 덕분에 지금 상황도 견뎌 낼 수 있는 거예요. 안 그랬으면 난 지금 여기 있지 못할 거예요.」 글렌다가 말했다.

그녀는 샌드라가 오늘 자기 집을 치우고 있는 이유를 말하고 있었다. 이야기가 그녀의 집만큼이나 엉망진창이었지만 글렌다가 내리막길을 걷기 시작한 것이 한참 된 일이라는 사실은 분명했다. 적어도 남편을 잃은 2001년 이후로는 내내 상황이 악화된 듯했다. 그녀는 개인이 임대해 주는 집들과 정부 임대 주택을 전전하다가 5년 전부터 지금의 집에 살기 시작했다. 위기를 겪는 여성들을 위한 임시 주거로 제공되는 집이었다.

「남편이 세상을 뜬 후부터 악몽이 시작됐어요. 세상 천지에 나

혼자뿐이었는데 만성피로, 섬유근통, 손목골 증후군, 골관절염에다가 몇 년 내내 정착하지 못하고 붕 뜬 채 살아야 했던 트라우마까지 겹쳐서 장애자 연금을 신청해야만 했죠. 나 혼자서 모든 절차를 밟아야 했어요. 아무도 나를 도와줄 사람이 없었어요. 거기다 외상후 스트레스 증후군까지 겹쳐서…….」

그녀의 눈에 눈물이 그렁그렁 고였다. 그 순간 갑자기 비가 내리기 시작했다. 글렌다는 코딱지만 한 양철 창고로 들어가서 책이 담긴 플라스틱 상자들과 터질 듯이 쓰레기가 담긴 채 쌓여 있는 비닐 봉지들 사이에 의자들을 놓았다. 우리는 고양이 토사물이 얇게 깔린 바닥 위에 의자를 놓고 다시 자리를 잡았다. 임대주택 기구에서 일하는 사회복지사들은 임대인들이 안정감을 되찾도록 도와서 장기 임대 숙소로 옮겨갈 수 있도록 한다. 이런 도움을 받아들이는 사람들은 장기 임대 숙소로 빨리 옮길 수 있는 특권이 주어진다.

하지만 글렌다는 이렇게 치료와 숙소를 연결짓는 접근법이 자기를 포위해서 공격하는 것이라고 느꼈고, 뛰어난 머리를 이용해 사사건건 방해를 해왔다. 처음 그녀를 다른 집으로 옮기려고 했을 때에 대해 그녀는 이렇게 말했다. 「태아 자세로 몇 달을 그냥 지냈어요. 사는 집에서 사람을 쫓아내다니 정말 역겨운 일이죠. …… 처음부터 내가 과부고, 병이 있는 데다 의지할 가족이나 친구가 한 명도 없다는 걸 알고 있었으면서 말이에요.」

처음에는 나도 글렌다와 함께 분개했다. 그러다가 그녀의 이야기를 더 듣는 사이에 누렇게 바랜 신문지로 가득 찬 쓰레기 봉지와 발밑에 고인 고양이 토사물 중 어느 쪽으로 코를 돌려도 피할 수 없는 악취에 생각이 미치자 나는 지금 내가 느끼는 감정을 고통에 대한 공감이라고 표현하는 것이 더 정확하다는 사실을 깨달았다.

두 사람의 글렌다가 있었다. 내게 〈임시 숙소에서 5년을 사는 사람이 어딨어요〉라고 말하는 글렌다가 있고, 임대 주택 기구가 범한 기술적 위반 사항들을 언급하며 자신의 장기 점유를 정당화하는 글렌다가 있었다. 슬픔에 빠진 사람들을 치료하는 상담가이자 심리학 학위를 가지고 있는 글렌다는 자신이 느끼고 있는 감정으로부터 유리되어 있는 자신을 관찰하는 것이 흥미롭다고 말했다. 그러나 또 다른 글렌다는 자신의 지금 상황이 집의 구조 때문이라고 말했다. 「물건을 넣을 공간이 없으면 어떻게 할 도리가 없잖아요?」 그녀가 자기 집을 〈후진국 판잣집〉이라고 말하는 것은 바닥에 널린 분변 때문이 아니라 빌트인 옷장이 없기 때문이었다.

나는 글렌다의 병명을 진단할 수 없었다. 그러나 그녀는 적당히 아프고, 적당히 자율적이어서 임대 주택 기구가 아무리 좋은 의도를 가지고 있다고 해도 적확한 해결책을 제시하지 못하는 케이스였다. 글렌다는 방문하는 사람들을 집에 들이기를 계속 거부했고, 따라서 임대 주택 기구는 계약을 파기해서 그녀를 노숙자 신세로 만들거나, 집을 지금 상태로 계속 사용하게 해서 공공 안전에 위협이 되도록 내버려 두는 두 가지 중 하나를 선택해야만 했다.

글렌다가 내게 해준 말들이 모두 진실이라는 사실을 증명할 수는 없었다. 경력을 거짓으로 꾸며 대고, 공포와 고통의 렌즈를 끼고 이야기를 하다 보면 모든 것이 알아볼 수 없을 정도로 왜곡되어 버리기도 한다. 그러나 그녀가 바실리 그로스만*의 저서 『삶과 운명』을 가지고 있다는 사실을 꾸며 댈 수는 없다. 내 옆에 놓여 있는 플라스틱 통에 그 책이 들어 있는 것이 보이기 때문이다. 그리고 책, 특히 어떤 책은 집단을 구별해 주는 관습적 언어를 의미하기 때문에 나는 글렌다에게 거리감보다는 친밀감을 더 강하게 느꼈다.

나는 우리 두 사람을 둘러싸고 있는 책들로 화제를 옮겼다. 「이 정도의 책을 가지고 계신 게 존경스러울 정도지만 충분히 개인이 소장할 수 있는 숫자라고 생각해요.」 샌드라가 들으면 날 죽이려 들겠지만 나는 그렇게 고백하고 말았다. 앙리 샤리에르의 『빠삐용』도 눈에 들어왔다. 그 책과 빅터 프랭클의 책만 봐도 글렌다의 책 취향을 짐작할 수 있었다. 그녀는 〈끔찍한 상황을 이겨 내는 인간의 힘을 보여 주는 책이면 뭐든 내가 살아가는 데

* 소련의 소설가이자 저널리스트.

도 도움이 돼요〉라고 설명했다. 나는 〈저도 그래요!〉 하고 외치고 싶었다. 내 어두운 방과 떨리던 손에 대해 이야기하고 싶었고, 어떻게 그 어두운 숲속에서 빠져나왔는지 설명하고 싶었다. 그러나 그런 대화는 가능하지 않다는 것을 깨달았다. 엄청난 분변 냄새가 우리를 압도하고 있고, 우리 둘 중 하나는 그것이 수납 공간 부족의 문제라고 생각하고 있기 때문이었다.

글렌다와 함께 헛간에서 나와 집 쪽으로 걸어가면서 나는 지구의 풍경으로 다른 행성의 환경을 설명하려 시도했던 다큐멘터리를 떠올렸다. 화성 표면이 애리조나의 사막과 매우 흡사한 것을 보고 내가 얼마나 놀랐었는지 기억이 났다.

나를 배웅하기 위해 차가 있는 곳까지 함께 나오는 샌드라에게 딜런이 황급히 다가왔다. 그는 글렌다가 마당에 내놓은 쓰레기 봉지를 다시 열기 시작했다고 속삭였다. 냄새 탓에 셰릴이 토한 것 때문에 글렌다가 화가 났다고도 했다. 샌드라는 상처를 지져서 더 이상의 출혈을 막는 의사처럼 사태를 진정시키기 위해 서둘러 집 안으로 다시 돌아갔다. 「버리기로 한 봉지를 다시 열면 그런 일이 벌어진다니까.」 그녀는 집으로 들어가면서 한숨을 쉬었다.

빗속에서 긴 시간을 운전해서 집으로 돌아오는 길에 나는 글렌다의 책들과 매릴린의 아름답고 긴 문장들과 〈하지만 그녀가 얼마나 똑똑한 사람인데……〉라며 살짝 항의하는 듯한 표정을 지었던 도로시의 이웃을 생각했다.

내 생각은 다시 한번 나를 집어삼켰던 암흑과 내가 잃어버린 10년에까지 가 닿았다. 그것은 엄마가 나를 떠났을 때가 아니라 엄마가 나에게서 얼마나 많은 것을 가지고 가버렸는지를 깨달았을 때였다. 그때 손 떨림과 편두통이 시작되었고, 다 합치면 족히 몇 년은 될 시간을 잠만 자면서 보내기도 했다. 견딜 수 없을 정도로 길게 느껴졌던 그 몇 년의 기간 동안 나는 너무 말라서 척추가 그대로 드러나고, 쇄골 윗부분이 대접처럼 움푹 패여 있었다. 이제 다른 사람들도 모두 나를 떠날 것이라는 생각이 머릿속을 파고들며 사그라들지 않았고, 나라는 사람이 그렇게 남겨져 마땅한 수천 가지 이유가 나 자신을 괴롭혔다. 하지만 나는 전복된 배처럼 완전히 침몰해 가는 내 세상에 아버지도 있었다는 것을 기억한다. 아버지는 아침에 출근하면서, 낮에 또 한 번 집에 들러서, 밤에 퇴근해서 늘 내 어두운 방에 머리를 살짝 들이밀고 인사를 건네곤 했다. 그리고 저녁식사를 만들기 전이나 식사 준비를 다 한 다음에 함께 텔레비전을 보자거나, 쿠키랑 차를 같이 하자거나, 함께 잠깐 산책을 하자며 내 방문을 열고 말을 걸었다.

나는 차에서 아버지에게 전화를 해서 아버지가 어떻게 아침 시간을 보내고 있는지 물었고, 내가 아침에 본 일들을 이야기했다.

「어떤 종류의 물건을 모으는 사람이야?」아버지가 물었다.

「주로 책하고 고양이요.」나는 고양이를 정말 사랑하고 이제 적극적으로 책을 모으기 시작한, 내가 아는 어떤 사람에 대해서도 이야기했다.

「개인 도서관과 책을 병적으로 모으는 사람 사이의 차이가 뭘까?」아버지가 궁금해했다.

잠시 침묵이 흘렀지만 이내 우리는 웃음을 터뜨리며 합창을 했다.「똥!」

진정한 차이는 이런 전화 통화다. 언제라도 전화를 할 수 있는 사람이 있다는 것이 바로 차이라고 할 수 있다. 우리는 사랑받을 때 더 강해질 수 있기 때문이다.

어떻게 샌드라가 이 모든 일들을 견디며 살아왔는지를 이 책으로 정확히 설명하는 것은 불가능할 것이다. 정해진 표에 따라 사람들이 겪는 트라우마의 정도를 예측하는 것이 불가능한 것도 사실이다. 어떤 사람에게는 머그컵에 난 실금 정도의 손상을 끼치는 일에 어떤 사람들은 달걀처럼 깨지고 만다. 그러나 그것은 관찰한 사실의 서술일 뿐이지, 설명은 아니다. 나는 그녀가 살아남은 것은 선천적인 교정력 덕분이라고 믿는다. 샌드라는 자기도 최고의 삶을 살 자격이 있다는 믿음과 누구도 부술 수 없는 타고난 확신을 가지고 있었다. 그리고 물에 가라앉지 않기 위해 자기 감정의 조각들을 과감히 버렸던 것도 관계가 있다고 믿는다. 바로 그 사실 때문에 샌드라가 가진 독특한 회복력을 목격하는 사람은 경이감을 느끼는 동시에 슬픔으로 마음이 가라앉는 경험을 하게 된다.

만난 지 3년이 되어 가지만 그녀의 이야기를 들을 때마나 나는 매번 새로운 그녀와 사랑에 빠진다. 볼이 아파올 때까지 나를 웃게 만드는 샌드라, 나를 자기의 천사라고 부르는 샌드라, 잠깐 만나고 다시는 못 볼 고객들에게 보이는 위대한 친절로 내 숨을 멎게 만드는 샌드라, 두 사람이 나오는 사진에서조차 나를 구별 못 하는 샌드라, 내가 아픈지 물어보지만 내 성이 무엇인지 모르는 샌드라, 내게 건넨 메모에 〈옛 친구는 하나도 없음〉, 〈사람들과 개인적 친분을 맺는 것이 불가능함〉이라고 명확하게 써놓은 샌드라, 괴로워하는 샌드라, 과거와 화해하고 용서하지 못하지만 결국은 슬프게도 그렇게 하고 마는 샌드라. 이 모든 모습이 바로 샌드라 자신이다.

17 · 유년 시절의 집으로

유년 시절의 집으로 향하는 길에 샌드라는 잘 빠진 하얀 〈미씨비치〉를 몰고 푸츠크레이 훈련장을 지나쳤다. 다른 소년들과 함께 군사 훈련을 강제로 받아야 했던 곳이다. 이제 그곳은 여성만으로 이루어진 서커스단이 공연을 하는 곳으로 바뀌었다. 차는 세인트 존스 초등학교도 지나갔다. 샌드라가 정기적으로 손등을 맞는 벌을 받곤 했던 학교다. 이제 그곳 재학생의 95퍼센트는 집에서 영어 이외의 다른 언어를 사용하는 학생들이다. 잔디가 깔린 축구장이 된 한때 공터였던 곳도 지나쳤다. 곧이어 20세기 초에 에드워드 양식으로 지어진 집들을 세심하게 고친 집들, 이제는 100만 달러 가까운 가격으로 거래되는 집들이 늘어선 거리가 나왔고, 그러다가 어느 순간 보이지 않는 선을 건너면서 집들이 점점 더 허름해지고 길이 좁아졌다. 결국 그녀가 자라난 막다른 길 끝에 차를 세울 즈음에는 마치 시간을 거슬러 올라간 느낌이 들었다.

샌드라의 집 건너편에 있는 집, 그러니까 그녀의 할머니·할아버지가 살던 집은 그때나 지금이나 완벽하게 관리가 되어 있었다. 페인트칠도 새로 한 듯하고, 탐스럽게 핀 꽃들과 단정하게 다듬어진 나무로 둘러싸여 있었다. 그러나 빌과 에일사의 옛집은 손바닥만 한 땅에 축 쳐진 모습으로 마치 땅에서 다시 파낸 시체처럼 알아볼 수는 있지만 썩어 가는 모습으로 서 있었다.

금이 가며 세 조각으로 갈라져서 언제라도 무너져 내릴 듯한 낮은 벽돌 담장 너머로 외벽에 비막이 판자를 댄 창문 하나짜리 집이 서 있었다. 풀 죽은 어깨처럼 축 쳐진 포치 지붕 아래로 커튼이 내려져 있는 큰 창문은 눈꺼풀은 마비되고 눈에는 백내장이 끼어 허옇게 되어 보이지 않게 된 눈을 거리로 향하고 있었다. 에일사가 사랑하던 앞마당에는 내 무릎까지 올라오는 갈색 잡초가 무성했다. 현관문 옆으로 세로로 길게 난 유리창이 깨져 있었고 그 틈을 막기 위해 안쪽에서 상자랑 누더기 천들을 쌓아 올려 놓은 것이 보였다.

문을 두드려 보았지만 아무도 집에 없었다. 그래서 샌드라와 나는 긴 진입 도로를 따라가 보았다. 빌이 매일 밤 술에 취한 채 엉성하게 차를 대던 그 진입 도로였다. 집 옆으로 난 진입 도로를 따라 쭉 걸어가는데 샌드라가 높은 담장 너머로 집 안을 들여다보며 말했다. 「저게 바버라가 쓰던 방이고, 저기가 남동생들이 쓰던 방이에요. 그리고 저기 내 방이 보이고.」 내가 서 있는 곳에서는 샌드라가 자던 일명 〈방갈로〉의 위쪽만 보였다. 다시 집 앞쪽으로 돌아와서 집의 반대편 쪽도 살펴보았다. 유일하게 보이는 창문의 유리가 깨져 있었다. 한겨울에 집에 구멍이 나 있는 셈이었다.

「망할, 완전 쓰레기장이네.」 억울하거나 화가 났다기보다는 객관적인 평가를 하는 태도로 샌드라가 말했다. 딱 그녀의 트라우마 클리닝 서비스가 필요한 종류의 집이었다.

샌드라는 나를 다시 자기 차에 태우고 동네를 구경시켜 주었다. 늘 배경음으로 깔려 있는 라디오 뉴스가 들려오는 가운데 그녀는 어머니가 쇼핑을 하던 심스 식료품점, 자기가 다니던 초등학교, 자기가 청소 용역을 담당했던 정부 소유의 임대 주택들 몇 채, 그리고 자기가 살던 스완 스트리트의 작은 아파트 등을 보여 주었다. 열여덟 살 생일 파티를 하고 있는데 아버지가 들이닥쳐 그녀를 죽이려고 했던 집이었다.

「들어가서 수녀님들을 만날 수 있을까?」 그녀는 방과 후에 심부름을 하던 수녀원을 지나면서 미소를 지었지만 곧바로 마음을 바꾸었다. 「성별을 바꿨다고 엉덩이를 맞을지도 몰라요.」

나는 이 모든 곳을 다시 둘러보니 어떤 느낌이 드냐고 물었다.

「이젠 괜찮아요. 처음 왔을 때는 괜찮지 않았지만. 눈이 빠져 버릴 정도로 울어댔죠. 나쁜 기억이 너무 많아서 도망치고 싶었어요.」그녀는 다시 집이 있는 쪽으로 차를 몰며 말했다. 그러다가 분홍색 매니큐어를 완벽하게 칠한 손톱으로 차 유리창을 톡톡 치면서 길모퉁이에 있는 집을 가리키며 약간 흥분한 어조로 외쳤다. 「저기 저 집 여주인이 마이어스 백화점 화장실에서 죽었어요.」

옛집 앞에 우리가 다시 차를 세우는데 키가 작고 곱슬곱슬한 금발머리를 한 여자 한 명이 십 대쯤 되어 보이는 소녀와 함께 차옆을 지나 길 건너편 집으로 들어가는 것이 보였다. 두 사람 모두 두 손 가득 쇼핑백을 들고 있었다.

「할머니 집에 사는 사람들이네!」샌드라의 흥분감이 정전기처럼 타닥타닥 튀었다. 「가서 이야기를 해봐야겠어요.」그녀는 실제보다 훨씬 건강한 사람의 품새로 재빨리 안전벨트를 풀고 활기차게 차에서 내렸다.

「안녕하세요. 먼저 제 소개부터 해야겠네요. 저는 샌드라 팽커스트라고 합니다.」길을 건너가느라 숨이 약간 차올랐지만 그녀는 미소를 지으며 손을 내밀고 악수를 청했다. 「60년 전에 저 집에서 살았어요.」

여자는 빛에 따라 렌즈 색이 변하는 안경 너머로 눈을 게슴츠레 뜨고 샌드라를 바라보았다. 햇빛이 강해서 렌즈색이 어둡게 변했다.

「아, 그러시군요.」그녀는 고개를 열심히 끄덕이며 샌드라가 말을 잇기를 기다렸다.

「궁금해서 그러는데요, 이 동네 역사에 대해 좀 아시나요?」샌드라가 물었다.

「그런 이야기라면 낸시한테 묻는 게 제일 좋을 거예요.」여자가 혀 짧은 소리로 약간 말을 더듬으며 대답했다. 그러고는 딸에게 장을 봐온 것들을 집 안으로 들여놓으라고 외친 다음 샌드라에게 말했다. 「같이 가줄게요.」

「어머나, 고마워요.」우리는 바로 옆집으로 함께 걸어갔다.

「낸시 어머니가 여기 오랫동안 사셨어요. 낸시는 심장 수술을 했고요.」여자는 점점 수다스러워졌다. 그러다가 이상한 질문을 했다. 「길 저쪽 끝에 사는 질롱에서 온 사람을 아세요?」

샌드라는 그런 난데없고 앞뒤가 안 맞는 질문도 대수롭지 않다는 듯 받아넘겼다. 「아니요, 질롱에서 온 사람은 아는 사람이 없는데요.」

「사이먼 말이에요.」여자가 말했다.

「내 동생 사이먼 말이에요? 그 애는 이미 죽었어요. 하지만 질롱에서 살지 않았는데.」샌드라가 여자의 말을 고쳐 주었다.

「아니요. 사이먼은 살아 있어요.」여자가 낸시의 집 현관 앞 계단을 올라가면서 말했다. 그리고 곧이어 초인종을 눌렀다.

「안녕하세요, 낸시! 데비예요.」여자는 문을 열고 나오는 짧은 갈색머리를 한 나이 든 여성에게 큰 소리로 말했다.

「잘 지냈어요?」낸시는 하얀 카펫이 깔린 현관 복도에 서서 격식을 차려 인사를 했다.

「전 잘 있었어요. 건강은 괜찮으세요?」데비가 물었다.

낸시는 고개를 끄덕이고는 물었다. 「들어오시겠어요?」

데비가 대답도 하기 전에 샌드라가 숨을 헐떡이며 큰 소리로 자기 소개를 했다. 「제가 60년 전에 저기 저 집에 살았거든요. 우리 어머니 에일사 콜린스는 돌아가셨고, 동생 사이먼도 죽었어요. 그리고 설리번 이모는 저 집에 사셨고요.」그렇게 말하면서 샌드라는 왼쪽으로 몸을 돌리면서 뒤를 가리켰다. 「명함을 드릴게요.」그녀는 긴 손톱으로 지갑에서 명함을 한 장 꺼내 들었다. 「이 분이 사시는 집은 옛날 우리 할머니 집이었어요.」샌드라가 데비를 가리키며 말했다.

「할머니 성함이 어떻게 되시나요?」낸시가 물었다.

「기억이 안 나요. 너무 오래 전이라.」

낸시가 고개를 끄덕이며 말했다. 「할머니가 돌아가신 후에 에일사의 딸이 그 집에서 살았어요.」

「언니가 저 집에서 살았다고요?」샌드라는 잠깐 관심을 보였다. 「어머니가 돌아가신 후에, 사실 그보다 몇 년 전, 그러니까 제가 열여섯 내지 열일곱 살 정도 되었을 때 집에서 쫓겨났거든요.

414

아무튼 어머니가 돌아가신 후에 언니는 그 집을 성지처럼 만들고 싶어 했는데, 남자 형제들이 팔아야 한다고 했나 보더라고요. 그래서 사이가 나빠져서 그 뒤로는 서로 말도 안 하게 되었어요.」

낸시와 데비가 말문을 잃고 그녀를 올려다보았다. 너무도 많은 사연이 문맥도, 체계도 전혀 없이 커다란 파도와 작은 소용돌이가 되어 샌드라의 분홍색 입술에서 출렁거리며 쏟아져 나왔다. 「언니가 어디 사는지는 아무도 몰라요. 아시아계 신사와 결혼해서 이사를 했다는 것 말고는. 동생 크리스토퍼는 요즘 아주 잘 나간다고 하더라고요. 사이먼은 군인이었는데, 죽었고요. 그래서 연락이 닿는 사람이 아무도 없어요.」

「맞아요, 그 집에 살던 가족을 나도 잘 알죠.」 낸시가 샌드라의 옛집 쪽으로 고개를 까닥여 보이며 천천히 말을 이었다. 「에일사도 기억나고…….」

「에일사 콜린스랑 로버트 그리포드 파커 콜린스에요.」 샌드라가 신이 나서 고개를 끄덕였다. 하지만 늘 그랬던 것처럼 아버지의 미들네임 그리피스를 잘못 말하는 실수를 했다.

「난 에일사밖에 기억이 안 나요.」 낸시가 말했다.

「늘 페인트를 깨끗하게 새로 칠한 것처럼 보였던 기억이 나요.」 샌드라가 말했다. 「나도 기억해요. 맞아요, 정말 예쁜 집이었지.」 데비가 고개를 끄덕였다.

샌드라는 고개를 돌려 몇 집 떨어진 곳에 있는 큰 집 쪽을 바라보았다. 「보니 설리번이 저기 살았는데 집을 허물고 새로 지었군요. 보니네 집은 초록색이었는데.」

「저 집은 두 필지에 지어진 집이에요. 집 두 채를 허물고 한 채로 지은 것 같아요.」 데비가 같은 쪽을 쳐다보며 말했다.

「맞네요. 진짜 많이 변했네.」 샌드라가 말했다.

대화가 계속되는 동안 낸시는 냉랭한 거리감을 유지하며 격식을 차리고 있는 데 반해 데비는 눈을 휘둥그레 뜨고 고개를 빨리 끄덕이면서 친밀감을 보였다. 포치 그늘이 짙어서 빛에 반응하는 그녀 안경의 렌즈 색이 옅어졌다.

「낸시, 얼마 전에 우리 집에 찾아왔던 남자 기억해요?」 데비가 갑자기 물었다. 「그 사람도 샌드라의 가족일까요?」

「네.」 낸시는 그렇게만 대답했다. 이 대화가 자기와 상관이 없다고 생각하고 별로 주의를 기울이지 않고 서 있던 샌드라는 미처 그 사실을 깨닫지 못하고 있었지만, 그것은 그녀의 세상이 통째로 변하는 순간이었다.

「사이먼이라고 했는데.」 데비가 그의 이름을 기억해 냈다.

매처럼 계속 우리 머리 위를 맴돌던 그것이 마침내 내게 무겁게 툭 떨어졌다. 나는 샌드라도 그것을 느꼈는지 확인하기 위해 그녀를 바라보았다. 그러나 그녀의 머리는 너무도 오랫동안 그런 식으로 자기를 덮치는 것들을 무시하도록 훈련되어 있었다. 나는 작은 소리로 샌드라에게 물었다. 「어쩌면 샌드라의 아들이 아닐까요?」

「아, 내 아들일 수도 있겠네요!」샌드라가 외쳤다.

「엄마랑 같이 왔었어요. 엄마는 머리색이 짙던데. 사이먼은 서핑 장비 가게에서 일한다고 하더라고요.」샌드라가 40여 년 만에 처음으로 듣는 아들의 소식이 그렇게 데비의 입에서 흘러나왔다. 「서핑 장비 가게들이 어디 모여 있죠? 토키였던가? 거기서 일한다고 했어요. 맞아요.」

그런 다음 그녀는 낸시에게 고개를 돌리고 말했다. 「톰이 아직 많이 아파요.」

「오늘 출근은 했어요?」낸시가 물었다.

「네, 안 가야 하는데 그래도 갔어요.」데비는 그렇게 대답하고 샌드라에게 설명을 했다. 「남편이 진짜 많이 아팠거든요. 뇌에 염증이 생겨서 상당히 심각했어요.」

샌드라는 공감한다는 듯 고개를 끄덕였다. 「혹시 사이먼이 전화번호 같은 걸 남기지는 않았나요?」

「그쪽한테 전해 달라고 명함을 남기고 갔어요.」데비가 말했다.

낸시가 명함을 찾으러 들어간 사이에 나는 데비에게 사이먼이 찾아와서 무엇을 물어봤는지 물었다.

「오늘 물어보신 거랑 비슷한 걸 물어봤어요.」

「와, 정말 대단한 일 아니에요?」샌드라가 놀랍다는 듯이 말했다.

「전혀 안 만나나요?」데비가 물었다.

「네.」샌드라가 말했다.「상황을 설명하자면…… 제가 아이들 아버지였어요. 그래서 지금 이렇게 된 거죠.」

「그렇군요.」데비가 중립적인 어투로 말했다.「있잖아요. …… 나도 이제야 이해가 되네요.」그녀가 계속 고개를 끄덕이자 곱슬 거리는 머리가 흔들렸다.「그거 알아요? 사이먼도 그 이야기를 했어요.」

「그랬어요?」샌드라가 물었다.

「네, 맞아요.」

「그러니까 사이먼이 나를 찾고 있었던 거군요.」샌드라가 충격을 받은 얼굴로 말했다.

「당신을 찾고 있었던 게 틀림없어요.」

「정말 대단한 일이에요.」샌드라가 혼잣말을 했다.

「정말 절박하게 찾고 있더라니까요.」데비가 덧붙였다.

「나도 아이들을 찾고 싶었지만, 이혼을 한 다음에는 아이들에 게 연락을 하거나 접촉하는 것을 금지당했어요.」

「그렇군요.」데비가 고개를 세차게 끄덕이며 말했다.

「그러니까 그 긴 세월 동안 내가 사라졌던 게 아니었어요. 아 이들 사진을 침실에 두고 매일 봤죠. 내 두 아들들. 사람들이 왜 아이들한테 연락을 하지 않느냐고 물으면 법적으로 연락하면 안

418

된다고 대답하곤 했죠. 하지만 아이들이 허락만 해준다면 다시 연락하면서 살고 싶어요.」샌드라가 말했다.

「미안해요. 보관해 두질 않았네요.」낸시가 다시 문으로 나오면서 사과를 했다.

「오, 저런.」샌드라가 말했다.

「서핑 장비 파는 가게였어요. 그러니까 몇 군데 다녀 보면 사이먼을 만날 수 있을 거예요.」데비가 위로했다. 「전부 다 뒤지게 되더라도 꼭 가보세요. 토키였어요. 맞아요, 확실히 토키에서 일한다고 했어요.」

「네, 알겠어요. 고맙습니다. 좀 더 알아볼게요.」샌드라가 말했다.

「참 괜찮은 사람이었어요, 그렇지 않아요?」데비가 낸시 쪽을 보며 말했다.

「네, 맞아요.」낸시가 맞장구를 쳤다.

「굉장히 명랑하고 사교적인 아이였어요.」데비가 계속 말을 이어 갔다. 「그리고 애도 둘 있다고 했던 것 같아요.」「와아!」샌드라가 놀라면서 말했다.

「사이먼을 알아요? 누구예요?」사이먼의 명함을 찾으러 집 안으로 들어가면서 대화의 일부분을 놓친 낸시가 다정하게 물었다.

「제 아들이에요.」샌드라가 대답했다. 「제가 콜린스 씨의 맏아들이에요.」

낸시는 예의 바르게 고개를 끄덕였다. 「하지만 사이먼이 당신 아들이라면 왜 어디서 뭘 하는지 모르는 건가요?」

「알 수 없었어요. 연락을 못 하고 살았거든요. 제가 그 아이 아버지였어요.」 샌드라가 설명을 했다.

「그 집에 문제가 있다는 건 알고 있었어요.」 낸시가 매우 느리게 대답했다.

「레즈 걸스 쇼의 출연자 중 한 명 아니었나요? 아니에요, 그냥 농담이에요.」 데비가 쿡쿡 웃었다.

「맞아요, 한때 레즈 걸스의 출연자였어요.」 샌드라가 미소를 지으며 말했다.

「정말요?」 데비는 뛸 듯이 기뻐했다. 「우리 집에도 이제 재미있는 역사가 생겼네요!」

샌드라는 낸시에게 고맙다는 인사를 하고 작별을 했다.

「너무 걱정 마세요. 사이먼이 서핑 장비 가게에서 일하는 걸 이제 알았으니 찾을 수 있을 거예요.」 차를 세워 둔 곳으로 같이 걸어가면서 데비가 간절한 목소리로 말했다.

「그 아이가 여기 들른 게 언제였어요?」 샌드라가 물었다.

「한 여섯 달 전쯤이에요. 거봐요, 별로 오래된 일도 아니에요!」 우리 일행이 데비의 집 앞까지 도착하자 걸음을 멈추며 데비가 말했다. 「들어오시라고 하면 좋겠는데 남편 톰이 아파서……」

「괜찮아요. 신경 쓰지 마세요.」샌드라가 말했다.

「레니는 아마 이베이 하고 있을 거예요. 개는 특수 장애가 있거든요.」

「우리가 하는 일 때문에 특수 장애인을 많이 만나요.」샌드라가 말했다. 그러고는 거의 주문처럼 말을 이었다. 「직접 청소할 수 없는 상황에 있는 사람들을 도와 전문 청소를 해주는 용역 업체예요. 거기에 더해 범죄 현장, 메타암페타민 밀조 시설 제거 및 청소, 기타 가정에서 도움이 필요한 사람들을 돌보는 일을 해요.」샌드라가 태연하게 받아들이지 못하는 일은 거의 없지만, 몸이 휘청거릴 정도로 충격을 받았을 때마저 그녀는 자기 일에 대해 이야기할 마음의 준비가 되어 있다. 일은 그녀가 발을 딛고 설 수 있는 토대이자 위안이었다.

「이렇게 하세요. 토키에 가서 방을 얻어서 하룻밤 묵으면서 샅샅이 뒤져 보는 거예요. 토키에 분명히 있을 거예요. 그러고 보니 닮은 구석이 있네요. 그냥 하는 말이 아니라 진짜로.」데비가 말했다. 「어찌됐든 잘 됐어요.」

「고마워요. 아이를 본 지 정말 오래 됐어요. 이혼법정 판결 때문에.」

「그냥 물어볼게요. 왜 그랬어요?」데비가 샌드라의 얼굴을 빤히 올려다보며 물었다.

「그게…… 왜냐면…… 내가 생각하기에…….」샌드라는 말을 시작했다가 자꾸 머뭇거렸다. 「애들한테 연락을 하는 것이 아동 학대라고 생각했어요. 그래서 연락을 하지 않았죠. 애들 엄마가 애들한테는 내가 죽었다고 했다고 들었어요. 그런데 이제 와서 어떻게 나타나겠어요?」

데비가 고개를 끄덕였다. 「우리 엄마가 돌아가셨어요. 내 눈앞에서 자살을 했죠. 절대 잊지 못할 거예요. 얼마나 큰 상처를 받았는지.」

「정말 상처가 컸겠어요.」 샌드라가 말했다.

「엄마는 신경쇠약증을 앓고 있었어요. 아버지는 알코올 중독자였고요. 매일 술을 마시고, 또 마시고, 계속 마셔 댔죠. 애들은 여덟이나 됐고. 아버지가 엄마를 많이 때렸어요. 난 늘 그런 광경을 목격했고요.」

「정말 끔찍했겠어요.」 샌드라가 말했다.

「네, 상당히 안 좋았죠. 아무튼 아들은 꼭 찾게 될 거예요. 서핑 장비 가게에서 일하는 걸 아니까. 이미 말했지만 가게 주인 아니면 매니저라고 한 거 같아요.」 데비는 샌드라의 행운을 빈 다음 진입 도로를 걸어 올라가 집 안으로 들어갔다.

차 문을 쾅 닫은 샌드라는 잠시 자동차의 시원한 검은 가죽 의자에 몸을 기대고 앞 유리창으로 밖을 바라보았다. 충격을 받은 표정이었다. 「항상 마음속 깊은 곳에서는 사이먼이 내게 돌아올 거라 생각했어요.」

나는 사이먼을 페이스북에서 찾아 보라고 조언했다.

샌드라는 전화를 꺼내서 페이스북 페이지를 열었다. 「한번 봅시다. 이름이 사이먼 콜린스일까, 사이먼 휴스일까?」 그녀는 사이먼이 엄마 쪽 성으로 불릴 가능성도 배제하지 않았다.

그녀는 자기가 팽커스트와 결혼하기 전에 쓰던 성부터 입력을 해서 제일 먼저 올라온 결과를 클릭했다. 그리고 그녀와 똑같은 얼굴형과 그녀와 똑같은 미소를 지은 얼굴을 마주했다. 은색 액자에 든 사진의 두 아기 중 더 큰 아기가 성장한 얼굴이 틀림없었다.

「와…… 이건…….」 샌드라는 사이먼의 얼굴과 자신의 감정, 그리고 자신이 감정을 느낀다는 감정 모두에 조용히 경이감을 표시했다. 그리고 반사적으로 당장 그에게 메시지를 보내고, 그에게 달려가고 싶은 강한 충동에 휩싸였다. 우리 왼쪽에 있는 집, 우리 오른쪽에 있는 집, 훈련장, 초등학교, 심스에서 쇼핑을 하는 사람들, 자기 엄마에 관해 이야기할 때는 말을 더 더듬는 데비 등 모든 것이 바뀌었지만, 그 모든 변화에도 사실 바뀐 것은 아무것도 없었기 때문이다.

「그 애한테 어떻게 연락을 하죠?」 그녀가 물었다.

18 · 2015년, 멜버른

샌드라의 집에 벽 하나를 예상치 않게 허물게 되었다. 그녀는 이렇게 새로 만들어진 공간을 어떻게 생각해야 할지 마음을 정하지 못하고 있었다. 그 집에서 살 수 있을지조차 알 수 없었다. 하지만 사이먼이 그녀를 적극적으로 찾아 다니고 있다는 사실을 알게 된 지 일주일 후인 9월 둘째 주에 샌드라는 그에게 손 글씨로 편지를 썼다. 우아하게 옆으로 살짝 기운 그녀의 글씨체는 마치 올라갔다가 떨어지는 화살들처럼 보였다. 샌드라는 자신이한 선택들에 대해 사과를 하지도, 용서를 구하지도 않고 설명을한 다음 편지를 읽은 후에도 자기를 만나고 싶으면 연락을 해달라고 부탁했다. 그리고는 〈존중하는 마음을 담아서, 샌드라〉라고 서명했다. 그리고 자기 자신과 자기의 모든 것을 고이 접어 봉투에 담아 친구가 찾아 준 주소로 편지를 보내고 기다렸다.

「사이먼에게 연락이 왔어요?」 나는 10월 둘째 주에 그녀에게 물었다.

「답이 없어요.」 그녀는 아무렇지도 않다는 듯 대답했다.

일주일 후에 나는 다시 물었다.

「아뇨.」 그녀가 가볍게 말했다. 「그 문제는 생각하지도 않고 있어요. 순리대로 따라야죠. 소식이 오면 그때 가서 대처하려고요. 미리 생각해 봤자 아무 소용도 없어요. 지금 당면한 문제만으로도 벅차니까.」

모호한 태도를 보이는 것처럼 보이지만, 사실 샌드라의 태도는 앞으로 닥칠지도 모르는 거부의 고통을 미리부터 다독이고, 평화롭고도 예측 가능한 현재 자신의 생활을 계속함으로써 그 공허함을 보상하려는 심리가 작동을 한 것이었다. 아들이 답장을 하지 않을 거라는 두려움과 답장을 할지도 모른다는 이중의 두려움 때문에 그녀는 기다리는 사람의 불안감과 그에 따라 떠오르는 각종 〈이러면 어떻게 하지〉 하는 종류의 생각을 상자 안에 가두고 잠가 버렸다. 그리고 코앞에 닥친 문제에 정신을 집중해서 직원들을 새로 뽑고, 가정 폭력 근절을 위한 기금 마련 행사를 기획하고, 사무실을 보수하고, 지난주 토요일 반려견 미용실에 다녀온 후 갑자기 상태가 나빠진 불쌍한 반려견 모에 상동을 괴롭히는 망할 놈의 마비 증세의 원인이 무엇인지 찾아 내는 일에 매달렸다. 이 모든 것은 마음챙김의 인지 훈련 기술을 활용하는 것처럼 보였다. 그리고 어느 정도는 비슷한 목적을 달성하고 있기는 했지만, 그 느낌과 효과는 사뭇 달라 보였다.

샌드라는 자신의 가장 솔직한 감정들을 땅속 깊이 묻고 저주를 걸어 봉인까지 해두었다. 현실을 부정하고 딴청을 부리고 모든 것을 삭제해 버리는 것은 샌드라의 세상을 이루는 가장 기본적인 법칙들이었다. 그 대응 전략들이야말로 그녀를 앞으로 나아가게 하는 추동력이었고, 스스로 약을 찾아 먹는 것을 빼면 그녀가 현실에 대처하는 데 사용한 유일한 대응 전략이기도 했다. 친밀한 관계를 유지하는 데 이런 전략을 사용한다는 것은 뇌수술에 빗자루를 사용하겠다고 하는 것과 다름없지만, 그녀가 계속 삶을 살아 내고 그 과정에서 순간적이나마 평화를 누리는 것을 가능하게 해주는 방법이기도 했다.

샌드라의 세상에서는 벽이 사라지고 주름살이 퍼지는 정도는 아무것도 아니고, 과거의 가족과 친구들, 사건들이 언제라도 대체 가능했다. 그리고 모든 것이 항상 더 나아졌다. 그러나 삶은 그런 것을 잘 허용하지 않고, 예술가의 붓 자국은 지워지지 않는 흔적을 남기기도 한다. 버칠 스트리트에 우리보다 먼저 사이먼이 찾아왔었다는 소식을 들은 순간부터 과거가 그녀에게 손을 뻗어 오기 시작한 것이다.

어느 날 그녀는 일을 끝낸 후 직원들과 함께 현장 근처에 있는 아무 펍에나 들어가 한잔하고 있었다. 한 번도 가본 적이 없는 술

집이었지만 바에서 일하는 시무룩한 표정의 여성이 눈에 익었다.

「우리 어디서 만난 적 있죠?」 샌드라가 물었다.

「알고 나면 좋아하지 않을 텐데요.」 그녀가 대답했다.

「네?」

「아니타 팽커스트예요.」 조지의 딸이었다. 14년 동안 그녀의 의붓딸이었고, 2003년 이후 한 번도 만나지 못했던 아니타였다. 샌드라는 아무 말 없이 자리를 떴다.

그 후 얼마 지나지 않아 샌드라는 망막에 생긴 문제로 병원에 갔고, 너무나 싫었지만 하룻밤 입원을 해야 했다. 그녀가 입원한 병실에는 침상이 세 개 더 있었는데, 그중 하나에 그녀의 전 부인인 린다가 누워 있었다.

샌드라와 나, 그리고 린다가 사는 주는 23만 7,629평방킬로미터 넓이에 600만 명이 살고 있는 곳이다. 이런 일이 일어날 확률은 거의 없기 때문에 샌드라가 병원에서 문자로 내게 처음 그 소식을 전했을 때 솔직히 나는 병원에서 준 약을 의심했다. 바로 그때 샌드라가 슬쩍 찍은 사진이 도착했고, 샌드라와 내가 함께, 그리고 내가 혼자서 린다의 페이스북 계정을 훔쳐보면서 익숙해진 린다의 얼굴이 분명 거기에 있었다. 게다가 간호사가 린다의 이름을 불렀다는 소식이 뒤이어 날아왔다. 린다는 샌드라와 결혼했을 때 받은 성을 그대로 사용하고 있었다. 그 직후부터 샌드라에게서 더 이상 문자가 오지 않았지만, 그녀는 다시 과거로 빨려 들어가고 있었다.

그날도 샌드라는 여느 날과 마찬가지로 텔레비전 뉴스를 들으 며 하루를 시작했다. 그날 아침 뉴스에서는 70대 여성이 집에서 칼에 찔려 숨졌다는 소식이 전해졌다. 우연히도 그 집은 샌드라 가 담당하고 있는 지역에 위치하고 있었기 때문에 그녀는 과학 수사팀이 작업을 끝낸 후 현장 청소를 위한 호출이 올 거라고 예 상했다. 그 전화가 오기 전까지는 친구를 병원에 차로 데려다 주 고, 최근에 알게 된 이탈리아산 차를 사러 갈 시간이 있을 거라고 생각했다. 내가 전 부인 린다와 이야기를 해도 될지 묻기 전까지 샌드라는 완벽하게 평범한 날을 보내고 있었다.

「그러세요.」 그녀는 린다와 이야기를 하면 다른 시각에서 볼 수 있게 될 거라고 이야기하며 그것이 중요할 수도 있겠다는 말 도 덧붙였다.

「린다한테 제가 이야기하지 않았으면 하는 게 있나요?」 나는 그녀의 대답에서 느껴지는 부드러운 원숙미에 감탄하며 물었다.

「상관없어요. 진짜 쥐똥만큼도 상관없어요.」 그녀는 살짝 강 하다 싶게 대답했다.

나는 린다에게 연락을 했고, 그녀의 부엌에 함께 앉아 그녀가 전 남편이자 자기 아이들의 아버지인 〈피트〉에 대해 이야기하는 것을 들을 수 있었다. 샌드라는 성을 바꿨지만 그녀와 자녀들은 아직도 샌드라의 예전 성을 그대로 쓰고 있었다. 린다는 아무런 적대감 없이 이야기하긴 했지만 40년도 넘는 과거에 매주 정부에서 받았던 지원금을 센트 단위까지 정확히 기억하고 있었다. 정부의 지원금은 자기와 아이들을 먹이고, 입히고, 집을 유지하기에는 너무 적었고, 어깨를 덮으면 발이 나오는 한 뼘 크기의 작은 담요처럼 한 곳에 돈을 쓰면 다른 곳을 희생해야만 했다.

이제 60대 중반인 그녀는 여전히 일을 하고 있었는데, 이야기를 하다가 자기도 모르게 퇴직 연금에 대해 걱정하고 있다는 사실을 나에게 들키고 말았다. 그녀는 원하던 시기보다 더 늦게 직장으로 돌아갔다. 일을 하려고 아이들을 맡길 때마다 큰아들이 불안감으로 구토를 하곤 했기 때문이었다.

「사이먼은 날마다 구토를 해댔어요. 엄마에게서 떨어지는데 좀 익숙해지라고 시험 삼아 유아원에 보낸 것인데도 말이죠.」그녀가 설명했다. 「그때만 해도 복지사가 와서 매일 확인을 하곤 했어요. 내가 애를 어디 보내고 일이라도 할라치면〈지금 뭐하는 거예요?〉하고 묻는 거예요. 내가〈돈이 필요해서 직장에 다시 다녀야겠어요〉라고 하면,〈우리가 보조금을 왜 준다고 생각해요? 부모 한 명이 이미 떠났잖아요. 엄마라도 애들하고 함께 있어야 해요〉라고 말했죠.」

린다의 집 부엌에서 나는〈피트〉를 만났다. 턱수염 사이로 활짝 미소를 짓는 금빛 아도니스. 남편이자 아버지이자 친구였던 피트는 린다가 높이 쌓아 둔 앨범 속에 그대로 간직되어 있었다. 한번은 앨범이 다 없어졌는데 알고 보니 아이들이 하나씩 하나씩 차고로 옮겨 두고 몰래 거기에 앉아서 아빠에 대한 답을 찾기 위해 사진을 뒤적이고 있었다. 사진 속에서 결혼 사진과 빨간색이 들어간 옷을 입은 신랑과 신부, 들러리들, 벤저민 스트리트의 작은 집을 볼 수 있었다. 린다의 아버지와 집 현관을 개조하는 피트, 세례식, 크리스마스, 발가벗은 채 피트의 가슴에 안겨 있는 아기, 카메라를 향해 활짝 웃고 있는 아버지와 아들, 구세군에서 기부받은 장난감들과 어니와 버트 인형을 들고 미소 짓는 두 아이들의 모습이 모두 사진 속에 남아 있었다.

린다는 나를 맞이하기 위해 따뜻한 커스터드 타르트를 차려 놓고 자랑스럽게 손주들의 사진을 보여 주면서 한 번에 한 걸음씩 옮기며 주저앉지 않고 훌륭하게 앞으로 나아가며 살아 온 사람이라는 것을 내게 충분히 보여줬다. 그럼에도 불구하고 화장실에 가려던 나는 가르쳐 준 문이 생각나지 않아서 추측으로 아무 문이나 열려는데, 멈칫했다. 자칫 문 하나 열고 잘못 발을 내디디면 그녀의 고통이 용암처럼 흐르는 강에 휩쓸려 나마저 영원히 떠내려가 버릴지도 모른다는 느낌 때문이었을 것이다.

샌드라가 다음 날 전화를 해서 린다와의 만남이 어땠는지 물었다. 그녀는 다시 한번 심드렁한 태도를 보였지만 그녀가 마음의 준비를 단단히 하고 전화했다는 것을 느낄 수 있었다. 나는 몇 군데 비어 있던 곳을 메꿀 수 있게 되었다고 이야기했다. 예를 들어, 두 사람은 결혼 후 리셉션을 한 것이 맞고, 알고 보니 린다가 필요한 요리를 다 했다는 것을 확인했다. 옆집에 살던 어부에게서 가리비를 사다가 요리를 했고 모든 것이 정말 완벽했었다는 것도 사실이었다. 「흠!」 샌드라는 잠시 생각에 잠겼다가 말을 이어 갔다. 「기억나진 않지만, 듣고 보니 그랬을 법 하네요…….」

그리고 나는 샌드라가 아들 둘이 태어났을 때 두 번 다 현장에 있었다는 것도 알려 주었다. 그리고 에일사가 린다를 조금씩 도와줬지만, 남편이 떠난 지 6년이 지난 후 새로 만난 남자친구의 아기를 임신하자 완전히 연락을 끊어 버렸다는 소식도 전했다. 「음…….」 그녀가 말했다. 그러고는 굉장히 이상한 소리가 들려왔다. 마치 외계에서 들려오는 듯하면서 동시에 매우 은밀한 소리였다. 샌드라가 울고 있었다.

샌드라는 누구도 이런 일을 겪게 하려 한 것이 절대 아니었다고 말했다. 기억나지 않는 일이 너무나 많고, 너무나 많은 것을 잃어버렸다고도 했다. 그녀가 아는 것은 얼마 없지만, 어쩌면 실제로 일어난 사건들은 그것들이 주는 느낌에 비하면 중요하지 않을지도 모른다. 오래전에 퇴화되어 말라붙어 버렸을 거라고 생각했던 희미한 감정의 통로로 지금 그 느낌들이 솟구쳐 흐르고 있었다. 그녀가 슬픔의 절정에 이르러 내는 소리가 전화선을 타고 나에게 전달된 찰나의 순간 내 머릿속에 수없이 떠올랐던 어떤 이미지가 연기처럼 사라졌다. 그것은 바람과 파도에 휩쓸려 세상 방방곡곡을 떠다니며 먼 바다를 헤매지만 영원히 항구에 도착할 수 없는 저주를 받은 장엄한 유령선, 아무것도 가진 것이 없기 때문에 두려움도 없는 유령선의 이미지였다. 이윽고 샌드라는 코를 한 번 훌쩍인 다음 이제 새 사무실 임대 계약을 하려고 하는 중이고, 새로 산 차가 얼마나 좋은지 이야기했다.

사이먼의 문자는 귀 뒤에 하는 입맞춤처럼 작고 사랑스러운 소리를 내며 샌드라의 전화로 날아들었다. 만나고 싶다고, 연락을 해줘서 너무 기뻤다고, 그녀를 정말 오랫동안 찾아다녔다고 했다. 샌드라의 용기가 존경스럽고, 이제는 미래만 생각하고 있다고도 했다. 더 일찍 연락하지 못한 것은 샌드라가 보낸 편지가 다른 집으로 배달되었기 때문이었다. 두 달 이상 그의 연락을 기다린 끝에 샌드라의 여자친구들 중 한 명이 샌드라와 상의하지도 않고 사이먼이 왜 연락하지 않는지도 모르는 채 그의 연락처를 알아내 전화를 해서는 그의 아버지가 연락을 하려고 애쓰고 있다고 알린 덕분에 벌어진 일이었다.

사이먼은 기꺼이 모든 것을 받아들이며 아버지를 만나고 싶다는 열의를 보였다. 다행이었다. 어떤 묵은 감정도 없었다. 하지만 둘째 네이선은 좀 달랐다. 샌드라는 둘째 아들을 편지에 포함시키지 않았다. 그가 자기를 찾지 않았기 때문에 그 사실을 존중하기로 결정한 것이었다. 사실 그 결정은 샌드라가 가족을 떠났을 때 네이선이 너무 어렸기 때문에 그에게 연락하는 것을 더 망설였던 샌드라의 마음과도 맞아떨어졌다.

마침내 사이먼을 만나게 될 주말을 기다리는 동안 샌드라는 세상의 정상에 오른 기분이었다. 그러나 동시에 그 흥분감은 그녀가 어렵사리 단정하게 뿌리를 내린 흙을 뒤엎는 것이기도 했다. 그녀가 느끼는 행복한 불안감은 곧 극도의 불안감과도 같아서 그녀를 완전히 기진맥진하게 만들고 말았다. 샌드라는 무슨 말이 오갈지, 사이먼이 자기에 대해 어떤 예상과 기대를 하고 있을지, 앞으로 어떤 식으로 아들과의 관계가 펼쳐질지에 대해 초조해했다. 자기가 갑자기 가족들의 생활에 합류했을 때 생길 수 있는 수많은 어려움과 어색한 상황, 자신에 대한 기대에 대해 커다란 두려움을 느끼고 있었다.

사이먼과 그의 동반자와의 첫 만남은 너무도 순조로웠지만 걱정이 줄어들지는 않았다. 심지어 예쁜 손주들을 만난 후에도 마찬가지였다. 가족들에 대해 이야기할 때는 〈정말 사랑스럽구나〉라고 말할 정도로 분위기가 가벼워졌지만, 샌드라의 걱정은 배경음악처럼 늘 깔려 있었다. 사이먼의 집에서 주말을 함께 보낼 때도, 그의 가족이 그녀의 집에 올 때도, 그녀가 바라는 것보다 전화가 뜸해지기 시작했을 때도, 가족 간에 문제가 생겼을 때 어디까지 개입해야 할지, 과거에 관한 이야기를 얼마나 해야 할지, 미래는 어떻게 될지 등에 대해 명확한 답을 찾지 못할 때도 늘 그녀의 마음속에 웅크리고 있던 걱정이 고개를 들곤 했다.

나는 처음에는 그녀의 걱정에 동조하지 않았을 뿐 아니라 그런 걱정을 오히려 반겼다. 샌드라가 걱정하는 대부분의 문제들이 사실은 하나의 문제에서 비롯된 것이고, 그런 문제야말로 가족 간의 사랑이 만들어 내는 혼란이라고 생각했다. 그리고 나는 그녀라고 예외가 될 수는 없지 않겠냐고 묻곤 했다.

그러나 몇 달이 흐르면서 아들들과 관계를 재정립하려면 시간이 훨씬 많이 필요하고, 거기에 더해 과거의 깊은 상처를 어느 정도라도 극복하려면 전문가의 도움이 필요하다는 사실이 명백해졌다. 이런 상황은 자식들을 두고 떠난 후 그녀가 묻어 둔 수치심과 자기 방어 기제를 파내서 악화시키고 있었다. 두 아들은 서로 얼굴은 비슷하지만 매우 다른 사람으로 성장해 있었고. 모두 아버지를 닮아 있었다. 두 눈 가운데에서 접힌 사진 속의 그 얼굴, 각각의 고통이 모두 모여 빛을 가려 버린 그 얼굴 말이다.

별로 등장인물이 많지 않은 샌드라의 사생활은 완벽하지는 않지만 완벽한 질서가 있었고 상대적으로 평화로웠다. 나를 만난 초기에 샌드라는 그것을 자신의 본래 가족 때문에 겪어야 했던 고통에 대한 보상이라고 설명했다.

「가족을 여전히 사랑하고, 여전히 가족에게 받아들여지고 싶죠. 누구나 사랑받고 싶어 하고 그럴 필요가 있다 어쩌고저쩌고……. 다 좋아요. 하지만 어떤 면에서는 그 고통이 고맙기도 해요. 나를 더 강하게 만들고, 회복 탄력성을 길러 줬으니까요. 〈아무려면 어때, 상관없어〉라고 생각할 수 있게 해줬으니까요. 게다가 난 가족이 필요 없어요. 올케와 동생이 있긴 하지만 동생이 살아 있을 때도 서로 자주 연락하며 살지는 않았어요. 올케가 우리를 더 가까워지게 해주려고 압력을 넣곤 했지만, 한 번도 동생과 우애를 나눠 보지 않았으니 필요하지도 않았죠. 좋은 친구들도 많고, 그 사람들이 참 고맙긴 하지만 그들이 나를 배반하는 순간,」 그녀는 말을 멈추고 크게 손뼉을 쳤다. 「눈 하나 깜짝하지 않고 돌아서서 말할 수 있어요. 안녕! 끊지 못할 정도의 유대를 형성한 사람은 아무도 없어요.」

사이먼에게 보낸 첫 편지에 샌드라는 이렇게 썼다. 〈너와 네동생, 그리고 네 엄마를 떠난 것을 후회하지는 않는다. 당시에는 내 자신과 내 삶이 너무 불행했기 때문에 나를 행복하게 만들 무엇인가를 해야만 했으니까.〉 나는 그녀가 〈행복〉 자체에 대해 이야기하고 있다고 생각하지 않았다. 그보다는 자신의 성에 대한 불확실성이 너무도 오래 지속되었고, 그 갈등이 너무 심해져서 그것이 자기 삶의 가장 중요한 부분이 되어 버린 듯했다. 그런 의미에서 그녀가 그 문제에 관한 한 〈임상적 임계값〉을 넘어섰다

436

고 이야기하는 것이라 이해했다.[8] 그러나 아들들과 더 많이 접촉할수록, 그리고 그들이 이렇게 다시 만나게 된 것에 대해 그녀가 어떻게 느끼는지를 더 많이 이야기할수록, 그 글의 문제는 단순한 표현의 오류가 아니라 충분히 감정을 느끼지 못한 채 쓰인 데 있다는 확신이 더 강해졌다.

「아들들을 만난 후에 혹시 유언장은 다시 쓰셨어요?」 적지만 그녀가 모은 재산에 대해 내가 물었다.

「아니요.」 그녀가 대답했다. 「이미 유언장은 고치지 않을 거라고 애들한테도 말했어요. 유산은 모두 대학으로 보내서 내 이름으로 장학 기금을 만들 거예요.」

그 말을 듣는 순간 내 안에서 뭔가가 자동차의 트렁크가 열리듯 소리 없이 열렸다. 그 트렁크는 우주 전체도 담을 수 있을 정도로 컸고, 그 안에 든 것은 분노였다.

분노는 너무도 크게 비명을 질러 댔다. 그때까지 그녀에게 한 번도 느껴 보지 못한 그 분노는 그녀가 감정을 가둔 후 잠가 버린 문을 향해 세차게 몸을 던졌다. 그 분노는 유언장이 그녀의 아들들 혹은 린다에게 돈을 남기는 문제가 아니라, 유대와 걱정과 돌봄과 책임감의 의미를 지닌다고 외치고 있었다. 버려진 아이를 위한 버려진 아이의 분노가 내 안에서 너무도 크게 비명을 지르고 있어서 나는 몇 주 동안 나의 유일한 임무, 더 깊고 진실한 소리에 귀를 기울여야 한다는 내 임무를 망각하고 있었다.

내 분노는 샌드라의 위스키와도 같았다. 내 분노는 그녀의 포도주, 수면제, 스피드, 남자, 부인, 망각과도 같았다. 그것은 자신이 취약한 존재라는 사실 때문에 느끼는 고통에 스스로를 무감각하게 만드는 방법이었지만, 감정은 그렇게 선택적으로 없앨 수 있는 것이 아니었다.[9] 자신을 무감각하게 만드는 것을 너무 기술적으로 잘 해내고, 너무 오랫동안 그것을 해내다 보면, 자기 자신, 그리고 다른 사람과 진정한 유대를 형성하는 능력 또한 무력하게 되어 버린다. 그러나 진정한 유대야말로 무한한 우주에 떠 있는 빵부스러기와 같은 이 세상에서 우리가 살아가는 유일한 이유가 아닌가.

사회학자 브레네 브라운Brené Brown은 의미 있는 인간적 유대가 형성되기 위해서는 〈견딜 수 없는 취약성excruciating vulnerability〉을 필요로 한다고 설명한다. 이 말은 자신이 그런 유대를 가질 가치가 없는 존재라는 두려움을 극복하고, 타인이 자신의 진정한 모습을 볼 수 있도록 허락해야 한다는 것을 의미한다.[10] 자기 자신의 취약성을 느끼고, 취약성과 함께함으로써 우리는 공감을 향해 나아갈 수 있다. 그 공감은 타인을 위한 감정에 그치는 것이 아니라 실제로 타인과 함께하는 감정으로, 진정한 유대를 형성하는 기초가 된다. 그러나 반대로 자기 자신의 취약성을 느끼고, 취약성과 함께함으로써 우리는 오히려 공감에서 멀어지고 수치심에 다가갈 수도 있다. 그 수치심은 타인이 자신의 진정한 모습을 보았을 때 인간적 유대를 가질 가치가 없는 사람이라는 것이 발각나지 않을까 하는 깊은 두려움에서 나온다. 이것은 곧 수치심이 〈두려움〉, 〈비난〉, 〈단절〉을 낳는다는 뜻이다. 또한 〈우리가 다른 사람과 맺는 관계와 유대를 완전히 와해시킨다〉는 뜻이기도 하다.[11] 샌드라가 반복적으로 느낄 수 있는 유일한 감정은 수치심뿐이었다.

에일사와 빌이 그녀에게 음식과 비누와 사랑을 주는 것을 거절했을 때, 그녀를 더 잘 패기 위해 빨랫줄에 묶었을 때, 그녀 코앞에서 영원히 문을 닫아 버렸을 때, 그들은 샌드라를 단절의 방향으로 밀어붙였다. 동성애를 금지하고 남성이 여성의 옷을 입는 것을 금지하는 법안을 통과시킨 후 그 법안을 유지하기로 결정한 빅토리아주 정부의 관리들이 샌드라를 단절의 방향으로 밀어붙였다. 그 법안을 적극적으로 지지한, 혹은 침묵을 지키는 방법으로 지지한 빅토리아주 사람들이 샌드라를 단절의 방향으로 밀어붙였다. 1970년대에 그녀를 위협했던 빅토리아주의 경찰관들, 돈을 내고 그녀를 때리고 그녀와 섹스를 한 남자들, 그녀를 강간하고 그녀의 친구를 죽인 범죄자들, 그녀의 결혼을 무효화한 관리들 모두 그녀를 단절의 방향으로 밀어붙였다. 지금까지도 그녀의 성별에 관한 법을 만들고, 감시하고, 그녀의 성별을 캐묻는 사람들은 모두 그녀를 단절의 방향으로 밀어붙이고 있는 것이다.

그렇다. 샌드라는 위대하고도 놀라운 에너지를 발휘할 수 있는 사람이지만, 그 에너지의 대부분을 자기 자신을 위해 써야 겨우 숨이라도 쉴 수 있었다. 샌드라는 내가 바라는 방식으로 아들들이나 린다에게 정서적·재정적 관대함을 베풀 생각을 하지 못했다. 그럼에도 불구하고 나는 그녀의 반응을 이해할 수 있는 도구를 이미 그녀에게서 건네받았다. 그것은 바로 연민이다. 언젠가 그녀는 내게 말했다. 「나를 이렇게 살도록 만드는 건 나도 이런 대접을 받을 가치가 있으니 다른 사람도 이런 대접을 받을 가치가 있다는 생각이에요.」

브레네 브라운은 연민은 인간의 불완전성, 고통, 사랑, 선함이라는 끈으로 〈우리가 다른 사람과 떼려야 뗄 수 없이 연결되어 있다는 깊은 믿음〉의 표현이라고 설명한다. 우리가 공감을 통해 타인과 유대관계를 형성하는 취약한 선택을 한다는 것, 다시 말해 상대방이 지금 겪고 있는 고통을 겪어 온 내면의 나를 드러내기 위해 견딜 수 없는 취약성을 노출하겠다고 선택한다는 것은 그 유대감을 상대방과 나눔으로써 연민이 넘치는 관계를 형성한다는 것을 의미한다. 그리하여 그(녀)는 절대 혼자가 아니라는 사실을 알게 된다.[12]

부모의 집 마당에서 수녀원, 윤락업소, 장의사 그리고 인간적인 접촉은 거의 없이 죽음만을 기다리고 있는 사람들이 사는 어두운 집들에 이르기까지, 샌드라는 평생 다른 사람들을 돌보고 돕는 데 열정을 쏟아 왔다. 샌드라는 깊은 사랑을 지닌 사람이다. 그러나 평생을 살아오면서 절박한 상황에 빠진 낯선 사람들을 그토록 많이 도왔음에도 불구하고 그 사랑은 아직 제대로 표현되지 못했다.

우리는 어떻게 다른 사람과의 진정한 연결점을 찾을 수 있을까? 그 방법은 바로 너무 두렵더라도 자신의 이야기를 털어놓는 것이다.[13] 나와 이야기하는 것을 허락함으로써 샌드라는 마침내 난생처음 자신의 이야기를 할 준비를 했다. 그러나 그때는 이미 너무도 많은 부분을 기억할 수 없게 된 후였다. 그래서 나는 그 기억들을 돌려주기 위해 최선을 다했다. 그녀의 어두운 면을 그녀 인생의 전체 맥락 안에서 보고자 한 것은 단순히 시각의 문제가 아니라, 샌드라에게 일상을 살아갈 수 있는 도구를 마련해 주고 자기가 너무도 소중한 사람이라는 느낌, 어딘가에 그리고 누군가에 속해 있는 사람이라는 느낌을 선물로 주기 위해서였다. 사실 그 선물은 샌드라를 위한 것만은 아니었다.

〈샌드라, 당신은 세상 모든 것을 이루는 질서와 세상 모든 사람이라는 가족 안에 존재합니다. 당신은 거기 속한 사람이에요, 속하고 말고요, 속하고 말고요.〉

샌드라가 사는 프랭크스톤의 집은 그녀가 유년 시절을 보낸 집에서 차로 1시간 가량 떨어져 있다. 그러나 두 집 사이의 거리는 천문학적인 단위로 표현해야 할 만큼 멀다. 차를 몰고 태양까지 가는 것보다 더 멀기 때문이다. 그녀의 작은 집에 켜진 불빛은 언제나 아름답고, 집 안의 공간은 전체적으로 완벽한 단정함보다는 건강하게 조화를 이루고 있다는 인상을 준다. 정돈된 어수선함(부엌에 걸린 코르크판에는 수없이 많은 명함과 전단지가 압핀으로 꼽혀 있고, 커피테이블 아래에 개털을 쓸어 주는 빗자루가 바구니에 담긴 채 놓여 있는가 하면, 각종 장식용 소품이 침실에 있는 캐비닛 가득 들어 있다)은 고문서의 가장자리를 장식하는 덩굴 모양의 일러스트레이션처럼 페이지 안쪽에 있는 질서정연한 삶을 돋보이게 하는 역할을 한다.

그 조화로움은 다양한 스타일을 자연스럽게 섞어서 각 방을 꾸민 샌드라의 솜씨 덕분에 가능했다. 그녀의 집에는 체크 무늬 쿠션과 중국풍의 화병들, 색색의 도자기로 가득 찬 프랑스 시골풍의 문 없는 낮은 장식장, 섬세한 장식이 달린 은색 6인용 식탁, 트위드를 입은 빅토리아 시대의 신사가 등장하는 석판화 액자, 현관 입구에 놓인 매끈한 대리석 받침대 위의 육중한 나무 조각상, 브랑쿠시의 작품처럼 보이는 무드 등이 모두 조화롭게 공존하고 있다. 새 그림, 새 박제, 나무로 된 새 조각, 유리에 새겨진 새 등 새들도 많다. 소파 위에는 빈티지 스타일의 꼬냑 광고 포스터가 걸려 있고, 책상 위에서는 매릴린 먼로가 내려다보고 있다.

문 옆을 장식하고 있는 두 개의 타일에는 인도 무굴제국풍의 초상화가 그려져 있는데, 너무도 세밀해서 눈썹으로 그린 것처럼 보인다.

조금만 더 이야기해 보자. 샌드라의 집에서 느껴지는 조화로움은 그 공간 전체가 주는 느낌, 조금은 손가락이 오그라드는 표현이긴 하지만, 공간에서 느껴지는 〈기〉로 인한 것이기도 하다. 따뜻하게 스며들어 집 전체를 카모마일 차처럼 채우고, 눈꺼풀 위로 쏟아져 잠깐 졸고 싶게 만드는 햇빛 말고도, 집 안에는 아름답게 꽂힌 생화와 조화가 가득하고 폭신한 카펫과 아늑하게 몸을 맡기고 싶은 커다란 소파가 있다. 충전재를 빵빵하게 넣은 의자들과 발 받침대, 보송보송한 수건, 도나 헤이 잡지로 꽉 채워진 바구니도 있다. 향기 좋은 비누와 케이블 TV가 있고, 깨끗한 냉장고 문에는 인상파 그림과 〈내 팔뚝이 제일 굵어〉나 〈입 닥치고 차나 마셔〉 같은 산뜻한 표어가 적힌 자석들이 붙어 있다.

조금 더 살펴보자. 샌드라의 집에서 느껴지는 조화로움은 사진 액자가 걸린 그녀의 현관 복도에 서면 2016년인 동시에 1989년이 되기 때문에 생기는 것이다. 그곳에 섰을 때 샌드라를 보고 미소 짓는 조지에게 미소를 짓고, 크레이그의 잘생긴 얼굴을 보며 감탄하지 않을 수가 없다. 매일 아침 샌드라가 그렇게 하듯 침실에서 부엌으로 걸어가다가 그녀의 갓난 아들들이 은색 액자 속에서 보내는 미소를 만나면 1974년이 되고, 언니와 갓난 동생 사이에서 웃고 있는 그녀를 보면 1958년이 된다.

조금만 더 이야기하겠다. 샌드라의 집에서 느껴지는 조화로움은 무엇보다도 삶의 어수선함과 불협화음을 피할 수는 없지만 결국 삶의 아름다움은 비율 혹은 균형의 문제라는 사실을 보여주고 있기 때문일 것이다. 샌드라는 집이 완공되기 전에 이사하기를 초조하게 기다리는 동안 창고에 보관해야 했던 (너무 길어서 샌드라 두 명이 다리를 펴고 누워서 「더 볼드 앤드 더 뷰디풀」을 함께 볼 수 있는) 초록색 소파 이야기를 천 번 반복했지만 안성맞춤인 소파를 들여놓은 의기양양함을 잃지 않을 것이다. 그녀는 크기가 맞을지 몰라서 불안해했지만 〈소파를 집에 들이고 보니 완전히 할렐루야! 맞춘 것처럼 들어맞았어요. 운이 정말 좋았죠〉라며 기뻐했다.

이게 전부다. 정말로. 지금은 건강 상태가 안정적이지만 샌드라는 단 한 번도 편히 숨을 쉬지 못하는 형편이고, 간암 발병 위험이 매우 높다. 어디를 가든 침묵이 흐르는 시간이 너무 길어지면 과거의 두려움이 비척비척 다가와 그 어두운 앞발로 그녀를 덮쳐 쓰러뜨리고 뒹굴게 한다. 만성 불면증과 현기증을 동반하는 불안 발작도 앓고 있다. 그녀는 쉽게 사랑하고 쉽게 내주지만 그런 자기방어적인 사랑스러운 성격은 배신당했을 때는 정반대로 바뀌어 쉽게 화를 내고 거부하는 방향으로 치닫는다. 샌드라는 돈 문제와 가족 문제로 늘 걱정하고, 지구의 표피층 밑으로 흐르는 대양처럼 깊이 묻혀 있다가 때때로 쓰나미처럼 몰아치는 고통을 안고 산다. 그녀는 과도하게 불안해서 다른 분야에서 더 잘 쓸 수 있는 에너지를 쓸데없이 낭비하곤 한다. 가끔 완전히 탈진해 버리고, 심하게 산만해지며, 폐가 주먹으로 치는 듯 아파 오고, 피부는 종이처럼 쉽게 찢어져 버린다. 기억력마저 그녀를 배신해서 나쁜 기억과 함께 좋은 추억을 모두 함께 지워 버렸다.

그러나 트라우마의 반대가 트라우마의 부재는 아니다. 트라우마의 반대는 질서와 균형이다. 그것은 모든 것이 제자리에 있는 상태를 의미한다. 또한 그것은 햇빛이 가득 드는 거실의 한켠을 염두에 두고 맞춤으로 만들어진 듯 자리 잡고 사람을 반기는 그녀의 초록색 소파다. 그리고 그것은 의지를 가지고 사물을 직시하는 것, 의식적으로 세상을 보는 시각을 선택하는 것이다. 샌드라의 집 손님방의 침대 옆 협탁에서 보초를 서고 있는 표범 머리 모양의 청동상은, 조지와 함께 임대해서 살던 집에 난 불로 표면이 녹아서 벗겨져 버렸다. 그러나 그녀가 그 표범 머리상을 그곳에 둔 것은 그런 이유에서가 아니다. 불에 탄 것은 그 청동상을 지배하는 서사가 아니라 언젠가 한 번 일어난 사건에 불과하다. 그녀가 지금 표범 머리상을 그곳에 진열해 놓은 것은 원래 그 물건을 샀던 이유와 동일하다. 좋아 보이기 때문이다. 빛이 가득 들어오는 그 집에서도 샌드라의 과거 최악의 기억들은 여전히 이 구석 저 구석을 배회한다. 하지만 그런 기억들은 이제 대부분의 공간을 메우고 있는 좋은 기억과 새로운 계획, 살아온 삶과 살고 있는 삶에 자리를 내주지 않을 수가 없다.

샌드라의 집 뒤쪽으로는 샌드라가 발가락을 다쳐서 절단해야 했던 원인이 된 데크가 뻗어 있다. 데크 위로 유리 지붕이 설치되어 있어서 바람과 비를 막아 준다. 그러나 유리 지붕이 있어도 들어오는 약간의 산들바람을 맞으며 앉아 있다 보면 벽을 허물고 주소를 바꾸고 얼굴 생김새를 바꿀 수는 있지만, 우리가 제어할 수 없는 것이 여전히 많다는 사실을 상기하게 된다. 데크에는 화분들이 놓여 있고 방수 커버를 씌운 쿠션들과 스피커가 있어서 샌드라는 편히 앉아 위스키를 홀짝이며 CD로 셀린느, 휘트니, 마돈나, 머라이어, 뱁스 혹은 베티의 노래를 들을 수 있다. 그러나 어떤 음악을 틀어서 어떤 소음을 차단하고 있다 하더라도 데크 전체를 항상 압도하고 있는 것은 한쪽 벽에 세워진 2.5미터나 되는 고대 그리스 양식의 여자 조각상이다.

가게에 전시된 이 조각상을 보고 샌드라는 2년에 걸쳐 거부할 수 없는 자신의 매력을 총동원해서 가격을 깎아 보려 애를 썼다. 그래도 가게 주인은 양보하지 않았고, 결국 샌드라는 제가격을 주고 그 조각상을 샀다. 꼭 가지고 싶었으니까.

석고 모형이지만 꼭 돌을 깎아 만든 조각상처럼 보이는 작품이었다. 두 팔을 올려 머리를 보호하듯 교차시키고 시선은 아래로 두고 턱을 가슴에 붙인 자세였다. 허리 위는 나체지만 긴 머리카락이 가슴 위로 흘러내리고 있다. 두 조각을 붙여 만들었다고 하지만 나는 접합 부분을 볼 수가 없었다. 그것은 의지를 가지고 사물을 보는 것, 다시 말해 원하는 시각을 선택한 결과일 것이다.

〈샌드라, 내 친구여, 난 상기할 필요가 없을 정도로 당신에 대해 자주 생각하지만 그 조각상은 당신을 떠올리게 합니다. 그 조각상은 온 세상이 거듭거듭 당신에게 그만 싸우고 그냥 침몰해버리라고 할 때 수평선 너머에 시선을 고정시키고 단호하게 고개를 젓는 당신을 떠올리게 해요. 그 조각상은 한 걸음 한 걸음 발을 옮기는 방법으로 이렇게 멀리까지 오는 데 성공한 당신의 여정을 떠올리게 해요. 당신의 어깨를 끊임없이 짓누르는 그 엄청난 무게와 당신이 잃은 모든 것을 떠올리게 해요. 그리고 자신을 이루고 있는 조각들을 합친 것보다 무한하게 큰 장엄한 무사인 그 조각상은 평범한 석고상 같았으면 뱃머리에 부딪혀 부서지는 파도처럼 삶이 던지는 물결에 부서지고 말았을 것이라는 사실을 떠올리게 해요.

샌드라 팽커스트 역시 그렇게 부서지지 않죠.〉*

* 2021년 7월 샌드라 팽커스트는 멜버른에서 세상을 떠났다 — 편집자주.

왼쪽부터 바버라, 피터, 사이먼

샌드라의 아버지, 빌. 안고 있는 아기는 누구인지 확인할 수 없지만 피터일 가능성도 있다.

피터와 린다의 결혼날

사이먼의 세례. 피터, 빌, 에일사, 린다

셀레스티얼 스타

마리아 글로리아 파텐과 샌드라. 당시에는 어맨다 셀레스트 클레어라는 이름을 썼다.

1970년대 말에서 1980년대 초

1980년대 칼굴리, 헤이 스트리트의 윤락업소에서

샌드라와 릭

팽커스트 부부

크레이그

노스 브라이튼 상공회의소 회장, 1990년대

프랭크스톤 자택에서 포즈를 취한 샌드라, 2016년(데이비드 크래스너스타인 촬영)

감사의 말

다음에 언급하는 사람들이 보여 준 통찰력과 여러 기관의 허락으로 열람이 가능했던 자료들이 아니었으면 나는 샌드라 팽커스트가 살아 낸 세상을 이해하지 못했을 것이다. 그들에게 큰 빚을 졌다. 이 책에서 〈린다 콜린스〉라고 부른 여성, 팻 밸포어, 마거릿과 존, STC 직원들과 사이먼 세버, 더그 루카스, 테리 틴슬, 그리고 샌드라의 올케와 친구들, 트랜스젠더 빅토리아의 샐리 골드너, 오스트레일리아 레즈비언 앤드 게이 아카이브의 닉 헨더슨에게 감사의 마음을 전한다. 뉴욕 공공도서관의 원고, 기록 보관, 희귀 도서 관리 부서의 문서 보관 담당자들은 광범위한 LGBT 관련 정기간행물에서 필요한 자료를 찾는 데 큰 도움을 주었고, 빅토리아 주립도서관과 빅토리아 대법원 도서관의 사서들과 〈로스트 게이 멜버른Lost Gay Melbourne〉 페이스북 그룹에 유용한 자료를 올려 준 수많은 페이스북 친구에게도 감사하고 싶다. 일레인 멕케원이 발표한 『스칼렛 마일: 1984-2004 칼굴리 성매매의 사회사 *The Scarlet Mile: A Social History of Prostitution in Kalgoorlie, 1984-2004*』(University of Western Australia Press, 2005)는 매우 중요하고 흥미로운 연구 보고서로 정교하고 섬세한 역사적 세부사항을 통해 샌드라의 개인적 경험을 이해하는 데 큰 도움이 되었다. 이에 더해 시간과 공을 들여 과거 기록을 찾아준 빅토리아 경찰청과 빅토리아 주법원, 빅토리아주 대법원, 빅토리아주의 출생, 사망, 혼인 등록청 직원들께 감사드린다.

내러티블리의 편집부는 이 이야기의 기초가 된 글을 출판해 주었고, 한나 오저는 일을 시작하는 데 도움을 주었다.

ICM 파트너스의 조시 프리먼, 대니얼 커셴, 헤더 카파스와 커티스 브라운의 캐롤리나 서튼은 처음부터 이 책에 믿음을 가지고 나를 이끌고 도와주었다.

텍스트 퍼블리싱의 재능 넘치는 마이클 헤이워드 그리고 인간성과 편집 실력이 모두 빼어난 맨디 브렛이 내게 베푼 친절은 고맙다는 말로는 부족하다. 하지만 일단 말로라도 표현하고 싶다.

폴 채드윅, 데클런 페이, 데이비드 크래스너스타인, 패트리샤 스트라갈리노스, 찰리 피커링, 알렉산드라 보위, 니나 콜린스는 귀중한 시간을 내서 초고를 읽고 소중한 조언을 아끼지 않았다.

노마와 잭 크래스너스타인 부부와 루스와 존 크래스너스타인 부부, 스트라갈리노스 가족, 피커링 가족, 버거 가족, 토니 잭슨, 니나 빌레비츠, 로라 체이슨, 리 킴, 데이비드 필립스, 캐런 실버, 프랜 브룩, 크리스 스미스, 에밀리 피쉬맨, 게비 월겐버그, 사릿 무샷, 에밀리 마스, 니나 콜린스, 리사 켄티시, 로슬린 보그, 조애나 칸 등이 내게 보여 준 지혜와 따뜻함은 내가 이 책을 쓰는 데 없어서는 안 될 요소였다.

무한한 사랑과 지원이 없이는 어떤 책도 탄생할 수 없다. 나의 아버지 데이비드 크래스너스타인은 내 영웅이자 안내자다. 내 양어머니 패트리샤 스트라갈리노스의 긍정적인 태도와 큰 그림을 볼 줄 아는 시각은 늘 내게 영감을 준다. 지혜롭고 너무나 웃긴 내 동생 조시 크래너스타인에게도 감사의 마음을 전한다.

내 남편, 내 사람, 찰리 피커링에게 모든 것에 대해 영원한 감사의 마음을 전한다. 그리고 우리 두 사람에게 엄청난 기쁨을 선사하는 우리 아름다운 아기에게도 고맙다는 말을 하고 싶다.

불굴의 상징 미시즈 샌드라 팽커스트에게 그녀의 용맹함과 강한 힘을 기리며 이 책을 바친다. 우리가 마주 앉은 첫날 그녀는 말했다. 「내 인생은 한 권의 책이에요.」 샌드라, 당신 말이 맞았어요. 내가 이 책을 쓰도록 허락해 준 것을 저는 영원히 영광스럽게 생각할 거예요.

주

1 'Transsexuality: An Interview with Vivian Sherman' (1975) *Gay Liberation Press* 2, 49에 비비언 셔먼 인용 부분.

2 이런 준비 과정은 앨프리드 카진 덕분에 묘사가 가능했다. Alfred Kazin, *New York Jew* (Knopf, 1978) 참조.

3 이 이미지는 수재나 밸런티에게서 빌려 온 것이다. 'Susanna Says' (1961), 12 *Transvestia* 1 참조.

4 Michael Hurley, 'Aspects of Gay and Lesbian Life in Seventies Melbourne' (2011) 87 *LaTrobe Journal* 44, 58.

5 Elaine McKewon, *The Scarlet Mile: A Social History of Prostitution in Kalgoorlie, 1894–2004* (University of Western Australia Press, 2005), 1.

6 Brené Brown, *The Gifts of Imperfection* (Hazelden Publishing, 2010).

7 Victorian Parliamentary Debates, Legislative Assembly, *Second Reading Speech*, 22 April 2004, 790 (Robert Clark, Attorney–General).

8 Harry Benjamin International Gender Dysphoria Association, *Standards of Care for Gender Identity Disorders*, 6th version (2005).

9 Brené Brown, Shame & Empathy (https://www.youtube.com/watch?v=qQiFfA7KfF0).

10 Brené Brown, The Power of Vulnerability (http://www.ted.com/talks/brene_

Brené Brown, Shame & Empathy (https://www.youtube.com/watch?v= qQiFfA7KfF0); Brene Brown, The Power of Vulnerability (http://www.ted. com/talks/brene_brown_on _vulnerability).

Brené Brown, *The Gifts of Imperfection* (Hazelden Publishing, 2010); Brene Brown, Brene Brown on Empathy (https://www.youtube.com/watch?v= 1Evwgu369Jw); Brene Brown, Boundaries, Empathy and Compassion (https://www.youtube.com/watch?v=utjWYO0w1OM).

Brené Brown, Shame & Empathy (https://www.youtube.com/watch?v= qQiFfA7KfF0).

옮긴이 **김희정** 현재 가족과 함께 영국에 살면서 전문 번역가로 활동하고 있다. 옮긴 책으로『장하준의 경제학 강의』,『어떻게 죽을 것인가』,『인간의 품격』,『채식의 배신』,『그들이 말하지 않는 23가지』,『견인 도시 연대기』(전 4권),『코드북』,『두 얼굴의 과학』,『우주에 남은 마지막 책』,『배움의 발견』,『랩 걸』,『소방관의 선택』등이 있다.

트라우마 클리너

발행일 **2022년 3월 30일 초판 1쇄**

지은이 **세라 크래스너스타인**
옮긴이 **김희정**
발행인 **홍예빈·홍유진**
발행처 **주식회사 열린책들**

경기도 파주시 문발로 253 파주출판도시
전화 **031-955-4000** 팩스 **031-955-4004**
www.openbooks.co.kr